北京大学立项教材

名家通识讲座书系

唐诗宋词十五讲(第三版)

□ 葛晓音 著

图书在版编目(CIP)数据

唐诗宋词十五讲/葛晓音著. —3 版. —北京:北京大学出版社,2021.10

(名家通识讲座书系)

ISBN 978 -7 -301 -32533 -9

Ⅰ.①唐… Ⅱ.①葛… Ⅲ.①唐诗—诗歌研究—教材②宋词—诗词研究—教材 Ⅳ.①I207.2

中国版本图书馆 CIP 数据核字(2021)第 191232 号

书　　名	唐诗宋词十五讲(第三版) TANGSHI SONGCI SHIWU JIANG (DI-SAN BAN)
著作责任者	葛晓音　著
责任编辑	艾　英
标准书号	ISBN 978 -7 -301 -32533 -9
出版发行	北京大学出版社
地　　址	北京市海淀区成府路 205 号　100871
网　　址	http://www.pup.cn　新浪微博:@北京大学出版社
电子信箱	pkuwsz@126.com
电　　话	邮购部 010 -62752015　发行部 010 -62750672 编辑部 010 -62756467
印 刷 者	北京中科印刷有限公司
经 销 者	新华书店 965 毫米 × 1300 毫米　16 开本　21.25 印张　345 千字 2003 年 1 月第 1 版　2013 年 1 月第 2 版 2021 年 10 月第 3 版　2022 年 8 月第 2 次印刷
定　　价	59.00 元

“名家通识讲座书系”
编审委员会

“名家通识讲座书系”总序

本书系编审委员会

“名家通识讲座书系”是由北京大学发起，全国十多所重点大学和一些科研单位协作编写的一套大型多学科普及读物。全套书系计划出版100种，涵盖文、史、哲、艺术、社会科学、自然科学等各个主要学科领域，第一、二批近50种将在2004年内出齐。北京大学校长许智宏院士出任这套书系的编审委员会主任，北大中文系主任温儒敏教授任执行主编，来自全国一大批各学科领域的权威专家主持各书的撰写。到目前为止，这是同类普及性读物和教材中学科覆盖面最广、规模最大、编撰阵容最强的丛书之一。

本书系的定位是“通识”，是高品位的学科普及读物，能够满足社会上各类读者获取知识与提高素养的要求，同时也是配合高校推进素质教育而设计的讲座类书系，可以作为大学本科生通识课（通选课）的教材和课外读物。

素质教育正在成为当今大学教育和社会公民教育的趋势。为培养学生健全的人格，拓展与完善学生的知识结构，造就更多有创新潜能的复合型人才，目前全国许多大学都在调整课程，推行学分制改革，改变本科教学以往比较单纯的专业培养模式。多数大学的本科教学计划中，都已经规定和设计了通识课（通选课）的内容和学分比例，要求学生在完成本专业课程之外，选修一定比例的外专业课程，包括供全校选修的通识课（通选课）。但是，从调查的情况看，许多学校虽然在努力建设通识课，也还存在一些困难和问题：主要是缺少统一的规划，到底应当有哪些基本的通识课，可能通盘考虑不够；课程不正规，往往因人设课；课量不足，学生缺少选择的空间；更普遍的问题是，很少有真正适合通识课教学的教材，有时只好用专业课教材替代，影响了教学效果。一般来说，综合性大学这方面情况稍好，其他普通的大学，特别是理、工、医、农类学校因为相对缺少这方面的教学资源，加上很少有可供选择的教材，开设通识课的困难就更大。

这些年来，各地也陆续出版过一些面向素质教育的丛书或教材，但无论数量还是质量，都还远远不能满足需要。到底应当如何建设好通识课，使之能真正纳入正常的教学系统，并达到较好的教学效果？这是许多学校师生普遍关心的问题。从2000年开始，由北大中文系系主任温儒敏教授发起，联合了本校和一些兄弟院校的老师，经过广泛的调查，并征求许多院校通识课主讲教师的意见，提出要策划一套大型的多学科的青年普及读物，同时又是大学素质教育通识课系列教材。这项建议得到北京大学校长许智宏院士的支持，并由他牵头，组成了一个在学术界和教育界都有相当影响力的编审委员会，实际上也就是有效地联合了许多重点大学，协力同心来做成这套大型的书系。北京大学出版社历来以出版高质量的大学教科书闻名，由北大出版社承担这样一套多学科的大型书系的出版任务，也顺理成章。

编写出版这套书的目标是明确的，那就是：充分整合和利用全国各相关学科的教学资源，通过本书系的编写、出版和推广，将素质教育的理念贯彻到通识课知识体系和教学方式中，使这一类课程的学科搭配结构更合理，更正规，更具有系统性和开放性，从而也更方便全国各大学设计和安排这一类课程。

2001年年底，本书系的第一批课题确定。选题的确定，主要是考虑大学生素质教育和知识结构的需要，也参考了一些重点大学的相关课程安排。课题的酝酿和作者的聘请反复征求过各学科专家以及教育部各学科教学指导委员会的意见，并直接得到许多大学和科研机构的支持。第一批选题的作者当中，有一部分就是由各大学推荐的，他们已经在所属学校成功地开设过相关的通识课程。令人感动的是，虽然受聘的作者大都是各学科领域的顶尖学者，不少还是学科带头人，科研与教学工作本来就很忙，但多数作者还是非常乐于接受聘请，宁可先放下其他工作，也要挤时间保证这套书的完成。学者们如此关心和积极参与素质教育之大业，应当对他们表示崇高的敬意。

本书系的内容设计充分照顾到社会上一般青年读者的阅读选择,适合自学;同时又能满足大学通识课教学的需要。每一种书都有一定的知识系统,有相对独立的学科范围和专业性,但又不同于专业教科书,不是专业课的压缩或简化。重要的是能适合本专业之外的一般大学生和读者,深入浅出地传授相关学科的知识,扩展学术的胸襟和眼光,进而增进学生的人格素养。本书系每一种选题都在努力做到入乎其内,出乎其外,把学问真正做活了,并能加以普及,因此对这套书的作者要求很高。我们所邀请的大都是那些真正有学术建树,有良好的教学经验,又能将学问深入浅出地传达出来的重量级学者,是请“大家”来讲“通识”,所以命名为“名家通识讲座书系”。其意图就是精选名校名牌课程,实现大学教学资源共享,让更多的学子能够通过这套书,亲炙名家名师课堂。

本书系由不同的作者撰写,这些作者有不同的治学风格,但又都有共同的追求,既注意知识的相对稳定性,重点突出,通俗易懂,又能适当接触学科前沿,引发跨学科的思考和学习的兴趣。

本书系大都采用学术讲座的风格,有意保留讲课的口气和生动的文风,有“讲”的现场感,比较亲切、有趣。

本书系的拟想读者主要是青年,适合社会上一般读者作为提高文化素养的普及性读物;如果用作大学通识课教材,教员上课时可以参照其框架和基本内容,再加补充发挥;或者预先指定学生阅读某些章节,上课时组织学生讨论;也可以把本书系作为参考教材。

本书系每一本都是“十五讲”,主要是要求在较少的篇幅内讲清楚某一学科领域的通识,而选为教材,十五讲又正好讲一个学期,符合一般通识课的课时要求。同时这也有意形成一种系列出版物的鲜明特色,一个图书品牌。

我们希望这套书的出版既能满足社会上读者的需要,又能有效地促进全国各大学的素质教育和通识课的建设,从而联合更多学界同仁,一起来努力营造一项宏大的文化教育工程。

2002 年 9 月

目　录

序　言

中国是一个诗的国度。中国古典诗歌不但有三千多年的悠久历史，而且每一种体裁都得到了充分的发展，有过辉煌的全盛时期，产生过许多不朽的名作。唐诗宋词作为中国古典诗歌的代表，标志着诗和词这两种诗歌样式达到的全盛时期，也是我国文化遗产中最值得自豪的瑰宝。

一个热爱诗歌的民族应该是富有理想的民族，诗让人感悟人生、体味人生；诗能净化精神，使人升华到高尚的境界。一个善于写诗的民族应该是最有修养的民族，诗启发人理解自然、思考哲理；诗能展示人性的真实，促进人对于人类共同感受的认同。唐诗宋词的永恒魅力就在于体现了我们民族的性格。

真正的好诗是不受时代和地域局限的。它虽然产生于千年以前，却像才脱笔砚一样新鲜，无论何时吟诵，都有清新的气息扑面而来。能够深深沁人心灵的不仅是优美的语言和节奏，更有那种源自生活的诗意，可以融入小说、戏剧、散文、音乐、舞蹈、美术，滋养一切的文艺形式，唐诗宋词的永恒魅力就在于涵养了我们民族的情操。

中国诗歌是农业社会的产物，似乎与工业化社会无缘。然而在现代物质享受几近饱和之后，人们终于发现自己将要失去的是最基本的生存环境。真正的好诗能引导人寻找失落的精神家园，使人在浮华喧嚣中返归宁静和淳朴。回到人的本真，重新认识生活的意义，这就是我们今天仍然需要唐诗宋词的理由。

第一讲

走向高潮的初唐诗

从先秦到隋末,中国古典诗歌已经有了一千多年的历史。随着社会生活的变化和语言的发展,诗歌题材不断扩大,各种诗体相继出现,表现艺术愈益成熟,在内容、形式、风格等各方面为唐诗积累了宝贵的创作经验,犹如蕴蓄丰富的江河上游,预示了唐诗波澜壮阔的前景。

当中国历史进入最开明繁荣的盛唐之际,诗歌也达到了它的鼎盛时期,可以说唐代诗歌走向高潮的过程几乎是与时代同步而行的。古人把唐诗分成初、盛、中、晚四期,这种区分虽然不十分合理,特别是各期之间的年份界限难以截然划断,但大体上可以说明唐诗发展的阶段性及其与时代的关系,因此一直被沿用下来。

初、盛唐诗歌的分界一般定在唐睿宗景云年间(710—711),以此上推到唐高祖武德时期近一百年,是为初唐,而玄宗开元天宝四十多年间则为盛唐。在诗歌高潮到来之前,人们还需要一个认识和总结前人创作经验的过程,齐梁时代已经萌芽的格律诗也还需要一个完善和规范的过程,这两个过程所经历的时段,就是在百年之内似乎徘徊不前的初唐。因此虽然从诗歌的数量和质量来看,初唐都处于低谷,然而又是一个缓慢地酝酿着诗歌高潮的时期。以下就从几方面来谈一谈诗歌是怎样逐步从初唐走向盛唐的。

一　初唐的诗歌革新

诗歌从初唐走向盛唐,经历了一个自觉革新的过程。人们通过对前代诗歌创作经验的总结,在各种不同认识的争论和评价的反复之中,逐渐确立了学习建安诗歌、批判齐梁文风的主导思想,最后在盛唐形成了将建安风骨和齐梁词采相结合的共识。盛唐诗歌形成文质兼备的理想风貌,是与这一革新过程密切相关的。

初唐诗歌革新，主要是针对南朝齐梁时代的绮靡文风的。自从东晋偏安江南以后，中国南北分裂，北朝长期在游牧民族的统治之下，战争不断，文化停滞，能够写诗的文人很少。而南朝则相对稳定，经济繁荣，文化发达，诗歌创作也很兴盛。不但诗人众多，名家辈出，而且出现了不少新的题材，山水田园诗、边塞诗、咏物诗、送别诗都在这一时期蔚为大宗。南齐永明年间出现的新体诗，开始自觉地运用四声，讲究对偶，避免声病，已成为后代格律诗的雏形。到了梁陈时期，在以宫廷为核心的文人创作中，应诏诗、咏物诗、艳情诗迅速发展，歌咏身边琐事、描写月露风云成为诗歌的主流。汉魏以来在诗歌中思考人生意义、追求远大理想的传统便逐渐衰退了。所谓齐梁绮靡文风指的就是这种“嘲风月，弄花草”、缺乏言志述怀的深刻内容和刚健骨力的创作风尚。

对于绮靡文风的批评，早在西魏、北周时期就开始出现了。魏相宇文泰为改革政治，反对浮薄的风气，首先自觉地将文风的改革作为政治改革的一项重要内容提出，并用行政手段付诸实施。他命苏绰仿照《尚书》作《大诰》，又令“自今文章皆依此体”（《资治通鉴》卷一五九），企图借此恢复上古朴素古奥的文风。隋代统一中国后，隋文帝又一次下诏指斥轻浮华伪的文风。李谔也上疏批评“江左齐梁”的弊病在于内容上“不出月露之形”“唯是风云之状”，形式上“竞一韵之奇，争一字之巧”（《隋书·李谔传》）。但是他们把朴素和绮靡两种文风看成儒学和文学的对立，彻底否定了诗歌自身的价值，这种复古倒退的理论并不能有效地扭转不良文风。

大唐帝国建立以后，从贞观年到开元初，经过宫廷和民间几代文人的努力，才完成了诗风的革新。这一革新过程大致可以分为三个阶段：

（一）唐太宗贞观年间：提倡改革的主张主要来自宫廷。开国之初，唐王朝既要吸取六朝和隋代亡国的教训，改革政治和文风，又面临着收拾战乱之后文化残破局面的迫切需要。因而继承周隋复古主张的虽然不乏其人，但是从唐太宗到贞观重臣们对于文风的改革大都采取了宽容而辩证的态度。一方面，唐太宗提出“浇俗庶反淳，替文聊就质”（《执契静三边》）、“去兹郑卫声，雅音方可悦”（《帝京篇》），认为要使浮薄的风俗返归淳真，必须使文风变为质朴，要求诗歌清除像春秋时郑国和卫国流行的那种靡靡之音，成为歌颂太平之治的雅音正声。另一方面，出于对南朝文化的倾慕，他又写作了许多齐梁体诗。魏徵则主张把江左的清绮文采与河朔的贞刚气质结合起来，使“文质斌斌，尽善尽美”（《隋书·文学传序》），最早指出了唐诗发展的正确方向，描绘了唐诗未来的理想风貌。这一时期的宫廷诗在内容上主要表现为以歌功颂德、箴规时政等政教思想代替月露风云、艳情闲愁的描写，在艺术上则用典正工丽的风格代替轻艳浮靡的情调。但政治说教和歌颂太平同样会因内容的空洞而导致追求形式的雕琢，加上唐初诗人大都是陈隋遗留下来的旧臣和功成名就的元勋，高贵的社会地位限制了他们诗歌中真情实感的流露，因此其诗歌创作虽然洗去了梁陈及隋代后期遗留下来的脂粉气和富贵气，但传统的文学积习没有改变，自然就返回到比较清绮的齐梁。到贞观末年，宫廷诗风朝典雅富丽和轻艳绮媚两种趋向发展，后者的代表人物是“以绮错婉媚为本”的上官仪。由于他在政治上的得势，这种诗风曾在唐高宗龙朔年间流行一时，被称为“上官体”。

（二）唐高宗时期：革新的呼声主要来自民间。上官仪被武则天处死以后，“初唐四杰”中的王勃、杨炯针对“龙朔初载，文场变体”的状况，批评“骨气都尽，刚健不闻”的“上官体”，担当起使“积年绮碎，一朝清廓”（杨炯《王勃集序》）的历史使命，鲜明地指出了诗歌振作在于“气骨”这一核心问题。不过他们标举儒家以六经为本的原则，将绮丽文风的历史根源归于屈宋和建安文人，没有把“气骨”和建安诗联系起来，在理论上还存在着局限，与周隋的复古主张和偏见有相承之处。“初唐四杰”中的卢照邻积极支持王勃的革新主张和实践，但对于屈原的精神和骚体诗则给予充分的肯定。“四杰”深受贞观重臣的影响，王勃的革新在创作上主要表现为歌颂廊庙的大赋大颂，发扬的是宫廷中的雅音。但他们的诗歌则以“抚穷贱而惜光阴，怀功名而悲岁月”（王勃《春思赋》）为主题，视野从台阁移到江山、塞漠和市井（闻一多《宫体诗的自赎》），实际上已经以新鲜的生活内容和远大的人生理想体现了“气骨”的实质内涵，不自觉地继承了他们在理论上所轻视的建安文学传统，这是初盛唐诗歌革新的良好开端。

（三）武则天到中宗时期：陈子昂标举风雅兴寄和建安气骨，肯定了革新诗歌的关键在于恢复建安文人抒写人生理想的慷慨意气："汉魏风骨，晋宋莫传。……仆尝暇时观齐梁间诗，彩丽竞繁，而兴寄都绝，每以永叹。思古人，常恐逶迤颓靡，风雅不作，以耿耿也。一昨于解三处，见明公《咏孤桐篇》，骨气端翔，音情顿挫，光英朗练，有金石声。遂用洗心饰视，发挥幽郁。不图正始之音，复睹于兹；可使建安作者，相视而笑。"（《修竹篇序》）他明确地批评了齐梁诗只追求词采华丽、缺乏兴寄的弊病，指出汉魏风骨和建安作者是上承风雅传统的①，这就把建安气骨和风雅兴寄统一起来，纠正了王勃等人在理论上的偏见。他的《感遇》三十八首仿照阮籍《咏怀》，从宇宙变化、历史发展中探索人生的真谛和时代的使命，把"初唐四杰"对功业的渴望、现实生活中的不平以及宇宙无限、人生有尽的朦胧觉醒和淡淡惆怅升华到更自觉、更富有理性的高度。一方面，以拯世济时为己任，激发起个人对时代和国家的责任感，启发盛唐诗人把对人生意义的探索具体化为乘时立功、争取理想政治的执着追求；另一方面，对现实有更清醒的认识，保持穷达进退的节操，这就是他所提倡的风雅兴寄的主要内容，盛唐诗歌的基本精神正是由此确立的。

陈子昂以"风骨"和"兴寄"为标准，区分了建安和齐梁文风。但他对于齐梁词采淘汰过分，又不免偏颇。在初盛唐之交对于诗歌革新发挥了最重要作用的是两位先后在开元年间任宰相的政治家兼诗人张说和张九龄。张九龄留到讲盛唐诗时再谈，这里先说张说：他与陈子昂是同时代人，主要活跃在武则天后期到唐玄宗前期的政坛和文坛，是盛唐文人所钦佩的文宗和时哲。张说对于屈原、宋玉以来的历代文学一概持肯定态度，是对王勃、杨炯、陈子昂矫枉过正的反拨。他主张作诗要文采和风骨并重、典雅和滋味兼顾，鼓励多样化的内容和风格，并提出了盛唐诗歌应当以"天然壮丽"为主的审美理想。他还以一生为功业所充实的创作实践

① "正始之音"，一般理解为曹魏正始时期的诗歌，从《世说新语·赏誉》中把卫玠的清谈称为"正始之音"，以及正始诗人阮籍、嵇康继承了建安风骨的事实来看，这样讲也可通。但在这段文字中，"正始之音"置于"建安作者"之前，而且前文强调"风雅不作"，"正始之音"当用《毛诗序》所说："《周南》《召南》，正始之道，王化之基。"《正义》："《周南》《召南》二十五篇之诗，皆是正其初始之大道，王业风化之基本也。"也就是"风雅"中的正始之音。

发扬建安精神，为盛唐诗人作出了表率。“重气轻生知许国”（张说《巡边在河北作》）的精神是张说诗歌的风骨所在，对于盛唐诗人的精神风貌产生了重要影响。

经过以上三个阶段的革新，到初盛唐之交，一般文人已经普遍形成了兼取建安风骨和齐梁清词的自觉意识，这是盛唐诗歌形成刚健清新的普遍风尚的关键。

二　初唐诗歌形式的发展

唐代以前，中国古典诗歌的主要诗体都已经出现。四言体经历了先秦汉魏的发展，到晋末趋于衰落。汉代兴起的五言诗成为汉魏六朝诗歌的主流，七言诗在南朝也开始发展起来。不过唐以前的五七言诗主要是古体诗和可以配乐歌唱的乐府诗及文人拟乐府。格律诗在齐梁已经萌芽，但还没有形成。律诗的规范及其与古体的区分主要是在初唐完成的。初唐诗歌形式的发展主要体现在以下三方面：

（一）长篇歌行的扩展：歌行这种诗体出自汉乐府中以“行”为题的诗。汉乐府有《长歌行》《短歌行》《艳歌行》等题目，但还不是后来“歌行”的意思，而是“某歌之行”。那么“行”的意思是什么呢？它与音乐的节奏有关。公元5世纪前我国就有“歌钟”和“行钟”，行钟的乐曲是简单的三音阶的跳跃节奏①。汉代的“行”也是指乐曲。《汉书·司马相如传》说：“为鼓一再行。”颜师古注：“行谓曲引也。古乐府长歌行短歌行，此其义也。”“再”是重复一遍即第二遍的意思。“为鼓一再行”就是说司马相如为听众鼓琴，奏了一两遍行曲。②《宋书·乐志》在“清商三调”下列了十六种大曲，除两曲以外，其余全部是乐府的“行”。可见“行”是一种可以多遍歌唱或演奏的乐曲，这就决定了在这种乐曲基础上形成的“行”诗体语意复叠、节奏分明的基本特征。

---

① 参见清水茂：《乐府“行”的本义》，载《日本中国学会报》第36集，1984年10月。

② 《礼记·乐记》：“再成而灭商。”王国维《周大武乐章考》认为“是《武》为第二成之证也”，也可助证“再”为乐章第二遍之义。

成熟后的歌行主要是七言体,也有少量五言。建安时曹丕的七言诗《燕歌行》和长篇杂言《大墙上蒿行》可以看作早期歌行的雏形。此后由于七言、杂言一直被视为俗体,歌行发展很慢。齐梁时七言诗逐渐增多,连某些乐府也从五言短篇演变为七言歌行体,内容多是闺怨艳情,到陈隋进一步与边塞题材结合起来,全篇排偶,铺陈华丽,词意繁复,是这一时期歌行的主要特点。初唐时,歌行篇幅加大,内容也从传统的边塞闺怨扩展到描写帝京的繁华,抒发怀古的浩叹,探索人生的哲理。"初唐四杰"的歌行较陈隋歌行更善于铺排发挥,辞藻艳丽而气象恢宏、境界壮阔,又非六朝可比。"四杰"以后稍汰浮华,渐趋流畅宛转,歌行之体遂臻于成熟。

(二)律诗和绝句的规范化:律诗由南齐永明年间出现的新体诗发展而来。齐梁诗人沈约根据汉字平上去入四声和双声、叠韵来研究诗歌中音律的配合,提出"四声八病"说,当时一些作家王融、范云、谢朓等将这种规则和晋宋以来诗歌中排偶、对仗的形式结合起来,进行创作,就形成了新体诗(又叫"永明体")。这种诗体只讲"一简之内,音韵尽殊;两句之中,轻重悉异"(沈约《宋书·谢灵运传论》),即五言诗在两句十个字里求声律调协,不限句数;同时取韵不论单双,平仄亦不相俪。梁陈时,新体诗大量产生,八句五言和四句五言的形式也越来越多,南北朝隋诗特别是庾信诗中已经有一些诗暗合五律规格。到"四杰"手中,已产生一些合格的五律。初唐上官仪把诗歌的对偶归纳为"六对""八对",后来又有元兢创六种对偶,还发现了律诗中相粘的规则(即二三句、四五句、六七句开头的两个字平仄必须相同,称为"换头术"),这是律诗从消极避免声病走向积极建设规则的关键。[①] 同时崔融又创三种新对,李峤用五言律诗的形式写下一百二十首咏物诗,在用典、对偶、声律方面为五律的写作示范,这些都促进了律诗的定型。沈佺期、宋之问从前人和当代人运用格律的各种实践经验中,把已经成熟的形式肯定下来,完成了"回忌声病,约句准篇"(《新唐书·宋之问传》)的工作,律诗在平仄粘对、句数用韵等方面形成了明确的规则。随着律诗形式的规范,近体诗和古体诗之间的区别更加明确,"实词章改变之大机,气运推迁之一会也"(胡应麟《诗薮》)。

---

① 参见邝健行:《初唐五言律体律调完成过程之观察》,《唐代文学研究》1992 年第 3 辑。

初唐五律已相当成熟，而七言律则因与歌行都由齐梁七言古诗发展而来，音节流畅、对偶散漫之处尚与歌行相似，从武周后期到中宗时，才成为应制常用的体裁。一些大臣如李乂、岑羲等已开始显示出摆脱歌行式的句法追求沉稳工丽的努力。沈佺期在应制诗七律句法的变化上更多创意。但总的说来，七律的成熟尚有待于盛唐。

“绝句”之称出现于宋梁之时。但五言古绝起源于汉代民谣和乐府，到齐梁时出现了少量合律的五绝以及介于古绝和律绝之间的齐梁调。初唐时写作绝句的不多，五绝一直包含这三种体调，律化的进展很慢。七绝起源于西晋的谣谚，数量远远少于五绝。但形成不久就赶上了诗歌走向律化的齐梁时代，所以迅速律化。梁陈时庾信、萧纲的一些诗已初具七言律绝的形制，到隋代已有标准的七言律绝出现。而这时七律还没有形成，所以绝句的律化与律诗并不同步。初唐时一般文人几乎不写七绝，到中宗时期，七绝才突然增多，成为宫廷应制诗的重要体裁，而且律化程度很高。当时凡是能写应制诗的几乎都能写七绝，在格调上也与五绝有明显的古、近之别。

（三）古体诗歌的渐变：古诗之称原来乃相对乐府而言，汉魏六朝以四言和五言古诗为诗体正格。汉魏古诗不假雕琢，浑厚自然，西晋后渐开排偶琢句之风。至新体诗出，古体诗亦渐受影响。陈隋时，新体、古体均已骈俪化。唐初古诗承袭陈隋，五言都像未完成的律诗，七言像未完成的歌行。陈子昂在革新诗歌内容的同时，创作三十八首《感遇诗》，着力以八句体和十二句体的五言诗效法汉魏古诗的句法和结构，改变了这两种五言体式古律混淆的局面；同时在艺术上恢复汉魏古诗的比兴之体和古朴之风，尽削浮靡，独开古雅之源。宋之问也在区分五律和五古的句法方面做出不小的贡献。但中宗到玄宗前期，人们热衷于学习愈趋成熟的五律和五言排律，五古较少人问津，而且多杂律句，尚未完全摆脱律化的影响。

三　从王绩到“初唐四杰”

现存的唐初诗歌作者多为朝廷大臣。虽然魏徵、虞世南、李百药等少数人写过几篇感怀人生意气的作品，但宫廷诗歌相当一部分是为阐释唐太宗的统治思想而作，政治说教的色彩很浓厚。另一部分是歌颂太平气象的诗歌，或写帝居王城的宏丽繁盛，或写万国来朝的壮丽煊赫。此外就是台阁官员宴集山池的唱和诗，充斥着宫廷、台省、池苑景物的描写。隋唐之交，能够独立于宫廷诗坛之外的诗人主要是王绩。

王绩（约590—644），字无功，自号东皋子，在隋唐两朝都曾出仕，但因不得志而终归于隐逸。长兄王通是隋代的大儒，记载其言论的《中说》力主君王推行礼乐之道，但不切合时势需要，不能为隋唐两代统治者所用。恪守其兄之道的王绩也因此心灰意懒，退守田园，借老庄之说发泄愤世嫉俗之意，以阮籍、陶潜自比，醉酒混世，表现出放达简傲的名士风度。虽然其诗歌缺乏阮籍、陶渊明批判现实的思想深度，但他毕竟是被排除在宫廷文人集团之外的一个隐士，一部分诗歌描写田园生活的闲逸情趣，平淡自然，在典雅富丽的唐初诗坛上掠过了第一阵田野的清风。他的诗除了描写别业中的田园生活以外，更多的还是抒写隐者的林泉高致，他把田园诗融合到山水景物的描写中去，成为唐代别业山水诗的先导。代表作《野望》已是一首大体合格的五言律诗：

> 东皋薄暮望[1]，徙倚欲何依？树树皆秋色，山山唯落晖。
> 牧人驱犊返，猎马带禽归。相顾无相识，长歌怀采薇[2]。

这首诗抒发自己面对山野晚秋而产生的恬淡茫然的心情，在树树秋色、满山夕晖的背景上推出牧人与猎马归来的特写，闲逸的情调中流露出人生无所倚着的惘然和世无相识的寂寞苦闷。能在一首观赏山乡景物的诗里，将诗人生活的典型环境和日常的精神状态概括出来，达到为其传神写照的程度。像这样的成功之作，在王绩诗里也不多见，但为初盛唐山水田园诗指出了提炼典型意境的发展方向。《秋夜喜遇王处士》写他秋夜农作归来，偶遇友人的喜悦：

> 北场芸藿罢，东皋刈黍归。相逢秋月满，更值夜萤飞。

诗中没有正面描写遇见处士的情景，却以满月的清辉和飞舞的萤火构成

---

① 东皋：王绩隐居在家乡山西河津的一处地方，曾自号东皋子。
② 采薇：周武灭商，伯夷、叔齐耻食周粟，隐居首阳山，采薇充饥。

田园静谧的夜景，则两位隐者对山村良夜的心领神会自然达到了默契，躬耕归来与同道之友相逢的欣悦也就在不言中了。他还有一首名作《在京思故园见乡人问》：

旅泊多年岁，老去不知回。忽逢门前客，道发故乡来。
敛眉俱握手，破涕共衔杯。殷勤访朋旧，屈曲问童孩。
衰宗多弟侄，若个赏池台？旧园今在否？新树也应栽？
柳行疏密布？茅斋宽窄裁？经移何处竹？别种几株梅？
渠当无绝水？石计总生苔？院果谁先熟？林花那后开？
羁心只欲问，为报不须猜。行当驱下泽，去剪故园莱。

这首诗顺着感情和思绪的发展逻辑，一气而下，将他对乡园的思念变成一连串的问话，从亲朋弟侄的近况问到池台茅斋的修葺，细致到柳梅竹木如何移栽，渠水石苔是否照旧，院果林花孰先孰后，在急切的问讯中展现出疏朗清雅的田园景色，构思新奇，活泼有味。总之，王绩继承了陶渊明写乡居闲适之趣的传统，侧重表现田园生活环境和日常生活细事，特别是庄园中的林泉之美，在题材内容和艺术表现上使南北朝分道而行的山水诗和田园诗在别业诗中初步合流，对唐代山水田园诗的发展起了先导的作用。

王绩之后，“初唐四杰”进一步把诗歌从窄小的宫廷里解放出来。“四杰”之称，见于《旧唐书·杨炯传》：“炯与王勃、卢照邻、骆宾王以文词齐名，海内称为王杨卢骆，亦号为‘四杰’。”他们的文学活动主要在高宗至武后初年。其中卢照邻、骆宾王年辈较长，杨炯时代较晚。四人都“年少而才高，官小而名大，行为都相当浪漫，遭遇尤其悲惨”（闻一多《四杰》），因而其诗歌在思想艺术方面也有一些共同之处：

首先，他们看到贞观以后大唐帝国日益繁荣的气象，由此产生了但愿繁荣久长的希望以及欣逢盛世的自豪感；看到贞观重臣大都起自布衣，以文章、才术进为卿相，又大大激发了“取公卿于朝夕”（王勃《上绛州上官司马书》）的幻想和不甘心憔悴于圣明之代的志气；同时，六朝频繁的兴衰更替也使他们怀有盈虚有数、好景不长的隐忧。因此，他们的长篇歌行极力铺陈帝京的壮丽气象，其力量和气势远远超过了刻板工丽的宫廷文学；而在歌颂太平时所流露的人事沧桑的感慨，又使这些铺陈富丽的诗歌微笼着一层轻烟淡雾般的感伤情调。

其次，他们使诗歌“由宫庭走到市井”，“从台阁移至江山与塞漠”（闻一多《四杰》），在强烈的爱国热忱中贯注了人生的远大理想，抒发抑郁不平的苦闷以及对边塞形势的密切关注和重义轻生的豪侠意气，表现了社会上一般人的生活思想和正常健康的感情。

“四杰”中卢、骆擅长七言歌行，王、杨擅长五律。由于各人遭际、性格的差异，他们的诗歌又各有自己的特点：

卢照邻（637？—689？），字升之，号幽忧子。他一生只做过邓王府的书记、九品的新都县尉这类小官，后来久困长安市井，晚年又身患残疾，却心比天高，渴望做一番“名与日月悬”（卢照邻《咏史》）的大事业，这就使他的诗歌产生了“有时无命”的悲激不平之气。因此屈原的骚体最适合抒发他的痛苦和不平。病重时所写的《释疾文》和《五悲》两篇骚体文叙述了他一生的遭遇和遗恨，是他呕心沥血的力作，十分沉痛感人。他的诗歌多为行旅、游览、应酬之作，特点是长于铺叙发挥。最著名的作品是《长安古意》：

长安大道连狭斜①，青牛白马七香车②。
玉辇纵横过主第③，金鞭络绎向侯家。
龙衔宝盖承朝日④，凤吐流苏带晚霞。
百丈游丝争绕树，一群娇鸟共啼花。
啼花戏蝶千门侧，碧树银台万种色。
复道交窗作合欢，双阙连甍垂凤翼⑤。

---

① 狭斜：小巷。
② 七香车：用七种香木制成的车。
③ 玉辇：皇帝所乘的车。主第：公主家。
④ 龙衔宝盖：车盖上伞柄雕成龙形，支撑住伞状车盖。
⑤ 复道：连接楼阁的架高通道，不止一层。交窗：花格子窗。垂凤翼：汉建章宫圆阙上有金凤装饰。

梁家画阁中天起[1],汉帝金茎云外直[2]。

楼前相望不相知,陌上相逢讵相识?

借问吹箫向紫烟[3],曾经学舞度芳年。

得成比目何辞死,愿作鸳鸯不羡仙。

比目鸳鸯真可羡,双去双来君不见?

生憎帐额绣孤鸾,好取门帘帖双燕。

双燕双飞绕画梁,罗帷翠被郁金香。

片片行云着蝉鬓[4],纤纤初月上鸦黄[5]。

鸦黄粉白车中出,含娇含态情非一。

妖童宝马铁连钱,娼妇盘龙金屈膝[6]。

御史府中乌夜啼,廷尉门前雀欲栖。

隐隐朱城临玉道,遥遥翠幰没金堤。

挟弹飞鹰杜陵北,探丸借客渭桥西[7]。

俱邀侠客芙蓉剑,共宿娼家桃李蹊。

娼家日暮紫罗裙,清歌一啭口氛氲。

北堂夜夜人如月,南陌朝朝骑似云。

南陌北堂连北里[8],五剧三条控三市[9]。

弱柳青槐拂地垂,佳气红尘暗天起。

汉代金吾千骑来[10],翡翠屠苏鹦鹉杯。

罗襦宝带为君解,燕歌赵舞为君开。

---

① 梁家:东汉顺帝时外戚梁冀。

② 汉帝金茎:汉武帝在建章宫立起二十丈高的铜柱,上有仙人掌承露盘、玉杯以接仙露。

③ 吹箫向紫烟:传说春秋时秦穆公女儿弄玉从丈夫萧史学吹箫作凤鸣,后成仙飞去。

④ 蝉鬓:将两鬓梳得像蝉翼,又像云片。

⑤ 鸦黄:嫩黄色,六朝唐代女子涂在额上,又称额黄。点缀花、月、星等作为装饰。

⑥ 连钱:马身上圆钱斑纹。屈膝:又叫屈戌,用于屏风、门窗等处的金属物件,今名铰链。

⑦ 探丸借客:指杀吏和助人报仇等任侠行为。《汉书·尹赏传》载,长安少年有专刺杀官吏、为人报仇的组织,行动前设赤、白、黑三种弹丸,摸到赤丸的杀武吏,摸到黑丸的杀文吏,拿到白丸的为死去的同伙办丧事。

⑧ 北里:唐代长安妓女聚居之处,即平康里。

⑨ 五剧三条:道路交错称为剧,三面相通之路叫作三条。三市指每天多次集市。

⑩ 金吾:官名,统率禁军,巡防京师,即"执金吾"。

别有豪华称将相,转日回天不相让。
意气由来排灌夫①,专权判不容萧相②。
专权意气本豪雄,青虬紫燕坐春风③。
自言歌舞长千载,自谓骄奢凌五公④。
节物风光不相待,桑田碧海须臾改。
昔时金阶白玉堂,即今唯见青松在。
寂寂寥寥扬子居⑤,年年岁岁一床书。
独有南山桂花发,飞来飞去袭人裾。

这篇歌行通过对汉代长安的描写,反映了唐代长安的盛况:大道小巷纵横交错,宫禁侯府比宅相接,玉辇宝盖川流不息,帝室王公竞相豪奢。诗人没有用全面罗列的结构铺叙这幅上层社会的热闹画面,而是选取宫室、车马的富丽装饰和豪门中歌儿舞女的妖娆情态着意刻画,在细节的描绘中展现出宏大的气象。如果说上层社会的图画是在白日丽景下展开,那么市井的生活则是通过娼家的夜生活表现出来的。诗中描写了形形色色的人物:挟弹飞鹰的荡子、暗算公吏的少年、仗剑行游的侠客、宫中禁卫的执金吾,纷纷聚集在北里娼家,狂歌滥饮,极尽声色之娱。而在宫廷与市井之间,更有势倾天子的将相豪贵,争权夺利,各不相让。诗人把长安的盛况渲染到极致,最后却归结出繁华须臾、好景不长的主旨,这种人事沧桑之感,反映了在历时尚短的繁荣形势下,初唐文人对兴亡盛衰的思索和警觉。结尾以扬雄穷愁著书的生涯与长安豪华骄奢的生活作对照,寄托了作者的寂寥愤慨以及追求不朽声名的人生观。这首诗在艺术表现上也很成功:它以白昼到黑夜为时间顺序,以宫廷到市井为空间次序,通过各种细节的描绘,生动具体地展现出长安生活的各个侧面,以及形形色色的人物形象,总汇成一幅壮观的长安社会风情的长卷。在结构上则以繁华和寂寞造成篇幅悬殊的对比,把梁陈以抒写艳情为长的宫体诗和阮籍、左思

---

① 灌夫:汉武帝时一个好使酒骂座的将军。
② 萧相:指刘邦的宰相萧何。
③ 青虬、紫燕:都是良马名。
④ 五公:指张汤、杜周、萧望之、冯奉世、史丹五个汉代著名权贵。
⑤ 扬子:指西汉扬雄,曾闭门著《太玄》《法言》。

善用对比的咏怀、咏史诗相结合，使宫体诗具有寄托讽谕的意义，是作者在继承汉魏六朝诗歌传统基础上的创变。全诗辞藻艳丽却清新疏宕，这是因为采用了多种修辞手法，如叠字、顶针格、复沓层递句式等，加强了音韵铿锵的节奏感。所以读来声调圆转流畅，“抑扬起伏，悉协宫商”（胡应麟《诗薮》），气势充沛，力量雄厚，可称七言长篇之极致。

骆宾王（生卒年不详），曾在道王府供职，做过县主簿，升为侍御史后不久获罪入狱。被贬为临海丞，弃官而去。后来随徐敬业起兵讨伐武则天，兵败后不知所终。他才气纵横，一身傲骨，却长久不得升迁，又遭幽絷，内心的激愤不平可以想见。从部分诗作看，他曾有过担任宿卫以及从军戍边的经历。足迹所至，从天山到海曲乃至蜀中，因此在行役途中写下的作品很多，这些诗兼有边塞的内容和山水的描写，生活阅历丰富，视野开阔。与卢照邻一样，他善写铺陈的长篇歌行，只是比卢照邻更加繁富。他的《帝京篇》《畴昔篇》都是挥洒淋漓、极见才力的长诗。《帝京篇》是贞观年间唐太宗和大臣们写过的题目。骆宾王写此诗是为了向吏部长官干谒。全诗以七言为主，间有五言，以慷慨流动的笔调铺写京都文物的繁华、皇亲国戚住宅的富丽和娼家狎邪宴饮的淫乐生活，抒发自己的牢骚感慨，指出荣华富贵的不能久长，内容与《长安古意》相近，“虽极浮靡，亦有微瑕，而缀锦贯珠，滔滔洪远”（王世贞《艺苑卮言》），在当时被称为“绝唱”，只是过于缜密铺陈。他也写过少量五言律诗，其中《在狱咏蝉》最为工致：

西陆蝉声唱①，南冠客思侵②。那堪玄鬓影，来对白头吟。
露重飞难进，风多响易沉。无人信高洁，谁为表予心。

这是一首咏物诗，写于678年，作者因为上书议论政事，触怒武则天，被诬陷受赃下狱。古人认为蝉“饮露而不食”，所以蝉在古代是清高的象征。诗人咏蝉，正是借以表明自己的清白。诗里抒发秋天在狱中听到蝉声而引起的与世隔绝的悲哀，以向来被比作乌黑鬓发的蝉翼与自己的白头对

① 西陆：指秋天。古人想象太阳按黄道向东走，365日绕天一周，日行东陆为春，行南陆为夏，行西陆为秋，行北陆为冬。

② 南冠：春秋时楚人钟仪被晋军俘虏，戴着“南冠”，后人遂以“南冠”指囚徒。

比，流露了蹉跎岁月的忧思；而蝉因露水太重不能飞进，鸣声被风声掩没，又自然令人联想到种种诽谤阻断了诗人向朝廷表明心迹的言路。全诗处处扣住蝉的特点，以蝉的“清畏人知”比喻自己的高洁，贴切含蓄，深沉凝练。这就以汉魏诗的比兴寄托充实了齐梁盛行的咏物诗。

王勃（650—676），是王绩的侄孙。14岁就应举及第，当过沛王府的修撰，因故被高宗逐出王府。后任虢州参军，犯死罪，遇赦革职，父亲受其牵连被贬到交趾。王勃在渡海省亲时溺水而亡，年仅27岁。他是神童式的人物，才学兼富而一生处于下位，许多赋和文章难免流露自己才命不合于时的感伤和不平，但这种情绪很少反映在诗里。他曾游历过很多地方，因此最擅长山水行役和赠别之作，尤好描写春光和晨景，在这些诗里，取景的视点相当集中，花光、山影、云烟、风露和野雾，组成既开朗又朦胧的境界，洋溢着无处不在的春意，又笼罩着难以驱散的迷惘，由此不难体味出富于青春幻想的诗人对前途的热烈憧憬。他的诗以五言和绝句为多，也有少量七言。五律已有一部分合乎规则，其中以《送杜少府之任蜀川》最为著名：

城阙辅三秦[①]，风烟望五津[②]。与君离别意，同是宦游人。
海内存知己，天涯若比邻。无为在歧路，儿女共沾巾！

此诗“终篇不着景物，而兴象宛然，气骨苍然”（胡应麟《诗薮》）。歧路分手的共勉展示出诗人放眼四海的豁达胸襟，“海内”一联化用曹植“丈夫志四海，万里犹比邻”（《赠白马王彪》）的句意，用来表现不能为地理距离阻隔的友情，但比曹诗提炼得更精确，概括度也更高，遂成为千百年来人们赠别的格言。像这样神情爽朗和境界开阔的送别诗，还是首次出现在初唐诗坛上。《滕王阁诗》也是王勃的名作：

滕王高阁临江渚，珮玉鸣鸾罢歌舞。
画栋朝飞南浦云，珠帘暮卷西山雨。

---

① 三秦：项羽分秦地为雍、塞、翟三国。

② 五津：四川都江堰市以下到犍为的一段岷江中的五个渡口，包括白华津、万里津、江首津、涉头津、江南津。

闲云潭影日悠悠，物换星移几度秋。

阁中帝子今何在？槛外长江空自流。

滕王阁人去楼空，昔日歌舞早已消歇。画栋珠帘与南浦西山的云雨朝暮相对，闲云潭影在物换星移中悠然不变，槛槛外的长江空自奔流不息，都以其永恒的存在反照出人事变化的迅速。由于诗人的诗思从阁内拓展到阁外悠远的时空，沧桑之感也就自然包含其中了。《山中》虽是一首小诗，却气格高远、视野宽广：

长江悲已滞，万里念将归。况属高风晚，山山黄叶飞。

满山遍野随风飞落的黄叶，寄托着诗人的羁愁，连他的归思也变得像万里长江和连山秋色那样浩荡无际。以短小的篇幅表现阔大的境界和开朗的感情，这正是初盛唐律诗绝句发展的方向。

在“四杰”中，杨炯(650—693?)诗歌数量最少，成就也较低。但他用乐府旧题写的一些诗篇，表现渴望保卫祖国建立功勋的意愿，节奏有力，颇有新意。《从军行》是他的代表作：

烽火照西京，心中自不平。牙璋辞凤阙①，铁骑绕龙城②。

雪暗凋旗画，风多杂鼓声。宁为百夫长，胜作一书生。

此诗在工整的对偶和铿锵的音韵中写出慷慨激昂、勇往直前的气势，风格雄浑刚健。“雪暗”两句，写大雪使军旗上的图案显得模糊黯淡，风声中夹杂着激励战士冲锋的鼓声，观察角度较新，真切地渲染出风雪中两军对垒的气氛。

“四杰”虽然在艺术上没有完全摆脱初唐诗坛从齐梁陈隋沿袭下来的创作风气，但他们追求远大人生理想以及因怀才不遇所激发的种种不平之鸣，开启了盛唐诗歌的基本主题；他们以比兴寄托融入词采华靡的齐梁体，为初唐诗歌融合建安风骨和江左文风提供了宝贵的经验；在形式格律方面，也为五言律诗和绝句的成熟作出了自己的贡献。可以说唐诗声

---

① 牙璋：调兵的符信，分两块，合处凹凸相嵌称为牙。

② 龙城：匈奴的名城。

律、风骨兼备的风貌，是从他们开始形成的。所以王世贞说："卢骆王杨，号称四杰。词旨华靡，固沿陈隋之遗，翩翩意象，老境超然胜之。"（《艺苑卮言》）唐诗的健康发展正由这里开端。

四　从"文章四友"到"吴中四士"

"四杰"都是仕途失意的下层文人，尽管得名于当时，但对宫廷诗没有产生多大影响。从武则天到唐中宗时期，诗歌创作以台阁大臣和他们周围的文人为主体。上官仪姿媚轻艳的遗风依然存在。宫廷里颂美君主的应制诗则一味讲究对偶和辞藻的雕琢，以致因过度追求典雅而走向生涩僵滞。但是格律诗却在这样的创作土壤中逐渐定型，五律的规范和七律的出现为盛唐诗声律的完备奠定了基础。

"文章四友"指李峤、苏味道、崔融、杜审言。"四友"之称始于他们年轻的时候。武则天后期，因为修编《三教珠英》，宫廷里形成了一个文人集团。"四友"也属于这个群体。武则天去世后，除苏味道以外，其余三人都在中宗朝得以复用。其中崔融（653—706）曾在武周和中宗时执掌诏诰之事，擅长碑颂表疏类大文章，"为文典丽，当时罕有其比"（《旧唐书》本传），诗却平易朴素，但成就不高。罗根泽先生认为《文镜秘府论》里提到的《唐朝新定诗格》的作者崔氏很可能就是崔融，该书对于诗歌声律的病犯、十体的分类以及对偶都有新的论述。如果确是崔融所作，那么他在初唐诗歌形式的发展上也是有建树的。

李峤（？—715？），先后在武周和中宗两朝为相，是宫廷应制诗的作手。他在参与编集《三教珠英》的过程中写了一百二十首咏物诗，诗题按照类书的编目排列，很像是一组教人"作诗入门"的示范作品。他采用大型组诗的形式，把唐初以来人们最关心的咏物、用典、词汇、对偶等常用技巧融为一体，以基本定型的五言律诗表现出来，给初学者提供了便于仿效的创作范式。天宝年间张庭芳为之作注，"欲启诸童稚"。后来这组诗又传入日本，成为平安时代传入的中国三大幼学启蒙书之一。这组诗的出现，说明初唐五言律诗到武周后期已经成熟。李峤不但对五律的普及作出了很大的贡献，而且在诗歌创作方面也有较高的造诣。他的长篇七言

《汾阴行》在当时被采入乐府歌唱，诗里对比了汉武帝全盛时期祭祀汾阴的煊赫场面和其去世以后的凄凉冷落，最后一段说："千龄人事一朝空，四海为家此路穷。豪雄意气今何在，坛场宫馆尽蒿蓬。路逢故老长叹息，世事回环不可测。昔时青楼对歌舞，今日黄埃聚荆棘。山川满目泪沾衣，富贵荣华能几时。不见只今汾水上，唯有年年秋雁飞。"据《次柳氏旧闻》说，唐玄宗在安史之乱爆发后，奔蜀之前，使花萼楼前善水调者唱歌，至"山川满目"云云，"上闻之，潸然出涕，顾侍者曰：'谁为此词？'或对曰：'宰相李峤。'上曰：'李峤真才子也。'不待曲终而去"。其实李峤诗里的兴亡盛衰之感在初唐歌行中很普遍，也是初唐诗最动人的地方。

苏味道(648？—705？)，也曾在武周时为相，多应制之作。但他有些小诗能真实地反映出初唐的社会风情，如《正月十五夜》：

> 火树银花合，星桥铁锁开[1]。暗尘随马去，明月逐人来。
> 游伎皆秾李，行歌尽落梅。金吾不禁夜，玉漏莫相催。

此诗描写长安城的元宵之夜金吾开禁任游人赏灯的热闹景象。当时西域的灯轮已传入内地，"火树银花"所描写的就是这种树状的灯轮。地上的灯火与天上的星月交相辉映，游妓打扮得像桃李花一样秾艳，游人边走边唱《梅花落》曲，"李""梅"都与正月早春的景色暗中关合。全诗措语简妙，而能概括满城灯火辉煌、满街歌声笑语的气氛和场景，错彩镂金之中自有韵致流溢。

杜审言(646？—708？)，字必简，是杜甫的祖父。他的官职不高，在武周宫廷的时间也较短。中宗即位时虽一度被流放，但不久召还，任修文馆直学士。他的诗存四十多首，多数是五言律诗，也有少数平仄尚未调协的七律。但诗歌气度高远、神情圆畅，如《春日京中有怀》写自己落第失意之情："寄语洛城风日道，明年春色倍还人"，由今年"愁思看春不当春"的苦恼中生出明年春色加倍还人的妙想，以双关的语义暗示明春必定得第的充分自信，写得十分神气。他的五律善于将复杂的构思和较深的含

---

① 星桥：秦代李冰开蜀江，置七座桥，以应天上七星，每座桥装一铁锁。这里借喻长安平时宵禁，各坊门上锁。正月十五观灯，才允许夜行。

蕴凝聚在简洁的构句中。如《和晋陵陆丞早春游望》：

> 独有宦游人，偏惊物候新。云霞出海曙，梅柳渡江春。
> 淑气催黄鸟，晴光转绿蘋。忽闻歌古调，归思欲沾巾。

全诗气象宏丽，境界开阔。梅柳、黄鸟、绿蘋都沐浴在和暖的淑气和明亮的晴光里。“云霞”一联，思致尤其新鲜：江北春迟，江南春早，现在江北也都梅开柳绿了，那么春天不就像是渡江过来的吗？杜审言对景物动态观察深细，很注意在写景中把握微妙的感受和意趣。如“绾雾青丝弱，牵风紫蔓长”（《和韦承庆过义阳公主山池五首》其二）写出青丝紫蔓在雾气和轻风中延伸卷曲的悠柔轻扬之感；“烟销垂柳弱，雾卷落花轻”（《春日江津游望》）则通过烟柳雾花的姿态表现了江南春意融融、令人慵倦的情致。《夏日过郑七山斋》也是他的名作：

> 共有樽中好，言寻谷口来。薜萝山径入，荷芰水亭开。
> 日气含残雨，云阴送晚雷。洛阳钟鼓至，车马系迟回。

诗里渲染了友人山斋在炎暑中给人的清凉润泽之感，“日气”二句，描写夏日雷阵雨过后，阳光虽出，但仍然阴云不散、雷隐雨湿的天气，尤为真切。他的佳句还有很多，如《度石门山》中“江声连骤雨，日气抱残虹”、《登襄阳城》中“楚山横地出，汉水接天回”等句，笔力横壮，气势壮阔，已有盛唐之音。杜审言在五言律诗方面的造诣对杜甫有直接的影响。

与“文章四友”同时而稍晚的沈佺期和宋之问，在唐代并称为“沈宋”，是对律诗的定型作出了重要贡献的两位诗人。《新唐书·宋之问传》说：“魏建安后汔江左，诗律屡变，至沈约、庾信，以音韵相婉附，属对精密。及之问、沈佺期，又加靡丽，回忌声病，约句准篇，如锦绣成文。学者宗之，号为‘沈、宋’。”虽然律诗的形成经过了漫长的时期，到李峤“百咏”出现，已经基本成熟，但是沈宋在则天、中宗的宫廷内以诗名并称，律诗数量既多，造诣又高，当时学者以之为宗，所以历来将律诗的定型归功于他们。沈宋也曾媚附武则天的男宠张易之兄弟，以善写应制诗得武则天赏识。在武周政权崩溃的激变中，他们与杜审言等一起被流放岭南，写出了一些较有真情实感的作品。两人不但在格律上为盛唐律诗合轨于

先,而且在提炼意境方面各有新创。宋之问(约656—712)长于五律,构思很巧,但自然天成,如《题大庾岭北驿》:

阳月南飞雁,传闻至此回。我行殊未已,何日复归来。
江静潮初落,林昏瘴不开。明朝望乡处,应见岭头梅。

这首诗写于宋之问流放岭南途中。大庾岭是五岭之一,自江西大余入广东南雄。传说大雁南飞,也只是到此为止,而行人南下的路程还十分遥远。二者对比,已写尽贬谪的荒远,然而想到明天走得更远,回头望乡,连今日视为天涯的岭头以及岭上的梅花,看起来也会变得亲切。这就更深一层地抒发了远离故乡的悲哀和无奈。《渡汉江》是一首小诗,写他从贬所回乡时的心情:"岭外音书断,经冬复历春。近乡情更怯,不敢问来人。"将渐近家乡时惊惧、忧喜的复杂心理凝聚于一个"怯"字,情貌毕现。宋之问在大力创作五律的同时,还尝试了各种不同的诗体。特别是五言古诗,从初唐以来受到诗歌律化的影响,大多全篇排偶,古意尽失。宋之问有意在五古中恢复汉魏古意,使五古和五律区分开来,这也是他促使五律定型的功绩之一。或许是因为人品不高的缘故,他在盛唐山水田园诗的发展中所起的作用往往被人忽略。其实后来王维从他的诗里得到许多启发,连他在蓝田辋川的别业,也被王维买去。宋之问早年写过一些清新自然的田园诗。他又喜爱搜讨幽奇,不少游览诗的风格类似刘宋山水诗人谢灵运。在贬谪生涯中,他观赏了越州、岭南的山水名胜,一路撷取新奇景物入诗,像"秋虹映晚日,江鹤弄晴烟"(《汉江宴别》)、"林暗交枫叶,园香覆橘花"(《过蛮洞》)、"青林暗换叶,红蕊续开花"(《经梧州》)、"雨色摇丹嶂,泉声聒翠微。两岩天作带,万壑树披衣"(《早入清远峡》)等,都以鲜丽的色泽描绘出南国风光的特征和情调,形成清绮幽深的特色。

沈佺期(?—713?)和宋之问一样,在贬谪途中写了大量山水诗。他的特色是风格瑰奇,意象缤纷。长篇古体山水诗观察精细,层层皴染,能曲尽山水形状;近体山水诗则大多清新工整、气象宏阔。《夜宿七盘岭》是他写得最好的一首五律:

独游千里外,高卧七盘西。晓月临窗近,天河入户低。

芳春平仲绿，清夜子规啼。浮客空留听，褒城闻曙鸡。

此诗从户内独宿的感受写出整个七盘岭春夜遍山绿芜、子规啼鸣、星月近人的景色，境界清朗高远。除了山水诗以外，他也很熟悉南朝乐府中游子思妇的题材，代表作为《杂诗》其三：

闻道黄龙戍，频年不解兵。可怜闺里月，长在汉家营。
少妇今春意，良人昨夜情。谁能将旗鼓，一为取龙城。

这首诗将征人与思妇分隔两地、唯有月可共看、唯有两情相同的特点提取出来，通过两地之月和两地之情的相互递换和交错对照，简洁地概括了同类内容的诗歌中所包含的主要意蕴。另一首名作《古意呈补阙乔知之》题材相同：

卢家少妇郁金堂，海燕双栖玳瑁梁。
九月寒砧催木叶，十年征戍忆辽阳。
白狼河北音书断，丹凤城南秋夜长。
谁谓含愁独不见，更教明月照流黄。

这是一首七律，从思妇在捣衣时节独对衣料含愁的角度，抒写征人久戍不归、音书断绝的痛苦，将齐梁歌行中边塞与闺中景象两相比照的写法压缩成七律，中间两联对仗，音节流畅，语调和辞藻都富有歌行的装饰美，读来就像一首截断的歌行。七言律自杜审言、沈佺期首创工密，沈佺期七律平仄严密，句法多有新创。如“林中觅草才生蕙，殿里争花并是梅”（《奉和立春游苑迎春》）、“山鸟初来犹怯啭，林花未发已偷新”（《人日重宴大明宫赐彩楼人胜应制》）等，均以思致清巧、工整自然取胜。可见沈、宋不仅在格律形式方面促使律诗更加成熟，而且在意境的凝练、思致的工巧等表现艺术方面对唐诗的发展作出了不可忽视的贡献。

中宗神龙年到玄宗开元初，号为“吴中四士”的贺知章、张旭、张若虚、包融引起时人的注目。《旧唐书・文苑传》载，神龙中，贺知章与贺朝、万齐融、张若虚、包融等“俱以吴、越之士，文词俊秀，名扬于上京”，“人间往往传其文”。其实，吴越诗人不止这“四士”，还有一批被殷璠汇入《丹阳集》的诗人，风格近似。他们的诗歌大多描绘吴越清丽的山水，抒写亲切动人的人生感触,在应制体充斥一时的诗坛上,以纯净优美的意境和悠扬宛转的旋律使人耳目一新。

"四杰"以来,表现由宇宙无穷、盈虚有数的思索而引起的淡淡感伤,成为初唐诗的一个重要特征。刘希夷(宋之问之甥)的诗歌以惜春和怀古为两大基本主题,集中地表现了人事沧桑之感,但与"四杰"相比,更多低回怅惘的情调。著名的《白头吟》就是这类人生感慨经过反复咏叹之后的提纯:"今年花落颜色改,明年花开复谁在。已见松柏摧为薪,更闻桑田变成海。古人无复洛城东,今人还对落花风。年年岁岁花相似,岁岁年年人不同。"闻一多说:"他已从美的暂促性中认识了那玄学家所谓的'永恒'——一个最缥缈,又最实在,令人惊喜,又令人震怖的存在,在它面前一切都变渺小了,一切都没有了。自然认识了那无上的智慧,就在那彻悟的一刹那间","一跃而到庄严的宇宙意识","这时的刘希夷实已跨近了张若虚半步,而离绝顶不远了"(《宫体诗的自赎》)。

张若虚(生卒年不详)的《春江花月夜》将陈隋乐府旧题扩充为由九首七言绝句连接而成的长篇歌行,使春江月夜的静美景色和有关宇宙人生的哲理思索结合起来,汇成情、景、理交融的艺术境界,代表着初唐歌行向盛唐发展的过程中所取得的最高成就:

> 春江潮水连海平,海上明月共潮生。
> 滟滟随波千万里,何处春江无月明?
> 江流宛转绕芳甸,月照花林皆似霰。
> 空里流霜不觉飞,汀上白沙看不见。
> 江天一色无纤尘,皎皎空中孤月轮。
> 江畔何人初见月?江月何年初照人?
> 人生代代无穷已,江月年年只相似。
> 不知江月待何人,但见长江送流水。
> 白云一片去悠悠,青枫浦上不胜愁。
> 谁家今夜扁舟子?何处相思明月楼?
> 可怜楼上月徘徊,应照离人妆镜台。
> 玉户帘中卷不去,捣衣砧上拂还来。

此时相望不相闻，愿逐月华流照君。
鸿雁长飞光不度，鱼龙潜跃水成文。
昨夜闲潭梦落花，可怜春半不还家。
江水流春去欲尽，江潭落月复西斜。
斜月沉沉藏海雾，碣石潇湘无限路。
不知乘月几人归，落月摇情满江树！

诗的开头先以大笔挥洒，烘托江潮连海、月共潮生的宏伟气势，接着从细处点染月色迷茫、浸染春江花林的奇妙效果，创造出像梦幻一般幽美空灵、清明澄澈的境界。然后由月色笼罩的纯净世界引起对人生哲理和宇宙奥秘的探索，并从前人关于宇宙永恒、人生短暂的慨叹中翻出新意——“人生代代无穷已，江月年年只相似”，指出个人的生命虽然短暂，而人类代代相延的历史却与宇宙同在，这种开朗的感情正是初盛唐时代精神的体现。以男女相思之情、游子飘零之感抒写人生聚短离长的感触，虽是汉魏以来的传统主题，但此诗只从咏月着眼，以孤月的徘徊不定、月色的拂卷不去烘托思妇中夜徘徊、难以驱遣的惆怅，以落花流水、残月满江烘托游子眷恋春光、思念家乡的深情。在月色的笼罩下，江水、芳甸、花林、沙汀、白云、青枫、扁舟、妆楼、镜台、杵砧、鸿雁、鱼龙、游子、思妇等丰富多彩的意象融合成完整的意境，统一在淡雅的色调中。再加上韵律抑扬回旋，富有优美的节奏感。音调随诗情变化起伏，宛如小提琴上奏出的梦幻曲，深沉柔和，宛转谐美。[①] 所以闻一多先生热情地赞美它“是诗中的诗，顶峰上的顶峰”（《宫体诗的自赎》）。

以“吴中四士”为代表的吴越诗人存诗虽然较少，但以描写江南山水为主，如包融的《登翅头山题俨公石壁》、邢巨的《游春》、万齐融的《送陈七还广陵》等等，大都笔致疏朗清新、色彩滋润明丽。南朝乐府的风味、晋人欣赏山水的理趣融会成新鲜的兴致，使山水也有了活泼的生命。如贺知章（659—744）的《咏柳》把二月的春风比作裁剪新叶的剪刀：

① 参看吴翠芬先生关于《春江花月夜》的赏析。见《唐诗鉴赏辞典》，上海辞书出版社，1983 年，第 55—58 页。

碧玉妆成一树高，万条垂下绿丝绦。

不知细叶谁裁出？二月春风似剪刀。

后两句从宋之问的“今年春色早，应为剪刀催”（《奉和立春日侍宴内出剪彩花应制》）翻出新意，成为传诵千古的佳句。《回乡偶书》：

少小离乡老大回，乡音难改鬓毛衰。

儿童相见不相识，笑问客从何处来。

将人生易老、世事沧桑的感触寄寓在饶有趣味的生活场景中。从典型的生活细节提炼出大多数人所共有的人生感受，正是盛唐诗歌的重要艺术特征之一。吴越山水诗是对齐梁山水诗的继承和改造，这种清新秀媚的诗风在开元前期十分流行，成为盛唐山水田园诗的先导。

五　从陈子昂到张说

从武后到玄宗开元前期，陈子昂和张说等诗人以刚健清新的风格，振起初唐诗歌的骨力，在艺术上为盛唐开出古雅一源。

陈子昂（661—702），字伯玉，梓州射洪（今四川射洪）人。出身富豪之家。中进士后受到武则天赏识，任谏官。后因政治理想不能实现，壮年辞官回乡，被当地县令害死。陈子昂早年受爱好道教的父亲影响，到洛阳后又在嵩山与著名道士司马承祯及宋之问、杜审言、卢藏用等结为“方外十友”。对道教的信奉，促使他相信天道循环的规则，并以此来解释历史的变化和人事的兴废。他效仿阮籍《咏怀》作《感遇》三十八首，推究历史兴废的道理、国家祸乱的原因，探索天人关系和万物变化的规律、自己在“天运”“物化”中的地位，抒写感时报国的壮志，以及岁华摇落的悲慨，乃至由世风浇薄而引起的远游寻仙的幻想。其中也有一些批评现实的诗篇，有的以边塞为题材，对统治者的腐朽无能提出了严厉的批判；有的以志士高人的英风劲节反衬骄宠小人的卑微轻薄，对社会上的佞邪势力投以辛辣的嘲讽；有的批评武则天不恤民力建造佛寺佛像，缺乏贤君尚俭忧民的美德。但陈子昂毕竟与阮籍所处的时代不同，《感遇》中充满了活力和朝气，表现的是在时代风云的变幻中跃跃欲试的热情。在体制上，这组诗大多采用八句体和十二句体的五言诗，这两种体式在当时律化程度最高。陈子昂效仿汉魏五言古诗的句式和结构，使古诗和律诗的体调有了明确的界分。在表现上也主要学习阮籍运用的比兴手法，适当吸取汉魏以后咏史、写景的技巧，彻底汰除齐梁的浮艳词彩，恢复了汉魏古诗浑穆的气象。与《咏怀》不同的是：阮籍把握不住自己的理想，其诗歌的思绪往往飘忽无定，陈子昂则具有明确的人生目标，诗中更多哲理性的思索，所以《咏怀》《感遇》虽然都用比兴，但阮诗含蓄隐晦而陈诗平直显豁。《咏怀》诗寓理于喻，取象比较鲜明生动；《感遇》诗常以喻论理，甚至明言直指，发为抽象的议论。如“翡翠巢南海”一诗写珍禽因美见杀，寓意已很明显，篇末仍要点出“多材信为累”，使之更为醒目，这就稍欠含蕴之致。此外，对齐梁词采淘洗过洁，轻视齐梁诗在形象刻画和情韵表现方面的长处，也容易流于质木枯燥。所以前人曾批评陈子昂“韵不及阮”（胡震亨《李诗通》）。但他的《感遇》其二却写得含蓄蕴藉，颇有情韵：

兰若生春夏，芊蔚何青青。幽独空林色，朱蕤冒紫茎。
迟迟白日晚，袅袅秋风生。岁华尽摇落，芳意竟何成？

诗人以特写的手法突出了兰花和杜若幽雅孤独的芳姿：红色的花朵盛开在紫茎上，使作为背景的林间春色为之一空。然而如此美洁的姿质和茂盛的青春，却在空度时日，等着繁花在秋风中飘零摇落。诗人慨叹兰若的芳香如何保持，也正是双关自己的理想和抱负不能实现。虽然没有明点寓意所在，但不难看出空林幽兰所寄托的是诗人自己孤高的情怀和时不我待的感慨。他的《登幽州台歌》更是一首将情感高度抽象化的佳作：

前不见古人，后不见来者，念天地之悠悠，独怆然而涕下！①

诗人没有局限于政治失意的牢骚之中，而是把他在政治社会中的孤独寂寞之感、纵观古今历史的慷慨悲凉之情，化为一幅天高地广、苍茫空旷的

① 有学者认为这不是诗，因为其中“前不见古人，后不见来者”两句，见于孟棨《本事诗·嘲戏》所载宋武帝称赞谢庄《月赋》之言。但卢藏用《陈氏别传》说这是陈子昂“流涕而歌”，应是陈子昂即兴之作，歌名为后人所加。

意境，在一无所有的背景上突出了诗人兀立于悠远时空中的高大形象，概括了古往今来无数志士仁人在困厄境遇中的激愤不平。陈子昂的律诗中也有一些佳作，如《度荆门望楚》：

遥遥去巫峡，望望下章台。巴国山川尽，荆门烟雾开。
城分苍野外，树断白云隈。今日狂歌客，谁知入楚来！

大气磅礴地概括了舟行出川后平野空旷、豁然开朗的景象。气势的流畅、神情的狂放，都非当时一般律诗可比。

陈子昂在武后朝虽然政治地位不高，又英年早夭，但他的文章在生前就广为流传，去世后又有卢藏用为之整理文集写传，因而在文坛上已有较高的地位和影响。张说把他列在当时著名文人的第一位。杜甫在《陈拾遗故宅》诗中也说："有才继骚雅，哲匠不比肩。公生扬马后，名与日月悬。同游英俊人，多秉辅佐权。"不但对陈子昂革新诗歌的功绩给予高度评价，而且指出当时与陈子昂同游的英俊人物多掌权要，因此能成就继承骚雅的一代盛事。而在陈子昂之后对开元诗风影响最大的是张说。

张说(667—730)，字说之，洛阳人。历仕武后、中宗、睿宗、玄宗等朝，官至中书令，封燕国公。朝廷大述作多出其手。张说对盛唐诗的影响不仅在他倡导"逸势标起，奇情新拔"以及"属词丰美，得中和之气"等文学主张，更重要的是他以一代文宗的地位引导着诗歌发展的方向。史称他"前后三秉大政，掌文学之任凡三十年"，"为文俊丽，用思精密"，"天下词人，咸讽诵之"。又喜欢奖掖后进，经他引荐的一批文学之士，或者成为执掌政坛和文坛的重臣，或者成为著名的诗人。如开元初，王湾在江南旅游，写下了《次北固山下》这首名作：

客路青山外，行舟绿水前。潮平两岸阔，风正一帆悬。
海日生残夜，江春入旧年①。乡书何处达？归雁洛阳边。

这首诗写初春时高挂风帆行舟于大江之上的开阔气象，"海日"一联以宏大的气魄写出诗人从海日生于残夜、新春来自旧年的自然现象中领悟的

---

① 江春入旧年：指立春在头年年尾，还未到新年。

哲理意味，标志着五律山水诗已经进入了盛唐。张说敏锐地觉察到这一变化的意义，把它写在政事堂上，“每示能文，令为楷式”（殷璠《河岳英灵集》），为近体山水诗指出了艺术升华的途径。

张说自己的诗作很多，其中相当一部分是应制诗。除此以外，他的山水诗也颇为可观。开元初期他曾被贬到岳州三年，与他周围一批同时迁谪的文人一起，流连于湖山之间，大事唱和，在湖湘一带兴起了吟咏山水的风气。南朝以来，山水诗在发展过程中大体上形成了两类风格，一种是以晋宋诗人谢灵运为代表的沉厚典重的风格，善写深秀奇险之景，称为“大谢体”；一种是以谢朓为代表的清新秀丽的风格，善写淡远平旷之景，称为“小谢体”。张说的山水诗能兼取大谢和小谢两种风格，使清朗和密实相协调，对过于清媚的吴越山水诗来说，也是一种纠偏。

张说兼有文才武略，曾率军巡边，平定西北叛乱。因此他的诗风亦如其为人，豪放开朗，刚健明快，但因写得太多，不免有“率意多拙”之病。《邺都引》是最能见出他精神面貌的代表作：

> 君不见魏武草创争天禄，群雄睚眦相驰逐。
> 昼携壮士破坚阵，夜接词人赋华屋。
> 都邑缭绕西山阳，桑榆汗漫漳河曲。
> 城郭为虚人代改，但有西园明月在。
> 邺傍高冢多贵臣，蛾眉曼睩共灰尘①。
> 试上铜台歌舞处，唯有秋风愁杀人！

邺都是三国时魏的都城，在今河北临漳县西。这首诗感慨曹操草创天下的英雄业绩和文采风流都已成为过去，唯有昔日繁华留下的遗迹在秋风中供人凭吊。这种人世沧桑的悲凉之感虽然在初唐歌行中常见，但诗里抒发了对曹操建功立业的景慕，表现出不凡的气宇，又与他本人就有“昼携壮士破坚阵，夜接词人赋华屋”的身份经历有关。这种昂扬的志气为同类主题的歌行输入了刚健的“建安风骨”，唐诗正是由张说开始进入到盛唐高潮的。

---

① 蛾眉曼睩：形容女子眉眼的美，代指美女。

【知识点】

初唐诗歌革新的阶段性　　初唐律诗的形成　　“初唐四杰”

“文章四友”　　“吴中四士”　　陈子昂的诗歌革新主张

【思考题】

1. 你认为促进初唐诗歌发展的重要因素有哪些？

2. 从“初唐四杰”、陈子昂到张说，他们诗歌中表现的共同精神风貌是什么？是否体现了“建安风骨”的传统？

第二讲

盛唐气象

盛唐是唐诗的最高峰，也是中国古典诗歌的全盛时期。诗歌史上的“盛唐气象”，是南宋文学批评家严羽在他的《沧浪诗话》里提出来的。林庚先生曾经就此作过精彩的阐释：“盛唐气象所指的是诗歌中蓬勃的气象，这蓬勃不只由于它发展的盛况，更重要的乃是一种蓬勃的思想感情所形成的时代性格。”“蓬勃的朝气，青春的旋律，这就是‘盛唐气象’与‘盛唐之音’的本质。”“它玲珑透彻而仍然浑厚，千愁万绪而仍然开朗；这是植根于饱满的生活热情、新鲜的事物的敏感”；“它也是中国古典诗歌造诣的理想，因为它鲜明、开朗、深入浅出；那形象的飞动，想象的丰富，情绪的饱满，使得思想性与艺术性在这里统一为丰富无尽的言说。这也就是传统上誉为‘浑厚’的盛唐气象的风格”。林先生不但以诗一般的语言概括了盛唐气象的特征，还指出建安风骨是盛唐气象的骨干，“没有这个骨干，盛唐气象是不可能出现的，这就是为什么陈子昂高倡风骨在诗歌史上具有那么重大的意义，也就是李白之所以赞美‘建安骨’的根据。然而盛唐气象又不止于这个‘骨’，它还有丰实的肌肉”，“它乃是建安风骨的更为丰富的展开”（《盛唐气象》）。

“盛唐”是一个笼统的时代观念。林先生所说的盛唐的时代精神，主要是指在开元全盛时期开明政治的背景下，一代文人对时代充满幻想、渴望有所作为的浪漫精神。天宝时期虽已由治转乱，但当太平表象下的政治危机还没有充分显露时，乐观浪漫的情绪仍然是当时诗歌的主要倾向，也是那个时代的主要性格。

经过初唐诗歌革新的几个阶段，盛唐诗人对于建安风骨的认识已经形成理论上的共识，但真正形成“声律风骨兼备”的风貌，则是到开元十五年（727）以后。“盛唐气象”比建安风骨更为丰富，不仅因为盛唐诗人将齐梁的声律词采和建安风骨融为一体，而且还因为盛唐诗歌在近五十年的时段中经历了持续革新和不断深化的过程。以下我们结合盛唐诗歌革新的两个发展阶段,来谈一谈盛唐气象的丰富内涵。

一　盛唐的诗歌革新

殷璠《河岳英灵集》①说:“贞观末(650前后),标格渐高。景云(710—712)中,颇通远调。开元十五年(727)后,声律风骨始备矣!”这段话简要地概括了唐诗从唐初开始格调渐渐变高,至初盛唐之交已经能表现高远的境界,而到开元中才形成兼备声律和风骨的发展大势。那么为什么把唐诗达到高潮的时间划到开元十五年以后呢?

从景云年间到开元十五年,是初唐和盛唐两代诗人更替的时期。以宋之问、沈佺期、李峤等为代表的初唐宫廷诗人陆续在开元初去世,标志着初唐时代的结束。开元前期,唐玄宗励精图治,改革时弊,讲求礼乐,振兴儒学,在文学上反对浮华。他在《集贤书院送张说上集贤学士赐宴得珍字》中说:“礼乐沿今古,文章革旧新。”大抵可以概括此时配合礼乐提倡文章革新的思想。所以殷璠《河岳英灵集序》说,开元十五年后,盛唐诗声律风骨始备,“实由主上恶华好朴,去伪从真,使海内词场,翕然尊古,南风周雅,称阐今日”,认为盛唐诗从开元十五年以后转为真朴古雅,恢复《诗经》的风雅传统,主要与唐玄宗提倡革新文章的思想有关,虽然他对玄宗个人的作用有所夸大,但确实说明了当时文风转变的政治原因。张说适应了开元初倡导淳古真朴的政治需要,大兴礼乐雅颂,成为开元前期文坛的核心人物。他在唐玄宗的支持下,提拔了一批文辞雅丽、通晓儒学的人物。在他周围形成的以“文儒”为主的官僚群体,成为开元到天宝初的政坛和文坛上的中坚力量,其中张九龄所起的作用尤其突出。张说在开元十八年去世后,张九龄继之而成为文宗哲匠。二张不但自己荐引了一批盛唐著名的诗人,如王湾、王翰、王维等,而且由他们提拔起来或与他们志同道合的一批文儒在掌握权力以后,也通过知贡举等方式选拔了一批文人:盛唐著名诗人和文人登第的高峰共出现过两次,一次在开元十

① 殷璠:生卒年不详,润州(今江苏镇江)人。天宝十二年(753)编选《河岳英灵集》。

四、十五年间，严挺之知贡举时，储光羲、崔国辅、綦毋潜、王昌龄、常建等都得以及第，在此前后还有崔颢、祖咏、刘眘虚等先后及第，他们构成了开元诗坛的主力，开元十五年后的诗歌兴盛局面正由他们奠定；一次在开元二十二、二十三年间，由孙逖知贡举，颜真卿、贾至、李颀、李华、萧颖士等在此期间中举，后来成为天宝文坛的重要人物。

二张虽然都是朝廷宰辅，但与贞观年间的重臣不同，由于在政治上都有过大起大落的经历，因此能打破朝野的隔膜。他们影响于当时文人的主要不是那些应制颂圣的作品，而是他们的理想抱负、人格精神，以及在贬谪期间创作的大量诗歌和其中深刻的人生思考。他们解决了"四杰"诗歌理论和创作之间的矛盾，扭转了陈子昂矫枉过正的偏向，赋予建安精神以新的时代色彩，对于盛唐诗人形成以崇尚建安气骨为主的风雅观念产生了直接的影响。

张九龄（678—740），字子寿，韶州（今广东韶关）人。开元二十二年官至中书令，二十三年封始兴公。他也是创作丰富的诗人，明人胡震亨《唐音癸签》以"含清拔于绮绘之中，寓神俊于庄严之内"这两句话来概括他的基本风格，是比较恰当的。他支持陈子昂重幽素、黜雕华的主张，作《感遇》十二首，以贤士闻达之难、世路不平之叹为中心，抒写对功名理想、志士高节的追求，并提出了乘时而起、功成身退的处世原则。这些思想对盛唐诗人的影响最直接。在艺术表现上，这组诗与陈子昂的《感遇》一样，也是以比兴为主，但风格清雅，不像陈子昂那么质实。如著名的《感遇》其七：

> 江南有丹橘，经冬犹绿林。岂伊地气暖？自有岁寒心。
> 可以荐佳客，奈何阻重深！运命唯所遇，循环不可寻。
> 徒言树桃李，此木岂无阴？

张九龄是岭南人，当时朝廷选士，很少考虑南方边远之地的人才，因此他仕途上的障碍也就更多。这首诗取屈原《橘颂》诗意，感慨丹橘既有岁寒之节，又有果实和树荫可用，只因阻隔深重而不能进荐，借以比喻自己品性坚贞、才堪任用而被排挤在朝廷之外的命运，写得从容委婉。张九龄诗又有一种典雅而富有情韵的境界，如《望月怀远》：

海上生明月，天涯共此时。情人怨遥夜，竟夕起相思。

灭烛怜光满，披衣觉露滋。不堪盈手赠，还寝梦佳期。

海上明月照遍天涯，情人的相思也随月光满盈在白露浸润的长夜里，诗中悠扬宛转的音调和惆怅遥远的情思，将人带进梦幻般的意境。他的山水诗数量也不少，主要写于开元十五年出任洪州都督时期。大多数诗取法大谢体，并创造出以感怀为主兼咏山水的五古体，在开元前期清媚诗风流行之时，以沉厚凝重的风格另立一宗。他将汉魏以来文人诗中追求建功立业的人生理想、坚持直道和清节的高尚情操、探求天道时运的深刻思考、对待穷达进退的处世原则引进了山水诗，使山水诗清丽的词采和汉魏风骨相结合。这是他对山水诗最重要的贡献，明人胡应麟《诗薮》说他"首创清澹之派"，也应从这方面来理解。

活跃在开元年间的诗人王维、孟浩然、卢象、储光羲、綦毋潜等人在思想上和人事上与张九龄都有密切的联系。由于政治气象的更新，加上二张的影响，开元诗人把他们共同的时代感受反映到诗里，并意识到他们渴望及时建功立业的人生理想正是建安风骨和时代精神的契合点，因而将"大雅颂声"和建安风骨相结合，已成为一种普遍的自觉意识。不但王维、孟浩然高唱着"盛得江左风，弥工建安体"（王维《别綦毋潜》）、"文章推后辈，风雅激颓波"（孟浩然《陪卢明府泛舟回作》），就是与二张没有直接联系的高适也同样在称扬"隐轸经济具，纵横建安作"（《淇上酬薛三据兼寄郭少府微》）、"性灵出万象，风骨超常伦"（《答侯少府》）。在盛唐诗人普遍形成"言气骨则建安为传"（殷璠《河岳英灵集·集论》）的风气中，从开元十五年到开元二十二年间，出现了山水田园诗的创作高峰期，从开元二十年到二十七年，又出现了边塞诗的创作高峰期。无论是田园牧歌还是边塞高唱，都体现了新的时代精神，具备了林庚先生所描绘的盛唐气象的全部特征，因此可以看作盛唐诗歌革新的第一个高潮。

开元二十四年张九龄罢相，李林甫代之为相，意味着开元清平政治的结束。到天宝初，随着景云开元时代的一批较为贤明的官僚先后去世，政治日趋腐败。开元时代的一些著名诗人祖咏、孟浩然、王翰、王之涣等在诗坛消失，王维、储光羲等因张九龄的逝世而消极退隐。而在开元时代影响尚小的李白却在天宝初崛起，成为诗坛的主将。李华、萧颖士、元结等具有复古思想的文人，以及杜甫、岑参在诗坛上崭露头角。李白像盛唐诗人一样肯定“蓬莱文章建安骨”（《宣州谢朓楼饯别校书叔云》），并以《古风》其一总结了开元全盛之世诗歌革新的理论：

> 大雅久不作①，吾衰竟谁陈②？王风委蔓草③，战国多荆榛。
> 龙虎相啖食④，兵戈逮狂秦。正声何微茫，哀怨起骚人⑤。
> 扬马激颓波⑥，开流荡无垠。废兴虽万变，宪章亦已沦⑦。
> 自从建安来，绮丽不足珍。圣代复元古，垂衣贵清真。
> 群才属休明，乘运共跃鳞。文质相炳焕，众星罗秋旻⑧。
> 我志在删述⑨，垂辉映千春。希圣如有立，绝笔于获麟⑩。

诗意是说：歌颂王道圣明的雅诗久已不兴了。孔子那种感叹盛世衰落的心情向谁陈述呢？周朝的王政已经像委弃在荒草中一样衰微，战国时代频繁的战乱使各地荆棘丛生。诸侯之间龙争虎斗、相互吞并，战争一直延续到狂暴的秦朝。和平中正的歌声是多么微弱遥远，这时文坛上震响的只有《离骚》那样哀怨的歌吟。扬雄和司马相如这些汉代的辞赋家激扬起颓靡的末流，开创的华丽文风从此流荡后世。此后政治的盛衰虽然千变万化，但是诗歌应讴歌治世之音、反映王者教化的法则从战国以后就日益沦丧了。自从建安以来，诗歌愈趋绮丽，更不足珍贵。当今圣明之世恢复了上古的政治，像尧舜那样垂衣而治，推崇淳朴自然的风气。当代的才

---

① 大雅：《诗经》中的一部分，反映西周政治，这里主要指颂美王政的歌声。

② 吾衰：《论语·述而》：“甚矣吾衰也。”

③ 王风：《诗经》中《国风》的一部分，是周室东迁洛邑以后产生的民歌。委蔓草：指王政衰微。

④ 龙虎相啖食：指战国七雄龙争虎斗。

⑤ 正声：指治世中正平和的歌声如雅、颂之乐。骚人：指屈原、宋玉等人的作品。

⑥ 扬马：扬雄、司马相如，汉赋重要作家，所作大赋铺陈华丽。

⑦ 宪章：指诗为颂美王者教化和治世之音而作的准则。

⑧ 秋旻：秋季的天空。

⑨ 删述：《史记·孔子世家》说古时诗三千余篇，孔子删定为三百零五篇，成《诗经》。

⑩ 获麟：据《春秋公羊传》载，鲁哀公十四年春“西狩获麟”，孔子见麟，认为仁兽被获是不祥之兆，叹息说：“吾道穷矣。”传说他著的《春秋》就在这一年搁笔。这里说的是希望学习孔圣，有所建树，至死才停止写作。

子们生逢盛世,乘着时运各展才能,一起像鲤鱼那样跃过龙门。诗歌创作文质兼备,相互辉映。众多的诗人像繁星般罗列在秋夜的天空。我的志向是像孔子删诗那样总结一代文化,使自己的光辉声名照耀千古。如果学习孔圣人真能有所建树,那么也要像孔子修订《春秋》一样,竭尽毕生的精力。这首诗将时代的兴衰和诗风的颂怨、文质相联系,指出从战国以来,文学中的哀怨、颓波和绮丽文风都是政治衰亡的反映,赞美了盛唐统治者扭转时风和文风的努力,以他心目中的理想政治为标准,肯定了元古文王之治在当代的复兴,表达了开元诗人欣逢盛明之世的自豪感、乘时而起的共同愿望,以及使"文质相炳焕"的歌声在当代复兴的责任感,把歌颂盛明转化为歌颂乘运而起、建功立业的人生理想,使之与建安风骨在精神上取得一致。大雅颂声和建安风骨相结合,便是盛唐诗歌革新的基本精神之所在。

但是当李白看清了天宝年间政治愈趋黑暗的现实以后,他又继承陈子昂和张九龄的《感遇》诗传统,写下了《古风》《拟古》《感兴》《感遇》《寓言》等一系列咏怀组诗和大量乐府歌行,运用比兴抒写理想、抨击现实,在安史之乱爆发前夕揭示出盛明气象下隐伏的社会危机,大大深化了开元诗歌风骨的内涵,这就将盛唐诗歌革新推向新的高潮。杜甫、元结等批判现实的诗歌也在同样的背景下汇入了这一高潮。他们发扬汉乐府"感于哀乐、缘事而发"的传统,创作了许多反映民生疾苦和社会弊病的新题乐府诗,以"忧黎元"的主题深化了盛唐诗歌的浪漫精神。杜甫的《戏为六绝句》还纠正了当时人在理论上只重建安风骨、否定"初唐四杰"的偏颇,在批评齐梁轻薄伪体的同时,又强调在艺术上学习齐梁清词丽句的必要性,提出了具体分析六朝文风的标准。他和李白的理论和创作反映了盛唐诗歌革新的最高成就。因此概括盛唐诗歌革新的过程,可以说,它是由张说导向,以张九龄、王维为核心,由一批开元诗人共同完成,最后由李白加以总结并进一步深化的。尽管天宝诗坛和开元诗坛显示出不同的特征,但开元时代那种蓬勃的朝气、爽朗的基调、无限的展望、天真的情感,在天宝时代李白、杜甫和岑参的诗里仍然得到集中的反映。从这一点来说,开元精神是盛唐气象的核心,也是盛唐时代性格的代表。

二　声律风骨兼备的盛唐诗

盛唐诗在开元十五年以后形成声律风骨兼备的风貌，可从其内容和形式两方面来理解。这一时期的诗歌以抒写积极进取的理想和表现日常生活的感受为两大基本主题。前者多反映在边塞游侠、感怀言志一类题材中，后者多反映在山水行役、别情闺思一类题材中，但这两大主题之间有不可分割的联系，因此盛唐诗人虽在艺术上各有偏精独诣，但以兼长各类题材者为多。而他们所讴歌的风骨则体现在各类题材中，大体说来，盛唐诗的风骨包含以下三方面的内涵：

首先，诗人们能站在观察宇宙历史的发展规律的高度，对时代和人生进行积极的思考。初唐诗人往往将探究天人变化的思维方式融会于诗歌中的人事感叹，这种思维惯性也一直延续到盛唐。从张说、张九龄、王维到李白，都能在对于天道变化、人事兴废的思考中观察时代、审视自我。但是山河长在、生命不久的清醒认识所激起的是对于生命和光阴的加倍珍惜，以及及时建功立业的坚定决心。这种明确的人生目标，驱散了笼罩在初唐诗里的朦胧和惆怅，使他们的诗歌情调更为爽朗，境界更为高远。

其次，诗人们在追求建功立业的热情中显示了强烈的自信和铮铮的傲骨。进取的豪气和不遇的嗟叹相交织，讴歌盛世的颂声与抗议现实不平的激愤相融合，给他们继承的建安风骨带来了新的时代内容。“济苍生，安社稷”，向往建立不朽功名的积极进取精神，虽是从建安以来就贯穿在进步文人诗中的一条红线，但盛唐诗人的理想又有其时代特色。由于唐代开国一百多年以来经济繁荣、政治开明、社会安定、国力强盛，加上统治阶级又给各阶层的士子开放了进入政权的大门，并采取多种措施造就推崇济世之才和王霸之略的社会空气，这就培养了一代文人以天下为己任的信念，也大大激发了他们起于屠钓、风云际会的幻想。因此盛唐诗歌中充满了布衣的自尊和骄傲，以及凭个人才能和毅力可以取得一切的希望和自信。他们的怨愤往往是“耻作明时失路人”（常建《落第长安》）的牢骚，在仕途遇到坎坷时，他们的不平之气主要是针对那些权贵和出身高门的"纨绔子"而发。即使当他们觉察到社会存在的弊病时,也没有失去对时代的信心。可以说,对理想政治的讴歌、追求功名的热情、蔑视权贵的自信和英雄失路的不平,是构成盛唐诗人浪漫理想的主要内容。

再次,赞美独立的人格和高洁的品质,在出处行藏的选择中大力标举"直道"和"高节",使他们追求功名的热望减少了庸俗的成分,增添了理想的光彩。开元诗人普遍将节操和干进联系起来,看重进取功名及显达之后所应具备的操守。以"玉壶冰"和"澄水""清泉"比喻清白的品格,成为开元诗里最常见的比兴形象。无论进退仕隐,都要保持清白和正直,这就是他们反复歌唱的"直道"。"穷则独善其身",本是历代文人诗的一个重要主题,而在盛唐诗歌中则表现为在处世上保持独立不媚世的人格和内心世界的自由。盛世的安定繁荣向大多数寒门地主展示了光明的政治前景,同时提供了尽情享受人生的物质基础,使他们能得到良好的文化教养。因此不论个人目前遭遇如何,都能以健康开朗的心情、从容达观的态度、充满青春活力的想象体味人生、欣赏自然。他们在隐居、羁旅、交友、宴游等日常生活中表现了崇尚真诚纯洁的道德理想、爱好淳真朴素的审美趣味。这与魏晋士大夫矫情任放的名士风度以及南朝士大夫庸俗空虚的精神状态恰成鲜明的对照。盛唐诗歌的动人力量正来自这种远大的理想、高尚的人品和真挚的感情。

盛唐诗歌声律的完备也可以从以下几方面来看:

首先,声律完备主要指律诗体裁的成熟和普及。五言律诗在初盛唐之交定型以后,至盛唐逐渐打破对仗呆板和句式单调的局面,出现了在五律五排中破偶为散的趋向,参照古诗句法,使律对从拘谨板滞变为自由活泼,可说是盛唐律诗的一个重要特点。这也正说明人们驾驭声律对仗已经从必然走向自由。七律的形成原晚于五律,在武则天后期到中宗时的宫廷应制诗中才开始得到发展。开元年间七律仍然不多,基本上处于由歌行体的流畅向工稳过渡的状态中,到杜甫手里才完全成熟。但这种特殊形态给盛唐七律带来了后世无法企及的声调之美。

其次,古体的兴起及其与律诗的判然分界,与提倡建安风骨有关,但也反衬出声律的完备。从陈隋到初唐,古体渐渐律化,古体和律体几乎不分。陈子昂、宋之问虽然写作了许多汉魏式五古，但神龙到开元初，五古仍较少有人问津。开元十五年以后，张九龄首先创作大量咏怀的五古长篇，在诗坛上崛起的一批新进诗人也多用力于五古的写作，其中王维、李颀、王昌龄、高适、储光羲等数量最多，到开元后期，五古已形成以散句为主间以偶句、风格清新秀朗的特色。天宝年间，又出现了创作七古的高潮。李颀、王维、高适、岑参、李白、杜甫的七古都达到很高的水平，同时改变了初唐七古与七言歌行不分的状况。此外，八句体五古的独立、五言绝句中古绝的增多，也是盛唐诗坛古诗兴盛的征象。

再次，歌行和绝句的兴盛，是盛唐诗达到高潮的最重要的标志。初唐的七言歌行将七言乐府重叠复沓、反复咏叹的特征发挥到极致，使这一时期的歌行和乐府一样，以其声调的宏畅流转之美形成了独特的艺术风貌。盛唐的七言歌行沿着初唐后期"稍汰浮华，渐趋平实"（胡应麟《诗薮》）的方向发展，由繁复丽密转向精炼疏宕，减少了初唐歌行常用的顶针、排比、回文、复沓等手法，转为以散句精神贯串全篇，因而不再以悠扬宛转的声情见长，而以气势劲健跌宕取胜。篇幅则由初唐的尽情铺排转为节制收敛，从而形成骨力矫健、情致委婉、繁简适度的艺术风貌。此外，杂用古文楚辞句式的杂言歌行也更加自由活泼、雄逸豪荡。盛唐歌行在李白和杜甫手里发展到极致，纵放横绝，极尽变化，"几于鬼斧神工，莫可思议"（朱庭珍《筱园诗话》），达到了前无古人、后无来者的境界。

绝句一跃成为盛唐诗坛上最活跃的表现形式。五言绝句有古绝、律绝和介乎二者之间的齐梁体三种形式，其中律绝的数量最少。七绝则大多为律绝，从而形成了五绝格调偏于古、七绝格调偏于近的特点。盛唐绝句恢复了与乐府的联系，篇幅短小、意味深长、语言纯净、情韵天然。它们大都能学习民歌直接发自内心的自然音调，以及单纯明快、不假思索的新鲜风格，又比民歌更自觉地将个人的感受结合于民族共同情感，用平易凝练、朴素流畅的口语概括出人们生活中最普遍最深沉的感情，从而人人理解，代代传诵。

总的说来，盛唐诗歌兼取汉魏兴寄和齐梁清词，主张在丰满的形象描绘中体现出风骨性灵。除直抒胸臆外，各种题材都可以有所寄托，许多边塞诗就是抒写立功理想和不遇之慨的言志诗。它们将魏晋边塞诗中过于理想化的色彩和齐梁诗中哀怨之情多于英雄气魄的特点结合起来,歌颂了真实而有感情的英雄。很多山水诗乃至闺情宫怨诗也是有所寄托的咏怀诗,它们兼取魏晋诗偏重言志寓意和齐梁诗极貌写物的表现艺术,形成融情意于鲜明形象的特色。许多赠人送别诗延续了齐梁诗多写日常生活的传统,但善于在普通的生活中提炼人情的普遍现象,以透彻明快的语言概括人生的共同感受,使之达到接近生活哲理的高度。汉魏诗气象浑沦的长处与齐梁诗情致委婉的特点相融合,英雄气魄和牧歌情调相统一,使盛唐诗形成了壮丽雄浑和天然清新的共同风貌。

三　王、孟与山水田园诗

由陶渊明开创的田园诗和谢灵运开创的山水诗在南北朝基本上分道而行,到唐初王绩开始合流。至初盛唐之交,描写山水别业的风尚盛行于朝野,沈宋、吴越诗人、二张在山水诗创作中取得的成就已为盛唐山水田园诗开了先河,因而山水田园诗在各种题材中最先得到发展。当然,盛唐山水田园诗的繁荣,还有它的社会原因和思想基础:

首先,盛唐取士的路径较多,除了科举以外,征召辟举也是一种辅助的办法。君主为了粉饰太平,热衷于招隐士、征逸人,一些文人怀着起于屠钓[①]、风云际会的幻想,把隐居山林、学道求仙当作求官的一条终南捷径[②]。

其次,繁荣的经济和安定的社会为大多数地主提供了寄傲林泉的物质条件和安逸环境。盛唐的隐居有多种方式,不同于传统意义上高蹈避世的隐居。有的隐居是为入仕作准备;有的隐居是在得第之后等候选官,或者罢官以后暂时赋闲、待时再选;有的隐居只是假日的"休沐",因为朝廷经常鼓励百官在假日寻找风景优美的地方游乐,并供给食宿,这在当时被称为"朝隐",也就是亦官亦隐。而所有这些隐居方式的前提是山林别

---

① 起于屠钓:传说姜太公曾做过屠夫、钓过鱼,后来被周文王发现,用为辅佐。

② 终南捷径:卢藏用隐居终南山,被人称为"随驾隐士",司马承祯指出他是为了走"仕宦之捷径"。

业在官僚地主阶层中的普及。从初唐到盛唐，在朝的官吏多有郊馆山池以享受边官边隐的雅趣；连一般地主也有别业山庄，作为他们求仕之前或失意之后暂且“独善其身”的隐居之所。

再次，唐代南北统一，交通方便，文人游学观览的风气十分流行，当时差不多没有一个著名诗人不曾作过长途旅行。各地州县官又大多爱好文学，所到之处，总有文人聚会迎送、赋诗留别，大量的山水诗和送别诗就是在这样的环境中产生的。因此山水田园诗的兴盛正是盛世气象最突出的表征。

盛唐山水田园诗继承了陶渊明、谢灵运山水田园诗的精神旨趣，在大自然中追求任情适意、快然自足的乐趣，领会老庄超然物外、与大化冥合为一的境界；自东晋以来形成的澄怀观道、静照忘求的审美观照方式，在盛唐进一步与仙境和禅境相融合，促使许多抒写方外之情的山水诗形成了优美空静的意境。这一题材因与封建士大夫逍遥世外的生活密切有关，有些诗歌难免流露慵懒孤冷的消极情绪。但与南朝山水诗相比，盛唐山水诗又增添了新的内容，不但境界阔大，情调也较为健康。祖国雄伟壮丽的名山大川开拓了诗人们的眼界和胸襟，鼓舞了他们奋发进取的热情，升华了他们真挚淳朴的审美理想。因此热爱祖国和热爱生活的思想感情，使盛唐山水田园诗呈现出不同于历代山水田园诗的崭新面貌。

在艺术上，盛唐诗人继承了陶渊明重兴寄和感受、谢灵运重观赏和刻画的传统，重视妙悟，直寻兴会，形成寄情兴于自然美之中的基本表现方式。同时力求以精练短小的篇幅表现出雄浑壮美的气象和开朗深远的意境，把六朝以来繁细的小景刻画变成简约的大景勾勒，把面面俱到的铺叙变成捕捉主要感受的构思，从单纯追求形似发展到表现山水景物的神韵。加上在意象的组织提炼和虚实关系的处理等方面也达到了完美纯熟的境地，从而使盛唐山水田园诗形成了清新闲雅、空灵淡泊、富有韵外之致的特色，而意境美也因此成为盛唐诗歌的重要特征之一。

盛唐大量写作山水田园诗并取得高度成就的作家，主要是孟浩然和王维这两位大家。

孟浩然（689—740），生活在开元承平年代，一生经历简单，40岁前在襄阳老家隐居，后来赴长安考进士落第，到吴越一带漫游，几年后回到家乡，曾在张九龄幕中任从事。开元二十八年去世。他既有魏晋名流清朗潇散的风神仪表，又追慕陶渊明躬耕田园的高尚情操，同时也怀有盛唐拯世济人的时代理想，可以称得上一个典型的盛世隐士，代表了盛唐大多数终生不达的失意文人共同的精神面貌。他因功名不就，也曾写过一些自伤怀才不遇的诗歌，表现了像鸿鹄般一飞冲天的远大志向、朝中无人援引自己的不平之气，批评了流俗的势利，歌颂了田园的纯真。这也正是盛唐诗歌所体现的风骨的基本内涵。只是无论追求还是不平，他都表现得比较平和。由于没有经历过重大的变故，未卷入过尖锐的政治斗争，又长期隐居，对社会现实缺乏深广的认识，因而不可能写出具有强烈激情的长篇巨制，他以善写短诗著称。《春晓》是他最有名的一首小诗：

春眠不觉晓，处处闻啼鸟。夜来风雨声，花落知多少？

写风雨之后惜花的淡愁，亲切的一问中包含着春去春来、花开花落的多少感慨，给人以无限启示，因而成为新鲜活泼的盛唐绝句的代表作。

孟浩然的田园诗侧重描写在襄阳隐居时的种种高雅生活和闲情逸致，诸如高士的孤怀、隐居的幽寂、登临的清兴、静夜的相思等。他重视清新而浑然一体的感受，善于把握微妙的情绪，并统一于清旷的境界。如《过故人庄》：

故人具鸡黍，邀我至田家。绿树村边合，青山郭外斜。
开轩面场圃，把酒话桑麻。待到重阳日，还来就菊花。

这首诗将一个普通的村庄和一餐简单的鸡黍饭写得朴素自然而极富诗意。遥对青山绿树、开轩面向场圃的畅快，宾主间随意闲话桑麻的亲切，都通过田家留饮的情景自然表现出来，恬淡淳朴极似陶诗，只是色彩画面更加鲜明。《秋登万山寄张五》抒写秋日登高时心旷神怡的兴致和思念故人的深情：

北山白云里，隐者自怡悦。相望试登高，心随雁飞灭。
愁因薄暮起，兴是清秋发。时见归村人，沙平渡头歇。
天边树若荠，江畔舟如月。何当载酒来，共醉重阳节。

在疏朗明净的村渡晚归图上，轻淡地点染因薄暮而引起的愁绪，心神与境界俱远。《游精思观回王白云在后》写黄昏时归村的情景：

> 山谷未停午，到家日已曛。回瞻下山路，但见牛羊群。
> 樵子暗相失，草虫寒不闻。衡门犹未掩，伫立待夫君。

诗里暗中化用《诗经·君子于役》"日之夕矣，羊牛下来"的句意，又切合眼前实景。下山的牛羊、暮色中的樵夫、悄默的草虫、倚门的村妇，都淡化在秋山的空寒和黄昏的惆怅之中。《夏日南亭怀辛大》写夏日傍晚乘凉时对友人的思念，宁静敞朗的意境中仿佛沁透清爽芬芳的凉意，其中"荷风送香气，竹露滴清响"一联，与他的名句"微云淡河汉，疏雨滴梧桐"（《句》），都很受后人推崇。《夜归鹿门歌》描写诗人往鹿门隐居途中的景色：

> 山寺钟鸣昼已昏，渔梁渡头争渡喧。
> 人随沙岸向江村，余亦乘舟归鹿门。
> 鹿门月照开烟树，忽到庞公栖隐处。
> 岩扉松径长寂寥，惟有幽人夜来去。

诗里提到的庞公，即庞德公，东汉人，隐于襄阳鹿门山。这首诗从山寺鸣钟、江村争渡的喧闹进入鹿门岩扉幽寂的境地，月光照出在暮烟笼罩的深林中独自来去的幽人，正是潇洒自得、风神散朗的诗人的自我写照。此诗笔调闲淡显豁，情趣孤冷脱俗，最能见出孟浩然韵致飘逸、风格淡雅的特色。

孟浩然在漫游吴越、两湖等地的过程中写下了大量山水行旅诗。他注意对生活的领悟，不刻画，不雕琢，浑然而就，创造出许多清空的意境。和他的田园诗一样，冲淡仍是孟浩然的主要风格。如《宿桐庐江寄广陵旧游》：

> 山暝闻猿愁，沧江急夜流。风鸣两岸叶，月照一孤舟。
> 建德非吾土，维扬忆旧游。还将两行泪，遥寄海西头。

将羁旅的孤愁和对友人的思念融化在一片萧骚凄愁的气氛中。月光罩定的一叶孤舟成为暗夜画面中的亮点，使舟中人显得更加冷清孤独。《宿建德江》以清淡的水墨绘出暮江泊舟的情景，渗透着诗人客居异乡的惆怅：

移舟泊烟渚，日暮客愁新。野旷天低树，江清月近人。

烟水空濛，野旷天低，暮色苍茫，羁旅无依，唯有江中月影近在身旁，似解慰人孤寂。《早寒江上有怀》写于落第后的归途中：

木落雁南渡，北风江上寒。我家襄水上，遥隔楚云端。
乡泪客中尽，孤帆天际看。迷津欲有问，平海夕漫漫。

从旅人思归的心情写出初冬江上迷茫凄寒的景致，更是淡到几乎看不见颜色。诗里暗寓着仕途迷津的失意之感，寄托深远而了无痕迹。孟浩然首先将兴寄引入近体山水诗，这是他的一大贡献。他的寓意和写景不是比附的关系，而是在景物中自然流露，非常现成。《望洞庭湖赠张丞相》是一首写洞庭的名作：

八月湖水平，涵虚混太清。气蒸云梦泽，波撼岳阳城。
欲济无舟楫，端居耻圣明。坐观垂钓者，徒有羡鱼情。

诗人以融入宇宙深处的整个身心去感受洞庭湖云气蒸腾、天水混茫的气势，以及洪波涌起、撼动岳阳的伟力。唐太宗曾以“舟楫伫时英”（《春日登陕州城楼俯眺原野回丹碧缀烟霞密翠斑红芳菲花柳即目川岫聊以命篇》）比喻汲引人才、鼓励贤良辅佐王业。孟浩然只就眼前水景推想，借湖边常见的垂钓者和舟船暗寄欲借舟楫以济时的深意，又暗含“临渊羡鱼，不如退而结网”的古谚，委婉地表示了自己希望进取而无人引荐的心情，不但兴寄自然，还可见孟诗在冲淡之外还有雄健的一面。此外如《与颜钱塘登樟亭望潮作》层层烘托出大潮自远而近即将来临的声势，然后在惊涛如雪、喷涌而出时戛然收住，极为壮观。《彭蠡湖中望庐山》先以月晕天风和平湖水势烘托庐山的背景，然后层层渲染山势压顶、凝黛中天的混茫气象，以及香炉瀑布在日光映照下的霞彩，气势极为雄壮。前人称这首诗和《早发渔浦潭》都写得“精力浑健，俯视一切”（潘德舆《养一斋诗话》），体现了“冲淡有壮逸之气”的特色。明清的神韵派诗论常常称赞王、孟的山水诗“不着一字，尽得风流”的境界，从孟浩然的《晚泊浔阳望庐山》可以领悟其具体的含义：

> 挂席几千里，名山都未逢。泊舟浔阳郭，始见香炉峰。
> 尝读远公传，永怀尘外踪。东林精舍近，日暮但闻钟。

晚泊浔阳，却从千里之内未逢名山写起，以反衬庐山的名不虚传；见到香炉峰以后，且不写山，反过来追忆早年对此山的向往，以东晋名僧慧远高蹈出尘的行踪烘托山中的幽静；最后听到暮钟传来，才知东林寺就在附近，又引起人无穷的惆怅。通篇没有一字绘形绘色，只是着力渲染诗人对此名山的神往之意，而庐山神韵全出。

孟浩然的诗以情兴为主，他在诗里也多次强调“兴”的生发。所谓“兴”，就是赏玩山水的兴致，以及对自然美产生会心以后激发的创作冲动。虽然南朝诗人沈约在《宋书·谢灵运传论》里说“灵运之兴会标举”，钟嵘《诗品》说“若人兴多才高”，都是指这种由景物而产生的兴会，但还没有明确地把这种“兴”和比兴的“兴”区分开来。传统比兴的“兴”是与“环譬以托讽”（刘勰《文心雕龙·比兴》）联系在一起的。孟浩然在盛唐诗人中最早提出“发兴”，明确指出了人对自然的兴会在山水田园诗创作中的重要性，实际上已经接触到盛唐诗歌创作的一个重要特征，也就是《文镜秘府论》所说的“江山满怀，合而生兴，须屏绝事务，专任情兴”。与孟浩然同时而稍后的殷璠，又提出“兴象”，即表达兴会的意象，这就使山水清兴和托喻寄兴在理论上得到区别。总的看来，孟浩然以比兴寄托和壮逸之气充实了南方山水诗的骨力。他以不刻画不雕琢的白描手法写景抒情，直寻兴会，形成了冲淡清旷的风格，创造了浑融完整的意境，给盛唐山水田园诗提供了重要的艺术经验，代表着盛唐南方山水诗的最高成就。

王维（701—761），字摩诘，太原祁（今山西祁县）人。开元九年中进士，任大乐丞，后谪官济州。曾在淇上、嵩山一带隐居，开元二十三年被张九龄提拔为右拾遗。后迁监察御史，出使凉州。天宝年间先后住在终南山和辋川别业，过着亦官亦隐的生活。安史之乱后被强迫任伪官。晚年笃志奉佛，官终尚书右丞。

王维是盛唐最负盛名的大诗人。他的诗歌今存四百多首，题材和内容丰富多样。早在开元前期他就写过《洛阳女儿行》《西施咏》《李陵咏》等,借闺怨诗和咏史诗抒写立功的壮志,反映贵贱的不平。贬到济州以后又写出了一系列更有深度的作品,如《济上四贤咏》《郑霍二山人》《不遇咏》《寓言》《偶然作》《老将行》《陇头吟》等,歌颂隐士的高节,抗议现实的不公,表达布衣对权贵的蔑视,比其他诗人更早也更集中地体现了开元诗歌风骨的基本内涵。张九龄去世后,他由痛苦转为消极,对政治的失望使他选择了逃避现实,在山水和佛门中寻求精神解脱的生活方式。虽然失去了早年那种意气风发的少年精神,但他在隐居生活中追求空静绝俗的意境美,仍然体现了渴望自由高洁的人格理想。

王维的山水田园诗是多种高水平的盛世文化艺术相互化合的结晶。由于他能诗善画,精通音律,擅长书法,各种艺术都有很深的修养,因而能透彻理解诗、画、音乐等几种艺术之间的同异,比一般诗人更深入地探索诗歌表现的特殊规律。他的山水田园诗兼有绘画、音乐之美,被后人称为诗中有画、"百啭流莺、宫商迭奏"(《史鉴类绝》),体现了盛唐诗形象鲜明、情韵深长的典型风貌。

在王维之前,盛唐的山水田园诗主要集中在南方。北方的山水诗仅限于京洛别业。王维的年辈稍晚于孟浩然,一生活动的范围主要在北方。他在充分吸取南方山水诗表现艺术的基础上,从各个角度展现了北方山川郊邑多种多样的自然美,开辟了北方山水田园诗的新境界。他的基本风格是"清而秀",同时又能表现多种多样的自然美。

首先,他善于以疏放的线条和劲健的笔力勾勒雄伟壮丽的名山大川。如《终南山》:

> 太乙近天都①,连山接海隅。白云回望合,青霭入看无。
> 分野中峰变②,阴晴众壑殊。欲投人处宿,隔水问樵夫。

这首诗利用五律四联分层的章法来构图布局,逐层夸张终南山辽远的地

---

① 太乙:即终南山。

② 分野:古人以二十八宿星座的区分标志地上的界域,使天上星座的方位与中华九州诸国的划分相对应,叫作"分野"。这里指终南山占地很广,不止一州,中峰两侧的分野就不同。

势、高耸的山势以及占地的广阔，从世外鸟瞰的角度，集合了多方的视点，构成一幅远超画境的终南山全景图，表现出终南山云烟变幻、干扰阴阳的雄姿。最后以投宿的游人与樵夫隔水对话的情景点缀其间，以小衬大，使大山在对比之下更显得气势壮伟而又生趣盎然。这种构图遂成为后世文人画的范本。《汉江临泛》也是脍炙人口的一首名作：

楚塞三湘接，荆门九派通。江流天地外，山色有无中。
郡邑浮前浦，波澜动远空。襄阳好风日，留醉与山翁。

描绘苍莽的湘楚平野和浩瀚的汉江波澜，境界一直拓展到天地之外，同时以错觉写出郡邑在波澜撼动中的飘浮之感，更见出汉江的浩荡壮阔，最能体现盛唐山水诗不受视野局限的特色。其余如《送梓州李使君》："万壑树参天，千山响杜鹃。山中一半雨，树杪百重泉。"写蜀地春天的幽谷深林在骤雨过后百重泉流飞泻、千山杜鹃啼鸣的奇景。《送邢桂州》："日落江湖白，潮来天地青。"写日落时水天一色的苍茫意境和大潮排空的雄浑气势。《晓行巴峡》："晴江一女浣，朝日众鸡鸣。水国舟中市，山桥树杪行。登高万井出，眺回二流明。"写长江三峡暮春早晨明丽清新的风光以及两岸人烟的繁盛。如此等等，与他的《登河北城楼作》《渡河到清河作》《早入荥阳界》等诗一样，都是从大处落笔，既渲染出山川宏丽的气象，又在山水之趣中展现了风土人情之美。

其次，王维更善于用清新的笔调、匀润的色彩，精致地描绘山林幽美清空的境界，以及生活在这静美环境中的闲情逸致。这类诗中最为人们称道的是《辋川集》绝句，这组诗为他的辋川别墅二十景留下了精美传神的写照，不仅再现了丰富多彩的自然美，而且融进了高于自然的理想美。诗人通过虚实关系的巧妙处理，将山水形貌的精细刻画与更富于艺术想象的境界结合起来，使五绝这种最短小的诗歌形式具有极高的概括力，让每一处景物都能表现出最美的意境，引起穷幽入微的联想。如《鹿柴》：

空山不见人，但闻人语响。返景入深林，复照青苔上。

夕辉的暖色与青苔的冷色形成色调互补，林中的静谧与山中的人语形成动静对比，使有限的画面延伸到画外无限的空间，从而以深林中夕阳返照的一角显示出山中的空灵意境。《白石滩》：

清浅白石滩，绿蒲向堪把。家住水东西，浣纱明月下。

寒淡无色的水滩上，因为有了少女月下浣纱的优美情景，便增添了无限春意，使这幽静的境界在柔和明净的调子中透出青春的气息。《栾家濑》：

飒飒秋雨中，浅浅石溜泻。跳波自相溅，白鹭惊复下。

水波惊起白鹭的情景用了“跳”“溅”“惊”“下”等一连串分解动作的特写，使清冷的雨中山溪充满了活泼的生趣。此外，《木兰柴》写晚归的飞鸟在满山秋色和无边夕岚中联翩相逐的景致，画出了宛如油画般绚烂明丽的秋山夕照图，《竹里馆》写独坐竹林弹琴啸咏、对月抒怀的韵事，表现隐士孤高自赏的情致，无不兴会深长，精美自然。他的五绝名篇《鸟鸣涧》写于友人别业，但与《辋川集》风格一致：

人闲桂花落，夜静春山空。月出惊山鸟，时鸣春涧中。

夜深人静，月光下的春山化为一片虚空。时而从山涧中传来几声鸟鸣，更衬出春夜的静谧和温馨。《山居秋暝》也是一首意境优美而又极富生趣的名作：

空山新雨后，天气晚来秋。明月松间照，清泉石上流。
竹喧归浣女，莲动下渔舟。随意春芳歇，王孙自可留①。

山中雨后新鲜的空气、石上清泉潺潺的水声、明月照耀下松林的剪影，构图不但可以入画，而且表现出画所不及的意趣：竹林中的喧哗令人想见浣纱女归途的热闹，莲花的摇动见出渔舟穿行的轻盈，自然界的光色声响交织成活泼的旋律，宛如一支恬静优美的抒情乐曲。他的小诗“荆溪白石出，天寒红叶稀。山路元无雨，空翠湿人衣”（《阙题》其一），以干爽的秋色为背景，衬托出山中翠岚如湿人衣的清润之感，也写出了山水与人相亲的情趣。

王维信仰佛教，禅宗的寂照之境和性空之说对他观照自然的方式有一

---

① 《楚辞·招隐士》：“王孙兮归来！山中兮不可以久留。”此处反用其意，暗寓归隐山林之意。

定影响,因此他创造的空静意境有时能产生一种理趣。如《终南别业》:

中岁颇好道,晚家南山陲。兴来每独往,胜事空自知。
行到水穷处,坐看云起时。偶然值林叟,谈笑无还期。

抒写他在南山中独往独来的乐趣。这种自由自在、纯任自然的意兴,通过人心与水穷云起之景的默契表现出来,包含着禅宗南宗所说"放舍身心,令其自在""心无所行。心地若空,慧日自现"(《祖堂集》卷一四《百丈和尚》)的旨趣。《过香积寺》是一首画笔、诗情与禅理相结合的名作:其中"古木无人径,深山何处钟。泉声咽危石,日色冷青松"等句,令人从山中冷僻的环境想见古寺的幽深,境界空灵深远;结尾表现与空潭相印的禅性,渲染了一种空寂冷漠的情调,这种空静之境确是空性与空境相合的结果。不过,王维山水诗中这种冷寂的境界并不多。他所创造的意境美主要是出自一个诗人兼画家对自然美的敏感。通过辩证地处理虚实、动静、主次、繁简的关系,把兴象精简到具有最高概括力的程度,使言外之旨、象外之趣包含在鲜明简约的画面之中,这是王维诗以意境见长的主要原因。

再次,王维许多描写乡村风光和农家生活的名篇更多地体现了清新淳朴的风格,以及善写平远景色的特长。与陶渊明、孟浩然古淡悠远的风格相比,王维更重彩绘,因而也较丰润而有生机。如《渭川田家》是一首最有代表性的盛唐田园诗:

斜光照墟落,穷巷牛羊归。野老念牧童,倚杖候荆扉。
雉雊麦苗秀,蚕眠桑叶稀。田夫荷锄立,相见语依依。
即此羡闲逸,怅然吟式微。

这首田园诗的典型意义不仅在于集中了雉鸣、麦秀、蚕眠等乡村暮春时节的特有时景,而且暗中化入了从《诗经·君子于役》到陶渊明乃至齐梁诗人江淹《陶征君潜田居》中表现村墟晚归情景的典故,赞美了田家生活的朴素和安闲,富于牧歌情调。《春中田园作》通过田家在一年农事开始时所做的准备工作,表现出春日田园欣欣向荣的景象,充满生活气息。《新晴野望》:

新晴原野旷，极目无氛垢。郭门临渡头，村树连溪口。
白水明田外，碧峰出山后。农月无闲人，倾家事南亩。

写初夏新晴的田野风景，用绘画般丰富而清楚的层次，描写平远闲旷的田园景色，色彩鲜明单纯。《辋川闲居赠裴秀才迪》：

寒山转苍翠，秋水日潺湲。倚杖柴门外，临风听暮蝉。
渡头余落日，墟里上孤烟。复值接舆醉①，狂歌五柳前②。

选择风里听蝉、倚杖柴门这些类似陶渊明的情致神态，表现诗人安闲的意态，又化用陶渊明"暧暧远人村，依依墟里烟"的意境，描写渡头落日、墟里孤烟，表现初秋萧爽的暮色，从而用隐居环境的类比，写出了诗人和陶渊明在精神上的相通之处。此外，他的七律《积雨辋川庄作》写夏日积雨的村庄饷田时分的景象，也因"澹雅幽寂"（赵殿成《王右丞集笺注》）被后人推为山林田园的压卷之作。其中"漠漠水田飞白鹭，阴阴夏木啭黄鹂"两句最为人称道。《田园乐》七首采用六言，描绘古今隐士的种种赏心乐事，将山林田园中最有诗意的生活片断加以剪辑，营造了士大夫理想之中最优雅高尚的田园意境。

王维总结了自陶、谢以来山水田园诗的全部成就，并在前人基础上进一步解决了运用动静虚实相生之理以简化意象、追求象外之趣的问题，在创造静美的意境和处理空间的表现手法等方面，为后世的文人诗和文人画树立了极高的艺术标准。

王、孟之外，盛唐诸家在描写自然景物方面都取得了不同的成就。如祖咏诗"剪刻省净"（殷璠语），最负盛名的作品是在考试时写的半首五律《终南望余雪》：

终南阴岭秀，积雪浮云端。林表明霁色，城中增暮寒。

这首诗写雪后初霁的景色，以横亘于长安城南的终南山为背景，在阴岭和

---

① 接舆：楚国隐士，佯狂遁世。
② 五柳：即陶潜，有《五柳先生传》。

层林之上抹出一道亮色，勾勒出一幅如同套色木刻般的终南余雪图，又从晴后天气更冷这一常有的生活经验着想，为鲜明的画面增添了爽净的寒意，妙在取境新鲜而又感受真切。

储光羲先后在淇上和终南山与王维一起隐居，思想上相互影响，山水田园诗旨趣也相同。但他更长于田园诗，并将田园诗和咏怀诗相结合，创造了独特的比兴体。他善于细致朴实地描写劳动生活的情景，其诗富有农村的泥土气息。如《田家即事》写老农喂牛春耕的过程："蒲叶日已长，杏花日已滋。老农要看此，贵不违天时。迎晨起饭牛，双驾耕东菑。蚯蚓土中出，田乌随我飞。"朴拙而又亲切。《钓鱼湾》是一首颇有民歌风味的山水诗：

> 垂钓绿湾春，春深杏花乱。潭清疑水浅，荷动知鱼散。
> 日暮待情人，维舟绿杨岸。

写深静的绿杨湾里热闹的春意，体现了储光羲小诗思致清新、笔调活泼的特色。他的总体风格是清雅老成，在盛唐声望较高。

常建也是盛唐重要的山水诗人。他吸取了王维在山水中表现禅趣的艺术经验，并将游仙诗和山水诗结合起来，表现朗鉴澄照的理趣；善于捕捉光影以构成清冷幽微的意境，描绘景物层次丰富，艺术上有独到之处，个人风格也较鲜明。《题破山寺后禅院》是他的名作：

> 清晨入古寺，初日照高林。竹径通幽处，禅房花木深。
> 山光悦鸟性，潭影空人心。万籁此都寂，但余钟磬音。

诗以高朗的境界发端，却转入花木幽深的曲径，最后在一片空潭中顿悟心性的空寂，体会鸟性与山光相悦的宇宙生命。常建的山水诗大都表现了他从禅学和玄学中领悟的寂照之理。与之相近的还有綦毋潜，他们都因为心性空寂而放大了在静境中对景物的细微体察，善写清露滴沥、潭影闪动、微月下的苔纹花影、松峰寺塔的投影等在潜意识中感知的动静，表现山水诗中的方外之情，使禅境和仙境从审美观照的深层次上与山水融合在一起。另外，王昌龄曾与常建一起隐居，也善于创造清深幽微的意境。《斋心》《东溪玩月》等佳作，在澄澈的诗心中映照出天水云月、风露泉岩的光影,与王维、常建表现的旨趣一致。东晋以来在山水诗中延续下来的精神旨趣和审美观照方式的传统,在他们的诗里得到了鲜明而集中的体现。

山水田园是盛唐诗中最普遍的题材,数量也最多,但风格和旨趣与王、孟相近的主要是以上几家,因而也可以视为最能代表盛唐山水田园诗的艺术特色的一个诗派。

四 高、岑与边塞诗

唐初从贞观到开元的一百多年间,国力强盛,疆域扩大,各民族之间经济、文化的交流,引起了人们对边塞生活的关心。当时一班有雄心壮志的文人,由于感到前面的出路较为宽广,大都意气风发,十分活跃。他们不仅想通过科举、干谒步入仕途,以施展自己的政治抱负,还向往边塞军旅生活,希望有所作为。这一时期,唐朝统治者虽然也发动过一些不义战争,但当时大多数发生在边境上的战争仍是防御性的、正义的。因此他们要求建立边功的愿望和理想是积极的,表现了当时普遍推崇的英雄气概,这种积极进取的精神也正是建安风骨的核心内涵。

开元天宝年间,边塞已成为人们共同注意的题材,许多文人都有过边塞生活的经历。大量优秀的边塞诗在这一时期涌现出来,这些诗歌颂了广大战士英勇抗敌的精神,描绘出祖国边塞辽阔壮丽的风貌,揭露了汉族和外族、统治者和被统治者、将军和士卒之间的矛盾,反映了进步文人重振国威的理想和各族人民渴望和平的心愿。比起以前的边塞诗来,内容更加丰富深广。在艺术上,盛唐边塞诗继承建安诗"志深而笔长""梗概而多气"(刘勰《文心雕龙·时序》)的风骨,又吸取了六朝诗善写离愁别怨的长处,形成了悲壮高亢的基调和雄浑开朗的意境,为盛唐诗增添了无限新鲜壮丽的光彩。在边塞诗的写作方面,高适、岑参的成就最高,王昌龄、李颀取得了突出的成绩。此外,李白、杜甫、王维等也有不少脍炙人口的杰作。王之涣、崔颢、王翰等则以少量名篇博得了不朽的声誉。

高适(704? —765),字达夫,渤海蓨(今河北沧县)人。半世蹉跎不遇,混迹渔樵,浪游燕赵、梁宋一带。40 岁后才得一尉官,不久辞去。后来在哥舒翰幕中掌书记。安史之乱后任西川节度使,官至散骑常侍。

高适是盛唐诗人中的达者。但他因为有过长时期贫困沉沦的生活经验,有较多的机会接触现实,对下层人民的生活比较了解,因而能够写出一些反映和同情人民疾苦的诗篇,揭露和抨击了当时社会中的一些矛盾。如《东平路中遇大水》描写农村遭受水灾后触目惊心的惨象;《自淇涉黄河途中作》反映农民为旱灾租税所迫而贫苦无告的生活。他提出了"曾是力井税,曷为无斗储"(《苦雨寄房四昆季》)的问题,把"农夫无倚着"与"圣主当深仁"(《东平路中遇大水》)联系起来,形成了比较实际的清平之治的理想:"奸滑唯闭户,逃亡归种田。……皆贺蚕农至,而无徭役牵。"(《过卢明府有赠》)正是出于这样的思想感情,他不肯充当统治者剥削人民的爪牙,写下了他的名篇《封丘作》:"拜迎官长心欲碎,鞭挞黎庶令人悲。……乃知梅福徒为尔,转忆陶潜归去来。"并把批判的矛头指向州县官吏:"不是鬼神无正直,从来州县有瑕疵。"(《同颜六少府旅宦秋中之作》)这样的思想深度在开元诗中是相当少见的。

高适"喜言王霸大略,务功名,尚节义"(《旧唐书》本传),颇有政治才干。他的名篇《邯郸少年行》《古大梁行》都充满豪士侠客的肝胆意气。《别韦参军》《别董大》虽写别情,却透露出前程万里的信心。高适这种满怀理想而又关心现实的思想性格也同样体现在他的边塞诗里。他曾两次北上蓟门,对边塞的现状和士卒生活有实际的观察。《蓟门五首》里,他描写士卒的游猎生活,歌颂他们的高昂斗志,同时也反映了军中的厌战情绪,并对头白尚未建功勋的老兵寄予深切的同情,对朝廷纵容降胡、养痈遗患的做法提出中肯的批评,指责统治者处理和战关系缺乏远见。对边事的忧虑更激发了高适"常怀感激心,愿效纵横谟"(《塞上》)的豪情,也使他增添了"能使勋业高,动令氛雾屏"(《同吕员外酬田著作幕门军西宿盘山秋夜作》)的自信。

高适的边塞诗大多采用长篇咏怀式的五言古诗,夹叙夹议,直抒胸臆,将边塞见闻、功名志向、不遇的感慨和对边事的议论糅合在一起,除上述诸作外,比较典型的还有《答侯少府》《酬秘书弟兼寄幕下诸公》《东平留赠狄司马》《淇上酬薛三据兼寄郭少府微》等,都写得浑厚质朴,不以文采华美见长,而以雄风豪气取胜。

他还有一部分边塞诗采用七言歌行，既保留了初唐歌行内容丰富复杂的长处，又去除其堆砌繁芜的弊病，气势沉雄，音调流畅。最杰出的代表作是《燕歌行》：

汉家烟尘在东北，汉将辞家破残贼。
男儿本自重横行，天子非常赐颜色。
摐金伐鼓下榆关，旌旆逶迤碣石间。
校尉羽书飞瀚海，单于猎火照狼山①。
山川萧条极边土，胡骑凭陵杂风雨。
战士军前半死生，美人帐下犹歌舞。
大漠穷秋塞草腓，孤城落日斗兵稀。
身当恩遇恒轻敌，力尽关山未解围。
铁衣远戍辛勤久，玉箸应啼别离后。
少妇城南欲断肠，征人蓟北空回首。
边庭飘飖那可度，绝域苍茫更何有。
杀气三时作阵云，寒声一夜传刁斗。
相看白刃血纷纷，死节从来岂顾勋？
君不见沙场征战苦，至今犹忆李将军！

诗写于开元二十六年，有一位客人从蓟北回来，作《燕歌行》以示高适，高适就写了这首诗和他。诗虽是有感于蓟北边事而发，却并非专指历史上的某次战役，而是融合他在边塞的见闻，高度概括了唐代征战生活的各个方面。诗中首先以汉将东征的豪迈气概与胡骑欺凌的强大阵势相对照，在狼山猎火、山川萧条的景色衬托下，预示战斗的激烈和艰苦；然后提炼出“战士军前半死生，美人帐下犹歌舞”这样典型的情景，揭露将士之间苦乐不均的深刻矛盾，鞭挞了上层将领的腐败荒淫；接着选取战斗中最危急的一个场面，极力渲染战场从黄昏到夜晚的悲凉气氛，表现战士浴血奋战的英勇和顽强；并插入征人思妇相互思念的心理描写，热情赞美了战士们不求功名、舍身报国的高尚品格和牺牲精神；最后以回忆李广结尾，表

① 狼山：即狼居胥山，在今内蒙古克什克腾旗西北一带。

达了战士们的共同心愿：国家用将得人，巩固边防，永保和平。全诗写得慷慨激昂、悲壮沉郁，音韵随内容的变化四句一转，对偶整齐却能显出跳跃奔放的气势，各种复杂的情感错综交织在一起，产生了雄厚深广的艺术力量。

高适还有一些描写边塞生活的绝句，如《营州歌》：

> 营州少年厌原野，狐裘蒙茸猎城下。
> 虏酒千钟不醉人，胡儿十岁能骑马。

抓住东北少数民族衣食住行的特点，几笔勾出一幅生动的风俗速写，赞美了他们的勇武精神和剽悍豪爽的性格，表情粗豪天真，洋溢着新鲜的草原气息，与质直粗放的北朝乐府民歌有神似之处。他的《塞上闻笛》①，则是另一种优美高远的境界：

> 雪净胡天牧马还，月明羌笛戍楼间。
> 借问梅花何处落，风吹一夜满关山。

“牧马”本是古代形容游牧民族入境骚扰的常用说法，这里与雪净胡天的景色联系在一起，渲染出雪夜牧马人归的和平宁静景象。齐梁诗里原有以花比雪的传统，《梅花落》是笛曲名，诗人将三字拆开，以两句巧妙的问答，形容一夜风吹，使梅花落满了关山，既是描写戍楼间吹彻一夜的笛声，又绘出了无边关山雪月交辉的壮美景色。而借梅花双关笛声和雪花的巧思，还令人产生了极富诗意的错觉：仿佛洁白的落梅纷纷扬扬，使寒冷的关山一夜就披上了春装。这就将笛声的音乐内涵转化为鲜明的视觉形象，构成了明净而又高朗的意境。

殷璠《河岳英灵集》说高适诗“多胸臆语，兼有气骨，故朝野通赏其文”，可见当时就受到很高评价。清人刘熙载引两《唐书》本传说高适“以气质自高”，其七古“体或近似唐初，而魄力雄毅，自不可及”（《艺概》），准确地概括了高适诗歌的主要特点。

岑参（717？—769？），荆州江陵（今湖北江陵）人。早年曾在王屋山、

---

① 此诗从唐代以来就有异文流传，题目和文本差别较大。本题及诗本文据《文苑英华》和《四部丛刊》影印明活字本。

嵩山、终南山等多处隐居,写过不少山水诗。天宝三年(744)中进士。天宝八年在安西节度使高仙芝幕中掌书记,十年归长安。十三年又随封常清出任安西北庭节度判官。安史之乱后任嘉州刺史等职,卒于成都。

岑参诗的题材涉及述志、赠答、行旅、山水等各方面,而以边塞诗写得最出色。他于天宝后期两度出塞,在西北边境共六年。这时唐王朝政治已很腐败,矛盾重重,安禄山在范阳、哥舒翰在青海、杨国忠在南诏,都为贪图军功而大事征伐,盛唐诗人对边事的批评也愈益激烈。但是当时西域基本上还保持着稳定的局面,驻军的士气还比较高,民族关系也较融洽,加上诗人对自己的前途又满怀信心,心情仍然极其乐观开朗,因而能够写出不少热情洋溢、笔力雄健而富有英雄气概的边塞诗来。也可以说,岑参的边塞诗是开元精神扎根在天宝后期安西北庭这块特殊土壤里所开出的一朵奇葩。

岑参边塞诗的成就主要有以下几方面:首先,以英雄主义的精神描绘了塞外行军、征战、送别等各种生活情景,富有浪漫的奇情异彩。他打破了初唐边塞诗笼统铺叙、内容庞杂的格局,将各种见闻和经历分成一组组画面,加以深入细致的描绘,创造了主题专一的边塞歌行。如《走马川行奉送出师西征》写唐军半夜行军的情景,是岑参边塞诗中最杰出的代表作之一:

> 君不见走马川,雪海边[①],平沙莽莽黄入天。
> 轮台九月风夜吼[②],一川碎石大如斗,随风满地石乱走。
> 匈奴草黄马正肥,金山西见烟尘飞[③],汉家大将西出师。
> 将军金甲夜不脱,半夜军行戈相拨,风头如刀面如割。
> 马毛带雪汗气蒸,五花连钱旋作冰,幕中草檄砚水凝。
> 虏骑闻之应胆慑,料知短兵不敢接,车师西门伫献捷[④]。

这首诗当为封常清出征播仙而作。一开头就以塞外突变的自然景色暗示

① 走马川:或说即左末河,距播仙城五百里。
② 轮台:当时安西北庭军府驻地,在今新疆境内。
③ 金山:阿尔泰山。
④ 车师:安西都护府所在地,在今新疆吐鲁番附近。

出这里正酝酿着一场猛烈的战争风暴。雪海无边、黄沙莽莽、狂风怒吼、飞沙走石，烘托出大军压境、激战即将展开的紧张气氛。紧接着用精练的笔墨写出匈奴草黄马肥、远处烟尘飞扬，点明匈奴的剽悍强劲和军情的紧急，巧妙地借对方的强大反衬“汉家大将西出师”的威风。以下描写唐军半夜冒着严寒开往前线的情景，只写偶尔听到的“戈相拨”的声音，便令人真切地感受到这支衔枚疾走的队伍纪律的严明。唐军的不动声色与敌人的气势汹汹形成鲜明的对照，更显得“汉家大将”镇定自若，充满必胜的信心。在“风头如刀面如割”的严寒中，马毛上的雪却被蒸发成热汗，随即又结成了冰霜，可见将士不避艰险、勇往直前的旺盛斗志。至此无须再写战斗，便已饱满有力地显出胜利的必然之势，使结尾水到渠成而不落空泛祝福的俗套。这首诗写得气足神完，热情奔放。三句一转韵的急促节奏与迅速变化的军事情势相配合，形成了高亢的基调和沉雄的气势，充分表现了将士们英勇艰苦的战斗生活和积极昂扬的精神面貌。

《轮台歌奉送封大夫出师西征》同是写大军出征，则重在渲染出发时的声势：

轮台城头夜吹角，轮台城北旄头落。
羽书昨夜过渠黎①，单于已在金山西。
戍楼西望烟尘黑，汉兵屯在轮台北。
上将拥旄西出征，平明吹笛大军行。
四边伐鼓雪海涌，三军大呼阴山动。
虏塞兵气连云屯，战场白骨缠草根。
剑河风急雪片阔②，沙口石冻马蹄脱。
亚相勤王甘苦辛③，誓将报主静边尘。
古来青史谁不见，今见功名胜古人！

开头两句连用“轮台城”的地名复叠，渲染军情的紧急；旄头是星宿名，古人认为旄头落表示胡兵衰，所以又是唐军必胜的预兆。羽书刚过，滚滚烟

① 渠黎：汉西域诸国之一，在今新疆轮台东南。
② 剑河：《新唐书·回鹘传》载“青山之东，有水曰剑河”。
③ 亚相：封常清官节度使又加御史大夫。汉代御史大夫位次于丞相，故借以尊称。

尘已随单于而至。这急促的情势为大军黎明时出征的场面作了充分的铺垫：大旗簇拥之下主将登场，号笛声中大军出发，四面鼓声使雪海涌起，三军大呼撼动阴山。这四句将出征的声势写得惊天动地，成为全诗的高潮。以下虽然还要面对殊死血战、风雪严寒等种种困难，但都已不在话下。结尾更是将气势推向最高潮：不仅要青史留名，而且要建立超越古人的功业！这虽是对封大夫的祝愿，其实也正是盛唐文人共同的豪情壮志。

《白雪歌送武判官归京》写军营中的和平生活，以绚丽的彩笔描绘塞外八月飞雪的奇观，抒写诗人客中送别的愁绪和久戍思归的心情：

> 北风卷地白草折，胡天八月即飞雪。
> 忽如一夜春风来，千树万树梨花开。
> 散入珠帘湿罗幕，狐裘不暖锦衾薄。
> 将军角弓不得控，都护铁衣冷难着。
> 瀚海阑干百丈冰，愁云惨淡万里凝。
> 中军置酒饮归客，胡琴琵琶与羌笛。
> 纷纷暮雪下辕门，风掣红旗冻不翻。
> 轮台东门送君去，去时雪满天山路。
> 山回路转不见君，雪上空留马行处。

全诗始终从描写雪景的角度表现诗人复杂的情绪变化。对因久戍绝漠而渴望春天的诗人说来，初见大雪很容易产生惊喜的想象："忽如一夜春风来，千树万树梨花开。"这美妙的比喻不仅使"北风卷地白草折"的萧条边塞呈现出一派气象万千的青春美景，而且展示了诗人乐观开朗的情怀。当诗人从温暖的幻想回到军营奇寒的现实和眼前离别的情景时，冰天雪地又变得惨淡无光，仿佛凝聚着万里愁云。如果说帐幕中饯别宴会上的琵琶羌笛以异方情调牵动了诗人怀乡的深情，那么辕门外暮雪纷纷、风掣红旗的描写则是用无声的画面烘托出送客的离愁。当故人渐行渐远之后，大雪又给远去的归客留下一道踪迹，使诗人"不觉随着这道踪迹而神驰故乡了"（陈贻焮《谈岑参的边塞诗》）。全诗句句写景，句句有情，大雪成为贯串全篇、牵引诗人感情发展的主线。惜别思乡，难免伤神，此诗却写得一往情深而又如此奇丽豪放，正体现了岑参的英雄本色。

其次,岑参以好奇的热情和瑰丽的色彩表现了塞外辽阔壮丽的景色、西域少数民族的生活习俗,以及各族人民之间的友好交往,为边塞诗开拓了新奇多彩的艺术境界。

异域的风土民俗给好奇的诗人提供了极其丰富的创作源泉,凡是中土没有的奇景几乎都被岑参收进诗里。如《热海行送崔侍御还京》渲染热海旁青草不凋、沸浪中鲤鱼丰肥的神异传说:"侧闻阴山胡儿语,西头热海水如煮。海上众鸟不敢飞,中有鲤鱼长且肥。岸傍青草常不歇,空中白雪遥旋灭。蒸沙烁石然虏云,沸浪炎波煎汉月。"《火山云歌送别》记叙火山上火云满天、飞鸟不度的壮丽奇景:"火山突兀赤亭口,火山五月火云厚。火云满山凝未开,飞鸟千里不敢来。"《首秋轮台》描述风雨中毡幕散发的膻气:"雨拂毡墙湿,风摇毳幕膻。"《酒泉太守席上醉后作》:"琵琶长笛曲相和,羌儿胡雏齐唱歌。浑炙犁牛烹野驼,交河美酒归叵罗。"《田使君美人舞如莲花北鋋歌》:"慢脸娇娥纤复秾,轻罗金缕花葱茏。回裾转袖若飞雪,左鋋右鋋生旋风。"从羌儿胡雏歌唱佐酒写到边疆美人的婀娜舞姿。还有一些诗选取军营生活的不同侧面,生动地描绘胡汉将士共同娱乐的情景:"军中置酒夜挝鼓,锦筵红烛月未午。花门将军善胡歌,叶河蕃王能汉语。"(《与独孤渐道别长句兼呈严八侍御》)"九月天山风似刀,城南猎马缩寒毛。将军纵博场场胜,赌得单于貂鼠袍。"(《赵将军歌》)都表现了军中无事、和平欢乐的生活场景,写得豪兴可喜。

即使是枯燥的军营生活,在岑参笔下也总是诗意盎然:"春城月出人皆醉,野戍花深马去迟。"(《使君席夜送严河南赴长水》)野戍中的离愁别绪融合着月色花香,是多么令人心醉。塞外的送别情景不但带给他美感,还常常触发他的奇思妙想,《武威送刘判官赴碛西行军》:

> 火山五月行人少,看君马去疾如鸟。
> 都护行营太白西,角声一动胡天晓。

陈贻焮先生解释此诗说:"在烈日当空、天气燥热、黄沙莽莽、人烟稀少的原野上,骑者策马急驰而去;转瞬间便去远了,只见那逐渐变小的身影,像飞鸟似的在苍茫的野色中掠过。""'角声一动胡天晓',则更是不可多得的警句。实际上是天晓或欲晓时军中吹角。但在天真的诗人看来,却是一声号角,便把胡天惊晓了。”因而“构思的神奇,笔力的雄健”,“能展现出自然界雄伟的境地,透露出诗人们有‘回旋天地,燮理阴阳’的凌云壮志”(《谈岑参的边塞诗》)。这类诗最能见出岑参“语奇体峻,意亦奇造”(殷璠《河岳英灵集》)的特点,但岑参的奇逸并不是刻意求奇,而是用平易朴素的方式和通俗易懂的语言表现出生活本身的瑰奇。

再次,岑参突破了边塞诗向来只代征人思妇诉说离情的传统,转为直抒自己的边愁,流露了为国立功和怀土思亲的矛盾心情。如《凉州馆中与诸判官夜集》:

弯弯月出挂城头,城头月出照凉州。
凉州七里十万家,胡人半解弹琵琶。
琵琶一曲肠堪断,风萧萧兮夜漫漫。
河西幕中多故人,故人别来三五春。
花门楼前见秋草,岂能贫贱相看老!
一生大笑能几回,斗酒相逢须醉倒。

诗人们虽然怀着幻想奔赴边塞,但建功立业对多数人来说还是遥远的目标,被思乡和失意所困扰也就在所难免。这首诗吸取民歌小调的通俗句法,借凉州城头苍凉的月色照见幕府文人欢醉中深藏的愁情,神情颓放而真挚动人。《发临洮赴北庭留别》是一首朴素工练的五律:

闻说轮台路,连年见雪飞。春风曾不到,汉使亦应稀。
白草通疏勒,青山过武威。勤王敢道远,私向梦中归。

尽管前途遥远、春风不度,诗人还是选择了这条荒凉的道路,表现了诗人以国事为重的高尚品格。《逢入京使》则借仓促之间托入京使者传报平安口信这样一件小事,倾泻出难以抑制的思乡之泪:

故园东望路漫漫,双袖龙钟泪不干。
马上相逢无纸笔,凭君传语报平安。

读来如马上脱口吟成,朴素自然,真挚感人。《忆长安曲二章寄庞漼》:“长安何处在,只在马蹄下。明日归长安,为君急走马。”将“千里之行,始于足下”的意思化成长安就在马蹄之下的想象,说得越是容易,就越见出归去的不易。至于“孤灯然客梦,寒杵捣乡愁”(《宿关西客舍寄东山严许二山人时天宝初七月初三日在内学见有高道举征》)、“塞花飘客泪,边柳挂乡愁”(《武威春暮闻宇文判官西使还已到晋昌》),将抽象的愁思化成可燃、可捣、可挂之物,则已开中唐奇丽派表现艺术的端倪。渴求立功和思乡厌战的情绪杂糅在岑参的诗歌里,但尽管不乏离恨别愁的抒写,却仍能保持其雄浑开朗的意境,这也是盛唐边塞诗的共同特点。

以反映边塞生活的广阔多样而言,岑参远远超过了高适,而在反映现实的深度方面,则稍逊于高适。他善于学习民歌明白流畅的语言,创造多种韵律的歌行,想象丰富,气势磅礴,诗风磊落奇俊,富于雄奇瑰丽的浪漫色彩,代表着盛唐边塞诗的最高成就。

边塞诗与山水田园诗一样,是一种普遍的题材,因此盛唐诗人几乎都有佳作传世。如王昌龄(698？—757？),是一位有独创性的优秀诗人。他和高适一样,饱读兵书,关怀现实,既有经邦济世的大志,又有政治上的远见卓识。开元前期就漫游西北,考察过边塞的形势,揭露出“功多翻下狱”(《塞上曲》)的不平、“诸将多失律”(《宿灞上寄侍御玙弟》)的弊病。而这些反过来又激发了他“明光殿前论九畴”“为君掌上施权谋”(《箜篌引》)的雄心壮志。在“怜爱苍生比蚍蜉”“便令海内休戈矛”(同上)的思想指导下,他提出了对敌恩威并施、和战交替、精兵屯粮、不图远荒等一系列以怀柔为主的安边措施。在他的边塞诗中,往往交织着乘时而起的理想和对现实的冷峻批评。他善于从军旅生活中提炼出最典型的情景,将现实的感受和历史的回顾结合起来,创造深邃高远的意境,有著名的《从军行》四首:

> 烽火城西百尺楼,黄昏独上海风秋。
> 更吹羌笛关山月,无那金闺万里愁。
>
> 琵琶起舞换新声,总是关山离别情。
> 撩乱边愁听不尽,高高秋月照长城。
>
> 青海长云暗雪山,孤城遥望玉门关。
> 黄沙百战穿金甲,不破楼兰终不还。

大漠风尘日色昏，红旗半卷出辕门。

前军夜战洮河北，已报生擒吐谷浑。

这些七绝或以雪山孤城、大漠红旗为背景，烘托身经百战的将士们热烈振奋的情绪，或由羌笛琵琶、长城秋月勾起征人心中的无限边愁，意境深沉开阔，情绪苍凉而不失高昂激越的基调。他的《出塞》诗曾被唐人推为七绝压卷之作：

秦时明月汉时关，万里长征人未还。

但使龙城飞将在，不教胡马度阴山。

这首诗以千年不变的明月和关塞作为历史的见证，从秦汉以来无数战士从征未还的悲剧中，提炼出多少代人民的和平愿望和爱国热情，为盛唐边塞诗奏出了雄浑壮美的主旋律。

李颀(生卒年不详)，一生不达，是盛唐诗人中的杂家。他的边塞诗虽只有几首，成绩也很突出。如《古意》将一个"杀人莫敢前，须如猬毛磔"的健儿写得虎虎有神，却又让他在辽东少妇的琵琶长笛声中泪流如雨，以刚健和柔美作鲜明的对照，用大刀阔斧的粗线条表现其微妙的心理矛盾，使战士的形象更加真实可感。《古从军行》是盛唐边塞诗中的名作：

白日登山望烽火，黄昏饮马傍交河。

行人刁斗风沙暗，公主琵琶幽怨多。

野云万里无城郭，雨雪纷纷连大漠。

胡雁哀鸣夜夜飞，胡儿眼泪双双落。

闻道玉门犹被遮，应将性命逐轻车。

年年战骨埋荒外，空见蒲桃入汉家！

陈贻焮先生指出，《史记·大宛列传》记汉武帝命李广利伐大宛，士兵伤亡惨重，军粮不继，请求罢兵。武帝大怒，"使使遮玉门"说："军有敢入者辄斩之！"这里用这个故事，借咏汉武帝穷兵黩武的史实来反映现实，从敌对双方士卒的切身痛苦中，反映了战争带给两族人民的深重灾难，揭示出统治者发动不义战争的本质在于掠夺，是盛唐边塞诗中思想最深刻的一篇。诗里集中了刁斗琵琶、雁鸣人哭等边塞最哀怨的声音和风沙雨雪、野云大漠等最典型的荒凉景象，在辽阔的时空中展现出历史的纵深感和现实感，语气沉痛，情调悲凉，但境界极其壮伟。

此外，王之涣的《凉州词》也是一首“传乎乐章，布在人口”（靳能撰墓志铭）的名作：

> 黄河远上白云间，一片孤城万仞山。
> 羌笛何须怨杨柳，春风不度玉门关。

开头的“黄河”两字，学界有争论，据说原文是“黄沙”，“黄沙”更加写实。但用“黄河”则超越了实际的视野，以黄河来自天际，与白云连成一片的壮阔境界作为背景，更突出了万丈高山中只有一座孤城的荒凉感。征人在城关上吹笛抒发边愁，是南朝到唐代边塞诗中常写的情景。这首诗的新颖在于诗人以劝慰的口气，借羌笛《折杨柳》的曲名双关玉门关春意甚少、杨柳无多的荒寒景色，在排遣中写出更深的客愁，令人愈觉含蓄宛转，意味深长。由此可以看出盛唐边塞诗善于寓征人远戍的哀怨于高远壮丽的境界之中的特色。王翰的《凉州词》也颇负盛名：

> 葡萄美酒夜光杯，欲饮琵琶马上催。
> 醉卧沙场君莫笑，古来征战几人回？

诗人首先推出玉杯美酒的特写，然后再写征人正欲取杯痛饮，却被催上战场的心情，用夸张的口吻指出自古征战归者无几，更显出人生的美丽和战争的残酷。征人醉卧沙场的颓放情态加上夜光杯、葡萄酒、琵琶乐这些意象带来的浓郁的西域色彩，使全诗别具一种豪放浪漫的情调。

以七律《黄鹤楼》著名的崔颢，少年时为文轻艳，“晚节忽变常体，风骨凛然，一窥塞垣，说尽戎旅”（殷璠《河岳英灵集》）。他的边塞诗多着力于描绘军中将士的风貌意气。《赠王威古》中“春风吹浅草，猎骑何翩翩。插羽两相顾，鸣弓新上弦”等诗句描写猎者风度翩翩、春风得意的神情，写得生气勃勃。《古游侠呈军中诸将》写少年功成还家、带绶行猎、顾盼生辉的意气，俊健豪逸，笔底生风。《雁门胡人歌》写代北和平时期胡人的生活风习，也洋溢着新鲜的生活气息。

王维虽以山水田园诗名家,但他的边塞诗也颇多名篇。七言歌行《老将行》写老将一生功成不赏的遭遇和老来犹思报国的精神,虽然运用了大量典故,但气势奔放流畅。七言乐府《陇头吟》也是反映军中赏罚不公的现象,但在边关月夜的背景中,设置了一个夜上戍楼意气扬扬的少年和驻马听笛双泪交流的老将,将一个渴望立功边塞、一个功成不赏的心境加以对照,仿佛是一个人的少年和老年的形象化成了两个剪影,正相对审视自己的过去和未来,意境具有高度的概括力。《使至塞上》是他描绘边塞风光最著名的代表作:

单车欲问边,属国过居延①。征蓬出汉塞,归雁入胡天。
大漠孤烟直,长河落日圆。萧关逢候骑②,都护在燕然③。

诗写王维赴河西节度府劳军途中所见塞外辽阔壮丽的景象。"大漠"一联以粗线条勾勒出大漠与孤烟之间垂直的几何关系,以及落日的圆形和长河的带形,用最简括的轮廓突出了大漠景色所给人的单调、空廓而又壮阔的直觉印象。与他众多的名篇一样,表现了他善于融画理入诗的高超艺术。此外《出塞作》《少年行》《观猎》等也充满了少年意气和浪漫热情。

天宝后期,不少诗歌对统治者的穷兵黩武有所揭露批评,语气尖锐、朴质鲜明,风格就与上述边塞诗迥然不同了。总的说来,盛唐边塞诗大多情绪乐观,胸襟开阔,富于进取精神和英雄气概,表现了民族自强的信心和健康的审美观念,因而具有不朽的艺术魅力。

五　精彩纷呈的盛唐诗坛

盛唐之所以是中国古典诗歌的全盛时期,并不因为它诗歌数量之多,

---

① 属国:附属国。东汉凉州有张掖居延属国。唐河西都护府有羁縻州居延州。这里借汉时属国之称,说自己将经过居延州。

② 萧关:在今甘肃环县北。候骑:骑马的侦察兵。

③ 都护:汉唐时各处边防所设的最高武官。燕然:山名。东汉窦宪大破北单于,登燕然山刻石纪功而还。

而是因为自汉魏以来,各种传统题材的诗歌都在这时达到了中国诗歌史上的最高水平,除了山水田园和边塞这两大类以外,其他题材的诗歌如赠人送别、闺情宫怨等也都取得了后人难以企及的成就,从而形成了盛唐诗坛群星灿烂、精彩纷呈的繁荣局面。

唐人广泛交游、行旅赴边的生活方式必然造成经常的离别,所以盛唐诸家抒写相思别情的名篇最多。王维往往采用由民歌发展而来的五、七绝的形式,学习民歌单纯明快、不假思索的新鲜风格,又多取第二人称,如对面交心般直接向朋友倾诉离情,或问或劝,使人千载之下读其诗如晤其面。他善于把自己或对方从眼前景物中得到的启示转化为比兴,使之成为相思之情的见证,有时托红豆以寄相思,如《相思》:

> 红豆生南国,秋来发几枝?愿君多采撷,此物最相思。

有时借殷勤劝酒以安慰出使西域的友人,如《送元二使安西》:

> 渭城朝雨浥轻尘,客舍青青柳色新。
> 劝君更饮一杯酒,西出阳关无故人。

有时借江南江北的漫天春色比喻无边的思绪,如《送沈子福之江东》:

> 杨柳渡头行客稀,罟师荡桨向临圻。
> 唯有相思似春色,江南江北送春归。

这种口语式的对话和发自内心的自然音调正是民歌的基本特点。同时,他的诗又比民歌更自觉地在人们通常的生活经验中提炼出共同的感受,如《九月九日忆山东兄弟》:

> 独在异乡为异客,每逢佳节倍思亲。
> 遥知兄弟登高处,遍插茱萸少一人。

独在异乡为客、佳节不能与亲人团聚的思乡之情,既是王维所独有,又超越时空和地域的界限,概括了民族的普遍情感,因而成为代代相传的熟语,化入了人们的意识深处。

号称"七绝圣手"的王昌龄同样善写离情别绪,但风格不像王维那样单纯明朗,诗人之意常常不在描写别恨的深浅,而在吟味这种愁情本身的

美感,如《送魏二》:

> 醉别江楼橘柚香,江风引雨入舟凉。
> 忆君遥在潇湘月,愁听清猿梦里长。

在清猿声中缭绕的梦思仿佛还飘散着南国的橘香,沁透着月色和秋凉。又如《芙蓉楼送辛渐》:

> 寒雨连江夜入吴,平明送客楚山孤。
> 洛阳亲友如相问,一片冰心在玉壶。

孤立于寒江中的楚山与冰心置于玉壶的隐喻之间取得一种有意无意的照应,不难使人联想到诗人冰心玉洁、孤介傲岸的形象。其余如《送人归江夏》《送高三之桂林》等七绝也都优美隽永,情深韵长。

高适魄力雄毅,胸襟不凡,赠人送别很少有缠绵感伤的情调,如《别董大》:

> 十里黄云白日曛,北风吹雁雪纷纷。
> 莫愁前路无知己,天下谁人不识君?

送别时面对黄云笼罩的天空、落日昏暗的余光,北风夹着雪花吹送大雁远去,是实景的描写,也是比兴:友人正像这大雁将要远飞,而苍凉萧条的旷野也预示着友人面前仍然是一条艰难的人生之路。后两句不但道出了盛唐人看重人才和友情的事实,而且包含着对于友人必定能遇识者和知己的坚定信念。所以高适勉励友人的临别赠言,充满了前程万里的信心。乐观豪壮的意气和催人振作的力量,对于任何时代在人生长途中艰难跋涉的人都具有极大的感染力,因而这两句千年以来一直被当作壮行的格言来留别题赠。

李颀(生卒年不详)交游极广,赠人送别之作在他诗集里占十之七八,大多是七言歌行,豪荡感激,以人物写意见长,风格在盛唐别具一格。他最擅长在赠别诗中刻画友人的外貌和性格特征,三言两语便形神毕现。如写陈章甫的坦荡豪爽:“陈侯立身何坦荡,虬须虎眉仍大颡。腹中贮书一万卷,不肯低头在草莽。”(《送陈章甫》)写张旭的豁达狂放:“左手持蟹螯,右手执丹经。瞪目视霄汉,不知醉与醒。”(《赠张旭》)无不个性鲜

明,栩栩如生。他的送别诗里还有少量七律,如名作《送魏万之京》:

> 朝闻游子唱离歌,昨夜微霜初渡河。
> 鸿雁不堪愁里听,云山况是客中过。
> 关城树色催寒近,御苑砧声向晚多。
> 莫见长安行乐处,空令岁月易蹉跎。

诗人仿佛一路目送友人,听着鸿雁的哀鸣,在微霜中渡过黄河,越过重重云山,走近寒意将临的关城,来到暮砧声声的长安。全诗音调悠扬,情致微婉,精工典雅而又流畅自如,堪称盛唐七律的代表作。

与相思离别密切相关的闺情宫怨诗也是齐梁以后发展起来的重要题材,盛唐诗人往往借以暗寓不遇的怨叹。有关作品虽然数量较少,但不乏名篇。王昌龄在这方面的成就最为突出。他工于精思,表达宛转凝练,有一种深沉含蓄的特殊气质,如《长信秋词》其三:

> 奉帚平明金殿开,且将团扇共徘徊。
> 玉颜不及寒鸦色,犹带昭阳日影来。

此诗代失意宫人着想,把玉颜和寒鸦这两种美丑悬殊的形象在能否接近昭阳日影这一点上出人意料地进行对比,以欣羡的口吻写出极端的绝望,寓怨于慕,分外温婉可怜。又如《闺怨》:

> 闺中少妇不曾愁,春日凝妆上翠楼。
> 忽见陌头杨柳色,悔教夫婿觅封侯。

思妇想念征人、埋怨青春虚度,是汉魏以来诗歌不断表现的一个主题。这首诗却截取一个天真烂漫的少妇在楼头欣赏春色的生活小景,以“悔教夫婿觅封侯”这一微妙的心理变化,暗示出人们在青春与功名之间的取舍,构思新鲜别致,而神情活泼可爱。此外《采莲曲》《西宫春怨》《西宫秋怨》等也都以构思新颖见长。

盛唐诗里部分表现闺情的诗歌与当时绝句普遍学习乐府民歌的风气有关,最典型的莫过于崔颢(?—754)的《长干曲》,这原是南朝乐府民歌,古词只有四句,写广陵女子驾着菱舟弄潮的情景。崔颢用此题写成了四首意思相连的组诗。其中一、二首最佳:

君家何处住，妾住在横塘。停船暂借问，或恐是同乡。

家临九江水，来去九江侧。同是长干人，自小不相识。

这两首诗是一个采菱少女与一位船家青年在水上相逢的问答之词。如果不作情歌看，也可以理解成水上人家往来江上相互问讯的一幕常见情景，从中体味长年飘流的人遇见同乡的欣喜和快慰。也许这只是江湖之上普通的萍水相逢，交谈之后便各奔东西，但那饶有意味的对话或许就留下了人生中难忘的一个片断。轻快活泼的短歌式的对白，最大限度地提纯了民间男女交往时天真无邪的感情，同时又保持了民歌新鲜自然的风致，因而成为盛唐五言绝句中最得乐府天籁的代表作。

除了以上传统题材外，盛唐诗人还在描写音乐和名胜这两类内容方面取得了突出成就。虽然汉魏和齐梁也有少数写到听乐和听歌的诗篇，但罕见专门形容乐境的作品。唐代在保存中原传统清乐的同时，还继承了北朝传入的许多胡乐，盛唐时西部新声尤其流行。音乐舞蹈的繁荣为盛唐诗歌增添了新的题材内容。由于音乐最能发人遐想，便于表现丰富的象外之意，因此盛唐诗歌的意境美除了体现在山水诗里以外，还表现在部分写音乐的诗里。通过乐境和诗境的转化叠合来构成隽永空灵的意境，是盛唐听乐诗的共同特点。如李颀《琴歌》以霜月凄风、华灯烛辉的夜景反衬出“一声已动物皆静，四座无言星欲稀”的音乐效果，然后将“敢告云山从此始”的意境留给读者去展开想象，虽然篇幅较长，同样创造出无字处皆其意的境界。《听董大弹胡笳声兼寄语房给事》描写琴音的幽怨动听：“董夫子，通神明，深山窃听来妖精。言迟更速皆应手，将往复旋如有情。空山百鸟散还合，万里浮云阴且晴。嘶酸雏雁失群夜，断绝胡儿恋母声。川为静其波，鸟亦罢其鸣。乌孙部落家乡远，逻娑沙尘哀怨生。幽音变调忽飘洒，长风吹林雨堕瓦。迸泉飒飒飞木末，野鹿呦呦走堂下。”诗里展示的一个个情景片断似乎并不连贯，但胡雁嘶酸、公主远嫁、浮云万里、关山空阔，组合成大漠绝塞的景象，从川平鸟静到风雨飘洒、迸泉飞流、野鹿哀鸣，又汇合成空山萧条的景象，随着乐人弹奏胡笳手法的迟速往复、乐声的低昂疾徐，穿插交替，构成了凄凉哀怨的意境。又如王昌龄《听流人水调子》：

孤舟微月对枫林，分付鸣筝与客心。
岭色千重万重雨，断弦收与泪痕深。

孤舟微月、秋江枫林的美景分别在筝曲和客心中展现，那么岭头的重重雨色究竟是形容犹如急雨的筝声还是客子真正面对的重重山岭呢？画意和乐境的转化入于微渺之思，出于恍惚之情，分外韵味深长。

吟咏名胜本应属于山水游赏的题材范围，但唐代以前少有名篇。盛唐这类诗的旨趣与山水田园诗不尽相同，其意一般不在领略泠然独往的自然之道，而更多地和历史的沧桑感和生活哲理的思考联系在一起。如崔颢的《黄鹤楼》：

昔人已乘黄鹤去，此地空余黄鹤楼。
黄鹤一去不复返，白云千载空悠悠。
晴川历历汉阳树，芳草萋萋鹦鹉洲。
日暮乡关何处是，烟波江上使人愁。

传说黄鹤楼因有仙人乘鹤经过而得名。诗人对这一传说的向往，在诗里转化为对时空悠久的遐想，又与楼前远眺历历可见的晴川树和春草萋萋的鹦鹉洲形成过去和现在的虚实对照，触发了人们关于宇宙之间人事代谢的感慨和怅惘。加上这首七律前四句用复沓递进的句法造成两层意思的回环，悠扬流畅的音调与黄鹤杳然、白云悠悠的意境相得益彰，又别具一种歌行般的声情之美，从而成为咏黄鹤楼的绝唱。这处名胜也因为这首诗而誉满天下。王之涣的《登鹳雀楼》（《国秀集》中署名朱斌作）则以立意新警和境界高远而闻名：

白日依山尽，黄河入海流。欲穷千里目，更上一层楼。

鹳雀楼故址在今山西永济西南城上，前瞻中条山，俯瞰黄河。日落归山、黄河入海的壮观景象，激起诗人再上一层、放眼千里的无限豪情，并令他悟出登高才能望远的真理，这首诗的后二句也成为千古不灭的警句。这正是盛唐诗因具有极高概括力而进入哲理境界的最好例证。

【知识点】

盛唐气象　　山水田园诗　　边塞诗　　送别诗　　王孟　　高岑

【思考题】

1. 为什么说盛唐诗是我国诗歌发展的全盛时期？
2. 盛唐气象和建安风骨的联系和区别是什么？
3. 王孟山水田园诗的艺术特点是什么？
4. 怎样理解边塞诗与唐代安边战争的关系？

第三讲

李白

在群星灿烂的盛唐诗坛上,李白是最耀眼的一颗巨星,他的诗歌体现了开元时代乐观向上的进取精神,同时又反映了唐王朝处于极盛而衰的转折关头的社会现实。他以强烈的激情和豪迈的气魄歌唱自己远大的理想,憎恨和反抗封建政治中的不合理现象,追求独立的人格和自由的精神世界;同时继承了前人诗歌创作的全部成就,完成了盛唐诗歌的全面革新。丰富的想象、大胆的夸张、天然清新的语言、壮浪纵恣的风格,使他成为屈原之后最伟大的诗人,代表着我国古典诗歌发展的最高峰。

一　盛唐浪漫精神的深化

李白(701—762),字太白,祖籍陇西成纪(今甘肃天水附近)。其先祖在隋末流徙到西域。李白诞生于碎叶城①。5 岁时随其父到绵州彰明县(今四川江油)。早年在蜀中读书,25 岁出蜀,任侠访道、交游干谒,漫游洞庭、金陵、扬州、襄阳、洛阳、太原等地,曾去过长安,后隐居东鲁。天宝初,应诏赴长安,供奉翰林。三年后因遭谗言中伤,被玄宗"赐金放还"。离开长安后,曾在梁宋一带客居十年之久,其间也曾北上燕赵、西涉邠岐,往来于洛阳、齐鲁之间。天宝十三年移居吴越。安史之乱中,隐居庐山,被永王李璘征入军幕,希望能报国平乱。但不久永王被其兄唐肃宗剿灭。李白因此被系浔阳狱中,次年长流夜郎,途中遇赦,还想参加李光弼的军队去征讨史朝义,路上因病折回。不久病死在他的族叔当涂(今安徽当涂)令李阳冰处,享年 62 岁。

---

① 关于碎叶有两说:一为中亚碎叶,今哈萨克斯坦境内巴尔喀什湖南;一为焉耆碎叶,今新疆焉耆附近。

李白早年任侠使气，志向远大，自许甚高，要"申管晏之谈，谋帝王之术，奋其智能，愿为辅弼，使寰区大定，海县清一"（《代寿山答孟少府移文书》）。因此不屑以科举求取功名，而是先通过求仙、隐居、漫游、干谒等方式播扬名声，然后经学道的玉真公主推荐，打开了通向宫廷的道路。但是仅仅供奉翰林三年后便被迫离京。经过这番挫折，他看清了天宝年间政治日益腐败的真相，思想产生了极大的飞跃。李白诗歌浪漫精神的这一深化过程，可从他的思想发展的几个阶段来认识。

开元时期，李白的诗歌集中体现了同时代文人"济苍生""安社稷"、以天下为己任的共同理想。这种理想是在盛唐的时代条件下，融合任侠、纵横、儒、道各家思想的产物。只是李白的理想经过他在文学上的夸张，又放大了无数倍，有其显著的特色：

首先，他以鲁仲连、吕尚、张良、诸葛亮、谢安等非凡的历史人物自比，提出了要求平交诸侯、长揖万乘、不屈己、不干人、轻尧舜、笑孔丘的思想，将积极入世的政治抱负和消极出世的老庄思想及隐逸态度结合起来，形成功成身退的具体奋斗目标："君不见朝歌屠叟辞棘津，八十西来钓渭滨。……广张三千六百钓，风期暗与文王亲。"（《梁甫吟》）"鲁连卖谈笑，岂是顾千金？……愿一佐明主，功成还旧林。"（《留别王司马嵩》）"苟无济代心，独善亦何益？……谢公不徒然，起来为苍生。""留侯将绮里，出处未云殊。终与安社稷，功成去五湖。"（《赠韦秘书子春》）这种"风云感会起屠钓"（《梁甫吟》）、"功成拂衣去"（《玉真公主别馆苦雨赠卫尉张卿》）的进退理想其实也是自张九龄以来盛唐文人共同的愿望。

其次，为了实现非凡的理想，他没有走应举入仕的平常途径，而是用交游干谒、求仙访道、退隐山林等多管齐下的方式，希求一步登天，感会风云（陈贻焮《唐代某些知识分子隐逸求仙的政治目的》）。进入宫廷以前，他对个人的前途和国家政治充满了幻想，对盛明之世一定能做到人尽其才充满了信心："天生我材必有用，千金散尽还复来！"（《将进酒》）"大国置衡镜，准平天地心。群贤无邪人，朗鉴穷清深。……时泰多美士，京国会缨簪。山苗落涧底，幽松出高岑。"（《送杨少府赴选》）他认为在君王和群贤礼贤识才的明鉴之下，不可能再出现西晋时代"以彼径寸茎，荫此百尺条”(左思《咏史》)的不平现象。天宝元年,玄宗诏他为供奉翰林,在长安三年,他几乎陶醉在玄宗给他的表面荣宠之中。因此他早年的政治理想实质上是比较空泛的,缺乏对现实的深刻认识。当然这与开元时期社会矛盾并未表面化的客观形势也有关系。他的大志固然包含为国家为人民做一番事业的抱负,但也掺杂着出将入相、追求功名富贵的打算,这与盛唐文人的志向是大致相同的。

天宝年间,李白因遭谗受谤被玄宗赐金放还,从此就像大鹏折翅、天马坠地,从理想的高空跌进了现实世界。在“十载客梁园”时期,他对现实的认识逐渐加深:

首先,他看清了统治集团的黑暗内幕和腐朽实质,在盼望“帝道重明”的同时,大胆指斥了最高统治者的昏庸和荒淫,从各个角度批判了控制上层政治的权奸、嬖宠和佞幸小人。也正是在这样的认识基础上,他那希望平交王侯的幻想变成了“安能摧眉折腰事权贵,使我不得开心颜”(《梦游天姥吟留别》)的强烈不平。《古风》其五十一说:“殷后乱天纪,楚怀亦已昏。夷羊满中野,菉葹盈高门。比干谏而死,屈平窜湘源。”殷纣王纲纪大乱,神兽夷羊牧于商之郊野,忠臣比干因直谏而被处死;楚怀王昏庸无道,权贵中谗佞小人之多像高门中长满了菉葹一类恶草,贤臣屈原却被流放到湘江。这就是天宝政治的写照。《雪谗诗赠友人》把杨贵妃比作亡纣的妲己和惑周的褒女,大骂谗邪小人“擢发续罪,罪乃孔多。倾海流恶,恶无以过”。《古风》其三借评论秦皇讥刺玄宗迷信神仙方士,也道出了天宝时期政治昏乱的一大症状。他愤慨地把蒙蔽君王的李林甫、杨国忠、安禄山之流比作“浮云”和“鼠”:“浮云蔽紫闼,白日难回光。”(《古风》其三十七)“君失臣兮龙为鱼,权归臣兮鼠变虎。”(《远别离》)并直斥陷害忠良、排斥异己的李林甫是“蟊贼陷忠谠”(《酬裴侍御对雨感时见赠》)。《古风》其二十四揭露因斗鸡而得宠的佞幸小人:

> 大车扬飞尘,亭午暗阡陌。中贵多黄金,连云开甲宅。
> 路逢斗鸡者,冠盖何辉赫。鼻息干虹蜺,行人皆怵惕。
> 世无洗耳翁,谁知尧与跖。

《答王十二寒夜独酌有怀》[①]全面深刻地总结了天宝以来权奸把持朝政、佞幸窃据要津的黑暗政治,反映了李白后期思想上所达到的高度:

昨夜吴中雪,子猷佳兴发[②]。
万里浮云卷碧山,青天中道流孤月。
孤月沧浪河汉清,北斗错落长庚明。
怀余对酒夜霜白,玉床金井冰峥嵘。
人生飘忽百年内,且须酣畅万古情。
君不能狸膏金距学斗鸡[③],坐令鼻息吹虹霓。
君不能学哥舒[④]横行青海夜带刀,西屠石堡取紫袍。
吟诗作赋北窗里,万言不值一杯水。
世人闻此皆掉头,有如东风射马耳。
鱼目亦笑我,谓与明月同。
骅骝拳局不能食,蹇驴得志鸣春风。
折杨皇华合流俗[⑤],晋君听琴枉清角[⑥]。
巴人谁肯和阳春,楚地由来贱奇璞。
黄金散尽交不成,白首为儒身被轻。
一谈一笑失颜色,苍蝇贝锦喧谤声[⑦]。
曾参岂是杀人者,谗言三及慈母惊[⑧]。
与君论心握君手,荣辱于余亦何有?

---

① 元萧士赟补注李白诗,认为此诗非李白作,明胡震亨从其说,将此诗编入伪诗,但均无实据,詹锳辨伪诗说不成立。

② 子猷:东晋王子猷,曾雪夜乘兴访问友人戴安道,至门前兴尽而返。此处喻王十二。

③ 狸膏:斗鸡时将狸油涂在鸡头,使对方鸡闻味后不战而逃。金距:装在鸡爪上的金属刺。

④ 哥舒:哥舒翰天宝八年拔石堡,得拜特进鸿胪员外卿。

⑤ 折杨、皇华:古代俗曲名。

⑥ 晋平公请师旷奏清角,风雨大作,屋瓦纷飞。此处说晋公无福消受清角之音。暗喻玄宗不能任贤。

⑦ 苍蝇:比喻颠倒黑白的进谗小人。贝锦:像贝壳一样有文采的锦,借喻谗人善于花样翻新,罗织罪名。

⑧ 曾参在郑国时,有一与他同姓名者杀了人,当谣言三次传到曾参母亲耳里时,连一向信任儿子的曾母也相信了这一谣言,跳墙而逃。

孔圣犹闻伤凤麟[1]，董龙更是何鸡狗[2]！
一生傲岸苦不谐，恩疏媒劳志多乖。
严陵高揖汉天子[3]，何必长剑拄颐事玉阶。
达亦不足贵，穷亦不足悲。
韩信羞将绛灌比[4]，祢衡耻逐屠沽儿[5]。
君不见李北海[6]，英风豪气今何在？
君不见裴尚书[7]，土坟三尺蒿棘居。
少年早欲五湖去，见此弥将钟鼎疏！

奸相李林甫执政以后，妒贤嫉能，谗害忠良，天宝五年以后，连起冤狱，排除异己。朝官被流贬者数十人，故相李适之、北海太守李邕、尚书裴敦复等名流都被处死。诗人从自己和友人的不幸遭遇认识到谗邪嫉贤、贤俊沉沦的历史规律仍在唐代重演，这首诗针对政治现实，赞美王十二不合时俗的孤洁，愤慨自己遭谗被疏的境遇，指斥了天宝年间斗鸡者气焰熏天、黩武者以屠杀获取高位、贤俊埋没、谗邪得势、英才功臣被害、黑白是非颠倒等种种黑暗现象，表示了弃绝龌龊仕途的决心。

其次，随着对天宝政治认识的深化，诗人拯世济时的理想也愈益充实明确。《战城南》和《古风》其十四、其三十四批判天宝年间朝廷穷兵黩武，不断用兵吐蕃南诏，破坏生产，导致国力衰弱："渡泸及五月，将赴云南征。怯卒非战士，炎方难远行。长号别严亲，日月惨光晶。泣尽继以血，心摧两无声。困兽当猛虎，穷鱼饵奔鲸。千去不一回，投躯岂全生。如何舞干戚，一使有苗平。"（《古风》其三十四）天宝十年，杨国忠当政，令

---

① 凤凰和麒麟都是古人心目中的祥瑞。孔子曾叹息凤鸟不至、麒麟被获，感伤不遇太平治世。

② 董龙：十六国时前秦的佞幸小人。

③ 严陵：东汉隐士严光，字子陵，与汉光武帝同学，后得光武帝以朋友礼相待，对天子长揖不拜。

④ 韩信：为西汉开国功臣，先封为王，后降为侯，不服，羞与绛侯周勃、颍阴侯灌婴同等。

⑤ 祢衡：东汉末年人，不与陈长文、司马伯达交往，说："吾焉能从屠沽儿耶！"（《后汉书·文苑列传》）

⑥ 李北海：唐北海太守李邕，天宝六年被李林甫害死。

⑦ 裴尚书：刑部尚书裴敦复，与李邕同时被害。

益州长史鲜于仲通率兵八万攻南诏，全军覆没。天宝十三年，剑南留后李宓又领兵七万征南诏，再度惨败。诗人愤怒指责当政者这样做无疑是让人民去白白送死，呼吁统治者像舜一样，不用武力征伐，而以文治使边民臣服。面对危机四伏的现实，他也不再把怀才不遇看作个人的不幸，而是和整个国家的命运联系到了一起："问我心中事，为君前致辞。君看我才能，何似鲁仲尼？大圣犹不遇，小儒安足悲！云南五月中，频丧渡泸师。毒草杀汉马，张兵夺秦旗。至今西洱河，流血拥僵尸。将无七擒略，鲁女惜园葵①。咸阳天下枢，累岁人不足。虽有数斗玉，不如一盘粟。……霜惊壮士发，泪满逐臣衣。以此不安席，蹉跎身世违。"（《书怀赠南陵常赞府》）诗中指出由于将帅无能，长年征战不息，不但云南士兵死伤无数，而且导致长安米贵、粮食不足等许多社会问题，并用"鲁女惜园葵"的典故表示了他对大乱将至的预见和忧虑。可见诗人不能安席，已不仅是为自己身世的蹉跎悲哀，更重要的是为国家的命运和人民的苦难而忧心如焚。他在北游幽州时，看到安禄山占领北方十一州土地的现实，自己却无法向朝廷进献忠言，不禁万分痛心。目睹政治的日趋腐败，李白终于认清了建功立业的具体目标。这就是拨乱反正、清理君侧，以挽救国家命运为己任："拨乱属豪圣，俗儒安可通！"（《登广武古战场怀古》）"愿言保明德，王室伫清夷。"（《感时留别从兄徐王延年从弟延陵》）

在安史之乱中，人民遭受的苦难进一步激发了李白报国的雄心。他慨然以平定叛乱、挽回国运为己任，表现了忧国忧民的激情和拯世济时的责任心："人生感分义，贵欲呈丹素。何日清中原，相期廓天步？"（《赠溧阳宋少府陟》）"但用东山谢安石，为君谈笑静胡沙。"（《永王东巡歌》其二）虽然李白由于在政治上缺乏世故，参加永王璘军队后受到牵连，被流放夜郎，成为统治阶级内部斗争的牺牲品，但他那种迫切要求报国立功的心情流露在这一时期的许多作品中，《赠张相镐》《经乱离后天恩流夜郎

---

① 据《列女传》，鲁穆公时，君主老，太子小，漆室邑之女十分忧虑，说"昔晋客舍吾家，系马园中。马佚驰走，践吾葵，使我终岁不食葵。……今鲁君老悖，太子少愚，愚伪日起。夫鲁国有患者，君臣父子皆被其辱，祸及众庶，妇人独安所避乎？"三年后鲁国果然大乱，民不聊生。

忆旧游书怀赠江夏韦太守良宰》《闻李太尉大举秦兵百万出征东南懦夫请缨冀申一割之用半道病还留别金陵崔侍御十九韵》等长篇，都表现了百折不挠的进取精神和爱国热情。

李白生活在官僚社会的中上层，与人民接触较少，没有多少为民请命的作品，但仍可从《丁督护歌》《宿五松山下荀媪家》、《古风》其三十四等诗看出他对生活在底层的人民是很同情的。《丁督护歌》①：

> 云阳上征去，两岸饶商贾。吴牛喘月时，拖船一何苦。
> 水浊不可饮，壶浆半成土。一唱都护歌，心摧泪如雨。
> 万人凿盘石，无由达江浒。君看石芒砀②，掩泪悲千古。

这首诗描写南运河上纤夫们拖船运石的惨重劳役，声泪俱下，非常感人。《宿五松山下荀媪家》：

> 我宿五松下，寂寥无所欢。田家秋作苦，邻女夜舂寒。
> 跪进雕胡饭，月光明素盘。令人惭漂母③，三谢不能餐。

田家劳作的辛苦，使他体会到一盘简单的菰米饭的来之不易，看到了普通农妇纯洁善良的心地。他对待人民的谦逊真诚，与他藐视权贵的傲岸态度恰恰形成了鲜明的对照。

当然，李白思想中也存在着人生如梦的颓废情绪、昏酣逃世的消极思想以及庸俗的功名观念。但总的说来，渴望为国立功的赤忱、热爱人民同情人民的深情、对远大政治理想的不懈追求、对权贵和封建社会中不合理现象的憎恨和反抗，正是李白的伟大之处，也是构成他诗歌浪漫精神的基本因素。

---

① 丁督护歌：乐府《清商曲·吴声歌曲》旧题。刘宋时彭城内史徐逵之被杀，徐妻向督护丁旿询问殡葬之事，边问边叹息："丁督护！"声音哀切，后人因其声而作成此曲。

② 芒砀：形容石头又多又大。

③ 漂母：洗衣老妇。汉代韩信少时穷困，钓于淮阴城下，有一漂母给他饭吃。后来韩信封王，以千金酬谢。这里借指荀媪。

二　天与俱高的艺术境界

李白不但在思想上深化了盛唐诗歌的现实意义和批判精神，而且在艺术上荟萃盛唐诸家，代表着盛唐诗歌的最高成就。

李白诗歌以《庄子》、楚辞为源，广泛吸取了阮籍的渊放、郭璞的超拔、鲍照的俊逸、谢朓的清秀，并融合盛唐清新豪放的共同特点，形成了壮浪纵恣的独特风格和高远宏阔的艺术境界。

《庄子》是战国时期庄周的重要哲学著作，庄子针对社会上充满虚伪、贪婪、钩心斗角的丑恶现象，以及人类对于生老病死、天灾人祸的忧虑和烦恼，提出了逍遥自在、超然物外的处世哲学。他那希望在精神上获得绝对自由，并超出一切社会矛盾和自然规律之上的理想，以及想象奇特、思路跳跃、文风恣肆、变幻莫测的艺术表现给了李白直接的影响；屈原不屈不挠地追求美好政治的精神，坚守清白节操、不惜以生命殉志的高尚人格，使他的辞赋在李白心目中如“悬日月”（《江上吟》）；楚辞瑰奇宏丽的艺术风格和缥缈奇幻的神话世界也就随着屈原的精神一起进入了李白的艺术理想。魏晋诗人阮籍诗里清虚高远的境界也来自庄子宏阔玄远的思维方式，那种夸大到极致的雄杰壮阔的气势，开出了李白壮浪纵恣的诗境；而生活在晋代南渡前后的郭璞则为李白的游仙诗提供了糅合隐逸真趣和游仙幻境的艺术经验；刘宋诗人鲍照乘时而起的理想以及对现实的愤激不平之气，构成了乐府和歌行中俊逸的气势，尤为盛唐诗人特别是李白所乐于接收；南齐诗人谢朓山水诗的清新秀丽以及新体诗的天然情韵，更是为李白所称道。

李白的成就既融会了前代的艺术精华，又集中体现了盛唐诗歌的共同特色。只是他把盛唐诗人的共同理想和不平之气夸大到极点，把自我形象放大到极限，因而诗歌具有极其强烈的个性。他以大鹏、巨鲲、天马作为自己的图腾，在想象中为自己展开了来去自由、不受时空和一切自然规律限制的广阔天地。在《庐山谣寄卢侍御虚舟》中，诗人超出视野的局限，写出了“登高壮观天地间，大江茫茫去不还。黄云万里动风色，白波九道流雪山”这样的壮美景象，只有纵观天地、俯视一切的巨人才能挥动这如椽的大笔。《北风行》中“燕山雪花大如席，片片吹落轩辕台”的夸张之所以令人不觉得过分，是因为在“烛龙栖寒门”的无边黑暗中，在茫茫大荒轩辕高台的衬托下，只有大如席的雪花才能和周围的空间相协调。唯其如此，结尾“黄河捧土尚可塞，北风雨雪恨难裁”的夸张才会具有如此惊心动魄的感人力量。对李白来说，“幕天席地，友月交风，原是平常过活”（刘熙载《艺概》），所以能够言在口头，想出天外。“白发三千丈，缘愁似个长；不知明镜里，何处得秋霜？”（《秋浦歌》）对白发的无限度的夸张，正写出深不可测的强烈愁苦。他的心能随狂风“西挂咸阳树”（《金乡送韦八之西京》），他的愁能和明月“直到夜郎西”（《闻王昌龄左迁龙标遥有此寄》）；他能上青天揽明月，能上峰顶扪星辰，乘风驾云，在天地间畅行无阻。他将现实化成幻境，而又把幻想世界写得像现实世界一样真实：“扪天摘匏瓜，恍惚不忆归。举手弄清浅，误攀织女机。”（《游泰山》其六）“太白与我语，为我开天关。愿乘泠风去，直出浮云间。举手可近月，前行若无山。”（《登太白峰》）诗人总在太清中遨游的非凡形象，使他的诗歌产生了“天与俱高，青且无际，鹏触巨海，澜涛怒翻”（《唐诗纪事》引张碧语）的独特美感。

最能体现李白独特风格的是他的杂言和七言乐府歌行。它们打破初唐整齐骈偶的拘束，杂用古文和楚辞句法，善用豪放纵逸的气势驾驭瞬息万变的感情，用仙境和梦幻构成壮丽奇谲的理想世界。尤其是他那些描写名山大川的名篇，大都将诗人胸中喷薄的豪气融入自然景色，通过出神入化的想象重新组合成更加壮美的意境。如《蜀道难》：

噫吁嚱，危乎高哉！蜀道之难，难于上青天。蚕丛及鱼凫①，开国何茫然。尔来四万八千岁，不与秦塞通人烟。西当太白有鸟道，可以横绝峨眉巅。地崩山摧壮士死，然后天梯石栈相钩连②。上有六龙回日之高标③，下有冲波逆折之回川。黄鹤之飞尚不得过，猿猱欲度

---

① 蚕丛、鱼凫：蜀神话传说中开国的先王。

② 传说秦蜀两地被太行山所隔，秦惠王给蜀王五个美女，蜀王派五个壮士去接，回来时见一大蛇钻入山洞，五个壮士去拽蛇尾，山崩地裂，将他们和美女全部埋在地下，山中裂开一条小路，从此秦王才打通了蜀地。

③ 六龙回日：形容山高，能挡住六龙所驾的日车。

愁攀援。青泥何盘盘[①],百步九折萦岩峦。扪参历井仰胁息[②],以手抚膺坐长叹。问君西游何时还,畏途巉岩不可攀。但见悲鸟号古木,雄飞雌从绕林间。又闻子规啼夜月,愁空山。蜀道之难,难于上青天,使人听此凋朱颜。连峰去天不盈尺,枯松倒挂倚绝壁。飞湍瀑流争喧豗,砯崖转石万壑雷[③]。其险也如此,嗟尔远道之人胡为乎来哉!剑阁峥嵘而崔嵬[④],一夫当关,万夫莫开。所守或匪亲,化为狼与豺[⑤]。朝避猛虎,夕避长蛇。磨牙吮血,杀人如麻。锦城虽云乐,不如早还家。蜀道之难,难于上青天,侧身西望长咨嗟!

《蜀道难》是乐府古题,这首诗纯出以想象,着力描写了蜀道奇丽险峻的山川。诗以“蜀道之难,难于上青天”的强烈咏叹点题,使之随着感情的起伏和景色的变化反复出现,成为全诗的主旋律。诗意分三层递进:首先融入五丁开山的神话,追溯蜀道开辟的起源,以古老的传说引人进入蜀道奇险的境界。其次以夸张的手法渲染山势之高、深川之险和人行之难,分别用高标与回川的对比、黄鹤和猿猴的反衬层层虚写蜀道的难渡,并捕捉了人在山巅上手扪星辰、呼吸紧张、拊膺长叹等惶悚的动作和神情,烘托山势的峻危和峰路的萦回,进而将人带进一个悲鸟号古木、子规啼空山的苍凉境界,以见出蜀道之幽森凄惨,古来无人敢行。而在这忧郁低沉的旋律中,又忽然响起了飞湍瀑流在悬崖岩石间发出的轰鸣,以排山倒海的气势将蜀道的险绝写到了淋漓尽致的地步。最后从人事着眼,联系社会背景写出蜀道剑门关易守难攻的险要地势,借“磨牙吮血,杀人如麻”的豺狼为喻,表现了对此处形胜容易造成割据的隐忧。全诗驰骋飞动的想象,将夸张、神话、传说融为一体,创造出变幻莫测、瑰玮奇特的艺术境界。大量散文句式和杂言参差错落,长短不齐,形成了极为奔放的语言风格。关于这首诗的主题,前人有专为某事某人而作的寓意之说,也有“别无寓意”的看法,其实此诗之佳正在它的寄托介乎有意无意之间,如果说它引

---

① 青泥:岭名,在陕西略阳西北。

② 参井:星宿名,古时蜀地属参星的分野,秦地属井星的分野。

③ 砯崖:水击岩石声。

④ 剑阁:大剑山和小剑山之间一条三十里长的奇险栈道。

⑤ 西晋张载《剑阁铭》:“一人荷戟,万夫趑趄。形胜之地,匪亲勿居。”

起了人们有关的联想，只能归功于诗歌高度概括的容量。又如《梦游天姥吟留别》：

> 海客谈瀛洲，烟涛微茫信难求。越人语天姥[①]，云霞明灭或可睹。天姥连天向天横，势拔五岳掩赤城[②]。天台四万八千丈[③]，对此欲倒东南倾。我欲因之梦吴越，一夜飞度镜湖月[④]。湖月照我影，送我至剡溪[⑤]。谢公宿处今尚在，渌水荡漾清猿啼。脚着谢公屐[⑥]，身登青云梯。半壁见海日，空中闻天鸡[⑦]。千岩万转路不定，迷花倚石忽已暝。熊咆龙吟殷岩泉，栗深林兮惊层巅。云青青兮欲雨，水澹澹兮生烟。列缺霹雳[⑧]，丘峦崩摧。洞天石扇，訇然中开。青冥浩荡不见底，日月照耀金银台。霓为衣兮风为马，云之君兮纷纷而来下。虎鼓瑟兮鸾回车，仙之人兮列如麻。忽魂悸以魄动，恍惊起而长嗟。惟觉时之枕席，失向来之烟霞。世间行乐亦如此，古来万事东流水。别君去兮何时还，且放白鹿青崖间，须行即骑访名山。安能摧眉折腰事权贵，使我不得开心颜！

这首诗作于天宝后期，展示了诗人在徜徉山水和神游梦幻中所追求的自由的精神世界。诗以海外仙山的微茫来烘托天姥的神秘，从一开头就将人引入似仙非仙的幻境。然后从对面着笔，用极度夸大的高度写出天姥山周围山势的高峻和五岳的挺拔，又使它们俯伏在天姥山的足下，更突出了天姥难以想象的宏伟气势。诗人将自己梦游吴越、登上天姥的情景写得缥缈奇幻，然而又无处不切合梦境的真实。“一夜飞度镜湖月”，以极清澈透明的静穆的境界反照出一个在梦幻中飞行的诗人；“千岩万转路不定，迷花倚石忽已暝”，则用梦境转换快速的特点表现人处于仙山之中

---

① 天姥：山名，在今浙江嵊州东。

② 赤城：山名，在今浙江天台北。

③ 天台：山名，在今浙江天台北。

④ 镜湖：在今浙江绍兴南。

⑤ 剡溪：水名，在今浙江嵊州南。

⑥ 谢公屐：南朝诗人谢灵运游山时特制的木屐，上山时去掉前齿，下山时去掉后齿。

⑦ 天鸡：神话传说中大地的东南有桃都山，山上有一棵大树叫桃都，树上有一只天鸡，日出即鸣。

⑧ 列缺：指闪电。

目眩神迷的感受。神秘可怖的熊咆龙吟和清淡迷茫的青云水烟交织成一片似真似幻的境界,而訇然中开的一个神仙世界又是那样金碧辉煌、色彩缤纷、深远莫测。这个洞天福地结合了他对宫廷生活的印象,因此当他从梦幻中突然醒来,回到现实时,不禁发出了“安能摧眉折腰事权贵,使我不得开心颜”的大声呼叫,点出了梦醒的含义。这首诗的奇特在于梦境的不确定性,它可能是李白所向往的自由境界,也可能是他精神上迷惘失意的反映,甚至包含着他对长安三年一梦的嗟叹。正因如此,这首诗才在给人奇谲多变、缤纷多彩的丰富印象的同时,又启发了多方面的联想。全诗格调昂扬振奋,潇洒出尘,虽间有消极的感叹,但有一种飞扬的神采、傲兀的气概流贯其间。

李白的《将进酒》《行路难》《梁甫吟》等歌行常常将消极的悲叹和强烈的自信统一在同一首诗里,气势充沛,瞬息万变。《将进酒》:“君不见黄河之水天上来,奔流到海不复回。君不见高堂明镜悲白发,朝如青丝暮成雪!”以黄河奔泻之势形容人生变老之速,使“人生不满百”的短促之感凝缩在朝暮之间,产生了惊心动魄的力量。“人生得意须尽欢,莫使金樽空对月。天生我材必有用,千金散尽还复来!”豪迈与自信中又深含着怀才不遇的牢骚。《行路难》:

金樽清酒斗十千,玉盘珍羞直万钱。
停杯投箸不能食,拔剑四顾心茫然。
欲渡黄河冰塞川,将登太行雪满山。
闲来垂钓碧溪上,忽复乘舟梦日边。
行路难,行路难,多歧路,今安在?
长风破浪会有时,直挂云帆济沧海!

鲍照《拟行路难》其四说:“对案不能食,拔剑击柱长叹息。”李白在这两句诗的基础上夸大了前路茫然的苦闷,以黄河冰和太行雪象征人生道路上的重重障碍,将姜太公垂钓磻溪和汤的辅臣伊挚梦见乘舟经过日边的典故化为相距遥远的地域,使思路随着失望和希望的情绪变换在雪山、冰川、碧溪、沧海之间跳跃,最后展示出乘风破浪、前程万里的壮阔境界,暗中寄寓了“风云感会”“功成身退”的理想。《古风》其十九:

西上莲花山，迢迢见明星。素手把芙蓉，虚步蹑太清。
霓裳曳广带，飘拂升天行。邀我登云台，高揖卫叔卿。
恍恍与之去，驾鸿凌紫冥。俯视洛阳川，茫茫走胡兵。
流血涂野草，豺狼尽冠缨。

这首诗从郭璞的游仙诗中吸取了与神仙交游的情景描写。传说仙人卫叔卿乘云车、驾白鹿去见汉武帝，但武帝只以臣下相待，于是他大失所望，飘然离去，这一经历与李白被玄宗放还的经历相似，所以他把卫叔卿当作了自己的同道。当诗人随着明星玉女升上天空，与卫叔卿一起飞翔在太清之中时，却低头看见了被安禄山叛军占领的洛阳，以及被鲜血涂遍的荒原野草。这又正与屈原《离骚》结尾"陟升皇之赫戏兮，忽临睨夫旧乡"的精神相同。全诗通过优雅缥缈的仙境和血腥污秽的人间这两种世界的强烈转变，表现了李白独善兼济的思想矛盾和忧国忧民的沉痛感情，形成诗歌情调从悠扬到悲壮的急速变换、风格从飘逸到沉郁的强烈反差。在这类诗歌里，诗人全凭灵感和热情控制诗歌的思绪，出人意料的变化和语断意连的飞跃转折，构成了诗歌的主要特色。

三　天真狂放的艺术个性

盛唐诗人虽然各有偏精独诣，但他们的个人风格体现在"一味秀丽雄浑"（胡应麟《诗薮》）的共同风貌中，诸家的差别只是同中之异。因为盛唐诗人的个性特征是通过他们各自创造的典型意境显现出来的，而他们的审美趣味又普遍以清新空灵的境界和豪放雄浑的气势为上，所以他们的典型意境也颇多共同的时代特点，所谓"盛唐之音""盛唐气象"也包含这个意思在内。同时，盛唐诗人的艺术表现虽然丰富，但重在从客观美中直寻兴会，技巧手法服从于浑然一体的艺术境界，诗人的个性特点往往融合在客观描绘和主旨大体相同的抒情之中，因此共性比较突出，而个性并不十分鲜明。李白也不在表现技巧上刻意求变，却能使抒情主人公的形象始终突出在诗歌意境之上，而不是蕴含在客观描绘之中，这是他兼有盛唐而又高于诸家的地方。

李白诗歌能形成鲜明突出的个性,除了前文所说他把自我形象和艺术视野放大到极限这一重要原因以外,还与他使用比兴的特点有关。比兴寄托是盛唐诗歌风骨的体现,李白的兴寄富有他独特的个性色彩。其常用比象大抵有两种,一种是以历史人物自比。这种表现方式来自陶渊明的《咏贫士》一类组诗,陶渊明所歌咏的袁安、阮公等安贫乐道的贫士,正体现了他自己的清风亮节。而李白所歌咏的吕尚、张良、谢安、鲁仲连、严子陵等历史人物,不但体现了他起于屠钓、功成身退的人生理想,连人物风神也与他自己酷似。如《古风》其十:"齐有倜傥生,鲁连特高妙。明月出海底,一朝开光曜。却秦振英声,后世仰末照。意轻千金赠,顾向平原笑。吾亦澹荡人,拂衣可同调。"这个磊落高傲的鲁仲连形象,生动地传写了李白奇伟倜傥的神气。还有一种是托物兴寄。陶渊明常用的比兴形象多为青松、芳菊、孤云、归鸟之类,既取自其日常生活环境,又是他孤高人格的象征。李白托喻之物虽然不固定,但往往是他本人精神世界的外化,如《古风》其十六:"宝剑双蛟龙,雪花照芙蓉。精光射天地,雷腾不可冲。一去别金匣,飞沉失相从。风胡灭已久,所以潜其锋。"宝剑照射天地的精光、飞腾万里的气势,象征着李白难以潜藏的锋芒和意气。运用比兴能使比象和兴象与人合而为一,获得人格化的象征效果,在这方面除了陶渊明以外,几乎无人可与李白比肩,只是李白狂放飘逸,陶渊明高洁静穆,风格不同而已。

狂放是李白艺术个性最突出的特征之一。他自己说:"我本楚狂人,凤歌笑孔丘。"(《庐山谣寄卢侍御虚舟》)杜甫也说他:"痛饮狂歌空度日,飞扬跋扈为谁雄?"(《赠李白》)他的狂,包含着丰富的含义,有"戏万乘若僚友,视俦列如草芥"(苏轼《李太白碑阴记》引)的狂傲,有阮咸式的"醉后发清狂"(《陪侍郎叔游洞庭湖醉后三首》其一),有"兴酣落笔摇五岳,诗成啸傲凌沧州"(《江上吟》)的狂兴,这种狂气使他冲破艺术的一切清规戒律,任意挥洒,从而形成了酣畅恣肆、豪宕狂放的艺术个性。李白狂放的个性主要凭借他诗中常见的日月风云、黄河沧海等雄伟壮阔的艺术境界表现出来,但也体现在他的日常生活之中,特别是酒和月,成为他最重要的精神伴侣,也塑造了他的"诗仙"和"狂客"形象。如著名的《月下独酌》:

花间一壶酒,独酌无相亲。举杯邀明月,对影成三人。
月既不解饮,影徒随我身。暂伴月将影,行乐须及春。
我歌月徘徊,我舞影零乱。醒时同交欢,醉后各分散。
永结无情游,相期邈云汉。

花间独酌的诗人邀请明月作为他的酒友,月既给了他另一个暂伴的"影",又仿佛能欣赏他醉中的歌舞,接受他醉后的相约。月是永恒的存在,反照出及春行乐的短暂人生,所以诗人与月相期于云汉的无情之游,正是他对永恒的期待。这种豁达的人生态度使诗人的寂寞和苦闷化解在邀月同饮、与月共舞的醉兴之中,这首诗也成为李白狂放风神的典型写照。

李白不但狂放,而且天真,狂中有真,因真而狂,所以他狂放天真的个性还往往体现在他所创造的纯真高洁的意境中。追求单纯高洁的心境是盛唐诸家的共同特点,而李白比一般诗人还要天真清高,因此诗境也格外晶亮透明。例如《古朗月行》借月影被蚀暗喻天宝时政治逐渐黑暗的形势,却用儿童般天真的口气,写出月亮初升时的清明:"小时不识月,呼作白玉盘。又疑瑶台镜,飞在青云端。"光明美丽的想象中透着稚气。又如《玉阶怨》:"玉阶生白露,夜久侵罗袜。却下水精帘,玲珑望秋月。"宫人的哀怨仿佛浸透在水精(即水晶)般晶莹纯净的意境之中。又如《金陵城西楼月下吟》:"白云映水摇空城,白露垂珠滴秋月。"云水摇漾,城楼像要化进透明的虚空;白露映月,似乎露珠正带着秋月一起悄然滴落。《宿五松山下荀媪家》:"跪进雕胡饭,月光明素盘。"素白的盘子在月光下显得分外纯洁和晶莹,正是农妇淳朴心地的象征。诗人对现实的憎恶愈益加深,他的诗歌中光明与黑暗的对比也愈加鲜明,最有代表性的是《答王十二寒夜独酌有怀》的开头,描写吴中大雪之后,万里青碧、孤月当空、银河清亮、明星闪耀、井架结冰如玉的景象,以冰雪砌成的琉璃世界和黑白颠倒的污浊世道造成强烈的反差,衬托出诗人不能为世所容的清白形象,使全诗放射出理想的光芒,更增强了抨击现实的力量。

与王、孟一样,李白也有许多描写隐逸生活的名篇,既有盛唐诗清新优美、情深韵长的共同特色,又无不体现出他自己的个性。《下终南山过斛斯山人宿置酒》颇有陶、孟的田园风味，但淳朴中流露的飘逸气，终究是李白的本色。《访戴天山道士不遇》：

> 犬吠水声中，桃花带露浓。树深时见鹿，溪午不闻钟。
> 野竹分青霭，飞泉挂碧峰。无人知所去，愁倚两三松。

描写犬吠和水声的喧闹、野鹿的出没、在青霭碧峰下越发浓鲜的带雨桃花，既有王维的清幽之境，又透出李白特有的活泼和水灵。如果说孟浩然的山水诗是水墨画，王维的山水诗是彩墨画，那么李白的写景诗就更像饱含水分、笔意滋润的水彩画。

在李白擅长的各种诗体中，最能体现其天真个性的还是他的乐府诗。乐府来自民歌，李白真率的个性与民歌真率朴素的风格本来有一种天然的联系，加上他认真揣摩汉魏六朝乐府民歌的深厚功力，不但运用民歌形式极其自如，而且对乐府的表现艺术有很大的发展。他是盛唐创作乐府最多的诗人。在现存初盛唐的全部乐府诗中，李白的作品占了三分之一。乐府不受声律束缚，适合李白狂放不羁的天性；更重要的是他有意利用乐府的复古来反对当时诗歌律化的倾向，体现了“将复古道，非我而谁”（孟棨《本事诗·高逸》）的强烈使命感。如果说陈子昂主要是通过效仿阮籍式的比兴和汉魏五言古诗来提倡建安风骨，那么李白则是通过大量创作汉魏古题乐府，弥补了陈子昂的不足，完成了盛唐诗歌革新的实践。

李白的乐府诗融合汉魏乐府的古朴健康和南朝乐府情深韵长的特色，语言天然清新，绝去雕饰，尤其是七言绝句，语近情遥，深得民歌天真自然的风致。如《长干行》：

> 妾发初覆额，折花门前剧。郎骑竹马来，绕床弄青梅。
> 同居长干里，两小无嫌猜。十四为君妇，羞颜未尝开。
> 低头向暗壁，千唤不一回。十五始展眉，愿同尘与灰。
> 常存抱柱信①，岂上望夫台。十六君远行，瞿塘滟滪堆②。

---

① 抱柱信：传说尾生与女子相约在桥下相会，女子未到，忽涨大水，尾生怕失信，抱柱不走，被水淹死。

② 滟滪堆：长江瞿塘峡口的巨大礁石，五月江水暴涨，即淹没水中，仅露小块，最易使船触礁。

五月不可触，猿声天上哀。门前迟行迹，一一生绿苔。
苔深不能扫，落叶秋风早。八月胡蝶黄，双飞西园草。
感此伤妾心，坐愁红颜老。早晚下三巴①，预将书报家。
相迎不道远，直至长风沙②。

《长干行》的古辞题作《长干曲》，仅四句。李白学习汉乐府长篇叙事诗的结构和表现方法，历数少女爱情发展的几个阶段，将她随年龄增长而变换的情态细致入微、生动逼真地描绘出来，又吸取南朝乐府民歌《西洲曲》按景物节序变换展示人物内心活动的结构方式，表现她等待爱人归来时希望与失望交织在一起的心情。全诗风格缠绵婉转、柔和低沉，既有清商乐府的清新热烈，又比它朴素明朗。又如《子夜吴歌·秋歌》：

长安一片月，万户捣衣声。秋风吹不尽，总是玉关情。
何日平胡虏，良人罢远征？

用捣衣表现思妇对远方征人的想念，始于北朝的温子昇、庾信。李白将清商曲辞的“吴声歌”表现男欢女爱的窄小境界加以拓展，借长安秋月之下千家万户捣衣的这个典型细节，表现广大人民渴望和平的心愿，声情委婉，境界开阔，悠扬的音调引起人深沉的遐想。李白的乐府运用比兴，不但取比兴本身的寓意，而且追求比象本身的美感。如南朝乐府《杨叛儿》原辞仅取柳中藏乌、炉中插香的比象隐喻男女欢情，李白把它扩大成四十四字：“君歌杨叛儿，妾劝新丰酒。何许最关人，乌啼白门柳，乌啼隐杨花，君醉留妾家。博山炉中沉香火，双烟一气凌紫霞。”不但使“乐府之妙思益显，隐语益彰”（杨慎《丹铅总录》），而且重在表现乌啼杨柳、双烟缭绕这两个喻象自身的美感，将其转化为意境的组成部分，美妙地烘托了男女欢洽的气氛。这种创新在李白诗里随处可见。

李白不但长于乐府，而且能在其他诗体中自由运用民歌的语言，体现民歌的神韵。如《横江词》：

---

① 三巴：指巴郡、巴东、巴西三地。
② 长风沙：在今安徽安庆东长江边。旧说长风沙离金陵七百里。

人道横江好，侬道横江恶。一风三日吹倒山，白浪高于瓦官阁①。

此诗并非古题，是李白自创的题目。诗人用南朝乐府民歌以“侬”为第一人称的口吻和句式来写横江浦的风大浪险，宛然是清商乐府的天然风韵。他的许多脍炙人口的绝句如《赠汪伦》《客中作》等也都充满乐府风味。又如《春夜洛城闻笛》：

谁家玉笛暗飞声，散入春风满洛城。
此夜曲中闻《折柳》，何人不起故园情。

《折杨柳》是汉魏古曲名，一般是笛曲。笛声暗起而随春风传遍全城，可见在这个寂静的春夜有多少人被这笛声打动。所以接着就直道笛曲中的《折杨柳》唤起了无数游子思念故乡的深情。这首诗语言平易浅白、声调宛转悠扬，这是乐府的特点，含蕴也很深厚：折柳在唐代是送别亲人的风俗。而古往今来写家人在春天盼望游子回乡的诗也不可胜数，诗里借闻笛这个细节和折柳的曲名涵盖了这两层意思，就概括了一种普遍的民族情感。这也是盛唐那些脍炙人口的相思送别类诗的共同特点。

与“七绝圣手”王昌龄相比，李白的七绝更加自然流畅，充分体现了“清水出芙蓉，天然去雕饰”（《经乱离后天恩流夜郎忆旧书怀赠江夏韦太守良宰》）的语言风格。如《峨眉山月歌》：

峨眉山月半轮秋，影入平羌江水流②。
夜发清溪向三峡③，思君不见下渝州④。

短短四句诗，罗列峨眉山、平羌江、清溪、渝州、三峡五处地名，由于巧借峨眉形容山月，清溪三峡又勾勒出一路溪清峡多的水景，再用千里蜀江中随水而流、伴人而行的月影串联起来，连用“发”“向”“下”三个虚字，形成一股顺流而下的气势，便觉声情格外流畅。用七绝写山水也是李白的特

① 瓦官阁：江宁城外有瓦官寺，寺上有阁，为梁朝所建。
② 平羌：青衣江，在峨眉山东北。
③ 清溪：清溪驿。
④ 渝州：今重庆一带。

长，他能在短篇中以最明快粗放的线条勾勒宏伟壮阔的景观，将长距离的游览过程浓缩在短短四句中，著名的《早发白帝城》写放舟三峡的快速，两岸猿声、万重山影在耳目间掠过，一泻千里之中，三峡景色也毕览无余。又如《望天门山》：

天门中断楚江开，碧水东流直北回。
两岸青山相对出，孤帆一片日边来。

诗人虽是出于相对运动的感受，描写行舟时远望天门山迎面而来的景象，然而全诗给人的视觉印象却是以水天相接处的一轮红日为背景，以两岸对峙的青山为近景，在两山之间的水平线上，勾出了一片缓缓驶来的孤帆，构图十分壮美。

李白与盛唐诸家一样，善写离别之情。他诗里的桃花潭水、长江碧流仿佛都通人情，又时时在和离人较量着别情的深浅和长短："桃花潭水深千尺，不及汪伦送我情。"（《赠汪伦》）"请君试问东流水，别意与之谁短长？"（《金陵酒肆留别》）"仍怜故乡水，万里送行舟。"（《渡荆门送别》）都是"眼前景，口头语"，而写得一往情深，使人神远。又如《黄鹤楼送孟浩然之广陵》：

故人西辞黄鹤楼，烟花三月下扬州。
孤帆远影碧空尽，唯见长江天际流。

诗里没有一字写离别之情，但一直望到故人的孤帆远影在碧空消失，仍在目送向着天边流去的江水，诗人神驰目注的深情也就可以想见了。李白不以律诗见长，但用五律写的送别诗也有自己的特色，如《送友人》：

青山横北郭，白水绕东城。此地一为别，孤蓬万里征。
浮云游子意，落日故人情。挥手自兹去，萧萧班马鸣①。

汉魏乐府古诗用浮云、孤蓬比游子，是常见意象。此诗使这些传统的比象切合于"此地一为别"的实情实景，"浮云游子意，落日故人情"既渲染了离别的惆怅，又唤起人对于汉魏以来许多描写游子诗歌的联想，就使律诗

① 班马：离群的马。

有了古意,可称运古诗之格入律诗之调,分外意味深长。

总的说来,李白的诗歌继承了前人创作的全部成就,以叛逆的思想、豪放的风格,反映了盛唐时代乐观向上的创造精神以及不满封建秩序的潜在力量,深化了盛唐诗歌的现实意义和反抗精神,扩大了传统诗歌的表现领域,丰富了表现理想的艺术手法。他的成就虽然后人难以企及,但对历代诗歌的影响是极其深远的。

【知识点】

李白的生平　　李白前后期的思想变化　　李白诗歌的艺术个性

【思考题】

1. 请用自己的语言描述李白诗歌的艺术境界。
2. 李白的诗歌为什么能体现出鲜明的艺术个性?
3. 为什么李白爱写乐府诗?

第四讲

杜甫

杜甫与李白是在盛唐诗歌高潮中出现的两座并峙的高峰。他一生将自己与国家的命运联系在一起，深切地同情人民的苦难，执着地关怀现实政治，写下了大量抨击时弊的优秀篇章。他的诗在内容上深刻地反映了唐王朝由盛而衰的急剧转变，尤其是安史之乱以后广阔的社会现实，因而被称为“诗史”；在艺术上集前代诗歌之大成，形成了博大精深、沉郁顿挫的独特风格，同时兼备各种诗体，表现变化多端。被后人尊为“诗圣”的杜甫为中国的人文精神树立了忧国忧民的百世楷模，为中国的诗歌艺术树立了沉雄博大的最高标准。

一　忧国忧民的诗圣

杜甫（712—770），字子美，祖籍京兆杜陵（今陕西西安东南），所以他常自称“杜陵布衣”，后来曾一度居于杜陵附近的少陵，又自称“少陵野老”。他这一族从十世祖起徙居襄阳，后因曾祖杜依艺最后任巩县令而迁居巩县（今河南巩义）。杜甫出身于一个具有悠久诗书传统的旧世家。他的十三世祖是晋代名将当阳侯杜预，博学多才，武功、政事、学术都有成就，是杜甫心目中最理想的“奉官守儒”的楷模。他的祖父就是“文章四友”之一的杜审言，在律诗创作方面对杜甫有直接影响，所以杜甫自豪地说“诗是吾家事”（《宗武生日》）。他的父亲杜闲曾当过兖州司马、奉天令，但这时家道已经衰落。杜甫出生于唐玄宗登基的那一年，因此他可以说是开元盛世的同龄人。青年时代他曾漫游吴越、齐鲁，24岁时应举不第。天宝初他遇到从宫廷放还的李白，这两位大诗人的结识成为文学史上的一段佳话。天宝六年他到长安应制举，这时政治已经愈趋黑暗，奸相李林甫将举子全部黜落，还上表祝贺玄宗“野无遗贤”。此后杜甫在长安困守十年。虽曾多方干谒希求汲引,天宝十年还向玄宗上过三大礼赋,得到玄宗欣赏,让他待制集贤院,命宰相试文章,但又因李林甫从中作梗,未得一官半职。直到天宝十四年,他44岁时,才得到河西尉的小官,没有就职,又改为从八品下的右卫率府兵曹参军。在还家探亲时,安史之乱爆发。次年他与难民一起流亡,被安禄山军俘到长安,后逃到唐肃宗所在的凤翔,任左拾遗。不久贬华州司功参军。乾元二年(759)弃官,经秦州、同谷入蜀,在成都营建草堂。其间因蜀中军阀混战,一度流亡梓州、阆州,回到成都后,被严武表为节度参谋、检校工部员外郎。严武死后,杜甫离成都南下,次年至夔州,旅居两年。57岁时出川,在岳州、潭州、衡州一带漂泊。大历五年(770)病死在湘水上,享年59岁。

李白和杜甫都经历了大唐帝国由盛转衰的历史阶段。李白的诗更多地表现了盛唐诗人意气风发、积极进取的精神风貌。杜甫年辈较晚,经历过坎坷的人生道路,卷入过战乱的旋涡,又长期沦落下层,因而能够逐渐走向人民,为人民大声呼吁。他最可贵的精神是能够深深扎根于现实的土壤,忧国忧民,以天下为己任,宁苦身以利人。他最主要的成就是写出许多深刻反映他的时代,堪称"诗史"的重大篇章。而他在政治上的远见卓识、关注现实的执着精神以及抨击时弊的巨大力量,都植根于盛唐的理想、激情、宏伟气魄和时代责任感。

杜甫在盛世文明的教育下长大,整个青壮年时代在开元年间度过。他从同时代人的远大抱负和活跃思想中获得了进取的信心,从一代文化艺术的高度成就中吸取了丰富的营养。"许身一何愚,窃比稷与契"(《自京赴奉先县咏怀五百字》),"致君尧舜上,再使风俗淳"(《奉赠韦左丞丈二十二韵》),正是盛唐文人共有的大志。"会当凌绝顶,一览众山小"(《望岳》),"骁腾有如此,万里可横行"(《房兵曹胡马》),无不洋溢着积极乐观的情绪,显示出诗人对前途的充分自信。但当他满怀希望跨入上层社会时,统治集团已经腐败。长安十年困守,功业上一无所成。"朝扣富儿门,暮随肥马尘。残杯与冷炙,到处潜悲辛。"(《奉赠韦左丞丈二十二韵》)与王侯显贵相周旋,使他熟知种种骄奢淫逸的现状和黑暗政治的内幕。沦落下层,既贫且病,饱经忧患,又使他对社会弊端和民生疾苦体察尤深:"禾头生耳黍穗黑,农夫田妇无消息。城中斗米换衾裯,相许宁论两相直?”(《秋雨叹》其二)因此,安史之乱前,当大多数盛唐文人还在讴歌太平的时候,杜甫已经透过繁荣的表象看到了社会政治中潜伏的严重危机。盛唐文人在天宝时期虽然也对朝廷开边提出过批评,但大都局限于将士的赏罚不均和用兵的劳民伤财:“死是征人死,功是将军功。”(刘湾《出塞曲》)“无为费中国,更欲邀奇功。”(王维《送陆员外》)而杜甫的《兵车行》则已指出穷兵黩武所引起的田园荒芜、赋税繁重,人民无法负担等一系列严重的社会危机。前后《出塞》包括了盛唐边塞诗的全部内容,而诗人对民族关系、边塞形势的正确看法使这两组诗的思想境界超过了所有的盛唐边塞诗:“君已富土境,开边一何多?”“军中异苦乐,主将宁尽闻?”“杀人亦有限,列国自有疆。苟能制侵陵,岂在多杀伤?”(《前出塞》)

如果说李白多以含蓄的比喻影射最高统治者的昏淫腐朽,杜甫的《丽人行》则是直截了当地讽刺杨国忠兄妹骄纵荒淫的丑态;在慈恩寺塔上,当高适、岑参等诗人还在“盛时惭阮步①”(高适《同诸公登慈恩寺浮图》)时,杜甫已经“登兹翻百忧”,产生了“秦山忽破碎,泾渭不可求”(杜甫《同诸公登慈恩寺塔》)的预感。《自京赴奉先县咏怀五百字》结合着他在长安十年的感受,表白了“穷年忧黎元,叹息肠内热”的执着意愿。其中“彤庭所分帛,本自寒女出。鞭挞其夫家,聚敛贡城阙”四句,一针见血地指出封建统治阶级骄奢淫逸的生活是建筑在剥削、压榨劳动人民所创造的财富之上。“况闻内金盘,尽在卫霍室②。中堂有神仙,烟雾蒙玉质。暖客貂鼠裘,悲管逐清瑟。劝客驼蹄羹,霜橙压香橘”等句,又以外戚贵族极度奢靡的生活与贫民的生活形成苦乐悬殊的鲜明对照,因而“朱门酒肉臭,路有冻死骨”这一千古名句,便更触目惊心地概括了阶级之间的尖锐对立。当他回家以后遭到幼子饿死的惨重打击时,又从自己的境遇联想到更加困苦的广大人民:“生常免租税,名不隶征伐。抚迹犹酸辛,平人固骚屑。默思失业徒,因念远戍卒。忧端齐终南,

① 阮步:魏晋诗人阮籍常常独自驾车出游,不问路径,车迹所穷,便恸哭而返。这里比喻自己像阮籍那样穷途窘步。

② 卫霍室:指像汉代卫青、霍光那样有权势的外戚。

澒洞不可掇[①]。”不仅表现了推己及人的仁者之心，而且从贫困失业之徒和远征边戍之卒的骚动不安中看到了一触即发的政治危机。这首诗标志着杜甫在安史之乱前思想所达到的高度，也是他对社会现实的认识的全面总结。

在安史之乱中，许多诗人的慷慨高唱沉寂下去，杜甫却卷入了祸乱的中心。他热切地关注着国事的变化，与人民一起经受战争的磨难，并以盛唐人追求理想的顽强精神不倦地讴歌着平定动乱、中兴国家的愿望，描绘出这一苦难时代的历史画卷。他身陷叛军占领的长安，写下了许多反映战乱现实、抒发忧时浩叹和爱国热忱的篇章。《悲青坂》《塞芦子》《悲陈陶》表达了人民渴望官军收复长安的心声，对官军的惨败、牺牲的将士致以沉痛的悼念，为不能向朝廷献筹边策而无限焦急。《悲陈陶》[②]：

孟冬十郡良家子，血作陈陶泽中水。
野旷天清无战声，四万义军同日死。
群胡归来血洗箭，仍唱胡歌饮都市。
都人回面向北啼，日夜更望官军至。

这首诗不仅以血淋淋的实录反映出唐军惨败、叛军气焰正盛的形势，两京百姓在血泊中哀吟的惨象，而且以典型的画面凸显出人类战争的残酷，表现的不仅仅是对时势的密切关注，更重要的是无数生命的轻易毁灭在诗人内心造成的强烈震撼。《悲青坂》希望连续惨败的官军得到暂时休整：“山雪河冰野萧瑟，青是烽烟白人骨。焉得附书与我军，忍待明年莫仓卒。”《塞芦子》建议官军派兵扼守陕北的芦子关，以防叛军从太原长驱西进；《哀江头》在荒凉的曲江边抒写了在动乱中对太平盛世的追念；《哀王孙》反映了唐王朝在大乱之初几近崩溃到开始整顿的历史过程。《春望》将怀念家人与忧虑国运的深情融为一体：

国破山河在，城春草木深。感时花溅泪，恨别鸟惊心。

---

① 澒洞：形容浩大无边。

② 唐肃宗至德元载(756)十月，宰相房琯亲自带兵分三路讨伐安史叛军。二十一日，中军、北军与叛军战于咸阳东的陈陶斜，大败，士卒死亡四万余。当时杜甫陷于长安，亲见叛军获胜归来的猖狂，极其悲愤，遂作此诗。

烽火连三月,家书抵万金。白头搔更短,浑欲不胜簪。

诗人强烈的忧国之情使无情的草木花鸟都为感时恨别而溅泪惊心,这首诗也成为高度概括家国之恨的传世名作。

在投奔行在到贬官华州这段时期,杜甫写下了可与《自京赴奉先县咏怀五百字》媲美的名篇《北征》,抒发对当时政治、军事形势的看法,希望朝廷总结安史之乱的教训,及时纠正错误,不要过于倚重助唐平叛的回纥,以免造成更大的后患,在对现实的清醒批判中,又表达了对国家中兴的展望和信心。"三吏""三别"写下了他在兵荒马乱之际亲眼所见人民所遭受的种种苦难,既揭露统治者的昏庸无能,不顾人民死活,又忍痛鼓励人民走上前线支持平叛战争。《彭衙行》、《羌村》三首由诗人家庭在丧乱中的艰难处境反映了广大人民共同遭受的苦难。由于命运的机缘巧合,杜甫得以深入社会现实的底层,他所描写的一切都是亲身体验,并与他经历的兵灾祸乱、政治风波以及家庭的悲欢离合融合在一起,这些诗篇才具有极其强烈真切的感人力量。

杜甫漂泊西南时期,远离了政治中心。但他将自己饥寒交迫、艰苦备尝的生活与国家的安危、人民的苦难紧紧联系起来,写下了大量怀念盛唐的诗篇,抒发了中兴无望的悲慨。他把儒家奉为国家祥瑞的凤凰当作自己的图腾:"我能剖心血,饮啄慰孤愁。心以当竹实,炯然忘外求。血以当醴泉,岂徒比清流?所重王者瑞,敢辞微命休?"(《凤凰台》)为了重现太平之治,他不惜生命,甘愿剖心沥血,作为供养凤雏的醴泉。《茅屋为秋风所破歌》由个人的不幸遭际想到天下穷苦人水深火热的生活,为了他人的安定幸福,他甘愿以一己之身承担起所有的苦难:"安得广厦千万间,大庇天下寒士俱欢颜,风雨不动安如山。呜呼!何时眼前突兀见此屋,吾庐独破受冻死亦足!"这种宁苦身以利人的精神,体现了历代中国人理想的古圣人之心。

两京收复以后,各地军阀纷起作乱,吐蕃回纥侵扰不绝,宦官把持朝政,战火此起彼伏。杜甫在经历了官军收复河南河北的短暂喜悦之后,又陷入了对时势更深的失望:"江边老翁错料事,眼暗不见风尘清!"(《释闷》)随着对社会弊端的认识愈益深化,他的抨击也越来越有力。《送韦讽上阆州录事参军》说：

国步犹艰难，兵革未衰息。万方尚嗷嗷，十岁供军食。
庶官务割剥，不暇忧反侧。诛求何多门，贤者贵为德。……
当令豪夺吏，自此无颜色。必若救疮痍，先应去蟊贼！

诗中无情地揭露了人民受“豪夺吏”巧立名目“诛求”的事实，并义正词严地将那班贪官污吏斥为“蟊贼”，指出欲救穷民必先除去这些“务割剥”的“庶官”。《枯棕》诗用被“割剥”至死的枯棕比喻被官府榨干最后一滴血的“江汉人”：

蜀门多棕榈，高者十八九。其皮割剥甚，虽众亦易朽。
徒布如云叶，青黄岁寒后。交横集斧斤，凋丧先蒲柳。
伤时苦军乏，一物官尽取。嗟尔江汉人，生成复何有？
有同枯棕木，使我沉叹久。死者即已休，生者何自守？
啾啾黄雀啅，侧见寒蓬走。念尔形影干，摧残没藜莠。

“割剥”是“剥削”的同义词，杜甫是第一个用“割剥”来比喻官府征敛的诗人。由于时代的局限，杜甫不可能从根本上反对剥削制度，可是他一针见血地指出了苛政和诛求的根本性质。《客从》诗说：

客从南溟来，遗我泉客珠①。珠中有隐字，欲辨不成书。
缄之箧笥久，以俟公家须。开视化为血，哀今征敛无！

以珠化为血的虚构故事形象地说明了朝廷征敛的珠玉均为人民的血泪所凝的真理。《岁晏行》描写潇湘一带的人民在官府诛求和奸商欺蒙之下无以为生的痛苦处境：“去年米贵阙军食，今年米贱大伤农。高马达官厌酒肉，此辈杼轴茅茨空。……况闻处处鬻男女，割慈忍爱还租庸。”无衣无食的农民被迫卖儿卖女以交租税，然而他们割舍骨肉换来的是“私铸”的恶钱，与之形成对照的却是达官贵人奢侈无度的生活，这就淋漓尽致地揭露了民不聊生的原因和后果。他在出蜀后所作的《三绝句》中痛骂那些专横残暴的地方军阀是狠毒甚于虎狼的群盗，大胆地揭露皇帝殿前的

① 泉客：即鲛人。古代传说，南海里有鲛人，善织绡丝，眼泪能变成珍珠。

禁军杀戮百姓、奸淫妇女的罪恶:

前年渝州杀刺史,今年开州杀刺史。
群盗相随剧虎狼,食人更肯留妻子?

…………

殿前兵马虽骁雄,纵暴略与羌浑同①。
闻道杀人汉水上,妇女多在官军中。

他还指出天下动乱、盗贼丛生的根本原因是统治者的骄奢淫逸:“不过行俭德,盗贼本王臣!”(《有感》其三)认为盗贼本是好百姓,文贪武暴才逼得他们铤而走险。

尤其可贵的是,杜甫在后期还突破了他早年以君为中心、臣为附庸的传统观念的局限,对肃宗、代宗的昏庸无能进行了大胆的讥刺:“邺城反覆不足怪,关中小儿坏纪纲。张后不乐上为忙。至令今上犹拨乱,劳心焦思补四方。”(《忆昔》其一)指出官军邺城之败,原因在宠任宦官,听信张皇后。他指责皇帝不肯起用贤者,又不能惩罚奸佞:“贤多隐屠钓,王肯载同归?”“不成诛执法,焉得变危机?”(《伤春》其三)甚至尖锐地提出:“天子多恩泽,苍生转寂寥!”(《奉赠卢五丈参谋琚》)讥刺天子的“恩泽”虽多,苍生反而日子更难过。当然,面对藩镇割据已初步形成的复杂形势,杜甫的思想也是极为矛盾的。他更多的诗是要求武臣忠于朝廷、报效天子,因为忠于天子已与忠于国家的观念混为一体。出于对昏君庸主的失望和对明君贤主的向往,他特别怀念开元全盛时期的政治。而这种对开元盛世的追怀又往往与他晚年贫病衰朽的身世飘零之感,以及对世乱不息的忧虑交织在一起:“不眠忧战伐,无力正乾坤。”(《宿江边阁》)“亲朋无一字,老病有孤舟。戎马关山北,凭轩涕泗流。”(《登岳阳楼》)《忆昔》《秋兴》《丹青引赠曹将军霸》等诗都倾注着追忆开元往事的沉痛心情。他在夔州所写下的几百首诗大多以回顾自己的生平和总结盛唐的兴衰为主题,抒发了自己无力重正乾坤的悲哀。直到生命的最后一刻,他所

① 羌浑:羌族和吐谷浑,当时经常骚扰青海四川一带。

念念不忘的还是“战血流依旧,军声动至今”(《风疾舟中伏枕书怀三十六韵奉呈湖南亲友》)的现实。

由杜甫思想发展的几个阶段可以看出,由于他处于唐王朝极盛而衰的突变时期,因而对国家的治乱对比具有特别强烈痛切的感受,这是任何时代的诗人都难以相比的。又由于他个人特殊的遭际,才能使盛世所赋予他的远大理想和时代责任感在乱世中得到深化,使他对现实的批判产生震撼人心的激情和力量。这一点是杜甫高出中国文学史上所有诗人的主要原因。

二　包罗万汇的艺术成就

杜甫被尊为“诗圣”,除了他的忧世悯人之心与“古昔命世圣贤”(方孝孺《成都杜先生草堂碑》)相同以外,还因为他在诗歌艺术上的集大成。如前所述,他将诗经、汉乐府、魏晋齐梁诗、初盛唐诗的各种表现艺术熔为一炉,形成了博大精深、沉郁顿挫的独特风格,同时又擅长各种诗体,风格变化多端。元稹称他“尽得古今之体势,而兼人人之所独专”(《唐故检校工部员外郎杜君墓系铭》),秦观说:“杜子美者,穷高妙之格,极豪逸之气,包冲澹之趣,兼峻洁之姿,备藻丽之态,而诸家之作所不及焉。……‘……孔子之谓集大成。’呜呼!杜氏、韩氏,亦集诗文之大成者欤!”(《韩愈论》)刘熙载说“杜诗高、大、深俱不可及”(《艺概》),也指出杜诗的表达能力、概括包容能力和曲折深刻的构思能力都为他人所不可企及。这些都从不同角度评价了杜诗地负海涵、包罗万汇的艺术成就。

杜诗的艺术成就,首先体现在他那些被称为“诗史”的重大作品中。“诗史”之说,早见于中晚唐,孟棨《本事诗》说:“杜逢禄山之难,流离陇蜀,毕陈于诗,推见至隐,殆无遗事,故当时号为‘诗史’。”其实以诗记史的做法,并不始于杜甫,《诗经》中的部分雅诗,建安时代曹操的《蒿里行》《薤露行》、王粲的《七哀诗》、蔡琰的《悲愤诗》,一直到北朝庾信的《拟咏怀》和《哀江南赋》都具有“诗史”的性质。杜甫不但继承了这一传统,而且创造性地采用多种诗歌形式,真实地记录了安史之乱前后唐王朝由盛而衰的历史过程。杜诗也是他自己一生遭逢战乱,流寓秦陇、巴蜀、湖湘等地的史传,只是他的喜怒哀乐无不与国事天下事相关,命运的机缘巧合又将他推到了历史的转折关头,处身于战乱的漩涡之中,他所亲身体验的一切兵灾祸乱、政治风波都和他家庭的悲欢离合融合在一起,他对自己贫病潦倒的哀叹都与对国家盛衰的思考结合在一起,这才使他的个人经历都变成了反映兴亡治乱的国史。

杜甫虽然以各种诗体"寓纪载之实"(文天祥《集杜诗序》),但集中体现"诗史"特色的诗体主要是两类:一类是五古、五排等以咏怀为主的长篇诗歌,它们善于把直抒胸臆、慷慨述怀、长篇议论和具体的叙事、细节的描绘、用典的技巧,以及对巨大社会内容的高度概括和谐地统一在完整的艺术结构中,开合排荡、穷极笔力,深厚雄浑、体大思精。最有代表性的是《自京赴奉先县咏怀五百字》和《北征》这两首诗。它们都以杜甫还家探亲的过程作为全篇主线,通过真切描写沿途见闻和到家后的心情,集中展现了安史之乱爆发前夕以及两京收复之初这两个历史时期的时局,抒发了他"致君尧舜上"的抱负,表现了他对社会现实的洞察力、对国家命运和人民疾苦的深切关怀。在艺术上借鉴建安女诗人蔡琰《悲愤诗》以个人亲身经历为线索,凭借真气贯串全篇的写法,按照还家的时间顺序,用叙事联结议论和抒情,开合变化、顿挫起伏,无不直接发自胸臆。或忧愤迸露,或慷慨陈词,或发为委婉深曲的倾诉,或发为乐观豪迈的高唱,有鞭辟入里的名句,有真切细致的铺叙,使苍莽古直的气格与琐细生动的情节融为一体。当然两首诗因内容的不同,表现又各有特色。

《自京赴奉先县咏怀五百字》作于安禄山已经反叛而长安尚未证实反讯的时候,这时唐玄宗和杨贵妃还在骊山华清宫避寒享乐,杜甫回家探亲,正好经过骊山。与皇帝咫尺天涯的特定环境,使诗人成为这一特殊历史时刻的见证;而他在华清宫墙外的所闻所感,也因为概括了天宝政治腐败的主要症结,而使这首诗为安史之乱爆发的社会政治原因提供了最切实生动的解释;因此诗里的叙事细节处处扣住行旅风霜之苦,以及自己回到家里后得知幼子饿死的悲哀,便使宫内宫外的苦乐之别和贫富对立通过自己的亲身感受形成巨大的反差,展现了大乱即将来临的历史氛围。《北征》作于杜甫任左拾遗时为疏救房琯得罪肃宗之后,诗人卷入了复杂的政治斗争旋涡,虽然被朝廷疏远,但忧念时事的心情更加沉重;诗里描写一路所见好恶不齐的景色，处处勾起诗人的身世之叹，又突出了从凤翔到鄜州一路所见的战场白骨和满目疮痍，反映出当时唐军一直失利的严峻形势；回家之后与妻儿团聚的描写尤其细致生动："经年至茅屋，妻子衣百结。恸哭松声回，悲泉共幽咽。平生所娇儿，颜色白胜雪。见耶背面啼，垢腻脚不袜。床前两小女，补绽才过膝。海图拆波涛，旧绣移曲折。天吴及紫凤①，颠倒在短褐。"从观察极细微处真挚地表达出夫妻儿女的至情，写尽普通官宦人家在逃难途中窘迫的苦况，也通过自身的感受反映了广大人民的困苦生活。因此无论是家庭琐事的描写还是国家大事的议论，都因这内在的感情逻辑联系而转换自然，浑成一气。

特别值得注意的是这两首诗还开创了在诗歌中大发议论的先例。《自京赴奉先县咏怀五百字》的大段咏怀置于开头，共五六层转折，跌宕起伏，连绵不断，像剥茧抽丝一样，层见叠出，自嘲自解，以议论推驳的层次形成意义的往复回环，倾泻出穷愁潦倒的满腔辛酸和追求理想的执着信念，具有古诗一唱三叹的情韵；《北征》的咏怀穿插在开头对皇帝的表白和沿途的景物描写中，而最后两大段议论从回纥借兵的眼前时事转到总结马嵬之变的教训，跨度很大，感情复杂，在深沉的忧虑之中又展现了无限的信心和希望。这说明诗歌并不是不可以发议论，但议论必须带有深长的情韵，这两首诗中的大段议论往往兼带叙事，不仅表现了诗人在政治上的远见卓识，而且隐含着浩茫的心事和深广的忧愤，因而不但没有质木枯燥之弊，反为诗歌增加了磅礴的气势和排山倒海的力量。

最能体现杜诗"诗史"特色的另一类诗体是以五古和七言歌行为主的新题乐府。这类诗在艺术表现上的独创性留待下节再谈，这里重点说明它们与"诗史"的关系。中国古典诗歌以抒情诗为主，叙事的传统不如抒情传统深厚连贯，只有《诗经·大雅》中带有史诗性质的几首诗和汉魏乐府中的一部分诗歌采用了叙事手法。后人学习汉魏乐府一般是沿袭古题，而且使原为叙事体的古乐府趋于抒情化，以乐府写时事的传统也就逐渐消歇了。杜甫继承诗经、汉乐府反映现实的优良传统，本着缘事而发的

---

① 天吴：神话中的水神，虎身人面，八首八面，八足八尾。这里与紫凤都是指官服上的图案。

精神,即事名篇,写作了许多新题乐府,这是他在融汇古今诗体基础上的重大创新。

乐府中原有“歌”和“行”的体裁,初盛唐出现了不用乐府旧题的新题歌行,为杜甫提供了反映时事的一种新形式。杜甫自己虽然没有给这种诗体冠以“新题乐府”的名称,但中唐诗人李绅、元稹等把他们学习杜甫的这种诗称为“新题乐府”。按照白居易的标准,杜甫的新题乐府大约有三十多首。从记史的角度来看,写法也不尽相同,最典型的是《兵车行》《丽人行》《哀王孙》《悲陈陶》《悲青坂》、“三吏”“三别”等。这些诗以记叙具体的事件为主,每首诗有一个中心主题,连续记录了安史之乱前到叛乱中最重大的一些历史场景,如天宝年间为开边而不断征战,出征士兵与亲人生离死别的景象;杨氏兄妹在曲江游春时奢侈荒淫的情景;玄宗仓皇出逃时抛弃王子王孙的狼狈;陈陶斜官兵的惨败;青坂驻军的重创;邺城大败后华州至洛阳一带无壮丁可征的现实;等等。另一种如《塞芦子》《留花门》《洗兵马》《岁晏行》等,以议论为主,类似时事述评。尤其是《洗兵马》,并没有中心的事件,而是综合评述了两京收复之后的形势;此外《岁晏行》写民间迫于官赋卖儿鬻女的惨状,以及恶钱泛滥、法纪不振的问题,《虎牙行》概述巫峡至江陵一带在战乱中十年八荒、盗贼四起、诛求不止的状况,《锦树行》刺武夫恶少乘乱横行、凭军功封侯骤贵的现象等等,也都是概括某一种社会现象或弊病,没有视点固定的具体事件的刻画,但成为更直接的历史实录。还有一种是以抒情和感慨为主,映带史实,如《哀江头》在对曲江昔盛今衰的悲叹中,反映了玄宗西逃和马嵬之变的时势,《潼关吏》是借自己经过潼关时与关吏的对话,回顾哥舒翰潼关失守的教训。总之,这些诗作在全部杜诗中所占的比例虽然不大,但如果把它们按时序排列的话,就会发现杜甫几乎没有漏掉他所经历过的所有重大历史事件,而且从各个角度反映了从中原到西南广阔的社会现实。

杜甫用以反映重大历史事件和社会问题的诗体主要是五古长篇和七言歌行,顿挫起伏,变化莫测,跌宕夭矫,淋漓悲壮,是杜诗中的洪钟巨响。除此以外,他在其他各类题材各种诗体中所取得的成就也是独步千古的。就题材而言,杜甫在继承汉魏以来常见的感怀言志、行旅送别、山水边塞、咏物闺情以外,还把范围扩大到日常生活的一切细事中去,论诗观画、索求馈赠、邻里过往乃至家庭杂事中的打鱼、送菜、引水、缚鸡等等，凡是生活中所有之事无不可以入诗，内容包罗万象，都有名篇传世。如《饮中八仙歌》《送孔巢父谢病归游江东兼呈李白》《醉时歌》以七言歌行写盛唐诗人的高傲失意，风神之狂放飘逸，不下李白；早年的《夜宴左氏庄》《题张氏隐居》及在草堂写的《堂成》《江村》《客至》《水槛遣心》《江亭》等许多名篇都充满陶渊明和王孟山水田园诗的幽趣；从秦州入成都的二十多首记游诗以随物肖形、变化多端的表现艺术描绘千奇百怪的蜀中山水，更是对大谢山水诗的重大发展；《前出塞》《后出塞》等采用古题和新题乐府，总结了盛唐边塞诗的各种表现手法；《佳人》《月夜》等写闺中深情和空谷美人，格调高绝；《梦李白》《月夜忆舍弟》《春日忆李白》《彭衙行》等抒发对友人和兄弟的思念，情深意长；《蜀相》《八阵图》《咏怀古迹》等怀古诗借评价古人寄托理想或身世之感，含蓄警策；《房兵曹胡马》《画鹰》《枯棕》《病橘》《石笋行》《石犀行》《古柏行》等大量咏物诗言志述怀、讽刺时事和世俗，咏物形神兼备、寄托自然现成，成为杜诗的一大特色。就诗体而言，杂言和五七言古律、绝句、歌行也都无不臻其极致。其七律最有创造性，留待下节详谈，这里着重谈谈他的五律和绝句。

五言律诗自初唐以来逐渐成熟，成为盛唐最流行的一种诗体。杜甫受其祖父影响，在五言排律和律诗方面造诣尤其精深。他的排律主要用于干谒，大都写得典雅凝重，章法因干谒对象而异，辞藻丰赡，曲尽其意，奠定了他以才力见长的功底。其短篇五古不多，但年青时即有名作，如《望岳》：

岱宗夫如何？齐鲁青未了。造化钟神秀，阴阳割昏晓。
荡胸生层云，决眦入归鸟。会当凌绝顶，一览众山小。

这首诗不仅高度概括了泰山象征造化伟力和代谢变化的壮美景色，而且表现了把大自然的浩气都纳入胸怀的豪情，在观望名山的兴会中，寄托了登上事业顶峰的雄心壮志，以及前程万里的乐观和信心。其五律则精工凝练、气象宏放，名篇特多，如《旅夜书怀》：

细草微风岸，危樯独夜舟。星垂平野阔，月涌大江流。
名岂文章著，官应老病休。飘飘何所似？天地一沙鸥。

星空平野使人想到宇宙的永恒，月影江流使人想到时间的流逝，而微风、细草、危樯、沙鸥等微小孤独的事物置于这无垠的星空平野之中，又使景物的这种对比自然烘托出诗人漂泊在天地间的孤独形象。再如《登岳阳楼》：

昔闻洞庭水，今上岳阳楼。吴楚东南坼，乾坤日夜浮。
亲朋无一字，老病有孤舟。戎马关山北，凭轩涕泗流。

这首诗和孟浩然的《临洞庭》都是咏洞庭湖的绝唱，如果说孟诗主要还是注重形容洞庭水势的浩大，那么杜甫则超出视野的局限，着眼于洞庭分拆吴楚的地势和涵蓄乾坤的度量，以其可干造化的笔力和包容宇宙的襟怀，创造了比洞庭湖更为壮伟的诗境。他的五律既能取势高远，又善于体贴入微，如《春夜喜雨》：

好雨知时节，当春乃发生。随风潜入夜，润物细无声。
野径云俱黑，江船火独明。晓看红湿处，花重锦官城。

形容春雨如通人情，趁人毫无觉察时随风飘入暗夜，细细地滋润着万物，悄无声息，既生动地写出了雨的柔和细润之态，又把人们通常在春天盼望及时雨的喜悦心情贴切地表现出来，用字精妙，传神入化。

杜甫的绝句同样风格多变，像盛唐诸家一样，他也有风韵绝美的七绝，如《江南逢李龟年》①：

岐王宅里寻常见，崔九堂前几度闻。
正是江南好风景，落花时节又逢君。

岐王是唐玄宗的四弟，崔九是唐玄宗的近臣，都死于开元中。李龟年兄弟在开元年间以擅长音乐得宠，经常出入宫廷和王公贵族之门，安史之乱后流落到潭州。诗人晚年与他相遇，不由得勾起对于开元盛世的怀念。落花是暮春实景，令人想到一切繁华的衰谢和飘零，昔盛今衰之悲也就自在黯然不言中了。这首诗是眼前景、口头语，含蓄蕴藉，风韵无限，典型的开

① 唐人笔记《云溪友议》卷中及《明皇杂录》卷下皆记李龟年奔迫江潭，杜甫赠此诗。但宋人胡仔及今人吴企明质疑非杜甫作。今从唐人笔记。

元七绝风调。他的绝句也有不少色彩鲜明、构图精致的佳作，如著名的《绝句四首》其三：

两个黄鹂鸣翠柳，一行白鹭上青天。
窗含西岭千秋雪，门泊东吴万里船。

黄鹂点缀于翠柳之中，白鹭排列于青天之上，形成色彩的鲜明对比；西岭的雪和万里桥的船虽是纳入了“窗含”和“门泊”两个画框之中，诗里所展现的时空却拓展到千秋万里之外。五绝《八阵图》更是高度凝练：

功盖三分国，名成八阵图。江流石不转，遗恨失吞吴。

八阵图在夔州鱼复浦平沙之上，传说是诸葛亮演练兵法的石堆，千年以来在江流冲击下岿然不动。诗人将诸葛亮建立三分之国的功业和八阵图的名声对举，借此处遗迹赞美诸葛亮在历史的长河中永存不灭的功名，并推想其对吴失策而未完成统一大业的遗恨，字字顿挫，大气磅礴。

杜甫虽然融汇古今、兼备众体，但还是以沉雄博大、悲壮瑰丽为主要风格。说诗者历来以“沉郁顿挫”形容杜诗的基本特色。这四字原是杜甫的自评。“沉郁”指文思深沉蕴藉，“顿挫”指声调抑扬有致。而沉郁又另有沉闷忧郁之意，因此后人以此四字来概括他的特色，便包含了深沉含蓄、忧思郁结、格律严谨、抑扬顿挫等多重内涵。他和李白都代表着盛唐诗歌创作的最高水平，但风格与李白恰好形成鲜明的对照：李白天才放逸，不拘法度，没有锤炼的痕迹；杜甫才学富赡，法度严谨，思力极其沉厚。两人都富于变化，但李白的变化在声情和辞藻，杜甫的变化在立意和格式。因此前人认为李白是天授的奇才，杜甫是人能的极致，称李白为“诗仙”，称杜甫为“诗圣”，确实概括了他们的主要区别。

三　称雄百代的开创精神

杜甫对诗歌的贡献并不仅仅是“集大成”，集成之说容易使人误解杜甫只是融会前人的成就，其实杜甫在继往之外，更多的是开来。他总结了盛唐诗的全部成就，但在诗歌表现艺术上为后人展示了新的前景。其开创性主要体现在以下几方面：

首先，他运用盛唐出现的新题歌行反映时事，直接开启了中唐和北宋的新乐府创作。他的新题乐府吸取了汉魏至北朝乐府民歌多用对话问答和片段情节客观反映社会现实的特点，善于从现实生活中提炼具有典型意义的主题，生动地描绘细节真实。但由于其创作动机仍在于表现对现实深沉的思考和忧国忧民的激情，因此多从诗人自身经历的情境出发，带有强烈的主观抒情色彩，这是杜甫的新题乐府与汉乐府的重大区别。这就决定了他在艺术概括和表现上的全面创新。比如汉乐府叙事方式的基本特征是通过截取事件的一个断面或情节加以集中描述，以反映一类社会问题，但不能展示事件发生发展的广阔背景。杜甫在此基础上突出了高度概括的场面描写，以史诗般的大手笔展现出深广的社会背景，使每首新题乐府都包含了最大的历史容量。如《兵车行》：

> 车辚辚，马萧萧，行人弓箭各在腰。耶娘妻子走相送，尘埃不见咸阳桥。牵衣顿足拦道哭，哭声直上干云霄。道傍过者问行人，行人但云点行频。或从十五北防河①，便至四十西营田②。去时里正与裹头，归来头白还戍边。边庭流血成海水，武皇开边意未已。君不闻汉家山东二百州，千村万落生荆杞。纵有健妇把锄犁，禾生陇亩无东西。况复秦兵耐苦战，被驱不异犬与鸡。长者虽有问，役夫敢申恨？且如今年冬，未休关西卒。县官急索租，租税从何出？信知生男恶，反是生女好。生女犹得嫁比邻，生男埋没随百草。君不见青海头，古来白骨无人收。新鬼烦冤旧鬼哭，天阴雨湿声啾啾！

这首诗开头写士兵出征前亲人赶来送别的情景，概括了从汉到唐统治者穷兵黩武所造成的百姓妻离子散的悲惨情景；接着又借鉴陈琳《饮马长城窟行》用对话展开故事，将数万民夫的命运集中体现在一个太原卒身上的手法，在成千上万士卒与亲属渭桥送别的这一场景中，构思出一个历经征战之苦的老战士，借他对生平的自述，展现了从关中到山东、从边庭

① 防河：开元天宝间为防吐蕃常征兵到黄河以西屯驻，有事作战，无事撤回。

② 营田：屯田。

到内地、从士卒到农夫,广大人民深受兵赋徭役之害的历史和现实。

汉魏乐府进行艺术典型概括的特点是抓住人情最惨酷的现象反映社会问题,杜甫的"三吏""三别"显然在取材上吸取了这一特点。这组诗的主题是指责统治者在国难当头时,将战争的灾难全部推向人民,同时诗人又激励人民忍着眼泪支援平叛战争。《新婚别》中"暮婚晨告别"的一夜夫妻,《垂老别》中暮年从军与老妻惜别的老翁,《无家别》中还乡后无家可归重又被征的军人,《新安吏》中过于短小的中男,《石壕吏》中衰老无力的老妇,都是不该服役而被赶上战场的,这就集中了战乱所造成的生离死别中最惨酷的情景,从各个角度反映了由于战争的旷日持久,民间已无丁壮可征,而朝廷仍在强行征发的严重问题,更深切地表现了民不聊生已达极致的社会现状。这组诗采用对话和人物独白展开场景,明显受到汉乐府的影响,但着重表现各类人物在死别之时对人生的留恋,以及对国家的责任感,笔触深入人物的内心深处,而且各篇表现各不相同,则是杜甫的独创。特别是《石壕吏》写吏人半夜抓丁,纯从听觉写事写人,手法十分别致。杜甫在他的新题乐府中从来不是一个冷眼旁观者,而是和诗中主人公的感情打成一片。例如《兵车行》虽设为诗人和行人的问答,但行人的答词几乎变成了诗人自己感慨系之的议论;《垂老别》的后半首与其说是老翁的诉说,还不如说是诗人自己的叹息。这种融叙事于抒情的乐府诗也是杜甫的独创。

杜甫的新题乐府充分利用了歌行的赋化和容量大的长处,以及富有跳跃性和抒情性的特点,通过空间和时间的自由转换,抒写诗人对于复杂时势的感想和见解。如《哀江头》前半首回忆当初玄宗和贵妃在曲江游猎的场面,后半首抒写玄宗西逃对贵妃的思念之情,结尾在满城胡尘中突现出杜甫自己目乱心迷、不辨南北的憔悴形象,在视点的不断变换中把想象和写实、抒情和记事融为一体。《丽人行》用工笔画一般厚重的色调渲染杨氏兄妹曲江游宴的豪华奢侈,采用汉乐府《陌上桑》等民歌所惯用的正面咏叹方式,又吸取了齐梁以来歌行讲究排偶、词采富丽的特点,描写杨氏姐妹装饰的华美、饮食的精致,笔触精工细腻,色彩金碧辉煌,使深刻的讽意从场面和情节中自然流露出来,一本正经的赞美获得了比一般轻松的讽刺更为强烈的艺术批判力量(陈贻焮《杜甫评传》),这又是杜甫的新创。这种种创新使他的新题乐府突破了古乐府表现力的局限，大大扩展了乐府的规模和容量，而且在辞调风韵等方面形成了与盛唐古乐府的鲜明区别。

其次，杜甫在用典、构思、语言等艺术技巧方面刻意求变，开出了中晚唐各种艺术流派的蹊径。除了反映时事、言志述怀等重大题材的作品之外，他也写了许多以日常生活为题的抒情小品。盛唐诗歌在写景中比较注意情与景的平衡，抒写情兴由物象触发，刻画物象强调提炼概括。杜甫在保持这一基本特征的同时，更强调生活中活泼泼的情趣和生机。在写景方面，他继承了齐梁诗摹景深细、穷力追新的长处，比较注重描写新奇的意趣。如《江畔独步寻花七绝句》其五：

> 黄四娘家花满蹊，千朵万朵压枝低。
> 留连戏蝶时时舞，自在娇莺恰恰啼。

整首诗写出一路繁花、一路莺啼、一路蝶舞，春光就像要溢出这条小路似的，加上口语的复叠、通俗的句法，“时时”“恰恰”两个叠字又用得精当，便充满了活泼的生趣。由于常常移情于景，深细地发掘自己的内心感觉，年年如旧的江山花鸟，便在他丰富的情感世界中变得奇趣横生，常看常新。如《漫兴》绝句其一：

> 眼见客愁愁不醒，无赖春色到江亭。
> 即遣花开深造次，便教莺语太丁宁。

本来是写自己不胜春愁的惆怅，却变成一腔怨气，朝着春花黄莺发泄，春色便成了一个不请自来的无赖小儿，反而更见风趣。《春望》中“感时花溅泪，恨别鸟惊心”、《后游》中“江山如有待，花柳更无私”等，都是触景生情、移情于物的例子。

盛唐诗人往往在静态的意境中寻求对大自然的妙悟和兴会，所表现的主要是可视可听、可用常理来理解的事物；杜甫意识到诗歌要向前发展，必须超出这种常理，表现更深入的潜在意识和心理感觉。因此他有些写景用特殊的句法表现了人的直觉印象。例如“青惜峰峦过，黄知橘柚来”（《放船》）、“绿垂风折笋，红绽雨肥梅”（《陪郑广文游何将军山林》其五），按感知色彩总快于分辨事物的意识这样一个顺序构句，把颜色词放在句首，突出观景的第一个印象，便写出了目不暇给的神态。又如著名的《秋兴》八首其八："香稻啄余鹦鹉粒，碧梧栖老凤皇枝。"用倒装句法，向来为人所称道，诗人为了强调香稻是鹦鹉所啄剩，碧梧是凤凰所栖宿，把宾语置于句首，就突出了诗人回忆中的渼陂宛如仙苑的印象。清人叶燮曾以"星临万户动，月傍九霄多"（《春宿左省》）、"碧瓦初寒外"（《冬日洛城北谒玄元皇帝庙》）、"晨钟云外湿"（《船下夔州郭宿雨湿不得上岸别王十二判官》）为例，说明杜诗乃"理事之入神境"者。月本不能以多少而论，但月上九霄，所照之境既多，身处宫中，如在九霄，得月也更多，所以"多"字比"明""高"等合乎常理的形容词更能表现诗人在宫里值宿的微妙心情。寒气和钟声都是无形的，本没有内外和干湿之分，但"碧瓦初寒外"为了强调老子庙的屋顶高到了不可知的地方，把不可界分的寒气实体化了。同样，"晨钟云外湿"强调天地都被雨湿，所以连穿过云层的钟声也被雨云浸得湿漉漉的了。这就通过表面上不合逻辑的词语组合，表现了难以名状的深层感觉。

把强调内心感觉的表现方法用于象征，便可以表现朦胧的寓意，如"秦山忽破碎，泾渭不可求。俯视但一气，焉能辨皇州"（《登慈恩寺塔》）通过夸大居高临下不辨山川的视觉印象寄托了山河破碎的预感。《白帝》诗中"高江急峡雷霆斗，古木苍藤日月昏"写峡江水势湍急、峡内昏沉阴惨的景象，也同样化入了时代动乱的影子。将心理感觉化入客观景物，并表现忧世伤乱的深意，成为杜甫后期诗作最重要的特点之一。

再次，杜甫的七律尤有新创。七律比五律成熟得晚，初盛唐七律还带有浓厚的歌行味，虽丰神极美、流畅超逸，而体裁未密，变化也少。到杜甫手里才工整精练、格律严谨，同时句式自由、章法变化多端，大大拓展了七律的表现功能。如《闻官军收河南河北》：

> 剑外忽传收蓟北，初闻涕泪满衣裳。
> 却看妻子愁何在？漫卷诗书喜欲狂！
> 白日放歌须纵酒，青春作伴好还乡。
> 即从巴峡穿巫峡，便下襄阳向洛阳。

诗人内心积压已久的大悲,一旦遇到大喜,便冲破了格律严谨的七律,气势如乘奔御风,节奏如瀑水急湍,语调如歌哭笑吟,将久经丧乱之后听到胜利捷报的狂喜强烈地倾泻出来,因而不知打动了多少乱世中流亡者的心。杜甫晚年居于夔州时期,大力创作七律组诗,在典故和故事上驰骋想象,以苍凉的笔调绘出浓丽的幻梦,句法的提炼和声情的传达妙合无垠,将七律的表现力发挥到了极致。这一时期所作的《秋兴》八首、《咏怀古迹》五首、《诸将》五首、《登高》《白帝》等杰作,标志着他在七律上所取得的极高成就,对后世的七律具有深远的影响。如《秋兴》八首其一:

玉露凋伤枫树林,巫山巫峡气萧森。
江间波浪兼天涌,塞上风云接地阴。
丛菊两开他日泪,孤舟一系故园心。
寒衣处处催刀尺,白帝城高急暮砧。

作为八首的发端,这首诗奠定了组诗悲秋的基调。大至峡江边塞,细至白露枫林,远至天地风云,近至丛菊孤舟,无不凝聚着凋残萧瑟的感伤气氛。最后以捣在游子心上的高城暮砧作结,更使悲抑之情递进到难以言传的程度,然而气象宏阔,境界高远。“丛菊”一联极为浓缩,诗人在夔州羁旅两年,对菊难忍的乡泪、被孤舟系住的行程和思乡之心,都在句中词组意思断裂之处生发,奇思妙想出自特殊的句法结构,可以见出杜诗变化在意和格的特点。又如《登高》:

风急天高猿啸哀,渚清沙白鸟飞回。
无边落木萧萧下,不尽长江滚滚来。
万里悲秋长作客,百年多病独登台。
艰难苦恨繁霜鬓,潦倒新停浊酒杯。

首联密集的音节和写景的急速变换,使风声、猿啸、鸟飞构成动荡回旋的意象,都笼罩在肃杀的秋气之中;次联采用歌行式的对仗,放大了落叶的阵势和江水的流速,在万物代谢和宇宙永恒之间的矛盾中给人以无限启示;后两联连用递进句法,一意贯串,集中了诗人一生在动乱流离中悲秋、在贫病潦倒中走向生命终点的“艰难苦恨”。雄浑高远的意境中回荡着飞扬流转的旋律。后人赞此诗“章法、句法、字法,前无昔人,后无来学……此诗自当为古今七言律第一,不必为唐人七言律第一”(胡应麟《诗薮》),不为过誉。

杜甫在语言方面的锻炼功夫是他诗歌创新的基础。他是一位卓越的语言大师,既能融化前人诗赋中现成的语汇,又能用口语和俗语入诗,不避尖新,不避拗崛,不避粗拙,这就使他的诗在秀句丽句之外,又有深句、险句、拙句、累句,从而突破了盛唐人一味以闲雅、冲淡为致的审美趣味。其粗拙如“但使残年饱吃饭”(《病后遇王倚饮赠歌》)、“叫妇开大瓶”(《遭田父泥饮美严中丞》),尖新如“两行秦树直,万点蜀山尖”(《送张十二参军赴蜀州因呈杨五侍御》),拗峭如“乐游古园崒森爽”(《乐游园歌》),生僻如“哀鏊杈枒浩呼汹”(《王兵马使二角鹰》),这类句子随处可见。由于气魄精彩流动于字里行间,倒为他的诗歌增添了苍硬奇崛的声情。此外,他在诗里大量运用经史古语和典故,或融景入典,或化典入景,或典景交融,这也使他的诗歌增添了深典凝重之感。所有这些,显然与盛唐诗“音律宏畅,辞彩高华,不涉事理,不关典要,清空罔象”(郝敬《杜诗题辞》)的基本特点大不相同。由于杜甫在艺术上力求独构新格,其不同题材不同时期的作品各有不同的风格,或俊逸,或清新,或奔放,或恬淡,或华赡,或古朴,并不总是一副面孔、一种腔调。这就改变了盛唐诗风格比较单一的状况,为中晚唐诗人在构思、音节、语言方面刻意求变辟出了新路。

总而言之,杜甫集盛唐诗歌思想艺术之大成,反映了盛唐向中唐过渡时期的社会现实。其忧国忧民的激情和高度的时代责任感足为百世楷模,而他在艺术上的创变又大大开拓了诗歌的境界,使诗歌扩充到人世间一切事物都可以表现的程度,并开出了后世诗歌各种风格流派的源头。杜甫被称为“诗圣”,是当之无愧的。韩愈说:“李杜文章在,光焰万丈长。”(《调张籍》)我们应当为自己的祖国有盛唐这样灿烂的文化、有李杜这样两位伟大的诗人感到骄傲。

【知识点】

“诗史”　“诗圣”　新题乐府

【思考题】

1. 杜甫忧国忧民的精神有什么现代意义?

2. 为什么说杜甫是集大成的诗人?

3. 杜甫的诗歌艺术有什么重大创新?

第五讲

诗变于盛衰之际

大历前期，当杜甫在“战血流依旧”的哀吟声中离开人间以后，唐诗的发展便走向了低谷时期，但中唐诗歌的新高峰也在这一时期开始酝酿。中唐诗歌的分期一般从唐代宗大历元年(766)算起，到唐文宗太和九年(835)，约七十年。大历到唐德宗贞元(785—805)前这段时间，是诗歌由盛唐转向中唐的过渡时期。从总体风貌来看，大多数诗人还是延续了盛唐诗的传统创作方法，没有出现明显的新变，但是精神实质与盛唐已大不相同。随着思想和创作倾向的分化，在不同地域出现了一些不同的诗人群体。下面我们谈一谈当时诗歌创作中三种主要的倾向。

一　批判时政的思潮和讽谕诗歌的兴起

天宝以来，政治日益腐败，社会矛盾逐渐暴露。一些思想较敏锐的诗人如李白、杜甫、元结等，终于透过繁荣的表象，看到了潜在的政治危机。这就使他们将目光转向现实，一变过去的天真，写出了一些具有深刻现实意义、思想性很强的力作。安史之乱后，各地军阀叛乱此起彼伏，国运通塞未定，一些头脑较为清醒的文人，开始认真思考战乱的原因和国家的命运。许多人把安史之乱的发生归咎于儒家思想体系的衰落，主张通过振兴儒学来巩固中央集权，改革政治弊端。由于儒学历来重视社会风俗的变革，文风的变革也就自然被再次提出。一些文人提倡改革科举考试的内容，以朴素的古文来取代华靡的骈文和诗赋，这就开了中唐韩愈、柳宗元所发起的古文运动的先河；一部分人继李、杜的余绪，“感于哀乐，缘事而发”(《汉书・艺文志》)，前后相继，写了不少反映社会现实的作品，成为中唐元稹、白居易创作新乐府的先导。主要代表作家有元结、顾况、韦应物、戎昱、戴叔伦等。

元结、顾况标举诗教说,开始将初盛唐以来偏重以颂美王政为主的正雅观念转向讽谕,提出诗歌应总结兴亡治乱的教训,达到规讽时政的目的。为此他们一致批评大历以来诗歌中绮靡的倾向,强调兴寄,反对声律辞藻。元结认为文学的主要任务是"道达情性"(《刘侍御月夜宴会序》)、"救时劝俗"(《文编序》),"极帝王理乱之道,系古人规讽之流"(《二风诗论》)可以"上感于上,下化于下"(《系乐府序》),最不满那些"拘限声病,喜尚形似"(《箧中集序》)的作品。顾况认为诗是"理乱之所经,王化之所兴。信无逃于声教,岂徒文彩之丽耶?"(《悲歌》)也就是要向《诗经》的风诗和乐府学习,使诗歌能够引导人的情性,教化世俗,使上层统治者懂得治乱的道理。他们的诗歌创作正是这种理论的实践。两人都能用诗歌讽刺现实,表现他们对国计民生的关怀,同时都爱用古体,不拘于格律。

元结(719—772),字次山,河南(今河南洛阳)人。曾在天宝六年和杜甫同赴制举,同时被黜落。安史之乱中平乱有功,历任道州刺史、容管经略使。他对现实的认识比较深入。写于天宝年间的《系乐府》十二首,相当深刻地反映了玄宗晚年政治的腐败和人民在苛重剥削下所遭受的灾难。如《贫妇词》写贫妇在繁重租税的勒索下无以为生的苦况;《农臣怨》抒写农村遭灾之情无由上达帝听的感慨,并表示希望朝廷能观风采谣,关怀民情:"谣颂若采之,此言当可取。"同作于天宝时期的《闵荒诗》,借他所采五篇怨恨隋炀帝的隋人冤歌为题,加以发挥,总结了隋朝因荒娱至极,不知民怨而终于灭亡的教训,指出:"奈何昏王心,不觉此怨尤。遂令一夫唱,四海欣提矛。"君王如不知体恤民意,总有一天被民众推翻,这在当时是极为大胆尖锐的见解。安史之乱后,元结任道州刺史,在地方官任上亲眼看到人民战乱之后的困苦生活,写出了著名的《舂陵行》和《贼退示官吏》。《舂陵行》活画出百姓经过丧乱、在急征暴敛下困疲之极的孱弱形象:"军国多所需,切责在有司。有司临郡县,刑法竞欲施。供给岂不忧?征敛又可悲。州小经乱亡,遗人实困疲。大乡无十家,大族命单羸。朝餐是草根,暮食乃木皮。出言气欲绝,意速行步迟。追呼尚不忍,况乃鞭扑之!"接着细致描写了上司催租"更无宽大恩,但有迫促期"的具体场景,直截了当地批评官府不容百姓存活的凶残,最后表白了自己宁可抗诏获罪,也要违令缓租、笃行爱民之道的决心:"安人天子命,符节我所持。州县忽乱亡,得罪复是谁?逋缓违诏令,蒙责固其宜。……顾惟孱弱者,正直当不亏。何人采国风?吾欲献此辞。"这首诗以朴素古淡的笔墨,倾诉了内心强烈的怨愤,感人至深。《贼退示官吏》写代宗广德二年,"西原蛮"攻破道州邻近的永州和邵州,却不犯道州边境,原因是"城小贼不屠,人贫伤可怜"。作者将"贼"与"官吏"加以对照,责问朝廷派来的租庸使:"使臣将王命,岂不如贼焉?今彼征敛者,迫之如火煎。"指出朝官还不如"蛮贼"顾恤人民,讽刺极为辛辣愤激。最后表示自己宁可不做官,也决不为图"时世贤"的虚名而做朝廷残害人民的帮凶:"谁能绝人命,以作时世贤?思欲委符节,引竿自刺船。将家就鱼麦,归老江湖边。"这种关心民瘼的炽热感情,是极其可贵的。因此这两首诗得到了杜甫的激赏:"道州忧黎庶,词气浩纵横。两章对秋月,一字偕华星。"(《同元使君春陵行》)杜甫还在诗序中说:"不意复见比兴体制,微婉顿挫之词,感而有诗。"自从杜甫明确地提倡这种"忧黎庶"的"比兴体制"后,关心民生疾苦的精神就成为中唐以来风雅比兴最重要的内涵,后来在白居易"惟歌生民病"(《寄唐生》)的讽谕诗里得到了继承和发展。

元结还选了一本《箧中集》,序文说选诗的原因是有感于"风雅不兴",集子里所选作家"皆以正直而无禄位,皆以忠信而久贫贱,皆以仁让而至丧亡"者,选诗内容为兄弟朋友夫妇之情、布衣不遇之悲、穷困守节之志、守仁忘忧之乐,与他《系乐府》十二首中《贱士吟》的精神相通,显然由盛唐风雅兴寄中讴歌不平之气和穷达之节这一面发展而来。到韩孟时,风雅六义的内容就明确变成恪守仁义道德的寒士才子的不平之鸣。因此元结的风雅观体现了从盛唐向中唐元白、韩孟两派过渡的趋势。《箧中集》里的诗人虽然都名位不显,但是创作倾向值得注意。他们都有盛唐文人清狂的共同气质,好用汉魏古诗的比兴手法,又都用散句,避免对偶,语言虽然极度平白质朴,语调却拗口涩嘴,好以极端的说法来表现穷困惨苦的心境,这一特点后来成为孟郊、卢仝等人诗歌艺术的重要特征。

顾况(727?—820?),苏州(今浙江海盐)人,至德年间进士。当过著作郎等小官,后隐居茅山,号"华阳真逸"。他的诗歌风格多样,以古诗和歌行为多,好嘲谑,富于幽默感。所作《上古之什补亡训传十三章》,是借上古之事刺当时现实。这组诗仿照《诗经》四言体,又效《诗经》取首句之辞为题加小序的作法,说明每一首诗所刺何事。如《上古》一章标明“愍农”也,指出“一廛亦官,百廛亦官。啬夫孔艰!浸兮暵兮,申有螽兮,惟馨祀是患,岂止馁与寒?”收获的庄稼,一束也好,百束也好,都得入官。农夫日晒水泡,加上虫灾,还要供神祭祀,苦处岂止是饥寒交迫?《筑城》二章讽刺宦官临阵打仗“以墓砖为城壁”,《持斧》一章讽刺军士把墓地的松柏砍下来当薪柴,都是揭露官军随意欺压掠夺百姓之事。《采蜡》一章将采蜡者腰里挂着藤绳在“荒岩之间”,被“群蜂肆毒”跌落深壑的危险艰苦与富豪之家“煌煌中堂,烈华烛兮。新歌善舞,弦柱促兮”的豪华生活相对照,直接点明“采蜡,怨奢也”的本意。《囝》一章写被掠卖为奴、惨遭阉割的小儿与父亲生离死别的悲怆,揭露闽中盛行此风的罪恶,字字血泪。此诗与后来白居易新乐府中的《道州民》反对贡矮奴的内容同样有意义。这组诗在形式上对白居易新乐府“首章标其目”并加小序的作法应当有所启发。此外,他的《公子行》讽刺贵族子弟,《行路难》讽刺宪宗迷信神仙,都有明确的针对性。

顾况在艺术表现上与《箧中集》诗人有相近之处,也喜欢用俗白的语言将意思说到极端而趋向于奇险,只是构思更加离奇。如《古离别》:“西江上,风动麻姑嫁时浪。西山为水水为尘,不是人间离别人。”西江之水在人间看来是永恒的,但在神仙看来,已历经沧桑变化,像这样以普通的生活经验来揣度神仙眼里的世变,直接启发了李贺的奇思。

韦应物(737—791),京兆长安(今陕西西安)人。中唐前期有名的诗人,后人多将他与陶、王、孟、柳等山水田园诗人并提。实际上他的诗中颇多兴讽之作,并不是一味恬淡忘怀世事的人。他在天宝年间当过宫廷侍卫,任侠负气,后折节读书。一生历任州县官,又在长安、洛阳生活过较长时间(所任县宰也主要在京畿附近),因而既能比较深入地体察民生的疾苦,又能对上层统治者的腐败有较清楚的认识。早在29岁任洛阳丞时,就用法律制裁过倚仗宦官势力、骄横不法残害人民的军士,虽被诉讼,也不肯屈服,由此可见出他端方正直的品格。作为一个从太平盛世过来的人,目睹安史之乱后民生凋敝的惨象,他的感触更深。因此他有相当一部分诗歌反映战后的乱象，指责朝廷的无能。如《广德中洛阳作》："生长太平日，不知太平欢。今还洛阳中，感此方苦酸。饮药本攻病，毒肠翻自残。王师涉河洛，玉石俱不完。"批评朝廷借回纥之兵攻打安史叛军，洛阳虽然收复，却已被掳掠一空。在这类诗里，诗人早年的豪气也时有流露，如《寄畅当》中就有"丈夫当为国，破敌如摧山。何必事州府，坐使鬓毛斑"的壮语。由于安史之乱平后，紧接着就是藩镇叛乱迭起，兵祸连年，派到百姓头上的徭役赋税也无休无止。韦应物作为州县官，直接受到催租赋的压力。他的很多诗就从这一角度反映了百姓在迫促繁杂的徭赋下无以聊生的困境，以及自己夹在中间进退两难的心情。在高陵宰任上，他说过："兵凶互相践，徭赋岂得闲。促戚下可哀，宽政身致患。日夕思自退，出门望故山。"（《高陵书情寄三原卢少府》）到滁州后，所作《重九登滁城楼……》《答崔都水》《答王郎中》等诗都反复写道："凋散民里阔，摧翳众木衰。""甿税况重叠，公门极熬煎。责逋甘首免，岁晏当归田。"从中可以见出由于战乱而加重赋税，又由此而造成"邑里但荒榛"的景况。到了江州这样富庶的地方，同样是一片破败："斯民本乐生，逃逝竟何为。旱岁属荒歉，旧逋积如坻。"（《始至郡》）由于韦应物历任京畿和江淮诸州县，因此仅他这些诗篇中就反映出从两京到江淮广大地区的人民不堪战争重负的严重社会问题。更为可贵的是，他的《观田家》甚至能从田者终年辛劳却因租税不已而不得温饱的事实，联想到自己的不耕而食，深感惭愧："仓廪无宿储，徭役犹未已。方惭不耕者，禄食出闾里。"《寄李儋元锡》：

> 去年花里逢君别，今日花开已一年。
> 世事茫茫难自料，春愁黯黯独成眠。
> 身多疾病思田里，邑有流亡愧俸钱。
> 闻道欲来相问讯，西楼望月几回圆。

在离情、乡思、孤独等种种复杂的愁绪和难料世事的忧虑之中，最折磨诗人的还是愧对所在州邑离乡流亡的百姓。韦应物反映现实的诗歌，主要采用古体。如《杂体》五首其三"春罗双鸳鸯"，就采用魏晋古体形式，描写民间织妇之苦，讽刺长安豪家的奢侈。虽非乐府体，但用对比的写法，对后来新乐府诗也有明显的影响。《采玉行》《夏冰歌》则是比较标准的新题乐府了。所以白居易把他和杜甫的新题歌行视为新乐府的先导。

韦应物的山水隐逸诗成就很高，风格高雅闲淡，较王孟山水诗孤清幽冷，在诗坛上独树一帜。《滁州西涧》即为其名作：

> 独怜幽草涧边生，上有黄鹂深树鸣。
> 春潮带雨晚来急，野渡无人舟自横。

鸟鸣声声更见林涧的静谧，风潮急骤反衬出野渡的寂寞，虽是无人之境，却自有一种自甘寂寞、悠闲自在的意趣深可体味。《寄全椒山中道士》：

> 今朝郡斋冷，忽念山中客。涧底束荆薪，归来煮白石。
> 欲持一瓢酒，远慰风雨夕。落叶满空山，何处寻行迹？

诗人把道士炼丹的生活分解成涧底采薪柴、归来煮白石两个情节，既给人不食人间烟火的印象，又洗净丹汞气息。结尾冷然一问，竟使道士化为虚无，只有风雨飘萧、落叶纷飞的空山，幻成无限迷惘和空寂。他的山水田园诗再现了陶渊明和王维的真趣，同时又将盛唐山水田园诗优美清空的意境引向萧散淡冷，在中晚唐和宋代，特别受到白居易和苏轼的推重。

除了以上三位诗人以外，戎昱、戴叔伦也都写过新乐府。如戎昱的《苦哉行》五首写唐王朝借兵回纥给人民带来的灾难，戴叔伦的《女耕田行》写壮丁抽尽，农村唯有女子耕田的情景，都是这一时期新乐府的佳作。从以上这些作品可以看出，这一时期对现实的批判主要集中在揭露战乱造成的民生凋敝的现状，为不堪徭赋重压的人民大声疾呼。作者都经历过安史之乱，或为刺史县丞，或为幕僚宾客，对下层社会有较深入的体察。这也说明，在新的时代条件下，盛唐文人济苍生、安社稷的大志已转为切切实实地关心社会现实问题的精神，而诗歌的风雅观念自然也就由颂美为主转向怨刺讽谕。中唐批判现实的讽谕诗的潮流正是由此开端的。

二　江南迁客的感伤乱离之作

中唐前期的诗人中有一部分主要活动在以江东吴越为中心的东南地区，以刘长卿、李嘉祐等人为代表。他们都在这一带任过刺史或县尉之职，并曾遭到贬逐。其诗歌有少部分反映了当地经过动乱之后荒凉颓败的情况。这些诗较少深入描写人民的苦难，也缺乏元结、韦应物那样的激情，大多是在伤春怀旧中感叹兵戈不息的动乱形势以及江南十室九空的残破景象。他们更多的作品是在江南的青山白云间抒发迁客逐臣的流寓之感。其中刘长卿的诗艺术成就最高。

刘长卿(718？—790？)，字文房，河间(今河北河间)人。盛、中唐之间的著名诗人，早年功名不成。安史之乱中到大历末在江南历任地方官，曾两遭谪迁。两次被贬期间是他诗歌创作的盛时。他也有一些感伤乱离之作，如《穆陵关北逢人归渔阳》：

> 逢君穆陵路，匹马向桑干。楚国苍山古，幽州白日寒。
> 城池百战后，耆旧几家残？处处蓬蒿遍，归人掩泪看。

渔阳是安史之乱的发源地，穆陵关在湖北，桑干河流经渔阳，诗人借归人从楚地到幽州的旅途，概括了战乱之后南北各地荒凉残破的景象。“楚国”一联，意境苍凉壮阔。刘长卿的诗各体皆工，五言律诗最多。这些诗的基本特色是在清寒悠远的境界中寄托播迁之悲和思乡之情，情调寥落凄清。夕阳孤帆、秋山清猿、松风寒月、荒村野寺是他主要的审美对象。他的诗工于炼句，擅长五律，时人说他曾自称“五言长城”(权德舆《秦征君校书与刘随州唱和集序》)，但“十首已上，语意稍同”(高仲武《中兴间气集》)。《碧涧别墅喜皇甫侍御相访》是他的一首代表作：

> 荒村带返照，落叶乱纷纷。古路无行客，寒山独见君。
> 野桥经雨断，涧水向田分。不为怜同病，何人到白云？

诗人为了强调他见到友人来访的喜悦，将落照下的荒村寒山写得那样萧瑟凄凉、寂无人迹，从而突出了在古路上踽踽独行的来客；“野桥”两句是点“碧涧别墅”之名，却给这幽寒的意境增添了生机。因而全诗空灵而有野趣，主客的风雅也尽在山景中见出。他的五绝也颇多隽永之作，如《送灵澈上人》：

苍苍竹林寺，杳杳钟声晚。荷笠带夕阳，青山独归远。

写目送灵澈上人在悠悠暮钟里，背着斗笠独归青山的情景，从夕阳中渐行渐远的背影落笔，诗人久久伫立的深情和惆怅自在不言之中。又如著名的《逢雪宿芙蓉山主人》：

日暮苍山远，天寒白屋贫。柴门闻犬吠，风雪夜归人。

用简练的笔墨描绘出一幅极有诗情的寒山夜宿图。妙在白屋孤零零地坐落在寒山上的环境与柴门犬吠的温馨气息对照得那样微妙，使人能于极荒寒寂静的意境中体会出旅人在风雪暮夜投宿山里人家时安宁、欣慰而温暖的心情。他的七律数量很多，成就也很高。《长沙过贾谊宅》是唐律中的精品：

三年谪宦此栖迟，万古惟留楚客悲。
秋草独寻人去后，寒林空见日斜时。
汉文有道恩犹薄，湘水无情吊岂知？
寂寂江山摇落处，怜君何事到天涯！

诗借凭吊贾谊抒发自己的谪宦之感，“秋草”一联尤称名对，这两句渲染贾谊故宅一片冷落的景色，“人去后”“日斜时”又化入贾谊《鹏鸟赋》中“庚子日斜兮，鹏集予舍”“野鸟入室兮，主人将去”的词语和含义，但巧妙而不露痕迹，写出了诗人缅怀先贤同调倍增怅惘的黯然心境。《别严士元》[1]：

春风倚棹阖闾城，水国春寒阴复晴。
细雨湿衣看不见，闲花落地听无声。
日斜江上孤帆影，草绿湖南万里情。

[1] 一说此诗为李嘉祐所作。

东道若逢相识问,青袍今已误儒生。

诗写春天在苏州与友人相别,可能是被贬南下经过吴地所作。“细雨”一联工致新颖,以“看不见”强调春雨的细润,以“听无声”强调花落的悄然,不但写出江南雨景的韵味,而且借周围环境的闲静烘托出离人相对无语的情景。总的说来,刘长卿诗含情悱恻,吐辞委婉,境界清空,大抵能代表律诗从盛唐向中唐过渡时期的最高水平。

李嘉祐是大历年间诗人,据傅璇琮先生考证,他在乾元元年(758)前就被贬鄱阳,经过苏州时与刘长卿相遇。后转江阴令,上元二年(761)后历任台州、袁州刺史。他所在的江南地区距离中原主战场较远,没有直接遭受安史叛军的破坏,但是江浙地方军阀的叛乱仍使百姓惨遭荼毒。后来浙东又发生了袁晁的农民起义。这些变乱在李嘉祐诗里都有所反映。傅先生指出:“这种反映东南一带凄凉荒败的情况,在当时一些诗人中,如刘长卿、皇甫冉、严维等,都可以找到某些诗句,但李嘉祐在这数年中,则比其他人写得更多些,更为真切些。”(《唐代诗人丛考·李嘉祐考》)像“处处空篱落,江村不忍看。无人花色惨,多雨鸟声寒”(《自常州还江阴途中作》)、“寡妇共租税,渔人逐鼓鼙”(《南浦渡口》)、“吴越征徭非旧日,秣陵凋敝不宜秋”(《早秋京口旅泊章侍御寄书相问因以赠之时七夕》)等,都是在行旅诗中伤乱忧时的例子。李嘉祐善于用五律写山水,诗风清丽,近于齐梁诗人。佳句有“野渡花争发,春塘水乱流”(《送王牧往吉州谒王使君叔》)、“朝霞晴作雨,湿气晚生寒”(《仲夏江阴官舍寄裴明府》)、“清明桑叶小,度雨杏花稀”(《汉口春》)等。中唐李肇《唐国史补》说王维的名作《积雨辋川庄作》“漠漠水田飞白鹭,阴阴夏木啭黄鹂”两句取自李嘉祐的“水田飞白鹭,夏木啭黄鹂”,但李嘉祐天宝中方中进士,年辈比王维低。《唐人选唐诗》中令狐楚选的《御览诗》和高仲武选的《中兴间气集》以中唐前期诗人为主,都没有选李嘉祐这两句诗,究竟谁是原创,还难以肯定。

当时活动在江南的诗人还有皇甫冉、皇甫曾兄弟以及严维等。皇甫冉在当时诗名甚高,《御览诗》和《中兴间气集》选他的诗较多。高仲武称他“巧于文字,发调新奇,远出情外”,“自晋宋齐梁陈隋以来,采掇珍奇者无数，而补阙独获骊珠”，评价极高，可见他也是善于从南朝诗歌中撷取芬芳的。高氏所欣赏的“闭门白日晚，倚杖青山暮”（《题裴固新园》）、“远山重叠见，芳草浅深生”（《酬袁补阙中天寺见寄》）、“岸草知春晚，沙禽好夜惊”（《送林员外往江南》）等写景清新，句法亦似齐梁诗。《秋日东郊作》里“燕知社日辞巢去，菊为重阳冒雨开”一联构思句法都很巧妙：燕子春来秋去，菊花重阳盛开，本来是自然规律，但诗人把它们写得颇通人情，仿佛知道主动配合人间的节令，便令人新奇。

皇甫曾、严维等也多送别酬答之作，皇甫曾是皇甫冉之弟，诗名与其兄齐，大历中到末年，曾在江南任职和游历。“日光依嫩草，泉响滴春冰”（《送普上人还阳羡》）写早春景色，观察细致；“返照寒川满，平田暮雪空”（《过刘员外长卿别墅》）也颇能写出暮色中冬季田野的苍茫景象。严维大历前期在浙东，与李嘉祐、皇甫兄弟、刘长卿等都有交往，擅长律诗，其“柳塘春水漫，花坞夕阳迟”（《酬刘员外见寄》）是为人称赞的名句。但他们的诗都缺乏明显的特色，意象比较雷同，这种倾向也反映在另一个诗人群——“大历十才子”的创作中。

三　气骨中衰的“大历十才子”

这时以长安洛阳为中心，还有一群号称“大历十才子”的诗人。他们是钱起、韩翃、卢纶、李端、耿湋、崔峒、吉中孚、苗发、司空曙、夏侯审。在大历年间社会局面刚刚趋于稳定之时，他们就做起了中兴的好梦，唱起太平颂歌来了。尽管他们也经历过动乱和艰难的日子，有少数诗篇比较客观地揭示了战乱带来的病秽和伤痛，如卢纶的《逢病军人》《村南逢病叟》，李端的《宿石涧店闻妇人哭》，耿湋的《路旁老人》等，但总的说来，山河破碎的现实没有激起他们忠愤激烈的济世热情，只勾起了他们低回感伤的身世之叹。除了歌颂升平以及抒发身世之感以外，吟咏山水、称道隐逸是“大历十才子”诗歌的基本主题。但很多山水诗只是为官场饯送的例行公事而作，他们也并无真隐的打算，所以这类诗又没有盛唐清高脱俗的气格。缺乏远大的抱负和深广的内容，就造成“十才子”诗“自艰于振举”和“风干衰、边幅狭”（胡震亨《唐音癸签》）的重大缺陷。

“十才子”诗在艺术上多袭盛唐熟词熟境，较少新意，但由于气骨中衰，在表现上也带来了相应的变化：首先，歌行古诗渐趋繁富，更讲究词采，大都用于咏物，长篇大什，堆砌典故辞藻，篇末寄托似有似无、欲吐还吞，内容肤浅浮泛，显示出写景状貌愈益求实求细的新动向。其次，五七言律诗渐趋省净，渐近收敛，追求清雅。五律较清空，七律较流畅，基本风格“未遑超出平丽冲秀以外”（邵祖平《唐诗通论》）。但更刻意炼句，讲究风味，“命旨贵沉宛有含，写致取淡冷自送”（胡震亨《唐音癸签》）。

大体说来，“十才子”诗多清词雅调，颇近齐梁，只是大历诗比齐梁又更精致。试看其中成就较高的几家：

钱起（722？—780？），字仲文，吴兴（今浙江湖州）人。“十才子”中年辈较高的诗人，与王维有交往，和刘长卿齐名。他的《省试湘灵鼓瑟》颇有名气，特别是最后几句：“流水传潇湘，悲风过洞庭。曲终人不见，江上数峰青。”湘瑟悲哀的曲调从洞庭湖上飘过之后，眼前只见江上淡淡的几峰青色，空灵的意境中蕴含了曲子给人的无穷回味。《归雁》同是写湘灵鼓瑟的优美意境：

> 潇湘何事等闲回？水碧沙明两岸苔。
> 二十五弦弹夜月，不胜清怨却飞来。

此诗借问归雁生发出关于潇湘夜景的美丽想象，将湘灵鼓瑟的传说化为月夜清怨的瑟声，随着雁儿一起飞来，思致新巧，出人意表。

韩翃，字君平，南阳（今河南邓州）人。他的诗兴致繁富，边塞诗和送别诗都有王维、李颀的流风余韵。七律悠扬畅达，不乏佳句，如“枕上未醒秦地酒，舟前已见陕人家”（《送客水路归陕》），夸张船行快速，饯别之酒未醒，就已望见故乡，对仗工整，却又如风行水上般流畅。“蝉声驿路秋山里，草色河桥落照中”（《送王光辅归青州兼寄储侍郎》），想象行人此去所经之驿路河桥，沿途秋山闻蝉、满目夕照的苍凉景色，意绪惆怅而颇有清壮之气。《寒食》诗是他的名作：

> 春城无处不飞花，寒食东风御柳斜。

日暮汉宫传蜡烛，轻烟散入五侯家①。

借寒食节宫中特许燃烛一事，为满城飞花、东风拂柳的大好春光再添上几分轻烟氤氲的皇家气象，既比一般富丽堂皇的颂圣诗显得淡雅，又比绮靡浮华的宫廷诗显得端庄，所以得到唐德宗的赏识。

李端，字正己，赵州（今河北赵县附近）人。在“十才子”中，他的歌行写得最好，颇似李颀。其中《赠康洽》写一个汉化的胡人流寓长安的感慨；《胡腾儿》描写胡腾舞蹴踏的姿态，可见当时胡汉文化交流之一斑，颇有史料价值。他的律诗明净清丽，七律如“园林带雪潜生草，桃李虽春未有花”（《闲园即事赠考功王员外》），写潜伏在雪下枝头待发的春意，“清标绝胜”（陆时雍《诗镜总论》）；五律如“盘云双鹤下，隔水一蝉鸣”（《茂陵山行陪韦金部》），清新绚丽，富有装饰美。《巫山高》在唐代被誉为“古今之绝唱”（范摅《云溪友议》）：

巫山十二峰，皆在碧虚中。回合云藏月，霏微雨带风。
猿声寒过涧，树色暮连空。愁向高唐望，清秋见楚宫。

《巫山高》是乐府古题，前人作品很多。一般都以高唐神女的传说渲染巫山幽渺清丽的境界，此诗则令人从迷蒙的云雨烟树、空寒的猿声暮色中去体味有关传说的清虚和神秘感。《闺情》也是唐诗中的名篇：

月落星稀天欲明，孤灯未灭梦难成。
披衣更向门前望，不忿朝来鹊喜声。

此诗选取少妇黎明时披衣出门伫望夫君的情景，将她整夜辗转不眠的怨愤全都发泄在报喜不准的喜鹊身上。如与敦煌曲子词《鹊踏枝》“叵耐灵鹊多谩语，送喜何曾有凭据”相参看，可以揣测此诗构思的新巧和表现的朴质很可能受到了民间词的影响。

卢纶（748—798），字允言，河中蒲（今山西永济）人。在“十才子”中才力较健。其诗取材多样，风格也不统一，写得较有真情实感的是一些叹

① 五侯：有几种说法，一说汉成帝时元后的五个兄弟同一天被封为侯；一说东汉顺帝时梁皇后兄梁冀的五个儿子都封为侯；一说汉桓帝时五个宦官因诛梁冀及其亲党有功，同日封为侯。总之指朝廷亲贵。

老嗟贫、自伤身世的诗篇，多作于旅途之中。而历来选本不漏的名篇却是他的《和张仆射塞下曲》：

林暗草惊风，将军夜引弓。平明寻白羽，没在石棱中。（其二）

月黑雁飞高，单于夜遁逃。欲将轻骑逐，大雪满弓刀。（其三）

这两首诗可以和盛唐边塞诗的名篇媲美。其二将李广射虎的故事化为真实的射猎生活，但只取事件的开头和结尾：即暗夜草动疑有虎来，引发将军开弓，以及清晨寻箭，已射进坚硬的石棱中这两个场面，而略去将军射虎的正面描写。其三也只取轻骑在月黑风高的夜晚将要出发追击单于时大雪初降的一刻，把以后的战斗情景留给读者去想象。两首诗的高潮虽然都在言外，但都蓄势饱满，轻快雄健，这正是盛唐绝句典型的表现。

司空曙，字文明，广平（今河北永年）人。诗歌题材主要也是行旅送别，尤善写身世之感。他的五律格调清雅，艺术表现力较强，如“乍见翻疑梦，相悲各问年”（《云阳馆与韩绅宿别》），能把人们在乱离中久别重逢、先疑后悲的常见心态提炼出来。又如《喜外弟卢纶见宿》：

静夜四无邻，荒居旧业贫。雨中黄叶树，灯下白头人。

以我独沉久，愧君相见频。平生自有分，况是蔡家亲①。

此诗“雨中”一联颇为人称道。其实李嘉祐也有“倚树看黄叶，逢人话白头”（《暮秋迁客增思寄京华》），后来白居易又有“树初黄叶日，人欲白头时”（《途中感秋》）。“黄叶”和“白头”的意象对比是大历以后出现的新鲜表现，故为诗人所乐用。司空曙没有将二者直接类比，而是让人从凄凉的昏夜雨景中体味黄叶树对于白头人的象征意味，就比较含蓄。他的七绝《江村即事》也堪称佳作：

钓罢归来不系船，江村月落正堪眠。

纵然一夜风吹去，只在芦花浅水边。

《庄子·列御寇》说：“无能者无所求，饱食而遨游，泛若不系之舟，虚而遨

① 蔡家亲：晋人羊祜是蔡邕外孙，这里用此故事，指表亲。

游者也！”扁舟不系包含着任自然的意味，这是王、孟、常建、韦应物山水诗中的玄趣。而在这首诗里，则变成不系钓船，任其在芦花浅水中飘荡的疏放情趣，在江村野钓的现成情景中得自在之境，也别有兴味。

总的说来，“十才子”诗尚有盛唐遗音，基本作法也是沿袭盛唐余绪，仅在炼词、命意上略有变化，由于中气不足，风力自降，因而不免将盛唐的熟词熟境发展到极端。致使中唐元白、韩孟两派不得不力求变化，务去陈言，对诗歌进行重大革新。

四　李益和其他大历诗人

中唐前期诗歌除了以上三种倾向以外，还有一些诗人以若干名篇传世。其中成就较高的是李益。

李益（748—829），字君虞，姑臧（今甘肃武威）人。大历四年（769）进士，诗名早著，后来在唐宪宗时被任命为秘书少监，官至礼部尚书。他与“十才子”中的一些诗人有交往，也有人把他列入“大历十才子”之内。但他的风格更接近盛唐。

李益曾在幽州节度使刘济幕中任从事，到过塞外，因而写过不少边塞诗，又以七绝著称，流传较广，常被谱入管弦歌唱，但已没有盛唐边塞诗那种乐观高亢的基调。他的诗多写边塞将士对战争的不满和厌倦，如著名的《夜上受降城闻笛》[①]：

> 回乐峰前沙似雪，受降城外月如霜。
> 不知何处吹芦管，一夜征人尽望乡。

如霜的月光和月下雪一般的沙碛，渲染出边地万籁俱寂的静夜，凄凉幽怨的芦笛声唤起了所有征人无边的乡愁。又如《听晓角》：

> 边霜昨夜堕关榆，吹角当城片月孤。
> 无限塞鸿飞不度，秋风卷入《小单于》[②]。

---

① 一说为戎昱作。谭优学考李益在杜希全幕中去过西受降城，此诗应为李益作。

② 《小单于》：唐代《大角曲》有《大单于》《小单于》等曲调。

边关霜落，城头月孤，秋风送来《小单于》的曲调，晓角声哀怨凄凉，使塞外的鸿雁都徘徊不前了。这两首七绝诗情画意和音乐美浑然一体，简洁空灵，含蕴不尽，仍是盛唐边塞诗的特点。再如《塞下曲》：

蕃州部落能结束，朝暮驰猎黄河曲。
燕歌未断塞鸿飞，牧马群嘶边草绿。

写边地胡族穿着戎装，在河曲一带驰射游猎的生活情调，燕歌随塞鸿齐飞，牧马在草原长嘶，一派朝气蓬勃的景象，这也是盛唐边塞诗的特色之一。此外，他的《从军北征》《盐州过胡儿饮马泉》等也是为人传诵的佳作。因此可以说，李益的诗已是盛唐边塞诗的尾声。

除边塞诗以外，他还有很多写情送别的名作。如《喜见外弟又言别》：

十年离乱后，长大一相逢。问姓惊初见，称名忆旧容。
别来沧海事，语罢暮天钟。明日巴陵道，秋山又几重。

幼时熟识的亲戚多年以后相逢，初见觉得陌生，随即因名字而回忆起旧貌。这也是所有久别之后面容改变的亲友相遇之时常有的体验。善于提炼人之常情正是盛唐送别诗的特点。后半首将短暂叙旧即又言别的惆怅融入悠远的暮钟和巴陵道上的重重秋山，自然令人想到李白的"不觉碧山暮，秋云暗几重"（《听蜀僧濬弹琴》）。李益的《竹窗闻风寄苗发司空曙》"微风惊暮坐，临牖思悠哉。开门复动竹，疑是故人来"等句颇有新创，后来《莺莺传》中"拂墙花影动，疑是玉人来"亦借用其意，但前三句显然受到王维"隔牖风惊竹，开门雪满山"（《冬晚对雪忆胡居士家》）的启发。《宫怨》也极负盛名：

露湿晴花春殿香，月明歌吹在昭阳。
似将海水添宫漏，共滴长门一夜长。

昭阳殿的春色与长门宫的凄凉形成对照，这是王昌龄的常用手法。但此诗之新在于发现了一个计时的宫漏，像添进了海水而永远滴不尽的极端夸张，更具体形象地形容了长夜的无尽和难熬。这一构思为后来词里表现长夜不寐的情景打开了新思路。总之，李端各种题材诗作的风格虽然不同，但大体上仍可看出他虽努力追慕盛唐而格调仍不免落入中唐的倾向。

天宝至大历时期的诗人还有张谓、张继、刘方平等留下了颇有新意的名作，他们都比李益的时代早。刘方平的《夜月》：

> 更深月色半人家，北斗阑干南斗斜。
> 今夜偏知春气暖，虫声新透绿窗纱。

由刚从绿窗纱外透进屋内的虫鸣声感知转暖的春气，捕捉了前人所没有注意的新鲜感受，也为后人开出了从禽虫的动静来把握节气变化的视角。张谓的《早梅》①：

> 一树寒梅白玉条，迥临村路傍溪桥。
> 不知近水花先发，疑是经冬雪未销。

近水的梅桃一类树木往往开花较早的道理，不一定人人皆知。作者巧妙地利用了这一点知识的缺陷和错觉，把村桥旁的一棵寒梅写得雪妆玉琢一般，不仅梅花的丰姿雅洁宛然如画，"早"发的趣味也全在这"不知"的惊讶中见出。张继的《枫桥夜泊》是一首脍炙人口的名作：

> 月落乌啼霜满天，江枫渔火对愁眠。
> 姑苏城外寒山寺，夜半钟声到客船。

天宝大历时期，诗人们发现了钟声里的诗韵，佳句颇多，但都不如此诗意境优美含蓄。诗写夜泊姑苏城外枫桥，面对江枫落月、点点渔火、声声乌啼，难以入寐的情景，而半夜里从寒山中寺院里传来的钟声，更触动了客子的愁思，为这空静而清冷的秋夜平添了无限苍茫悠远的韵味。从此以后，钟声诗韵，千古流传，也造就了名闻中外的寒山寺。②

总的说来，大历至贞元年间是诗歌从盛唐到中唐的过渡时期，其中成就最高的作品大都继承盛唐的山水、边塞、送别诗的传统创作路数，但缺少盛唐的浑厚宏亮，审美趣味更趋向于淡冷清空。艺术构思的新变较少，

---

① 一说为戎昱作。

② 据凌郁之《寒山寺诗话》，唐代尚无寒山寺作为专用名的说法，枫桥附近的寒山寺之名确立于明代。

熟词熟境较多，这就导致才力雄厚的中唐诗人必定要追求诗歌的大变。中唐两大诗派的出现，就是对诗歌过于陈熟的有意反拨。

【知识点】

元结的《系乐府》　顾况的仿《诗经》　“大历十才子”　“五言长城”　韦应物的山水诗

【思考题】

1. 你怎样评价天宝到大历时期的三种诗歌倾向？
2. 李益的边塞诗与盛唐高适、王昌龄的作品有何异同？

第六讲

中唐两大诗派

唐诗从贞元、长庆年间起，发生了重大变化。当时出现的元白、韩孟两大诗派，一平易、一险怪，同时体现了中唐诗歌大变的实绩，打破了大历以来诗歌的陈熟状态，各自开辟了新的发展途径。

一　张王乐府

继杜甫和韦应物之后，大量创作乐府以反映社会现实的主要有张籍和王建这两位诗人，后人常称之为“张王乐府”。他们是元稹和白居易创作新乐府的先导。

张籍（766？—830？），字文昌，和州乌江（今安徽和县乌江）人。贞元十四年（798）进士，曾任水部员外郎、国子司业等小官。由于早年的生活比较贫苦，他所生活的代宗、德宗时期又正是安史之乱以后内外交困、百废待兴之时，因此他能较多地关注和同情百姓的疾苦。他所采用的乐府以古题为多，但内容则是针对现实而发，此外也写了不少即事名篇的新题乐府。古题乐府如《董逃行》反映安史之乱后兵乱四起，官军掠人、百姓逃难的现状：“洛阳城头火曈曈，乱兵烧我天子宫。宫城南面有深山，尽将老幼藏其间。重岩为屋橡为食，丁男夜行候消息。闻道官军犹掠人，旧里如今归未得。”《贾客乐》写商人“年年逐利西复东，姓名不在县籍中”的自由，反衬“农夫税多长辛苦”的生活。《筑城曲》：

> 筑城处，千人万人齐把杵。重重土坚试行锥，军吏执鞭催作迟。来时一年深碛里，尽着短衣渴无水。力尽不得休杵声，杵声未尽人皆死。家家养男当门户，今日作君城下土。

《筑城曲》据《淮南子》说是秦代歌曲，但古词早已不存。张籍只是借用了这个题目,真切地描写了沙碛中士卒们在军吏催逼下夯土筑城,难耐干渴和疲劳最后力尽而死的情景,指出家家顶门立户的男儿都变成了城下之土这一触目惊心的事实。后来元稹、陆龟蒙的同题之作,都是就张籍的词意发挥,因此这首诗实际上已具备了新乐府的性质。①

张籍还有一些根据诗歌内容自立题目的乐府类诗如《野老歌》《促促词》《废居行》《山头鹿》等等,这类诗除了用"歌""行""词"一类乐府式的标题外,还用了类似汉乐府三字题的标题方式。其中《野老歌》将农夫"苗疏税多不得食,输入官仓化为土。岁暮锄犁傍空室,呼儿登山收橡实"的生活与"西江贾客珠百斛,船中养犬长食肉"相比,与《贾客乐》意思类似,虽然张籍只是就其贫富状况作表层的比较,但在乐府中最早反映了农与商之间的差异和不平,还是很有新意的。《征妇怨》用新题写古老的征人思妇的题材,但比前人写得更为具体和惨刻:"妇人依倚子与夫,同居贫贱心亦舒。夫死战场子在腹,妾身虽存如昼烛。"《山头鹿》借山上的鹿起兴,指责官家为索取赋税军粮不顾人民死活:"贫儿多租输不足,夫死未葬儿在狱。旱日熬熬蒸野冈,禾黍不收无狱粮。县家唯忧少军食,谁能令尔无死伤。"这些乐府集中反映了兵乱和赋税给人民带来的痛苦,矛头直指官府,因而受到白居易的高度赞扬:"张君何为者?业文三十春。尤工乐府诗,举代少其伦。……风雅比兴外,未尝著空文。"(《读张籍古乐府》)

张籍的乐府诗篇幅不长,但精于构思,往往从不同处境中不同人物的心理状态着眼,找到最能打动人心的表现角度。如《牧童词》纯以牧童的心理和眼光写郊外放牧情景,极富生活情趣。最后以牧童对牛的天真斥骂作结:"牛牛食草莫相触,官家截尔头上角!"官家竟成了牧童平时用来吓唬牛的话,可见官府的横暴已到何种程度。

钱锺书先生论张籍"诗自以乐府为冠","含蓄婉挚,长于感慨,兴之

---

① 一般来说,我们把唐代以前出现的乐府题称为古题,唐代出现的乐府题称为新题。但也有些特殊情况。有的题目虽然据古书记载是唐代以前出现过的,但没有古词留存。中唐诗人用这种题目完全是自创新词,比如杜甫的《丽人行》就是如此,所以元稹称它为新题。《筑城曲》也是如此,而且元稹和陆龟蒙的同题之作是把张籍这首诗当作原词来拟作的,因此也可以把它看作新乐府。

意为多……近体唯七绝尚可节取”(《谈艺录》)。张籍的七绝有一些名作,如《凉州词》其三:

> 凤林关里水东流,白草黄榆六十秋。
> 边将皆承主恩泽,无人解道取凉州。

凤林关在今甘肃省临夏市西北,为唐与吐蕃交界之处。凉州从永泰二年(766)失陷后,到宝历元年(825)还没有收复。这首诗不仅讽刺了边将的腐败贪暴,也从凉州不能收复一事概括了安史之乱以后六十多年来唐朝边患积重难返的局面。《秋思》:

> 洛阳城里见秋风,欲作家书意万重。
> 复恐匆匆说不尽,行人临发又开封。

吟咏客愁和秋思,因前人篇什太多,不易出新,此诗却从写家书一事找到了新颖的表现角度:交信之前又开封的细节,生动细腻地写出万重秋思在一封家书中难以尽言的心理活动。构思虽然新巧,却是从日常生活中随手拈来,十分现成。王安石评张籍诗说:“看似寻常最奇崛,成如容易却艰辛。”(《题张司业集》)是很中肯的赞语。

王建,字仲初,生卒年不明,大约与张籍相近。大历时进士。他和张籍交往既多,创作倾向也一致,有不少古乐府和新题乐府。古乐府如《羽林行》借汉乐府旧题《羽林郎》直刺唐代的羽林军:

> 长安恶少出名字,楼下劫商楼上醉。
> 天明下直明光宫,散入五陵松柏中。
> 百回杀人身合死,赦书尚有收城功。
> 九衢一日消息定,乡吏籍中重改姓。
> 出来依旧属羽林,立在殿前射飞禽。

这首诗不但揭露了皇帝的禁卫军杀人越货、作恶多端的罪行,而且指出其逍遥法外的根源在于皇帝的姑息养奸。《田家行》写田家从春种到秋收的辛苦,而他们最大的乐趣只是:“不望入口复上身,且免向城卖黄犊。田家衣食无厚薄,不见县门身即乐!”《水夫谣》是他新题乐府中最有代表性的一篇:

苦哉生长当驿边，官家使我牵驿船。
辛苦日多乐日少，水宿沙行如海鸟。
逆风上水万斛重，前驿迢迢后淼淼。
半夜缘堤雪和雨，受他驱遣还复去。
夜寒衣湿披短蓑，臆穿足裂忍痛何！
到明辛苦无处说，齐声腾踏牵船歌。
一间茅屋何所值，父母之乡去不得。
我愿此水作平田，长使水夫不怨天。

纤夫生活被如此详尽地写进诗里，这还是第一篇。全诗以水夫的口吻，选取在逆风上水、半夜雨雪中拉纤的最艰苦的景况，写出了纤夫们从肉体到精神的无限痛苦，感人至深。《海人谣》是一首七绝体的新题乐府：

海人无家海里住，采珠役象为岁赋。
恶波横天山塞路，未央宫中常满库。

写南方沿海一带人民潜海采珠以及运送珠宝的艰难苦况。末句以宫中满库作为对照，揭示出统治者征敛无休的贪婪本质。在海里采珠之难，在陆地用大象运输之苦，也是以前的乐府诗里没有出现过的新内容。可见王建较善于从现实生活中发掘前人未曾注意的新事物，以拓宽乐府的题材范围。就表现来说，他比张籍更细致具体，语言也更轻快本色，与白居易的风格近似。王建还写了一百首宫词，被称为宫词之祖。有些小诗也很新鲜可喜，如《新嫁娘词》其三：

三日入厨下，洗手作羹汤。未谙姑食性，先遣小姑尝。

古代女子嫁后第三天，依习俗要下厨做菜。这首诗截取新嫁娘不知婆婆口味，先让小姑尝味的一个细节，含蓄地表现了她的小心谨慎和贤良聪慧，极有生活情趣。《十五夜望月寄杜郎中》也是他的名作：

中庭地白树栖鸦，冷露无声湿桂花。
今夜月明人尽望，不知秋思落谁家？

月白人静，明月在夜半露气中显得分外湿润。“桂花”本指月，但又自然令人联想到当令的秋桂被冷露沾湿的幽雅景象，一语双关，所以成名句。

中秋望月，有多少离人将感秋而思，但诗人只是巧妙的一问，便将凝重的秋思化为淡淡的惆怅，平添了许多韵味。

总之，张籍、王建的乐府，能结合中唐的社会现实，抨击时事；词意浅近，讲究艺术构思，对新题乐府的形式和表现都有较大贡献。虽然就题材的重大、广泛和揭露的深刻、抨击的有力而言，还不如元白，但中唐的新乐府运动，正是由他们揭开序幕的。

二　元白的新乐府

元白一派最显示中唐诗歌大变实绩的，是发端于张籍、王建、李绅，大备于元稹、白居易的新乐府之类讽谕诗。《诗经·国风》“饥者歌其食，劳者歌其事”、汉乐府民歌“感于哀乐，缘事而发”的传统，从魏晋以来不绝如缕，到杜甫创作的新题乐府又将这一传统发扬光大。从盛唐天宝末到中唐贞元、元和年间，在提倡复古、要求改革的社会思潮中，元结、韦应物、顾况、戴叔伦、王建、张籍、韩愈、孟郊、鲍溶、刘禹锡等诗人，取法汉魏古乐府，创作了许多新题歌行，其中包含着一些关注现实、兴讽时事的作品，与杜甫新题乐府的精神相同。元和四年（809），李绅、元稹、白居易看到诗歌创作的这一趋势，出于进谏的需要和教化的目的，直承《诗经》的传统，提倡恢复周代采诗制，用兴谕规刺的标准对杜甫以来歌行效仿汉魏古乐府制作新题的现象加以总结和规范，并以一批“新题乐府”和“新乐府”组诗作为示范，融合了《诗经》、汉乐府和中唐前期兴讽歌行的创作精神和表现形式，确立了“新乐府”的名称。他们不但写作大量讽谕诗，并提出理论，对当时政治和其后诗歌的发展产生了显著影响。现当代人所著的《中国文学史》上一般称这一文学现象为新乐府运动。

下面先谈谈白居易提倡新乐府的背景[①]。从杜甫到元结、顾况、韦应物，已经有意识地倡导“风雅”传统中“忧黎庶”的精神，提出了诗歌的规讽作用。白居易在《与元九书》中提到杜诗中符合“风雅比兴”的《新安

① 本节观点主要参考陈贻焮先生《从元白和韩孟两大诗派略论中晚唐诗歌的发展》，见《唐诗论丛》，湖南人民出版社，1980年，第327—349页。

吏》《石壕吏》《潼关吏》《塞芦子》《留花门》等篇章,又说"近岁韦苏州歌行,才丽之外,颇近兴讽",说明他们的理论和创作实践与白居易倡导新乐府有一脉相承的关系。

新乐府运动的出现与贞元以后的政局和思潮关系更为密切:安史之乱后,相继出现了藩镇割据、外患频仍、宦官专权、政治腐败、剥削加重、农村凋敝、阶级矛盾激化等一系列重大的社会政治问题。贞元、元和之际,德宗、宪宗有所振作,也使一般士大夫产生了中兴的希望。一些出身科举的庶族地主为了挽救唐王朝的命运,提出了改革弊政的主张。顺宗永贞年(805)时,发生过以王伾、王叔文、刘禹锡、柳宗元为核心的永贞改革,提出抑制藩镇、打击宦官、贬斥贪官、起用干才、罢苛征繁捐、释放宫女等。但改革仅七个月便惨遭失败。元和三年(808),又有牛僧孺、李宗闵、皇甫湜等在考试时指陈时政得失,引起一场风波。元稹、白居易也在这时为应科举,写成《策林》七十五篇陈述政见,其中有一条就是主张立采诗官以补察时政。接着,白居易又有《秦中吟》十首、其他乐府及诗百余篇规讽时事,流传到宫里,被宪宗召为翰林学士。元和四年,元稹则和李绅《新题乐府》十二首。白居易也作《新乐府》五十首,广泛地抨击了当时政治的各种弊病。因此元、白是有意选择进谏以争取皇帝改革弊政这一道路,以行其"兼济之志"。他们利用诗歌这一富有感染力的文学形式,写入他们所要进谏的内容,作为面谏、上书之外的一种有力补充,使讽谕诗有极强的政治意义,成为"谏官之诗",这就是新乐府诗产生的主要背景。

白居易(772—846),字乐天,下邽(今陕西渭南)人。贞元中进士,元和时曾任翰林学士、左拾遗及左赞善大夫。元和十年,得罪权贵,贬江州司马。转忠州刺史。穆宗长庆间任杭州、苏州刺史等职。官至刑部尚书。晚年住在洛阳,号香山居士。

白居易主张发挥诗歌为政治服务的作用,批评社会现实,反映民生疾苦,反对六朝以来文学"嘲风雪,弄花草"的倾向。他有关新乐府的理论主要有以下几方面:

(一)强调诗歌"感人心"的巨大力量:"感人心者莫先乎情,莫始乎言,莫切乎声,莫深乎义。《诗》者,根情,苗言,华声,实义。上至贤圣,下至愚騃……未有声入而不应,情交而不感者。"(《与元九书》)也就是要求诗以感情为根,以语言为苗,以声调为花,以内容为果实,这样才能使贤圣愚人都受到感动。

(二)明确诗歌创作的正确目的:“文章合为时而著,歌诗合为事而作”(《与元九书》),“为君、为臣、为民、为物、为事而作,不为文而作也”(《新乐府序》),“上以纫王教,系国风,下以存炯戒,通讽谕”(《策林》六十八)。即要求诗歌反映时事,为宣扬王者的教化、改变民间的风俗而作,起劝诫和讽谕统治者的作用,而不是仅仅为作文而作文。

(三)恢复古代采诗制:“选观风之使,建采诗之官。俾乎歌咏之声,讽刺之兴,日采于下,岁献于上者也”(《策林》六十九)。

(四)艺术上要求主题鲜明,通俗易懂,朴素质直,便于歌唱:“首句标其目,卒章显其志”,“其辞质而径”“其言直而切”“其事核而实”“其体顺而肆”(《新乐府序》)。

这些理论基本上本乎汉儒的诗教说。但把两晋以后偏重颂美王政的观念放到了偏重讽刺时事,尤其是反映民生疾苦这一点上,并用于指导创作实践,这是古代诗歌理论的一个重大发展。当然它们也存在着很大的局限性。首先,企图以诗达到上下交和、缓和社会矛盾的目的,想得未免天真;其次,过于看重进谏这一狭义的政治目的,当生活体验不够时,难免写出一些图解抽象概念的诗来,义虽可取而味同嚼蜡;再次,在形式上为乐府诗规定了一套程式,也不符合艺术表现的特殊规律。由于把诗歌的政治标准和艺术标准定得过于狭窄,他们对前代诗人的评价也就有失公允,连李白、杜甫的诗也没有多少合乎标准,未免过于褊狭了。

“新乐府”一名是白居易正式提出的,指的是一种用新题写时事的乐府式的诗,但不以入乐与否为衡量的标准。元白的新乐府讽谕诗在思想艺术上的成就首先应该充分肯定。它们广泛触及了中唐的各种社会政治问题,反映现实的深度和广度都是中唐前期的新题乐府所不能企及的。如揭露宫廷和各级官吏对人民的残酷剥削,有《卖炭翁》《红线毯》《重赋》《缭绫》《杜陵叟》等;反映战乱以及外患给人民带来的痛苦,有《新丰折臂翁》《缚戎人》等;指斥统治阶级骄奢淫逸的生活,有《买花》《歌舞》《轻肥》等;反映广大人民困苦的生活,有元稹的《田家词》《织妇词》,白居易的《采地黄者》等;同情宫女,有《上阳白发人》;等等。这些诗大都感受深刻,观点鲜明,言辞犀利,形象生动,充分显示出作者那种古诤臣的大义凛然的精神。但其中也有一些颂美的诗篇,这与讽谕诗的美刺原则有关,如《七德舞》《法曲》《二王后》《牡丹芳》《骊宫高》等,有的赞美时主忧农、不喜逸游,有的称颂祥瑞,叹息卿士不知君心,虽有寓刺规劝之意,却是为历代唐皇歌功颂德,难免有虚美之词。

白居易的新乐府词句流畅,有如自然的散文,又富诗歌之美。新乐府中好的作品大多浅显俚俗,有民歌特色,能用形象表示主题。如《卖炭翁》活画出一个"满面尘灰烟火色,两鬓苍苍十指黑"的卖炭翁肖像,又以"卖炭得钱何所营,身上衣裳口中食。可怜身上衣正单,心忧炭贱愿天寒"几句,展现了几乎濒于生活绝境的老翁唯一的可怜愿望。最后揭示出一车炭被宫使尽数夺去的结果,便戛然而止。虽然未发议论,却余意无穷,令人自然悟出所谓"宫市"不过是奉旨掠夺的主题。

善于通过对比揭示主题也是白居易新乐府的一个重要特色。如《买花》在极写京城牡丹盛开时花市的热闹,以及人们养护牡丹的周密细致之后,以一个田舍翁的感叹结尾:"有一田舍翁,偶来买花处。低头独长叹,此叹无人喻。一丛深色花,十户中人赋!"这就自然通过农夫眼中昂贵的花价揭示出尖锐的贫富对立。《重赋》写百姓在贪吏不分冬春的敛索下,无衣无食的悲惨情景:"岁暮天地闭,阴风生破村。夜深烟火尽,霰雪白纷纷。幼者形不蔽,老者体无温。悲喘与寒气,并入鼻中辛。"结尾以缴税人所窥见的官库中"缯帛如山积,丝絮似云屯"的景象作对比,指出官吏们随月进献这些"羡余物"是"夺我身上暖,买尔眼前恩。进入琼林库,岁久化为尘!"此外《轻肥》《歌舞》也都采用了对比的手法:"是岁江南旱,衢州人食人!"(《轻肥》)一边是权贵们饱食山珍海味,一边是灾民们被迫食人。"岂知阌乡狱,中有冻死囚?"(《歌舞》)岁寒大雪之夜,一边是彻夜歌舞、醉暖脱裘,一边是无辜妇孺冻死狱中。诗人把贫富两种极端的生活状况和生存境遇组织在一起对比,使他揭露出来的不平现象具有更加普遍的社会意义。这种高度典型化的艺术概括与汉魏乐府和杜甫的新题乐府一脉相承,同时又借鉴了魏晋古诗善用对比,尤其是结尾以四两拨千斤的传统表现手法,一针见血、痛快淋漓,艺术效果颇佳。

新乐府中有些作品体现了白居易的七言歌行擅长铺叙形容的特色。

《红线毯》以极其细腻的笔致描写红线毯的制作过程，以及织成以后温厚柔软的质感："彩丝茸茸香拂拂，线软花虚不胜物。美人蹋上歌舞来，罗袜绣鞋随步没。"《缭绫》以丰富多彩的比喻形容缭绫的洁白和文采隐现的精美工艺："应似天台山上月明前，四十五尺瀑布泉。中有文章又奇绝，地铺白烟花簇雪。……织为云外秋雁行，染作江南春水色。广裁衫袖长制裙，金斗熨波刀剪纹。异彩奇文相隐映，转侧看花花不定。"从这些描写中不但可以见出当时纺织工艺的高超和宫廷生活的极度奢华，而且将织工之辛劳与宫中歌舞人任意践踏毫不爱惜的行为相对比，点出了统治者肆意挥霍人民血汗的主题。

《上阳白发人》是新乐府表现艺术最成功的作品之一。此诗小序说："愍怨旷也。"即同情没有配偶的旷夫怨女。当时要求释放宫女是政治改革的一项重要内容，这首诗就是配合这一政治主张而写的：

> 上阳人①，红颜暗老白发新。绿衣监使守宫门，一闭上阳多少春。玄宗末岁初选入，入时十六今六十。同时采择百余人，零落年深残此身。忆昔吞悲别亲族，扶入车中不教哭。皆云入内便承恩，脸似芙蓉胸似玉。未容君王得见面，已被杨妃遥侧目。妒令潜配上阳宫，一生遂向空房宿。宿空房，秋夜长，夜长无寐天不明。耿耿残灯背壁影，萧萧暗雨打窗声。春日迟，日迟独坐天难暮。宫莺百啭愁厌闻，梁燕双栖老休妒。莺归燕去长悄然，春往秋来不记年。唯向深宫望明月，东西四五百回圆。今日宫中年最老，大家遥赐尚书号②。小头鞋履窄衣裳，青黛点眉眉细长。外人不见见应笑，天宝末年时世妆。上阳人，苦最多。少亦苦，老亦苦，少苦老苦两如何。君不见昔时吕向美人赋③，又不见今日上阳白发歌！

诗人选取一个终身被禁锢的宫女为典型，细致描写了她从16岁进宫直到60岁，一生被幽禁在冷宫中的悲惨遭遇，以及从希望到失望乃至绝望的

① 上阳：上阳宫，在东都洛阳。

② 大家：汉唐宫中对皇帝的习称。尚书号：宫中女尚书的称号。

③ 吕向美人赋：作者自注："天宝末，有密采艳色者，当时号'花鸟使'，吕向献美人赋以讽之。"吕向，天宝时人，是今传《文选》五臣注的作者之一，善书法。

心理变化过程。诗中生动地渲染了与她日日相伴的秋风暗雨、残灯空房，烘托出主人公内心的寂寞凄苦；又以黄莺梁燕成双作对的欢快气氛反衬她虚度青春的苦闷和不幸。而在尽情抒写了她的辛酸之后，结尾反以轻松的自嘲写她装束的不合时宜以及皇帝所赐“女尚书”的空衔，这就更沉痛地表现了她在天长日久的孤独中已近麻木的心理。诗用三、三、七句式，具有民歌的风致，流水般的语调、浓郁的抒情色彩更增强了诗歌的感染力。但白居易的新乐府也普遍存在意露词繁之病，为了让读者领悟作者用心，喜欢借助外加的小序和耳提面命的说教，有些诗成了理念的图解，缺乏鲜明生动的形象，平直有余而含蓄不足。这是他规定的创作程式所带来的问题。

元稹的新乐府比较晦涩、拘滞，没有白居易的尖锐大胆、流畅自如。较好的作品如《田家词》写“六十年来兵簇簇”的形势下，农民月月送军粮的车声从来不曾断绝，官军将输送军粮的人、车、牛一齐征用，农家只剩下“姑舂妇担去输官，输官不足归卖屋”，“农死有儿牛有犊，誓不遣官军粮不足”，从农民代代相继倾家荡产输送军粮的事实中，反映出安史之乱后六十年来战争不断、官军腐败的历史和现状。李绅的《新题乐府》二十首今已不存。但他著名的《悯农》二首同样体现了新乐府“惟歌生民病”的精神。其一说：

春种一粒粟，秋成万颗子。四海无闲田，农夫犹饿死！

农夫终年辛劳，四海开垦已遍，却不能用自己的劳动成果养活自己。其二说：

锄禾日当午，汗滴禾下土。谁知盘中餐，粒粒皆辛苦！

指出盘中之食粒粒都是农民的血汗凝成。类似的意思前人诗里虽也有所涉及，但李绅的这两首五绝却从农夫的辛苦劳作和艰难生活中悟出两条真理，概括了千百年来中国农民共同的生存境遇，因而成为富有教育意义的格言诗。

新题乐府诗的创作在中唐比较普遍，不属于元白诗派的诗人也有不少作品，虽然不一定按照白居易新乐府规定的程式去作，但创作理念是一致的，体现了中唐诗人普遍关怀社会现实和民生疾苦的可贵精神，因而是中唐诗歌中最值得重视的现象。

三 元白诗的通俗化倾向

新乐府讽谕诗主要是元、白早年所作。随着政治斗争的日益尖锐复杂，二人思想逐渐起了变化，所走道路也不尽相同。元稹从反对宦官变为依靠宦官飞黄腾达，白居易从志在兼济转向独善其身，采取了明哲保身的态度。随着政治态度的转变，其诗歌的思想倾向也有了转变。白居易诗中除讽谕以外，更多的是闲适、感伤和杂律诗。这些诗都存在一种共同的通俗化倾向，这是元、白诗在艺术上体现这一时期诗歌大变的主要特征，主要表现在以下两方面[①]：

首先是变旧法为通俛（即简易）之习。开元、天宝之际，诗歌的各种形式和艺术表现，通过前人的创作实践，已日臻成熟，盛唐人的作品活泼新鲜，通俗易懂，深入浅出，典故又用得少，确乎做到了雅俗共赏。但由于这一时期诗歌创作丰富多样，各种题材都写到了，艺术达到了高峰，所以大历以来的诗歌大多拘于盛唐旧法，越来越陈熟。白居易为了打破这种停滞的状态，就想开创一种新诗风、新诗体，提倡通俛，同时把作诗的范围拓展到生活的各个方面，使题材实现了最大化。对现实不满，可以写意激言质的讽谕诗；想卖弄才学，可以写千字律诗；如果只是发于一笑一吟、感于一事一物，可以率然成诗。有诗意更好，没有诗意也可以借诗的形式说理谈禅，大发议论。而且白居易还有意提倡俚鄙的诗境。盛唐旧法虽然也很明白如话，但有激情，有强烈的生活感受和浓郁的诗意。这种通俛是经过高度提炼之后达到的境界，所以盛唐诗富于极其深广的概括力，又人人易懂。而白居易提倡的通俛，往往以眼前事为现成话，信手拈来，或说句俏皮话，就成了一首诗。比如都是为旧时画像题诗，王维就说："画君

① 本节关于元白通俗化倾向的两个论点和部分内容取自陈贻焮先生《从元白和韩孟两大诗派略论中晚唐诗歌的发展》，见《唐诗论丛》，湖南人民出版社，1980年，第353—367页。

年少时，如今君已老。今时新识人，知君旧时好。”（《崔兴宗写真咏》）一往情深，含有很深的人生感慨。白居易就说：“如弟对老兄。”（《题旧写真图》）都很平易，一雅一俗却不难见出。这样的提倡，好处是开阔了诗的境界，世间一切事都可以写进诗里，特别是生活小诗这一路，为宋人开了法门；坏处是鱼龙混杂，泥沙俱下，过于浅俚则会平淡无味，甚至出现恶境界。

其次，接受中唐以来市人小说、传奇、变文的影响，在长诗中铺排敷衍故事。像元稹的《会真诗》三十韵、《梦游春》七十韵和白居易的《和梦游春》七十韵就是写元稹早年与情人欢会的事。元稹后来还将这次艳遇敷演成《莺莺传》传奇。白居易也与陈鸿合写了《长恨歌》并传。他的《长恨歌》《琵琶行》最为世俗人所爱，流传也最广。《长恨歌》叙述唐玄宗和杨贵妃的爱情悲剧，借着历史的一点影子，根据当时人们的传说、街坊的歌唱，从中蜕化出一个回旋曲折、宛转动人的故事，用回环往复、缠绵悱恻的叙事和抒情手段以及精巧独特的艺术构思描摹出来。歌行着重表现的是这一故事本身的传奇色彩，当然也有一定的讽谕意味，但与其说这种讽谕是作者有意寄寓荒淫误国的政治教训，还不如说是故事情节本身就提供了这样一种客观的启示。所以这首诗仅用三分之一的篇幅叙述安史之乱前唐皇重色、杨妃专宠的极乐情景，而用三分之二的篇幅渲染唐明皇对杨贵妃的思念，细腻地刻画他从奔蜀到还都一路上睹物伤情的心理活动。黄尘栈道、蜀江碧水、行宫月色、夜雨铃声、太液芙蓉、未央垂柳、春风桃李、秋雨梧桐、夕殿飞萤、耿耿星河，无论是乐景还是哀景，都一层一层将人带入伤心断肠的境界，从而千回百转，淋漓尽致地渲染了主人公难以排遣的悔恨和痛苦。而这首诗最后三分之一的篇幅所虚构出的缥缈美丽的仙境，又进一步使人物感情回旋上升到高潮。虽然我国古诗从楚辞以来就不乏描写仙境幻境的名篇，但这首诗中的海上仙山又有其特殊的艺术感染力。这一段将贵妃含情脉脉而又寂寞凄惨的神情刻画得极其妩媚动人，使贵妃思念君王的心理得到充分的表现，实际是将经过诗人净化的一个忠于爱情的理想形象赋予贵妃的精魂，安置在一个虚无缥缈的幻境之中。它本是就民间传说发挥想象，而诗中用优美的文笔所创造的这个幻境的艺术真实性又满足了爱听悲欢离合故事的世俗人的心理，使广大读者一方面为主人公的生死阻隔而唏嘘叹息，另一方面却也因双方能够精诚交感而得到宽慰，这正是中国俗文学的传统特色在诗歌中的表现。

《琵琶行》原序说此诗作于元和十年（815），即白居易被贬九江郡司马的第二年。秋天在湓浦送客，因听到舟中夜弹琵琶之声，邀请弹者相见。一曲奏罢，弹者自述从长安倡女嫁为商人之妇的身世，引起白居易的谪宦之感，遂写下这首长歌。诗里描写弹奏的一段文字，是形容琵琶的精妙之笔："千呼万唤始出来，犹抱琵琶半遮面。转轴拨弦三两声，未成曲调先有情。弦弦掩抑声声思，似诉平生不得志。低眉信手续续弹，说尽心中无限事。轻拢慢捻抹复挑，初为《霓裳》后《六么》。大弦嘈嘈如急雨，小弦切切如私语。嘈嘈切切错杂弹，大珠小珠落玉盘。间关莺语花底滑，幽咽泉流冰下难。冰泉冷涩弦凝绝，凝绝不通声暂歇。别有幽愁暗恨生，此时无声胜有声。银瓶乍破水浆迸，铁骑突出刀枪鸣。曲终收拨当心画，四弦一声如裂帛。东船西舫悄无言，唯见江心秋月白。"细腻地刻画出弹者怀抱琵琶半遮面的羞涩神情，琵琶从开始调弦到渐入曲调的过程；以各种贴切的比喻传达出乐声时而流畅时而凝涩的感觉，以及在暂时间歇后突然升到高潮、戛然而止的曲终意境。与盛唐人善于展开乐境的想象不同，白居易是通过各种声音的比喻摹写琵琶演奏的听觉效果，这就更容易为一般民众所理解。诗的第二部分是弹者自述昔盛今衰的故事，第三部分为作者自述贬谪九江的孤独闭塞，以"同是天涯沦落人，相逢何必曾相识"这两句名诗将两人的遭际联系起来。在盛唐乐府诗中，虽然借吟咏普通女子命运的变化来自叹身世或抒发不平的作品也不算少见，但一般只是采用第三人称的视点，作为间接的比兴，没有直接以倡女自比的。《琵琶行》抒发由市井倡女的命运所引起的士大夫的盛衰之感，虽然也只是类比，却真挚地表现了诗人在精神和感情上对倡女的同情和理解，因而这首歌行才会像《长恨歌》一样，越出士大夫的欣赏圈子，为世俗中更多的人所喜爱。

白居易的闲适诗和杂律诗数量最多，所表现的思想感情比较复杂。其中率尔成章、游戏之作不少，但也有不少作品如山峙云行、水流花开，极其清浅可爱。著名的《问刘十九》：

绿蚁新醅酒，红泥小火炉。晚来天欲雪，能饮一杯无？

在晚来阴阴欲雪的天色中，室内新酿的绿蚁酒、红泥砌的小火炉，主人亲切的邀请，使人更觉温暖而诱人。随便的一问，写出了生活中平常而惬意的一幕情景，酿成了令人醉心的浓郁诗意。又如《暮江吟》：

一道残阳铺水中，半江瑟瑟半江红。
可怜九月初三夜，露似真珠月似弓。

用平实的描写、浅显的比喻，绘出一个普通日子的暮江夜景，却构成了色泽浓丽而又新鲜可爱的意境，生动地表现出黄昏日落月出时江边宁静壮美的奇观。《钱唐湖春行》：

孤山寺北贾亭西，水面初平云脚低。
几处早莺争暖树，谁家新燕啄春泥。
乱花渐欲迷人眼，浅草才能没马蹄。
最爱湖东行不足，绿杨阴里白沙堤。

写西湖的早春景色，先从孤山这处居于里湖和外湖之间的名胜展开视野，在湖面水平云低的背景上，捕捉了早春的几个信息：黄莺争抢向阳的暖树，新燕刚在啄泥做窝，说明春意初萌而天气尚寒，但杂花浅草的长势已经预示了草盛花茂的春天气象；最后才点出春行的立脚点在白沙堤，更将郊游的兴致写到十分。至于他的名作《赋得古原草送别》则是传统的咏物手法：

离离原上草，一岁一枯荣。野火烧不尽，春风吹又生。
远芳侵古道，晴翠接荒城。又送王孙去，萋萋满别情。

诗人抓住所赋古原草生命力顽强的性格，写出在烈火中再生的理想，以朴素有力的语言概括出“野火烧不尽，春风吹又生”这一联名句，在咏物诗中表现耐人寻味的哲理，不但使送别者见春草萋萋而增离愁的常情变得新警，而且启发人在别情之外产生更丰富的联想。

元稹(779—831)，字微之，河南(今河南洛阳)人。贞元年进士。早年和白居易共同提倡新乐府。后期热衷仕进，结交宦官，官至宰相，为时论所不满。他的诗歌成就不及白居易，形象不是很鲜明，枯燥乏味者居多。《连昌宫词》是他最负盛名的讽谏之作,诗里借一个住在连昌宫边的老人之口,回忆了天宝年以来的盛衰变迁,并联系元和时代的政治局面,追溯安史之乱的原因,表达了人民盼望政治清明、天下太平的愿望。但他写得最感人的倒是《遣悲怀》这样的悼亡诗,其二:

昔日戏言身后意,今朝皆到眼前来。
衣裳已施行看尽,针线犹存未忍开。
尚想旧情怜婢仆,也曾因梦送钱财。
诚知此恨人人有,贫贱夫妻百事哀。

元稹之妻韦丛去世时,年仅27岁。十多年以后,元稹已经显达,追忆贫贱时共同生活的情景,仍然悲伤不已。这一首从回想当初关于身后之事的戏言说起,诉说今朝处理亡妻身后之事时的悲悼之情:按习俗死者衣服已将送尽,但旧时用过的针线仍不忍打开;因恋旧情转而怜念亡妻的婢仆,因梦亡妻而焚烧纸锭为其送钱财。这些身后之事应验了昔日贫贱时的戏言,使诗人更为亡妻未能与自己共享富贵而无限怅恨。结尾两句沉痛地概括了当初贫贱时的种种悲哀,但将“此恨”拓展到“人人”所有,确实道出了人所未言的人之常情。其三结尾“惟将终夜长开眼,报答平生未展眉”,用鳏鱼不闭目的典故和自然工整的对仗,写自己彻夜不眠以报答亡妻愁颜的深情,也很动人。他的名句“曾经沧海难为水,除却巫山不是云”(《离思》其四),据考证也是因思念韦丛而作,由此可见元稹善写闺情的特点。他的感人之作也有为友情而发的,如《闻乐天授江州司马》:

残灯无焰影幢幢,此夕闻君谪九江。
垂死病中惊坐起,暗风吹雨入寒窗。

白居易被贬为江州司马时,元稹先已被贬为通州(今四川达州)司马,当他听到挚友也遭贬谪的消息时,心里的激动和悲愤是难以形容的。昏暗不明的灯光和黑幢幢的灯影渲染了消息传来时惨淡的氛围。而闻讯后竟然能使垂死的病人猛然坐起,又足见震惊的力度之强。然而坐起之后却唯有默默地独对寒窗风雨,这就比直抒悲慨更动人地表达出作者此时无可言说的内心感受。所以白居易读到此诗后非常感动。

总的说来，元白诗数量既多，涉及社会生活面又宽。尤其是白居易的诗流传至广，甚至传到了日本、高丽，因而能开出通俗诗派这一大宗，对中晚唐及宋诗产生极其深远的影响。

四　韩孟诗派

与元白诗派双峰对峙、二水分流，同时体现中唐诗歌“大变”实绩的是韩孟诗派，这一诗派以奇险为主要特征。

韩孟诗派是怎样形成的呢？主要是因为他们有共同的思想基础：初盛唐以来，像六朝那样由世袭的高门士族掌握高层政权的现象逐渐减少。由于科举制的稳固，寒族地主阶层已经登上历史舞台。但新的士庶差别尚未消除，唐代的门荫制还在不断滋生新的士族，高官的子弟仍然比庶民子弟享有更多的入仕特权，因而与科举制之间存在着尖锐的矛盾。在这种历史条件下，韩愈以孔孟之道为思想武器，从政治、哲学、文学等各方面对门阀士族发起了攻击。他反对封建地主阶级内部以贵役贱、士庶有别的现象，要求恢复“以智役愚，台隶参差，用成等级”（沈约《宋书·恩幸传》）的周汉之道，实现对整个地主阶级的博爱和一视同仁，提出划分君子小人的标准不是门阀等第，而是仁义礼智信的道德观念，应当由科举出身的德才兼备者来担任治国平天下的重任。这种理论反映了广大中小地主要求凭道德修养和学问才能挤进卿相行列的政治愿望。而他自己的诗文也大多是为许多落魄的寒士们大发不平之鸣。当时围绕在韩愈周围的主要是一大群科场失意的寒族文人。韩愈之所以能成为他们政治和文学上的领袖，正因为他的儒道反映了这批人的政治要求。

韩愈的理论在中国儒学从偏重训诂辨义转向性理之说的重大转变之中，起了关键的作用。他从消除士庶界限并扩大封建阶级统治基础的目的出发，给了儒道以新的解释，反映了广大中小地主的政治诉求，顺应了历史发展的趋势。这是他的古文运动能够取得胜利的前提，也是他变革诗风的思想基础。

韩孟诗派的艺术特点非常鲜明。这一诗派以韩愈为首，代表人物有孟郊、贾岛、卢仝、李贺等。他们的诗歌虽然也有一部分反映社会现实和民生疾苦，但更多的是为自己穷愁潦倒的遭遇大声疾呼，鸣其不平，愤慨人情冷暖、世态炎凉。由于生活圈子狭小，生活趣味贫乏，他们失去了盛唐诗人的浪漫幻想和开朗心情。愤世嫉俗、褊狭狷介成为这些人的共性。激烈的科场竞争又造成了当时“轻寻常”的“时俗”和“力行险怪取贵仕”（韩愈《谁氏子》）的风尚。因此追求新奇的表现手法，崇尚奇峭险怪、生涩奥衍的审美趣味，善于驰骋想象，在构思、命意上痛下功夫，在遣字造句上好难争险，就成为他们在艺术上的共同特点。当然由于每人个性不同，他们又各有自己鲜明的风格特征。

韩愈（768—824），字退之，河阳（今河南孟州）人。贞元八年进士。曾任监察御史，后因上书论时事被贬广东阳山。宪宗时随宰相裴度平定淮西，迁刑部侍郎。因谏阻迎佛骨，贬为潮州刺史。穆宗时召为国子监祭酒，官至吏部侍郎。他主张尊儒排佛，维护国家统一，反对藩镇割据，并倡导古文运动，也是中唐奇险诗派的领袖。他博学多才，气魄较大。诗歌的主要特征是奇而豪，同时具有原道宗经、以才学为诗的倾向。他的诗虽也富于气势充沛、想象奇特等浪漫色彩，但与盛唐诗的浪漫精神大不相同。盛唐诗人充满幻想和热情，心胸宽广，富于自信。而韩愈对自己的评价非常实际，他的努力目标只能是“以学问才力跨越李杜之上”（沈德潜《说诗晬语》），以长篇铺叙、随物赋形争胜，把经史百家都变成诗料，以奥博出新。这就使他形成了“以古文之浑浩溢而为诗”（张金吾《金文最》）的特点。本来，以文为诗是中唐诗歌普遍存在的倾向，白居易也有以文为诗的作品，韩愈在这方面尤其下功夫，而且与他原道宗经的目的和学问渊博的特点联系在一起，涵泳经史、烹割子集，开出奥衍典雅一派。如《石鼓歌》取材于考古，《谢自然诗》和《原道》一样如说话，《赠崔立之》把《庄子·大宗师》“子舆与子桑友”段翻译成了诗歌，《南山诗》连用五十多个“或”字，铺张南山形势险峻，是一首极其堆砌冗长的颂体诗。这些诗大多艰涩难懂、佶屈聱牙。但韩愈以文为诗也有成功之作，如《山石》写得很像一篇平铺直叙、文笔简妙的游记：

山石荦确行径微，黄昏到寺蝙蝠飞。

升堂坐阶新雨足，芭蕉叶大支子肥[1]。
僧言古壁佛画好，以火来照所见稀。
铺床拂席置羹饭，疏粝亦足饱我饥。
夜深静卧百虫绝，清月出岭光入扉。
天明独去无道路，出入高下穷烟霏。
山红涧碧纷烂漫，时见松枥皆十围。
当流赤足蹋涧石，水声激激风吹衣。
人生如此自可乐，岂必局束为人鞿[2]？
嗟哉吾党二三子，安得至老不更归？

此诗一句一景，移步换形，层层展开黄昏、入夜、黎明等各个时分的不同画面，贯注着从中领悟的人生乐趣。一座荒山古寺，经诗人用浓淡相间的色彩点染之后，不但处处呈现出幽美的境界，而且传神地表现了诗人的个性。诗虽以游记的记叙方法为纲，但以诗歌直寻兴会的传统表现方式为本，于平铺直叙中见辞奇意幽之致，深得韩愈散文结实处无不空灵的妙诣，又是一篇真正的诗歌。

《谒衡岳庙遂宿岳寺题门楼》是一首怪诗，立意俗，意境奇，文字生，但能在极其世俗之处显示出诙谐豁达的神情，倾泻出一腔刚直不阿的正气。诗中掺杂鬼物神妖，意境雄怪典实，采用情景交替、夹叙夹议的章法，力图使全诗像游记文一样具体详尽、有头有尾地反映出谒衡岳庙的全过程，以及游者曲折微妙的心理变化，使诗的表现力达到像文一样自由挥洒的境地。其中写诗人来到衡岳后因虔诚默祷而忽见衡岳露出真容的一段，最见韩愈写景的特色和功力："喷云泄雾藏半腹，虽有绝顶谁能穷？我来正逢秋雨节，阴气晦昧无清风。潜心默祷若有应，岂非正直能感通！须臾静扫众峰出，仰见突兀撑青空。紫盖连延接天柱，石廪腾掷堆祝融。森然魄动下马拜，松柏一径趋灵宫。粉墙丹柱动光彩，鬼物图画填青红。"由于前面烘托衡岳难见晴天，已经笔饱墨浓，待祈祷灵验，云雾一扫而空之后，笔力必须更加强劲。诗人选择衡岳七十二峰中紫盖、天柱、石

---

① 支子：即栀子，常绿灌木，夏开白花，很香。
② 鞿：牲口笼头上的嚼子。为人鞿：比喻被别人控制，不得自由。

廪、祝融四座最大的山峰排成一联，一齐推出，令人顿觉眼前众峰插天，突兀森耸，仰观周览，惊心动魄。接着写岳庙由外到内的环境特征，以横斜的一条小径勾破画面上高峰耸立的排列态势，使构图错落有致。岳庙的白墙红柱在阳光辉映下流光溢彩，这两种亮色与群峰重深的墨色形成鲜明的对比，使画面上大山压顶的沉重气氛得到缓解。这一段诗借用歌行铺叙的特长，描写了通常以散文表现的复杂的游历经过和诗人微妙的心理活动，是以文为诗的成功实践。全诗双声叠韵字连篇累牍，句句三平正调，平声一韵到底，利用"东韵"洪亮的音响效果和铿锵的节奏感创出险调奇格，造就苍硬雄壮的声势，体现了韩愈专从生硬险奥处自辟诗径的独特风格。虽然诗人有意反传统诗法而行之，但此诗却以奇创自成正调。原因就在诗中的"横空盘硬语"（韩愈《荐士》）正与衡岳突兀森耸的山势、诗人骨相崚嶒的个性相得益彰，因而能从奇特中产生和谐的美感，由斧凿而臻于自然之妙境。

韩愈诗在以文为诗之外，还好创奇格、用险韵。盛唐诗的传统表现方式发展到大历因过于陈熟而缺乏创新。韩愈有意出奇，想另辟新路。但他的创格无非是：或用宽韵，波澜横溢，如《此日足可惜赠张籍》；或用窄韵，愈难愈巧，如《病中赠张十八》。《谴疟鬼》历数医师、灸师、诅师、符师；《月蚀诗效玉川子作》铺叙东西南北四方之神。有的连用重复句子，有的连用重叠虚词。五言长篇《答张彻》几乎从头到尾对偶，后人称"排律用拗体，亦是变格"（《唐宋诗醇》）。总之，凡传统旧法所避忌者，他都要试一试。

构思刻意求奇也是韩诗的重要特点。韩愈的好奇不是李白那种变化无穷、神奇飞动的幻想，也不是岑参那样用朴素平易的形式表现出生活本身的瑰奇，而是往往用过火的夸张和排奡的语言把平淡无奇的生活写得千奇百怪。如爱竹簟清凉，想要久卧其上，便说"却愿天日恒炎曦"（《郑群赠簟》）；形容鸟雀受冻难堪竟想到"不如弹射死，却得亲包炰"（《苦寒》）；吃个木耳也说成"烦君自入华阳洞，直割乖龙左耳来"（《答道士寄树鸡》）。夸张到违反常情的地步，便难免蹶张之病了。

韩愈的诗与他的散文一样，要求务去陈言，但往往以丑为美。盛唐人开朗豁达，进退裕如，热爱生活，因而具有健康的审美趣味。韩愈"进则不能容于朝,退又不肯独善于野”(叶燮《原诗》),这就使他在生活中多看丑恶而少见美好,半世穷经的生活也容易造成审美眼光的变异,于是大量臭腐丑怪的比喻充斥了他的诗篇。另一方面,他之所以善写丑怪形象,也因为前人很少以此为诗料,特别有利于他出奇创新。例如《送文畅师北游》诗说“照壁喜见蝎”,因为“昨来得京官”,所以见蝎亦喜。这样颠倒美丑,一则与他重新升迁的功利之心有关,二则也正好翻用陈旧之语以求新奇。但当他以正常的审美观处理生活中的丑恶面时,也确实写出了一些较有新意的佳作。如《八月十五夜赠张功曹》对岭南“下床畏蛇食畏药,海气湿蛰熏腥臊”的可怖生活只是稍加点染,用以烘托被贬远荒的愁苦心情,同时与“纤云四卷天无河,清风吹空月舒波,沙平水息声影绝”的明净意境形成反衬,倒为全诗增添了略带神秘的新奇色彩。

韩愈虽有意创奇,但他于盛唐旧法作诗其实有很深的造诣。特别是后期创作更多抒写闲情逸致的小诗和近体诗,如《早春呈水部张十八员外》其一:

> 天街小雨润如酥,草色遥看近却无。
> 最是一年春好处,绝胜烟柳满皇都。

能真切地捕捉住细雨滋润后初泛的一层似有若无的草色及其给人的新鲜感受,传达出早春的神韵。《次潼关先寄张十二阁老使君》:

> 荆山已去华山来,日照潼关四扇开。
> 刺史莫辞迎候远,相公新破蔡州回。

采用犒军通知的方式,歌颂淮西大捷后裴度率军凯旋抵达潼关的壮丽图景,节奏平稳,气度从容,而能在短小篇幅中见出壮阔的波澜和雄伟的气势。《左迁至蓝关示侄孙湘》是一首著名的七律:

> 一封朝奏九重天,夕贬潮阳路八千。
> 欲为圣明除弊事,肯将衰朽惜残年?
> 云横秦岭家何在?雪拥蓝关马不前。
> 知汝远来应有意,好收吾骨瘴江边。

抒发自己忠而获罪、无辜远谪的愤慨,笔势纵横、开合动荡、境界雄阔,能以文章大起大落之法运用于严谨的格律，凄楚激愤而大气磅礴。这些虽是历代选本不漏的名篇，但他早年那些力大思雄、古奥险怪的长篇才代表韩诗的基本精神和主要风格。韩愈从“少陵奇险处”“辟山开道，自成一家”（赵翼《瓯北诗话》），纠正了大历以来的平庸诗风，避免了诗歌往浅易油滑一途发展的不良趋势，为中国古典诗歌的表现艺术开出了一种新的境界，提供了一种作诗的路径，但也为后世向书本讨生活的文人学者带来了矜才炫博的不良风气。

孟郊（751—814），字东野，湖州武康（今浙江德清）人。韩愈的诗友。他一生穷困，耽于选举，50岁才做到溧阳尉这一小官。性格孤僻耿介，诗歌调子苦涩矫激。他有一部分诗歌如《寒地百姓吟》《织妇词》《征妇怨》等，流露出对劳动人民困苦生活和悲惨境况的深切理解和同情。此外他对当时内战不断的形势也有较多的反映，如《感怀》写藩镇谋乱，《伤春》写人民在战争中遭受的灾难。有些诗还表现了他为国除难的壮志。由于境遇的潦倒，他更多的诗篇是悲叹自己饥寒交迫的生活，抒发怀才不遇的精神苦闷。他只觉得天地狭窄，人间到处是不平。他一边大声抗议天地的不公：“太行耸巍峨，是天产不平。黄河奔浊浪，是天生不清！”（《自叹》）一边又陶醉在生涩的诗篇中，咀嚼着人生的苦味：“酸寒孟夫子，苦爱老叉诗。生涩有百篇，谓是琼瑶辞。”（刘叉《答孟东野》）所以元好问评孟郊：“东野穷愁死不休，高天厚地一诗囚。”（《论诗三十首》其十八）十分形象。

孟诗的奇，主要在构思和艺术表现上。他作诗“刿目鉥心”“掐擢胃肾”（韩愈《贞曜先生墓志铭》），往往有出人意料而又新颖形象的奇思。如“春芳役双眼，春色柔四支。杨柳织别愁，千条万条丝”（《古离别》），写春色之美、别愁之深，却怪春花让人双眼服劳役，春色把人四肢都醉软了，而千万根杨柳丝却织成了让人钻不出的愁网。“试妾与君泪，两处滴池水。看取芙蓉花，今年为谁死。”（《古怨》）用莲花是否被泪水泡死的办法来测定谁相思最深，想得奇特。“冷露滴梦破，峭风梳骨寒”“席上印病文”（《秋怀》），写梦比纸薄，冷露一滴就破，寒风梳骨，人瘦得肋骨就像一把梳子，卧床日久，席上印出了人形，成了病画的花纹图案。《楚怨》：“秋入楚江水，独照汨罗魂。手把绿荷泣，意愁珠泪翻。”想象秋光透过清澈的汨罗江水，照见了水底扶荷哭泣的屈子幽灵。这种奇丽的境界已接近后来李商隐的某些诗歌了。[1]“南山塞天地，日月石上生”（《游终南山》），夸张南山之高似塞满天地，那么日月自然是从山石上生出，硬语盘空，又是印象派式的惊人奇想。总之，孟郊的主要特点是通过挖空心思的构思，用平常的语言在平常的生活中写出精神上奇苦的境况。但他也善于用传统的表现手法写出佳作，如《游子吟》：

慈母手中线，游子身上衣。临行密密缝，意恐迟迟归。
谁言寸草心，报得三春晖？

从慈母为游子缝衣这一最常见的生活细节中提炼出人人都体验过的母爱。“寸草心”难报“三春晖”的比喻既新鲜，又是古乐府的传统思路。《洛桥晚望》：

天津桥下冰初结，洛阳陌上人行绝。
榆柳萧疏楼阁闲，月明直见嵩山雪。

写冬初在洛桥所见景致，透过黄叶落尽的榆柳疏枝见出闲静的楼阁，以及明月下嵩山的积雪，有如一幅线条疏落分明的图画，令人从冷峻的笔意中感知冬夜的清冷明净和月下萧疏的意趣。可见孟郊和韩愈一样，虽刻意出奇创新，但有传统创作的深厚底蕴。

五　李贺与“长吉体”

李贺（790—816），字长吉，河南福昌（今河南宜阳）人。家居昌谷（在宜阳境内），也是韩孟诗派的重要诗人。出身于李唐宗室的远支，家境贫寒，自恃才高，遭人嫉妒毁谤，竟因其父名“晋肃”，为避讳而不得考进士。韩愈特别为他作了一篇《讳辩》，也没能为他争到参加科举的权利。因此他终身郁郁不得志，仅做过奉礼郎，死时年仅27岁。

李贺一生所创作的诗篇，主要是抒写生不逢时、怀才不遇的极端愤激

① 以上孟诗构思例子的解析取自陈贻焮先生《从元白和韩孟两大诗派略论中晚唐诗歌的发展》，见《唐诗论丛》，湖南人民出版社，1980年，第388—389页。

之情，表达对现实的不满和对理想的追求。《长歌续短歌》《浩歌》《将进酒》等，咏叹英雄无主、彷徨追索的不幸遭遇和苦痛心情，可说是这类诗歌的代表作："长歌破衣襟，短歌断白发。"（《长歌续短歌》）诗人的激愤是如此不可遏制，以至于歌声壮怀激烈，震破衣襟，声裂金石，割断了白发。"我有迷魂招不得，雄鸡一声天下白。少年心事当拿云，谁念幽寒坐呜呃？"（《致酒行》）渴望奋发有为的凌云壮志与投奔无门、无人识才的痛苦迷乱交织在一起，写得极为警绝。他的二十三首《马诗》，或咏名马品质非凡，或赞骏足矫捷，或叹宝驹失主，同样表现了英才志士的雄心壮志和不遇的慨叹。

由于潦倒落魄而虚耗有限的人生，诗人对时间的无限和生命的有限这对矛盾感受更深。《浩歌》以天上神仙变化之速反衬人间光阴的短促，写出了诗人对虚度岁月的深深不安："南风吹山作平地，帝遣天吴移海水。王母桃花千遍红，彭祖巫咸几回死？……漏催水咽玉蟾蜍，卫娘发薄不胜梳。看见秋眉换新绿，二十男儿那刺促。"这种人生苦短的喟叹还表现在他著名的《将进酒》中。这首诗用瑰丽的语言夸大描写人间饮宴歌舞的赏心乐事，极力反衬出死的可悲，而结尾奉劝终日醉酒以消解这暮春愁思，却又回过头来表露了生的无聊。这样就十分生动而真实地将落魄之人内心深处所隐藏的死既可悲而生亦无聊的最大矛盾和苦闷揭示出来了。这些诗表现了当时许多寒人士子被科举引到求仕的道路上，却又被残酷地摒弃在龙门之外，任穷困和忧伤来摧残其身心的悲惨命运和痛苦的内心世界（参见陈贻焮《论李贺的诗》）。

虽然李贺生活面较窄，对社会现实也缺乏较深的认识，但他一旦接触到现实时，仍然能为苦难的人民呼吁。《感讽》其一以议论开端，简括有力地指出在太守的无情搜刮下，不仅民穷财尽，甚至造化也无法满足他无厌的需求。然后以漫画的笔触，勾勒出狐假虎威、奉太守之命来催租的县官丑恶的嘴脸，同时又怀着无限同情，通过委婉的言辞，显示了处于贪官污吏淫威之下深受屈辱的劳动妇女的善良性格和悲惨遭遇，并点明县官刚走，簿吏又接踵而来交相逼迫的残酷事实，爱憎分明，达到极强的艺术效果。《老夫采玉歌》写民工冒着生命危险入深溪采玉的情景：

采玉采玉须水碧，琢作步摇徒好色。
老夫饥寒龙为愁，蓝溪水气无清白。
夜雨冈头食蓁子，杜鹃口血老夫泪。
蓝溪之水厌生人，身死千年恨溪水。
斜山柏风雨如啸，泉脚挂绳青袅袅。
村寒白屋念娇婴，古台石磴悬肠草。

在渲染了无数采玉者坠落蓝溪的悲愁气氛之后，末段着重写采玉老夫置身于深夜风雨飘萧的险境中，在攀附挂到泉脚的绳索时，忽见"悬肠草"（即"思子蔓"）而念及幼子，唯恐失事身亡的心理活动。由于诗人"能如此准确地把握住并描写出采玉老夫处于生死关头的刹那间、可能产生的最复杂最感人的心理变化，以显示其内心的深刻苦痛"（陈贻焮《论李贺的诗》），因而特别动人。此外李贺还有一些诗如《贵主征行乐》讽刺公主家的骄横，《秦宫诗》《荣华乐》讽刺贵族权要的荒淫，《黄家洞》讽刺官军杀良民冒功等，都值得称道。

如果说韩诗的主要风格是奇而豪，孟郊的主要风格是奇而苦，那么李贺的主要风格是奇而丽。他的诗以构思奇特、想象丰富、文辞瑰丽著称。其艺术构思往往虚幻荒诞，思想感情则多为怨恨悲愁，但不同题材又有不同情调，风格是多样化的。陈贻焮先生指出：李贺在构思上的主要特点是能"探寻前事""求取情状"（杜牧《太常寺奉礼郎李贺歌诗集序》），也就是抓住传说故事中的某一点，根据生活经验进一步展开想象，将莫须有的情事按生活的形式活生生地表现出来，使生活实感和虚幻的想象巧妙地结合在一起。例如《金铜仙人辞汉歌》：

茂陵刘郎秋风客，夜闻马嘶晓无迹。
画栏桂树悬秋香，三十六宫土花碧。
魏官牵车指千里，东关酸风射眸子。
空将汉月出宫门，忆君清泪如铅水。
衰兰送客咸阳道，天若有情天亦老。
携盘独出月荒凉，渭城已远波声小。

这首诗取材于魏明帝命宫官牵车到长安取汉武帝承露盘铜仙人，铜人泪下的传说，以抒发他缅怀盛世的无限深情。诗中描写拆迁铜人时，茂陵“夜闻马嘶晓无迹”的情景，原来是汉武的幽灵也在为无法卫护铜人而焦躁不安。铜人下泪，诗人想象其泪定“如铅水”，天真而又合乎情理。铜人离汉宫花木而去，诗中反言“衰兰送客咸阳道”，无情之物都如此有情，“天若有情”想必也会为之衰老，则有情者就更不胜悲伤了。这就将一个传说已久的故事渲染得像童话一样奇特新颖，从而更深切地表现了他的铜驼荆棘之感。《李凭箜篌引》：

吴丝蜀桐张高秋，空山凝云颓不流。
江娥啼竹素女愁，李凭中国弹箜篌。
昆山玉碎凤皇叫，芙蓉泣露香兰笑。
十二门前融冷光①，二十三丝动紫皇②。
女娲炼石补天处，石破天惊逗秋雨。
梦入神山教神妪③，老鱼跳波瘦蛟舞。
吴质不眠倚桂树，露脚斜飞湿寒兔。

诗里描写音乐的美妙和听乐的感受，以玉碎和凤鸣形容箜篌声音的清亮，以荷泣形容乐声的幽咽，以兰笑形容乐声的明丽，在想象中将听觉转为视觉，浮想联翩，出神入化。尤其“女娲炼石补天处，石破天惊逗秋雨”和“吴质不眠倚桂树，露脚斜飞湿寒兔”几句最为警策。诗人认为这空濛秋雨就是从箜篌声惊破天上补着五色石的裂缝中漏出来的，又说这奇妙的音乐居然触动了吴刚的万古哀愁，使他不由得忘了伐桂，而通宵倚着桂树，凝视着月中露湿兔寒的凄清景色出神，写得新奇有趣，而又出人意料。《梦天》和《天上谣》都是游仙诗，但想象非常新奇。《梦天》：

老兔寒蟾泣天色，云楼半开壁斜白。

---

① 十二门：长安有十二座城门。此句形容乐声清冷，仿佛整个长安融在一片寒光之中。

② 二十三丝：据记载，竖箜篌有二十三弦，竖抱在怀中，用两手齐奏。紫皇：道教传说中的天神名。

③ 据《搜神记》，晋永嘉年间，兖州出了一个神妪，名叫成夫人，能弹箜篌，闻人弦歌便能起舞。这里可能用此典故。形容李凭箜篌之妙，仿佛入梦将绝艺传给神妪，令鱼龙都感动起舞。

玉轮轧露湿团光，鸾佩相逢桂香陌。
黄尘清水三山下，更变千年如走马。
遥望齐州九点烟，一泓海水杯中泻。

正如陈贻焮先生所说，这诗“不仅俨然如真地描绘了月宫情景，同时还明晰地描绘了自月上回望、所见九州的渺小和尘世变化之速，出奇地给予了广阔的空间和漫长的时间以形象的表现”（《论李贺的诗》），犹如在宇航船上所见的景象。《天上谣》中“天河夜转漂回星，银浦流云学水声”，想象天河也像人间河流中漂着晶白的石子一样漂着闪烁的星星，云是天河中的水，那么，银河中的流云就应学流水作声了。而更有趣的是：生活在天上的神仙，也像人间的男女青年一样需要劳动和爱情，所不同的只是他们“呼龙耕烟种瑶草”“青洲步拾兰苕春”，没有丑恶和死亡，只有永恒的美丽和青春（参见《论李贺的诗》）。

除“探寻前事”以外，李贺的另一个艺术特点是能深入捕捉景物给人心理上带来的无形的感觉，用浓重的词采表现鲜明强烈的印象和气氛，刻意追求精致美丽的意境。如《雁门太守行》写的是战士边塞立功报国的传统主题，但表现完全不同：

黑云压城城欲摧，甲光向日金鳞开。
角声满天秋色里，塞上燕脂凝夜紫。
半卷红旗临易水，霜重鼓寒声不起。
报君黄金台上意①，提携玉龙为君死②。

在黑云浓重的背景衬托下，战士的盔甲反射出云隙里透出的阳光，金光闪闪，更加耀眼。这样描写不仅在色彩上造成了鲜艳明亮和浓重黑暗的强烈反差，而且造成了感觉上压抑与高扬的对比，寥寥几笔便形象生动、感受真切地写出了大军压境、危城将破时的悲壮情景和紧张气氛，以及人们处身其中的惶恐心理。“塞上燕脂凝夜紫”既切合长城雁门塞上土色为紫的实景，又混合了伤亡惨重、夜色中凝血遍地的印象，增添了诗歌的悲

① 黄金台：相传战国时燕昭王在易水东南筑台，上置千金，招揽人才。
② 玉龙：指宝剑。

剧情调。又如《江楼曲》中“萧骚浪白云差池”,微妙地表现出水波扰动、云势迭起的景色在楼上少妇心里引起的骚乱不安之感。但他也有些诗过于追求表达抽象的感觉,用大量代词描绘事物情状,比如以“高邃”代青天、以“坠绿鲜”代“青翠欲滴”之感等等,反而模糊了具体的印象。

李贺诗歌的浪漫色彩受楚辞影响很深。杜牧说他“盖骚之苗裔”(《太常寺奉礼郎李贺歌诗集序》),他自己也说“咽咽学楚吟”(《伤心行》)。《九歌》的哀怨情调和幽美意境对李贺诗的影响,在《帝子歌》《湘妃》《巫山高》《神弦曲》《神弦》《神弦别曲》等本来就取材于古巫歌和楚地传说的诗中表现最明显。它们大多描写鬼神幽冥情景,较楚辞更凄凉幽清且富神秘感,而且蕴藏着一种由忆旧、伤逝、相思等因素交织而成的复杂感情。这种特色使他得了“诗鬼”的称号。李贺诗歌艺术上的特点后来直接为晚唐李商隐、温庭筠所继承发展,形成了自成一格的“长吉体”,直到元代和近代还一直有人效法。

【知识点】

张王乐府　　新乐府　　元白通俗诗派　　韩孟奇险诗派

【思考题】

1. 新乐府讽谕诗的艺术表现与杜甫新题乐府有何同异?
2. 韩孟诗派的“奇”主要有哪些表现?怎样看待“以文为诗”的现象?
3. 李贺诗歌艺术构思的主要特点是什么?

第七讲

中唐诸家的沿革

唐诗在开元天宝时为一大变,到贞元元和时又是一大变。中唐诗歌大变主要体现在元白、韩孟两大诗派中。还有不少诗人虽然沿袭盛唐传统作法,但也在不同程度上受到了当时诗歌风气的影响。其中成就最突出的是刘禹锡和柳宗元。此外贾岛本属于韩孟诗派,但他与姚合并称,"姚贾诗派"对后世也有一定影响。因此中唐诗坛的变化与盛唐相比,呈现出更加复杂的风貌。

一 "诗豪"刘禹锡

刘禹锡和柳宗元都是永贞改革中的主要人物,他们两人同时在贞元年进士及第。在政治上谋议唱和,力革时弊。后来改革失败,二人同时遭难,远谪边地。离京十年后,二人一同被召还京,却又同时再贬远荒。共同的政治理想把他们的命运紧紧联系在一起,造成了他们二十年来相同的坎坷遭遇,也使他们结下了深厚的友谊。不过两人的诗歌风格却并不相同,各有鲜明的特色。

刘禹锡(772—842),字梦得,彭城(今江苏徐州)人。贞元年进士及第后,授监察御史。因参加王叔文政治改革集团,失败后被贬为朗州司马,此后长期过着逐客生活,做过连州、夔州、和州刺史,晚年回到洛阳,任太子宾客,与白居易唱和最多。他的诗以讽刺诗、怀古诗和根据当代民歌或曲调创作的七绝歌词这三类最为著名。

在政治生涯中遭遇的挫折,使刘禹锡心怀激愤不平,写下了大量的政治讽刺诗。他贬为朗州司马后,过了十年被召还京都,写了《元和十一年自朗州召至京戏赠看花诸君子》:

紫陌红尘拂面来,无人不道看花回。
玄都观里桃千树,尽是刘郎去后栽。

将京城里在永贞改革失败后纷纷登台的执政新贵比作一时竞芳的桃花,实际上也暗示了他们的得势不可能长久。过了十四年,他官复为主客郎中,又写了一首《再游玄都观》:

百亩庭中半是苔,桃花净尽菜花开。
种桃道士归何处,前度刘郎今又来。

讽刺桃花虽好,转眼凋落,那些新贵当初烜赫一时,然而曾几何时,就被政治斗争的旋涡无情吞没。刘禹锡能亲眼看到他们的下场,就是一种胜利。这两首诗都是借玄都观看花这件生活琐事寓刺,即便无寓意,本身也是很巧妙而又颇有感慨的一首小诗:去国十年,后栽的桃花都长大开花了。这不能不引起“木犹如此,人何以堪”的叹息。再过十四年,桃花荡然无复一树,这不能不引起重游旧地者的盛衰之感。而诗的骨子里又有更深一层寄托:桃喻新贵,看花者喻趋炎附势之徒。种桃道士喻打击永贞改革的当权者,刘郎是自喻。二十多年来,皇帝屡换,人事变迁,作者有意重提旧事,向打击他的权贵挑战,字里行间充满了轻蔑的讽意和爽朗的笑声,说明诗人顽强不屈的精神依然如故。

刘禹锡也像张籍、王建一样,写了一些新乐府类的讽谕诗,如《插田歌》《贾客词》《边风行》等等。其中《插田歌》的讽刺意味最浓,诗序说“遂书其事为俚歌,以俟采诗者”,说明他和白居易的主张一样,是希望此诗被采,对统治者产生警诫作用的:

冈头花草齐,燕子东西飞。田塍望如线,白水光参差。
农妇白纻裙,农夫绿蓑衣。齐唱郢中歌[①],嘤伫如竹枝。
但闻怨响音,不辨俚语词。时时一大笑,此必相嘲嗤。
水平苗漠漠,烟火生墟落。黄犬往复还,赤鸡鸣且啄。
路旁谁家郎,乌帽衫袖长。自言上计吏[②],年初离帝乡。

① 郢中歌:即楚歌,如《阳春》《白雪》《下里》《巴人》之类。
② 上计吏:地方政府派到中央部门公干的小吏。

田夫语计吏："君家侬定谙。一来长安道，眼大不相参。"

计吏笑致辞："长安真大处。省门高轲峨，侬入无度数。

昨来补卫士，唯用筒竹布。君看二三年，我作官人去。"

这首《插田歌》以俚歌形式记叙农夫插秧的场面以及农夫与计吏的一场对话，讽刺了朝廷滥卖官爵的严重问题，将汉乐府长于叙事和对话的特点与山歌俚曲流畅清新的风格相结合，通俗活泼，简洁明快，富于幽默感，可以说是一首具有民歌天然神韵的新乐府诗，也是诗人融合古今民歌的一大创造。

刘禹锡还有一类以咏物寓意为主的讽刺诗，如《昏镜词》《飞鸢操》《聚蚊谣》《百舌吟》等，对各种丑恶的社会现象予以辛辣的讽刺。聚蚊比拟吸吮人血的政敌，争腐鼠的飞鸢比喻争权夺利的权奸，这些讽刺诗大都借题发挥，锋芒毕露，寄托了他在政治斗争中的愤懑和感慨，体现了他对人情世故的深刻洞察力。

刘禹锡的怀古诗往往就历史的陈迹想象出优美而怅惘的意境，寄寓兴亡盛衰之感，语言浅显而含蕴深厚。如《西塞山怀古》：

王濬楼船下益州，金陵王气黯然收。

千寻铁锁沉江底，一片降幡出石头。

人世几回伤往事，山形依旧枕寒流。

今逢四海为家日，故垒萧萧芦荻秋。

诗人取西晋灭吴这件史事，描写晋武帝时益州刺史王濬受命伐吴，楼船以摧枯拉朽之势，从益州直下金陵，东吴阻拦的千寻铁锁被王濬烧断、沉入江底，石头城上打出降幡的过程，通过六朝的第一朝东吴灭亡之事说明了兴废由人事、山川不足恃的道理；又以"人世几回伤往事"带过六朝逐一灭亡的历史，让"山形依旧枕寒流"和"故垒萧萧芦荻秋"的景象作为历史的见证，令人在凭吊历史遗迹的感叹中自然引起对兴亡教训的思索。又如《石头城》：

山围故国周遭在，潮打空城寂寞回。

淮水东边旧时月，夜深还过女墙来。

诗人选择了夜深人静时的寂寞景象以表现历史感觉上的冷落荒凉,把石头城置于沉寂的群山、回荡的潮声和朦胧的月色中,将亘古如斯的自然现象和不断变更的人事相对照,而又不拘泥于一朝一姓的兴亡,使故国萧条的意中之景具有更为深广的概括力,形成了浑厚悲凉的意境。再如《乌衣巷》:

朱雀桥边野草花,乌衣巷口夕阳斜。
旧时王谢堂前燕,飞入寻常百姓家。

这首诗所勾勒的好像只是金陵城朱雀桥边巷口在夕阳斜照下的一角春景,美丽而又透着荒凉,但诗中的深意全在所取地名中见出。朱雀桥是市中心通往乌衣巷的必经之路,乌衣巷是东晋高门士族的聚居区,现在开遍野草野花,则衰败之意不言自明。末二句更出人意料地将盛衰之感寄托在飞燕的去向上,诗人抓住燕子爱栖息旧巢的特点,暗示出王谢堂已变成寻常百姓家,这一今昔对比便包含了人事沧桑的无限感慨。

刘禹锡善于向当代民歌学习,创作了许多声情并茂便于歌唱的七言绝句。盛唐诗不少可以入乐,但诗人们主要是向汉魏六朝古乐府学习,只有少数诗人用西域和凉州传来的新声写歌词。中唐以后向当代民歌学习的风气才流行起来。刘禹锡妙解音律,有较高的音乐修养,并能运用地方民歌的曲调创作新词,其中最主要的是《竹枝词》《杨柳枝词》《踏歌词》《浪淘沙》等。

刘禹锡在《竹枝词》九首的序言里说:他在夔州时,当地人联歌《竹枝》,吹短笛,击鼓以合节拍,歌者扬袖而舞,声音洪大响亮,末章声调高亢激扬。可见竹枝词本是巴东民歌,经刘禹锡采录并加以改造,成为富有民歌特色的一种诗体。刘禹锡今存十一首《竹枝词》的内容大多是夔州风土习俗(九首作于夔州,两首作于朗州),如:

山桃红花满上头,蜀江春水拍山流。
花红易衰似郎意,水流无限似侬愁。

红花绿水渲染出蜀地明媚的春色,也象征着热烈的爱意和似水的柔情,因而托物起兴,吐露出少女对郎情易衰的忧虑和漾在心头的淡愁,就很自然了。诗以明朗自然的格调描写少女微妙复杂的心理，写景抒情无不明艳动人。又如：

> 杨柳青青江水平，闻郎江上唱歌声。
> 东边日出西边雨，道是无晴却有晴。

用“情”“晴”的双关谐音表达少女捉摸不定郎君是否有意的心情，境界开阔爽朗，而情思却缠绵细腻。再如：

> 山上层层桃李花，云间烟火是人家。
> 银钏金钗来负水，长刀短笠去烧畲。

满山桃李、云间烟火，勾画出色彩绚烂、满山飘香的山乡春色，又捕捉住少数民族男女佩饰的特点，便绘出了一幅地方色彩鲜明的巴东山区人民生活的风俗画。刘禹锡这类诗不仅局限于描绘风土人情，还用它刺时寄慨，如：

> 瞿塘嘈嘈十二滩，人言道路古来难。
> 长恨人心不如水，等闲平地起波澜。

写人间波澜的凶险更胜于峡水，这就以明快精警的比喻道出了诗人在政治生涯中对世态人情的痛切体验，也概括了封建政治社会中的一种普遍现象。

《浪淘沙》是唐代教坊曲名，后来发展成词牌名。刘禹锡用此曲调写了不少七绝，如：

> 日照澄洲江雾开，淘金女伴满江隈。
> 美人首饰侯王印，尽是沙中浪底来。

以轻快婉转的民歌风调描写清晨江边女子淘金的壮美景色，却又一针见血地点出了这种劳动本身所反映的社会不合理的现实。又如：

> 莫道谗言如浪深，莫言迁客似沙沉。
> 千淘万漉虽辛苦，吹尽狂沙始到金。

也是就“浪淘沙”的曲名着想，联系自己的政治遭际，以恶浪比深险的谗言，以沉沙比被贬的命运，淘沙见金比喻正直清白的品格历经磨难之后，终将闪射出光辉。比喻的贴切使这类诗具有格言的艺术感染力。

刘禹锡诗中本有浅俚的倾向，后期又与白居易唱和，也不能不受浅俗诗风的影响，但他的诗仍然浅而能深，境界较高。如著名的《酬乐天扬州初逢席上见赠》：

巴山楚水凄凉地，二十三年弃置身。
怀旧空吟闻笛赋①，到乡翻似烂柯人②。
沉舟侧畔千帆过，病树前头万木春。
今日听君歌一曲，暂凭杯酒长精神。

诗人在贬谪二十三年之后，终于得返洛阳，故人已尽，恍若隔世。自己有如沉舟和病木，面对过往的千帆和春天的万木，感慨是很深的。“沉舟”一联从自然现象中细绎出生动的形象对比，以显露的语言说明了新旧更替的某种规律性，富有哲理启示。

在中唐元白、韩孟两派诗歌大变的潮流中，刘禹锡却从“祖风骚，宗盛唐”（周履靖《骚坛秘语》）的传统创作方法出发，开辟了自己的新路。他的诗浑然天成，神情豪爽，优美明快，含蕴深厚，这都是盛唐诗的基本特点。但他又能凭借自己在政治生活中的独特体验以及对社会问题的深刻观察，创造出独具卓见的怀古、咏怀和讽刺诗，并从民歌中吸取新鲜的题材和生活内容，以爽朗幽默的风神和微婉深厚的韵味形成自己独特的诗歌意境。从刘禹锡所取得的种种成就来看，后人称他为“诗豪”是不过誉的。

二　柳宗元与山水诗

柳宗元（773—819），子子厚，祖籍河东（今山西永济）。贞元九年（793）中进士。又中博学宏词科，授集贤殿正字，调蓝田尉，改监察御史。

① 闻笛赋：魏晋之交，嵇康被司马氏杀害，向秀经过嵇康在山阳的旧居，听到邻人吹笛，思念昔日友人，遂作《思旧赋》。这里借指柳宗元等已经去世的友人。

② 烂柯人：《述异记》载，晋人王质进山采樵见二童子下棋，观毕，手里的斧柯（柄）已烂，回村之后才知已经过去了一百年。这里形容自己流放回来，已同隔世。

永贞年间，参加王叔文政治改革集团，官礼部员外郎。改革失败后，被贬为永州司马，十年后调柳州刺史，死于柳州。柳宗元是杰出的思想家、古文家和诗人。他和韩愈一样，也是古文运动的倡导者。诗歌数量比不上古文，但成就很高，不但具有深刻的思想意义，艺术特色也很鲜明。其中山水诗最为后人称道，与韦应物并称“韦柳”，被视为王孟山水诗的后继。

作为有志改革现实的政治家和思想家，柳宗元对于人民的疾苦有很深的体察。这类题材的诗歌有著名的《田家》三首。其一指出农民辛苦一年，劳动所得全都输入官家，最后落得一场空，世代如此，无法摆脱这种困境。其二：

> 篱落隔烟火，农谈四邻夕。庭际秋虫鸣，疏麻方寂历。
> 蚕丝尽输税，机杼空倚壁。里胥夜经过，鸡黍事筵席。
> 各言官长峻，文字多督责。东乡后租期，车毂陷泥泽。
> 公门少推恕，鞭扑恣狼藉。努力慎经营，肌肤真可惜。
> 迎新在此岁，唯恐踵前迹。

此诗着意选择农民刚交完夏税之后的农闲时节，从秋夜四邻闲谈的常见情景中，提炼出农民用鸡黍招待里胥的一个场面，用叙事和对话的形式反映了农民在接踵而至的租税催逼下不得喘息的痛苦生活，在浓厚的田园风味中揭示了各级封建官吏不恤人命搜刮农民的血腥罪恶。《掩役夫张进骸》为哀挽一名普通的役夫而作，诗里提出了人的贵贱不取决于所从事的职业的光辉思想。所有这些，都是柳宗元主张民意决定历史发展的可贵思想在诗歌中的反映。这类诗一般写得平易朴素、含蕴深厚。

柳宗元大多数诗反复吟叹自己在政治生涯中的不幸遭遇，抒发寂寞愤郁的贬谪之感和思乡之情，以及重新振作、大展宏图的希望。艺术上较有特色的主要有两类：一类是述怀感旧的长篇五排。这类诗主要在和故旧的酬答中追叙自己在永贞改革中的雄心和作为、遭贬之后流窜边荒的失志和痛苦，对世俗的昏昧发出寂寞的呐喊：“希声闷大朴，聋俗何由聪！”（《初秋夜坐赠吴武陵》）对朝廷弃士提出不平的抗议：“理世固轻士，弃捐湘之湄。”（《零陵赠李卿元侍御简吴武陵》）不少作品长达几十韵，大量用典，遣词造句僻涩典奥，与韩孟一派限韵联句诗好难争险之风较为接近。

另一类是即景即物兴寄寓意之作。如《跂乌词》《笼鹰词》《放鹧鸪词》等采用七言咏物歌行，或以一足之鸟自喻“踊身失势不得高”“努力低飞逃后患”的处境，或以笼鹰昔日雄厉的气概和今日羽翼脱落的困顿相比，或以失去自由的鹧鸪自况，表达破笼展翅的愿望。这些诗和刘禹锡的很多咏物诗一样，都以动物为喻，但侧重于抒发弃置边地、政治失意的感叹，不像刘禹锡那样侧重于对世态人情的尖刻讽刺。此外，日常生活中的一草一木一事一物也时时能勾起诗人同样的感触。尤其是那些与友人生离死别时所作的诗，如赠刘禹锡的《衡阳与梦得分路赠别》《重别梦得》《三赠刘员外》《哭连州凌员外司马》等，往往凝聚着一腔孤愤，沉痛恳挚之情溢于言外。

柳宗元在流放永州、柳州的长期贬谪生活中写下了大量的山水诗。“投迹山水地，放情咏离骚。”（《游南亭夜还叙志七十韵》）与屈原类似的政治遭遇和同样的放逐环境，使柳诗的思想感情深受楚辞的影响。他的山水诗大多作于永州时期，在探幽寻胜中寄寓逐臣之叹。五古写法则效仿谢灵运，每到一地，都力求精确描绘此处山水的特征，同样力图以理化情，在山水中消解政治上的块垒。语言风格也如谢诗一样精深典奥，虽然这种风格与永州山水的幽深奇险是协调的，但仍有深涩之感。其中写得比较成功的有《南涧中题》：

> 秋气集南涧，独游亭午时。回风一萧瑟，林影久参差。
> 始至若有得，稍深遂忘疲。羁禽响幽谷，寒藻舞沦漪。
> 去国魂已远，怀人泪空垂。孤生易为感，失路少所宜。
> 索寞竟何事，徘徊只自知。谁为后来者，当与此心期。

诗以纪游的形式写出了诗人被贬后孤独苦闷的自我形象，幽清萧瑟的林中景色烘托出诗人在溪涧深处踯躅彷徨的身影，这一意境也正是诗人在政治上失路徘徊的索寞心境在自然中的外化。楚骚情调与大谢章法的结合，形成了孤冷幽静的意境。柳诗虽在语言风格上明显受谢灵运影响，但他忧思较深，篇意浑成，清劲纡徐，别有一种极其清峻孤高的格调，则非谢诗所能及。

柳宗元的山水诗继承了王孟的精神旨趣和审美观照方式,最为人传诵的是他的《江雪》和《渔翁》。《江雪》:

千山鸟飞绝,万径人踪灭。孤舟蓑笠翁,独钓寒江雪。

诗中展示的天地是如此纯洁而寂静,一尘不染,万籁无声。在水天一色、苍茫一片的背景上,远远地只有一个渔翁在江心垂钓。整个大自然无声无色,映照在诗人澄澈的诗心中,成为一片混沌无象的境界。由于在一个经过放大的绝对洁净幽寂的环境里突出了渔翁形体的孤独,从而也就显示了诗人超尘脱俗的清高气质。《渔翁》:

渔翁夜傍西岩宿,晓汲清湘燃楚竹。
烟销日出不见人,欸乃一声山水绿。
回看天际下中流,岩上无心云相逐。

当一片炊烟渐渐消散,一声柔橹从江面传来时,渔翁已远下中流,唯有岩上白云无心地追随着他的孤舟。渔翁依山傍水、行宿无常的生活,便与追随无心的云水同归于自然了。诗中传神的人物描写不仅给秀丽的青山绿水增添了楚湘特有的神秘感,也给一个普通的渔父罩上了潇洒忘机的隐士色彩。“欸乃一声山水绿”写烟销日出时山水顿时现出一片绿色,但在诗人看来,仿佛是一声船橹摇绿了山水。构思之神奇,或与岑参“角声一动胡天晓”(《武威送刘判官赴碛西行军》)相通,而境界之空灵,又使之自成奇趣。

此外,柳宗元还有不少描写岭南风光的诗篇,构思奇特,富有浓郁的南国情调,使他那些借山水抒写乡愁的名作,也染上了瑰奇的岭南风味。如《登柳州城楼寄漳汀封连四州》:

城上高楼接大荒,海天愁思正茫茫。
惊风乱飐芙蓉水,密雨斜侵薜荔墙。
岭树重遮千里目,江流曲似九回肠。
共来百越文身地,犹自音书滞一乡。

这首诗内容、章法和用韵都效法孟浩然的《登万岁楼》,但能自成名篇,原因在取景的典型和兴寄的巧妙。茫茫海天、遥遥大荒中,芙蓉、薜荔在急风暴雨中经受打击的情状，与其说是登楼所见实景，还不如说是诗人意念中的大荒世界，令人自然想到诗人在政治的狂风暴雨冲击下的处境，以及连接宇内的浩茫心事。《与浩初上人同看山寄京华亲故》：

> 海畔尖山似剑铓，秋来处处割愁肠。
> 若为化得身千亿，散上峰头望故乡。

将广西之山奇削多峰的特点抽象成剑铓森立的比喻，以形容思乡之痛有如刀割的心情；借用佛教“化身千亿”的说法，希望将自身分散到每座山峰顶上遥望故乡，想象之尖新奇异，吸取了韩孟一派的长处。这两首诗虽不是专写山水，却因突出并夸大了南方山水的特点，并融入深切的贬谪之感，而创造出奇特的境界。

柳宗元和刘禹锡一样，都是以风骚和盛唐的传统创作方法为本，所以前人向来王、孟、韦、柳并提，多称道其简古淡泊的风格，这确是柳宗元最有特色的一面。但他也明显地受到当时奇险诗派的影响。他和刘禹锡虽然政治遭际相同，但由于性格的差异，在继承传统的同时又吸取了不同的时风，从而形成了各自的独特风格。

三　姚贾诗派

所谓姚贾诗派主要是指贾岛和姚合这两位以苦吟著称的诗人。苦吟本是奇险诗派的特色，贾岛也是韩孟诗派中的重要作家，与孟郊并称，有“郊寒岛瘦”之说。但他又与姚合长期交往，友谊深厚，两人都以苦吟来表现隐逸闲居的生活和日常所见的自然风物，有追求清冽平淡的共同特色，因而被相提并论。

贾岛（779—843），字阆仙，范阳（今北京一带）人。曾做过和尚，法名无本。经韩愈劝说还俗，应进士举失利。因作诗讥嘲，被当权者视为“风狂”，逐出关外，号为科场“十恶”。59岁时又获罪被贬为长江（今四川蓬溪）主簿，后迁普州（今四川安岳）司仓参军。他一生遭遇坎坷，对功名的积极追求和不遇的愤激不平之气，加上狂狷的个性，使他在精神上自然接近韩孟诗派。《剑客》是他的代表作：

十年磨一剑，霜刃未曾试。今日把示君，谁为不平事？

虽是写剑客路见不平、拔剑相助的豪侠气概，但诗人自己多年磨砺蓄志、想要一试锋芒的意气也溢于言表。他对自己苦吟的生活有过形象的写照。《戏赠友人》说："一日不作诗，心源如废井。笔砚为辘轳，吟咏作縻绠。朝来重汲引，依旧得清冷。书赠同怀人，词中多苦辛。"说自己一天不写诗，心灵的枯竭就像废井一样。他把笔砚比作井边的辘轳，吟咏是辘轳上的绳子。这样写出来的诗，好比废井里一点点抽上来的水，当然非常辛苦。

贾岛喜欢寻找幽僻清冷的境界，以奇特的构思表现出来，十分讲究炼字。如《题李凝幽居》：

闲居少邻并，草径入荒园。鸟宿池边树，僧敲月下门。
过桥分野色，移石动云根。暂去还来此，幽期不负言。

诗写李凝居处的荒芜幽僻，由草径荒园向外扩展，推及平野。古人认为云"触石而出"，称"石"为"云根"。"云根"一词给人带来白云生处的联想，与区分野色的小桥共同划出了隐士生活的封闭世界 。其中"僧敲月下门"一句有一个有名的传说。据《苕溪渔隐丛话·前集》卷一九引《刘公嘉话》说：贾岛赴举京师，在驴上得"鸟宿池边树，僧敲月下门"两句，先欲用"推"字，又欲用"敲"字。因过于专心，不觉冲撞了韩愈的车驾。韩愈问明缘由，立马良久，说："作'敲'字佳矣。"后人就把反复斟酌字句称为推敲。《寻隐者不遇》也是他的名作①：

松下问童子，言师采药去。只在此山中，云深不知处。

类似的题目盛唐人也写过，如邱为的《寻西山隐者不遇》，将不遇的扫兴化为主人隐居环境的描写，以及揣度主人去向的雅兴，但篇幅较长。此诗则用松下童子的三句老实而天真的答问之词，简笔勾勒出山中白云不可知的悠深境界，从隐者的无迹可寻想见其飘逸神秘的意态，理趣在似有若无之间。其余如"地侵山影扫，叶带露痕书"（《送唐环归敷水庄》）、"秋

① 一说孙革作，一说无本诗。

风生渭水,落叶满长安"(《忆江上吴处士》)、"怪禽啼旷野,落日恐行人"(《暮过山村》)等都比较新奇。但贾岛有时追求奇僻而流于怪诞,欧阳修批评他的"写留行道影,焚却坐禅身"(《哭柏岩和尚》)"时谓烧杀活和尚"(《六一诗话》)。这是贪求佳句带来的弊病。

姚合,陕州(今河南陕州)人,元和十一年(816)进士。曾任武功(今陕西武功)主簿,被称为姚武功。后历任金州、杭州刺史、谏议大夫、给事中、陕虢观察使等,终秘书少监。当他居于卑位时,与贾岛过从甚密。后来在洛阳做官时,和张籍、白居易交往较多。他在仕途上比较安于现状,处世待物相对平和,其诗歌趣尚与张、白后期的闲适诗风也较接近。

姚合的诗大都是日常闲居的遣怀之作,于平淡中见清峭之气。元人辛文房《唐才子传》说他"多历下邑,官况萧条,山县荒凉,风景凋弊之间,最工模写也"。如《原上新居》①:

> 秋来梨果熟,行哭小儿饥。邻富鸡长往,庄贫客渐稀。
> 借牛耕地晚,卖树纳钱迟。墙下当官道,依前夹竹篱。

小儿饥哭、鸡往富邻、借牛耕地和卖树纳税都反映了农民的疾苦,也是前人诗里少见的观察角度,但作者却用传统田园诗的写法把这些农村生活中常见的细事集中起来,构成了荒村特有的田园风味。而较能体现姚合特点的是他的《闲居遣怀》十首、《武功县中作》三十首等五律组诗。这些诗抒写他在穷邑为官时"疏惰"的"野性"、"幽栖"的情致、穷愁多病的生涯、自甘寥落的心境。虽有"马随山鹿放,鸡杂野禽栖""秋灯照树色,寒雨落池声""夜犬因风吠,邻鸡带雨鸣"这一类清疏荒冷的景色描绘掺杂其间,但多以自己的闲愁贯串于行卧起坐、访僧待客、醉酒吟诗、爱山看水的日常起居之中。内容大抵相似而反复吟咏。其余如《秋日闲居》二首、《闲居晚夏》、《闲居遣兴》、《春日闲居》、《早春闲居》一类大多如此。所谓"武功体"当指他在武功县所写的这类诗。姚合的苦吟不像贾岛那么显露,但像"闲云春影薄,孤磬夜声长"(《寄元绪上人》)、"穷愁山影峭,独夜漏声长"(《秋晚夜坐寄院中诸曹长》)、"帘冷连松影,苔深减履声"

① 一作王建诗。

(《过不疑上人院》)这样的诗句,着意在声与影的关系中提炼不同的感受,炼字的思路和风格的清峭与贾岛有相近之处。

贾岛和姚合的五律在唐末五代产生了很大的影响,诗人们主要是模仿他们在五律创作上的苦吟,追求清真的意趣,但因过于强调"吟成五个字,用破一生心"(方干《贻钱塘县路明府》),反而模糊了各家风格的差别,也很少有完整的名篇传世。

【知识点】

刘禹锡的怀古诗　　竹枝词　　"武功体"　　姚贾诗派

【思考题】

1. 试比较刘禹锡和柳宗元的政治讽刺诗。
2. 柳宗元山水诗的特色是什么?从哪些方面可以看出《离骚》的影响?
3. 怎样评价姚贾诗派的苦吟?

第八讲

晚唐诗坛的余晖

从文宗大和元年(827)到唐末,文学史上一般称为晚唐时期。但有创造性的诗人主要在晚唐前期,以李商隐、杜牧最为杰出,不论古体、近体均有成就。李商隐继承和发展了杜甫、李贺的诗歌艺术,以七律的形式表现精丽而又富于暗示性的风格,在晚唐诗坛上独树一帜。杜牧以清新俊逸的七绝继承盛唐遗响,又能吸取中晚唐艺术变化而自成一格。此外,温庭筠也以其秾艳为晚唐诗又添一种色泽。但与盛唐和中唐相比,开宗立派的大诗人太少,多数诗人追随中唐白居易、张籍、韩愈、李贺及“姚贾”的诗风,从整体上呈现出衰退的趋势。

较之中唐以前的诗歌,晚唐诗最突出的变化是精神趋于萎靡,境界趋于狭窄,表现追求尖新纤巧,构思纵横钩致,发挥了无余蕴,因此常为评家讥为穿凿刻露。但诗歌发展到此时,穿凿又多少比陈袭熟词熟境、模棱皮相之语好。晚唐的七绝亦因此而形成不同于盛唐七绝的特点。盛唐绝句有乐府风味,含蓄蕴藉,趣味在有意无意之间。而晚唐七绝则好议论,多就眼前景刻意搜求新趣,构思虽深而仍觉快心露骨,这一变化使晚唐七绝成为各种诗体中成就最高也最有特色的诗体,开出了后来宋诗的门径。

一　杜牧

杜牧(803—852?),字牧之,京兆万年(今陕西西安)人。《通典》作者、宰相杜佑之孙。26岁中进士,做过黄州、池州、睦州刺史和司勋员外郎、中书舍人等。晚唐著名的诗人和古文家。

杜牧的诗风华流美、雄姿英发,在萎靡的晚唐诗坛上以俊迈雄健的气概“独持拗峭”(胡震亨《唐音癸签》引徐献忠语)。形成这种风格的原因,首先与他对时事的独特看法有关。晚唐时很多人都对国家的命运和前途失去了信心，但杜牧却始终幻想着否极泰来、衰而复兴的政治局面。晚唐政治的两大症结是藩镇割据和宦官专权。杜牧一生理想的中心内容就是改变四郊多垒的局面，收复被割据的燕赵河湟，并希望通过天子发愤图强、堵塞政治漏洞来挽回国运。当时朝廷一度在对藩镇和回纥用兵中取胜，他所经历的文宗、武宗、宣宗三朝暂时稳定的局面也给了他这种信心。因此他以“平生五色线，愿补舜衣裳”（《郡斋独酌》）自任，多次向朝廷上书献策，对政治弊病提出许多具体改革的意见。尽管这种修修补补的办法不能从根本上解决问题，但这种远大的理想和积极进取的精神却支持了他一生，使他能在暮霭沉沉的晚唐诗坛上投下最后一道理想的光辉。因此杜牧的豪壮气概反映了唐亡前夕回光返照阶段某些有志之士企图挽回国运的幻想和努力。

其次，杜牧的创作道路与追求形式技巧的晚唐诗人不同。他提出要“以意为主，以气为辅，以辞彩章句为之兵卫”（《答庄充书》），“苦心为诗，惟求高绝。不务奇丽，不涉习俗。不今不古，处于中间”（《献诗启》）。也就是要在元白和韩孟、李贺这两大派之间选择一条中间的道路，在遵守以内容和气势为主、艺术形式为辅的传统表现方法的基础上，融合今古之长，创造自己的风格。

杜牧才气俊爽，各体皆工，而七绝风调最佳，味永趣长。七律虽不及七绝，但《早雁》《题宣州开元寺水阁》等也较著名。前者借咏雁反映了在胡人侵扰下逃亡到南方的边民的痛苦生活：

> 金河秋半虏弦开，云外惊飞四散哀。
> 仙掌月明孤影过，长门灯暗数声来。
> 须知胡骑纷纷在，岂逐春风一一回。
> 莫厌潇湘少人处，水多菰米岸莓苔。

被胡人的弓弦惊得四散的早雁象征遭胡骑蹂躏的边民四散流离；失群的孤雁哀鸣着在月夜飞过长安的仙掌和长门的情景，暗示了朝廷对边事的冷漠和无能；诗人劝早雁滞留潇湘暂时安居，更说明收复边地的无望。全篇句句咏雁，句句写人。比兴象征虽是传统手法，但此诗暗用《诗经·小雅·鸿雁》以鸿雁比流民的典故，以早雁的遭遇概括了晚唐边民流亡无着的重大问题,并深刻揭示了造成这一现象的社会原因,含义深刻,境界清丽,在咏物诗中亦不多见。

杜牧的七绝有许多广为传诵的名篇。盛唐诗人式的乐观和爽朗在他的诗歌中仍然依稀可见,他所创造的明快优美的意境也保持了盛唐诗以兴会为主、善于概括、画面鲜明的传统特点。如著名的《江南春绝句》:

千里莺啼绿映红,水村山郭酒旗风。
南朝四百八十寺,多少楼台烟雨中。

诗人以巨大的魄力集中了最富于江南特色的景物,突破画面空间的局限,概括了整个江南历经兴亡盛衰而繁华依旧的风貌,而这烟雨迷蒙的春色中又渗透着诗人对国运的忧虑。这种深广的概括力和含蓄的意蕴正是盛唐诗的基本特色。《山行》是脍炙人口的名篇:

远上寒山石径斜,白云深处有人家。
停车坐爱枫林晚,霜叶红于二月花。

这首诗描写了山中高爽绚丽的秋色。"霜叶红于二月花"的精妙比喻,攫取了春秋两季大自然中最热烈的色彩,通过秋叶之红与春花之红的比较,赞美了枫林经霜之后越发艳丽红火的顽强生命力,以及晚秋更胜于春朝的生机,对于一切在衰暮之时犹能充满活力、使生命放出异彩的人和物都是壮美的礼赞。谁能说它所饱含的哲理意味与诗人盼望大唐否极泰来、晚景更红的心情没有关系呢?

以直达的语言表现对生活美的独特的敏锐感受,并找到某种与意境最相和谐的情调,通过画面的巧妙组织表现出来,也是杜牧诗歌的一个重要特点。如《秋夕》:

银烛秋光冷画屏,轻罗小扇扑流萤。
天阶夜色凉如水,坐看牵牛织女星。

幽清的深宫、蜡烛的微光、暗淡的画屏、冰凉的石阶,组成了一幅冷宫生活的凄清图景,而孤单的宫女轻轻扑打着流萤的无聊动作,仰视牵牛织女久久不眠的寂寞神情,点出了她如秋扇般被弃的命运。"凉如水"的比喻不但写出了夜的色度,也写出了沁人的凉意。再如《泊秦淮》:

烟笼寒水月笼沙，夜泊秦淮近酒家。

商女不知亡国恨，隔江犹唱后庭花。

建康作为六朝首都，一度繁盛之极。到晚唐时，这里仍是商业繁荣、富贾士子寻欢作乐的地方。但诗人却从眼前醉生梦死的景象看到了六朝的兴亡。历史的虚幻感和对现实的思考融进了眼前秦淮河迷茫如画的优美意境之中，而这朦胧清冷的烟水沙月又正从本质上烘托出热闹背后的空幻和悲凉，再经隔江商女所唱的靡靡之音醒透，便自然凝聚成足以警世的千古绝唱。

杜牧一度在扬州的淮南节度府中担任幕僚，有相当一部分诗描写扬州风物，留下了一些有关男女风情的名作，却能不涉习俗，不流于浅俚，这首先得力于他艺术上的功夫。如《寄扬州韩绰判官》：

青山隐隐水迢迢，秋尽江南草木凋。

二十四桥明月夜，玉人何处教吹箫？

诗人本是与故人调侃，问他在此秋尽之时，每当月明之夜在何处教妓女吹箫取乐，但由于巧妙地把美人吹箫于扬州二十四桥上的传说与江南秋尽时依然山清水秀的特点融合在一起，令人似乎见到在月光笼罩着的二十四桥上，吹箫美人披着银辉，宛若光润洁白的玉人，仿佛听到呜咽悠扬的箫声飘扬在青山绿水之间，这样优美的境界所唤起的联想已不是才子放荡的生活，而是对江南风光的无限向往。又如《赠别》二首，虽写青楼之迹，但形容少女“娉娉袅袅十三余，豆蔻梢头二月初”的绝妙比喻，以及“蜡烛有心还惜别，替人垂泪到天明”的新颖构思，却将妓情纯洁化了。《叹花》“自恨寻芳到已迟”也是隐喻寻花问柳的生活，但以“绿叶成阴子满枝”比喻已婚有子的妇女，新奇贴切。写艳情而不失之轻薄，并创造出许多近似成语的比喻，便能“不涉习俗”。此外，杜牧这类风情诗不伤于浅俗的另一个重要原因是其中深含着失意的感慨。例如他的名句“十年一觉扬州梦，赢得青楼薄幸名”（《遣怀诗》）虽然勾出了一幅佻达无行的自画像，但貌似轻浮的口气中包含着十年落魄江南、壮志消磨、一事无成的深沉痛苦，这种内在的风骨正是他的风情诗高出于元、白的地方。

杜牧诗吸取了中晚唐“旁寄曲取”的艺术表现方法的影响，讲究构思，想象新奇，但从不带险怪诞幻的色彩。即以用典而论，他也与李贺、李商隐一样，同样好"探寻前事"，根据生活经验，像亲历其境那样去想象并通过艺术的概括再现已成过往的历史陈迹。不同的是杜牧多将典故还原成现实生活的真实情景，通过适当放大、剪裁、集中，取得强烈的效果。如《过华清宫绝句》三首都是通过场面情景的适当调度再现玄宗、杨妃在华清宫荒淫奢侈生活的片断，以突出最高统治者不到国破家亡决不醒悟的昏庸。其一：

长安回望绣成堆，山顶千门次第开。
一骑红尘妃子笑，无人知是荔枝来。

首先煞有介事地展开骊山千重宫门依次打开的隆重场面，然后将远处的一溜红尘和贵妃笑脸的近景拉到一起，点出千门开启的原因只是为了用荔枝博取妃子一笑。一个"笑"字又自然令人想到周幽王同样在骊山上为博褒姒一笑而演出的历史悲剧。这就通过一个场景概括了周唐两代灭亡的深刻教训。又如《题木兰庙》：

弯弓征战作男儿，梦里曾经与画眉。
几度思归还把酒，拂云堆上祝明妃。

这首诗细腻刻画了木兰敢于为国出征，牺牲个人青春幸福的高尚品格和矛盾心理，并将昭君和木兰这两个不同朝代的女子联系到一起，通过她们一个为国和亲、一个为国御敌的不同命运的对比，含蓄地讽刺了两代统治者的腐朽无能。诗中为木兰设计出做梦画眉、暗祀明妃这样两个饶有生活气息的情节，便把木兰这个女英雄像普通妇女一样向往爱情与和平生活的心理生动地表现出来，深刻地揭示了主题。再如《赤壁》：

折戟沉沙铁未销，自将磨洗认前朝。
东风不与周郎便，铜雀春深锁二乔。

指出周郎实靠天时以破曹兵，议论十分新警。但此处从反面着想，把周郎不得天时之便的后果幻化为春深时大小二乔被锁在铜雀台里幽怨而又美丽的情景，滑稽而又出人意料。杜牧的咏史诗很擅长翻案，如《题乌江亭》"江东子弟多才俊，卷土重来未可知"，认为胜败乃兵家常事，真正的男儿要“包羞忍耻”，说不定能重整江山。这些独特的思想使他的咏史诗在否定旧说之余，又给人深长的回味。

杜牧将盛唐的兴会和中晚唐的深思相结合，产生了许多新颖而又含义深长的名句。如“今日鬓丝禅榻畔，茶烟轻飏落花风”（《题禅院》），让人透过随着落花微风轻飏的茶烟体味出宾主久别重逢时，心头隐隐浮起的青春虚幻之感。“多少绿荷相倚恨，一时回首背西风”（《齐安郡中偶题》二首其一）将诗人对于秋风初拂、夏荷将凋的敏感，化为满池绿荷相互依倚一齐背对西风的怨恨之状，池中复叠的荷叶一时被风吹得倾盖欹向一侧的景象也生动如见。李璟词《摊破浣溪沙》中“菡萏香消翠叶残，西风愁起绿波间”其实也正是同样的境界。由此可见，杜牧诗在命意构思方面也吸取了中晚唐刻意求新的长处，但又能立足于传统的创作方法，追求高绝的意境，始终没有忘记盛唐以来传统诗歌的最大长处是具有雄伟豪迈的气魄、积极进取的精神、健康纯正的审美观念、善于发现和提炼自然美的敏感和本领，以及反映现实生活并进行高度艺术概括的能力，他能独立于晚唐诗坛的基本原因也正在于此。

二　李商隐

李商隐（812—858），字义山，号玉溪生，怀州河内（河南沁阳）人。开成二年（837）进士。早年受牛党令狐楚赏识，后入泾原节度使王茂元幕中，当了他的女婿。以后曾在桂管观察使、剑南、东川节度使幕中当过书记，去过广西和四川。最后客死在荥阳。他出身孤贫，从小几经离丧，家族衰微，饱受生人穷困，深感世态炎凉，因此少壮时虽有欲回天地的大志，但比较抽象，更具体的追求目标则是撑持门户，光宗耀祖，渴望早日成名得官。同时，这样的身世和经历也使他更加看重家人骨肉之情，感情比较脆弱。后来他虽然中了进士，但一直奔走于各地幕府，为人记室，加上在牛李党争中处境尴尬，一生郁郁不得志。这种政治苦闷、身世之感和唐王朝衰落时期封建文人普遍的没落情绪融合在一起，便形成了李商隐诗歌的感伤基调。他的诗歌中最有特色的是政治讽刺诗和爱情诗两大类。

李商隐对时代的看法与杜牧的角度有所不同，他们都看到了中唐以后社会上存在的许多严重问题,但李商隐没有杜牧那种补天的幻想,而是对唐王朝走下坡路的趋势看得十分清楚。他的政治讽刺诗议论透辟尖刻,而态度则悲观消极。其中有一部分长诗善于从历史发展的角度分析现实政治。如《行次西郊作一百韵》追溯唐王朝自贞观以来由治到乱的政治变迁过程和深刻教训,分析了安史之乱的远因和近因,认为这场祸乱已使国家元气大伤:“如人当一身,有左无右边。筋体半痿痹,肘腋生臊膻。”同时列举中唐以来“疮疽几十载,不敢抉其根”的种种弊政,指出“又闻理与乱,系人不系天”的根本原因。可见使他丧失信心的不是天运,而是“九重黯已隔”的现实,是朝廷的不可救药。其余如《韩碑》《送千牛李将军赴阙五十韵》等就元和以来朝廷对藩镇处理不当的问题提出尖锐的批评,都可以看出李商隐善于从历史根源批判时弊的深刻见解和敏锐眼光。

李商隐还有一部分批评政治的诗是直接针对现实而发,表现了他在政治斗争中的正义感。特别是面对宦官的势焰,连杜牧都有所退缩,而李商隐却在“刘蕡事件”和“甘露事变”这两件大事中表现了鲜明的态度。刘蕡在考贤良方正科时对策,因极言宦官之祸而落第,又被远谪。李商隐写了《哭刘蕡》、《哭刘司户》二首、《哭刘司户蕡》等诗,为之鸣冤叫屈。“甘露事变”是由于文宗依靠两个暴发的野心家李训、郑注清除宦官势力,反被宦官仇士良利用,诛杀满朝大臣,文宗自己也终生受制。李商隐为此写了著名的《有感》和《重有感》诗,肯定此举“清君侧”的动机,甚至希望借强镇之手压制宦官。这类诗大都忠愤激烈、痛哭流涕,往往明言直指、毫无隐讳。

李商隐的咏史诗是他的政治讽刺诗中艺术成就最高的一类,以讽刺君王荒淫误国的为最多。如七律《南朝》刺南朝宋齐至陈几代君王荒淫败亡之事,《马嵬》嘲唐玄宗在马嵬被迫赐杨妃死的前朝故实等,这类诗往往构思细密、旨趣深僻、尖酸刻薄。《隋宫》:

紫泉宫殿锁烟霞,欲取芜城作帝家。
玉玺不缘归日角,锦帆应是到天涯。
于今腐草无萤火,终古垂杨有暮鸦。

地下若逢陈后主，岂宜重问后庭花？

隋炀帝南游扬州，大造宫殿，流连不归，又征集了几斛萤火虫，夜里游山时放出照明，并且开运河通扬州，沿河筑堤，种植杨柳。《隋遗记》载隋炀帝在扬州梦见陈后主和他的宠妃张丽华，炀帝请张丽华舞《玉树后庭花》，舞毕，遭到陈后主的讽刺。这首诗集中了以上几件事，以夸张的口吻渲染扬州经炀帝取作帝居后的一片荒凉景象：隋宫中腐草的萤火虫竟至绝种，只有乌鸦日暮时到隋堤的柳树上栖宿。末句由《隋遗记》故事进一步推想炀帝若在地下重逢陈后主，当无言以对，尖刻地指出了隋炀帝重蹈陈后主亡国覆辙，皆因游乐无度之故。此诗中“玉玺”一联向来为人称道。“玉玺”是天子印，“日角”指唐高祖额角隆起如日，句意为若不是天下归了唐高祖，隋炀帝的龙舟还会游到天涯海角。刻薄的讽刺以调侃的语气表达出来，对仗又极工整精致，颇能代表李商隐七律的特色。《筹笔驿》也是他咏史诗里的名作：

猿鸟犹疑畏简书，风云长为护储胥①。
徒令上将挥神笔②，终见降王走传车③。
管乐有才真不忝④，关张无命欲何如？
他年锦里经祠庙，《梁父》吟成恨有余⑤。

筹笔驿是诸葛亮攻魏时策划军事的驿站，在今四川广元北八十里。诗人叹息诸葛亮纵然军令严峻可畏，筹策如神，仍是徒劳，刘禅还是不免于亡国的下场。结尾从杜甫《登楼》“可怜后主还祠庙，日暮聊为《梁甫吟》”中生发，但李商隐则更多地是为诸葛亮惋惜，与杜甫对诸葛亮的追慕有所不同。诗里叹息诸葛亮空有管仲、乐毅之才，关羽、张飞无命早死，实际上也讽刺了刘禅的昏庸无能，纵有贤能辅佐亦无奈天命。这就借咏诸葛亮

---

① 储胥：藩篱栅栏之类，这里指诸葛亮的营垒。

② 上将：指诸葛亮。挥神笔：指筹划军事。

③ 降王：指刘禅。传车：驿车。

④ 管乐：指管仲、乐毅。管仲，春秋时人，曾辅佐齐桓公成就霸业。乐毅，战国时人，燕昭王的上将，曾率燕赵楚韩魏五国兵大破齐国。

⑤ 成都锦里有诸葛武侯祠，旁边原有后主祠，后来拆毁。《梁父》：汉乐府曲名，史载诸葛亮躬耕南亩时，好为《梁父吟》。

遗迹这一传统的题材，翻出了讽刺亡国之君的新意。

最能显示李商隐构思和取材才能的，还是他的七绝咏史诗，如《贾生》：

> 宣室求贤访逐臣[①]，贾生才调更无伦。
> 可怜夜半虚前席，不问苍生问鬼神。

贾谊被贬为长沙王太傅后，汉文帝曾将他召回长安，在祭祀完毕后接见他，谈论鬼神一事，一直到夜半，文帝不觉促近前席。谈完后文帝很欣赏贾谊的才华。李商隐却由文帝与贾生谈论的是鬼神之事这一点生发感想，先大力渲染文帝求贤的诚恳和虚心，然后以“问”与“不问”的对比，点出文帝关心的并不是苍生之事，从而造成了令人啼笑皆非的艺术效果。又如《隋宫》：

> 乘兴南游不戒严，九重谁省谏书函？
> 春风举国裁宫锦，半作障泥半作帆。

与七律《隋宫》一样，同是讽刺炀帝游扬州之事，但借宫锦分制成马鞯和锦帆两用一事，点出隋炀帝从水陆两路游幸江南，劳民伤财的罪恶。再如《齐宫词》：

> 永寿兵来夜不扃，金莲无复印中庭。
> 梁台歌管三更罢，犹自风摇九子铃。

史载齐废帝曾遣人剥取庄严寺的玉九子铃等宝物来装饰潘妃宫殿。如今国亡身灭，宫殿荒凉，但近处梁宫歌管声平息后，风檐前的九子铃声仍与往昔一样，这不仅以梁台的热闹衬托出齐宫的荒凉，也以九子铃所烘托的夜阑更深后的寂寞预示了梁台日后的荒凉。这些诗都能以小见大，出奇制胜，以精巧的构思表现美丽的情景，深婉地揭示出美丽表象下所掩盖的宫廷丑事和君王的丑恶灵魂。诗意虽含蓄曲折，却又是一针见血的。

李商隐有相当一部分爱情诗，用“无题”或者首句的头两个字作为诗题。这些无题类诗的内容和表现手法相似，都写得迷离隐约，历来对其内容无法确解，因而有政治寄托说和纯写恋情说的不同诠释，至今没有定

---

① 宣室：汉未央宫前正室。

论。至于所寄托的是何主旨,恋情所写又是何事,说法也较纷纭。不少人同意其中最美的一些篇目与他年轻时和女冠(女道士)及贵家姬妾恋爱的情史有关。在这类诗里,他将汉魏古诗的比兴手法和齐梁体的细腻绮靡结合起来,创造了"设采繁艳,吐韵铿锵,结体森密,而旨趣之遥深者未窥焉"(冯浩《玉溪生诗笺注序》)的独特风格。他赞美齐梁诗人何逊的"雾夕咏芙蕖"之句恰好可用来形容他自己那种隐约而又秾艳的风致(《漫成》其三)。由于这类爱情诗多用比喻、典故、象征,甚至借咏物来暗示,有些比兴不仅有咏物寄兴两层意思,甚至还含有借指某事的第三层意思,所以格外索解不易。尽管如此,人们仍能欣赏这些诗中的朦胧美,因为诗人通过许多互不连贯的意象将他爱情生活中的痛苦、惆怅和思念表现得这样深切美丽,仍然概括了很多人共同体验过的情绪,所以仍能为一般人所理解。如著名的《无题》:

相见时难别亦难,东风无力百花残。
春蚕到死丝方尽,蜡炬成灰泪始干。
晓镜但愁云鬓改,夜吟应觉月光寒。
蓬山此去无多路,青鸟殷勤为探看。

写他与情人相见的不易和离别的痛苦,以"东风无力百花残"象征其爱情遭到摧残,借用南朝乐府向来以"丝"双关"思"的比喻,扣住"春蚕到死丝方尽"的特点,用来比喻人至死才能终结的绵绵相思,又以蜡烛煎心和蜡脂融化犹如泪行的特点比喻离别之后痛苦煎心以及化灰之后泪才能干,作为生死不渝的盟誓,警快透辟地写出了刻骨铭心的柔情。诗写得缠绵悱恻、凄苦柔弱,而意境极美。又如《无题》二首其一:

昨夜星辰昨夜风,画楼西畔桂堂东。
身无彩凤双飞翼,心有灵犀一点通①。
隔座送钩春酒暖②,分曹射覆蜡灯红③。

① 灵犀:传说犀牛彼此间用角来互表心灵。这里喻两心相印。
② 送钩:古时一种游戏,即藏钩于手中叫人猜。
③ 分曹:分队。射覆:器皿下覆盖东西令人猜。

嗟余听鼓应官去，走马兰台类转蓬①。

从末二句看，此诗是李商隐任秘书省校书郎时所作。诗里回忆的是昨夜在一所豪宅里的酒宴上，和与会者中的一人心灵相通却不便接触的隐秘恋情。星辰照耀，春风吹拂，画楼桂堂之间，灯红酒绿之中，在这富丽热闹而又隔膜的氛围里，两心之间的一点通灵，无论是隔座还是分曹游戏，彼此都能意会。诗人不仅细腻地表达了置身于这种情境时内心的悸动，而且以新警的比喻概括了许多人都有过的类似感受。“心有灵犀一点通”从此作为表达爱情的成语丰富了民族的语汇，甚至被应用到更加广泛的语境中去。

《锦瑟》是无题类诗中最难解的一首名作：

锦瑟无端五十弦②，一弦一柱思华年。
庄生晓梦迷蝴蝶，望帝春心托杜鹃。
沧海月明珠有泪，蓝田日暖玉生烟。
此情可待成追忆，只是当时已惘然。

此诗历来歧解最多，有的说是悼亡，有的说是一生的回忆。联系李商隐全部作品来看，诗中追悼的应是他早年爱过、后来死于江湘水中的一位女冠。诗中大意是写华年逝去之后回忆这段爱情悲剧的怅惘，犹如庄生梦蝶般恍如隔世。“望帝春心托杜鹃”“沧海月明珠有泪”分别用杜鹃啼血和鲛人泣珠的典故，想象那女子孤魂无依的痛苦寂寞。“蓝田日暖玉生烟”则追忆他们相爱的地方（“蓝田”一名玉山，正切西王母所在之玉山，借指他与女冠相遇的玉阳山），形容他们当初像阳光那样明媚的爱情如今回想起来已像良玉生烟一样隐约迷幻。“沧海”与“蓝田”两句以死别的凄凉和欢爱时最好的光景相对照，用有关典故作暗喻，取其中最富有象征意义的意象构成优美而又迷惘的境界，即使不知所悲何事，也能为它忧郁而又迷乱的深情所打动。

无题类诗以外，李商隐的其他各类诗也都成就很高，他继承了李贺的

① 兰台：唐高宗时一度改秘书省为兰台。李商隐曾当过秘书省校书郎。

② 锦瑟：瑟是古代一种乐器，锦瑟形容瑟的精美。古瑟有五十弦，后来一般为二十五弦。

“长吉体”,善于以现实生活经验想象神话中的情景,创造自己独特美丽的意境。如《嫦娥》:

> 云母屏风烛影深,长河渐落晓星沉。
> 嫦娥应悔偷灵药,碧海青天夜夜心。

在烛暗星沉、天色将晓的时分突出了碧海青天中的一轮孤月,又由明月的孤独揣想月中嫦娥的悔意:当初偷了不死之药飞入月宫成仙,虽然获得了生命的永恒,但也坠入了永恒的孤独。这一出奇的想象不但使咏月这一题材顿生新意,而且具有丰富的暗示性:嫦娥之心可能是夜夜不寐的怨女离妇之思的写照,也可能是人间欢会的男女之情的反衬。李商隐诗的这种象征性和暗示性,使他能在许多常用的比兴中翻出新警的立意,产生了许多名句。如“天意怜幽草,人间重晚晴”(《晚晴》),傍晚放晴的景色给了诗人珍惜黄昏人生的启示,幽草被天意所怜也是诗人对自己的心理安慰;“本以高难饱,徒劳恨费声。五更疏欲断,一树碧无情”(《蝉》),因为清高而难免饥饿的蝉,徒然抱枝而鸣,彻夜酸嘶到五更,所面对的还是一树无情的碧色。蝉的处境和情态与诗人可谓神似。至于“芭蕉不展丁香结,同向东风各自愁”(《代赠》二首其一),更是在芭蕉之叶和花心逐渐向外开展、丁香花穗聚结的自然形态中赋予人的愁态,体味双方相约而不能相聚的各自愁情。这就发展了杜甫诗歌所开创的暗示的表现手法,形成了自己的特色。

仕途的失意、时代的没落感、多愁善感的性格、难言的爱情悲剧,使李商隐对许多即将消逝和已经消逝的美好事物具有特殊的敏感:“夕阳无限好,只是近黄昏”(《登乐游原》);“客散酒醒深夜后,更持红烛赏残花”(《花下醉》);“秋阴不散霜飞晚,留得枯荷听雨声”(《宿骆氏亭寄怀崔雍崔衮》)。这类意境,构成了他诗歌中浓厚的感伤情调,这是李商隐诗歌艺术的一大特征。此外,用典深僻、想象奇丽、风格纤秾、语言精工也是他在表现上刻意求新的一些主要特点。但他的晦涩、纤巧和华美后来被西昆体过度发展,对诗歌是无益的,这又是李商隐在艺术上取得突破的同时带来的局限。

三 温庭筠

温庭筠(801—866),本名岐,字飞卿,太原祁(今山西祁县)人。屡举不第,却因在试场为人代笔而招来“污行闻于京师”(《旧唐书·文苑传》)的物议。他在政治上桀骜不驯,对当时牛党权相令狐绹颇多讥刺,因而遭到报复和压制,一生仕途淹蹇,仅做过随县和方城县尉,官终国子助教。

温庭筠行为放浪,好狂饮狎妓,但并未因此忘怀世事。与杜牧、李商隐一样,他也有不少咏史感时之作,远引两汉六朝故事,近援炀帝明皇史实,以古讽今,对当时统治者的荒淫昏庸进行了揭露和规讽,对藩镇割据、宦官擅权的现实也有所反映,或隐或显地预示了晚唐深重的政治危机。他也和历来文人一样,有用世济时的政治抱负,但因屡遭毁谤,报国无门,于是怀才不遇、孤芳自赏便成了他诗歌的主要内容之一。如《过陈琳墓》:

曾于青史见遗文,今日飘蓬过此坟。
词客有灵应识我,霸才无主始怜君。
石麟埋没藏春草,铜雀荒凉对暮云。
莫怪临风倍惆怅,欲将书剑学从军。

陈琳为“建安七子”之一。他曾为袁绍掌书记,写檄文痛骂曹操。但曹操却非常欣赏他。袁绍败后,陈琳归降曹操,曹操“爱其才而不咎”(《三国志·魏志·王粲传》)。“霸才”即王霸之才,指可以辅佐王霸之业的人才。初盛唐制举有“王霸科”,鼓励士人应举,士人也往往以王霸之才自许。“霸才无主始怜君”句是说自己空有大才而无主可以为用,表露了与陈琳惺惺相惜的意思。联系温庭筠因得罪令狐绹而被报复压制的遭遇来看,温庭筠还不如陈琳。因此诗人由陈琳墓追思曹操铜雀台的荒凉,其中也隐含着对曹操那种爱惜人才不计前嫌的襟怀的思慕,为此结尾才说要学陈琳去从军。可见温庭筠虽然放浪,但自许甚高,原是并不甘心以词客终老的。

温庭筠的诗与李商隐齐名。但温庭筠诗反映现实的深度广度,以及抨击朝政、揭露时弊的尖锐大胆，均不及李商隐。他一生混迹于歌楼妓馆之中，更多的还是浅吟低唱的侧艳之词。温诗主要的艺术特色是典丽精工、婉曲含蓄。乐府七古极为秾艳绚丽，寄意深隐，在艺术上明显受到李贺的影响。尤其擅长于描写妇女服饰的华贵、容貌的艳丽、体态的轻盈，心理刻画细腻，气氛渲染浓郁，这些表现手法与他的词是相通的，直接影响了花间派和婉约词。但其中也有一些诗过于追求意境迷离、辞藻雕琢，寄托深曲而流于晦涩。《达摩支曲》以艳词感叹史事，别具一格，是他乐府七古中的名篇：

捣麝成尘香不灭，拗莲作寸丝难绝。红泪文姬洛水春，白头苏武天山雪。君不见无愁高纬花漫漫，漳浦宴余清露寒。一旦臣僚共囚虏，欲吹羌管先汍澜。旧臣头鬓霜华早，可惜雄心醉中老。万古春归梦不归，邺城风雨连天草。

诗里对于历代传世之事的意义作了深刻的思考：蔡文姬被掳入匈奴，受尽磨难归国，以诗传世；苏武被扣留匈奴，在北海牧羊十九年归汉，以节传世。他们的事迹芳香不灭，令人思慕不已。捣烂麝香和折断莲梗的比兴又自然令人想到蔡、苏所受的磨难。与此形成对比的是号称"无愁天子"的北齐后主高纬，虽然一生花天酒地，极尽奢华，但最终与臣僚一起被北周俘虏处死，生前繁华犹如一场春梦，故都邺城也成为风雨中的连天荒草。生前的磨难成就了百世流芳的声名，生前的糜烂导致了万古不复的荒凉，立意既深又新。这首诗章法比较奇特：以高纬之事作为全篇正意，以蔡文姬和苏武作为陪衬；句子之间缺乏字面的连贯，而是在一个个画面的剪接中意脉相连。这就更增加了解读的难度。温诗深曲的特色于此也可见一斑。

温庭筠的近体诗清峻工细、用典精严，与乐府风格不同，表现也别有特色。七律《苏武庙》是一首咏史的名作：

苏武魂销汉使前，古祠高树两茫然。
云边雁断胡天月，陇上羊归塞草烟。
回日楼台非甲帐，去时冠剑是丁年。
茂陵不见封侯印，空向秋波哭逝川。

此诗没有拘泥于描写苏武庙的环境，而是以苏武面对汉使时激动之极的情景开头，突出其一生中最关键的这一时刻。然后从此庙苍古肃穆的气氛拓开想象的广阔视野，展现出苏武望雁思归、荒塞归牧两幅图画，概括了他十九年来坚守汉节、艰辛孤苦的处境和心情。“回日楼台非甲帐，去时冠剑是丁年”一联写苏武归汉时，武帝已经逝去。此处以苏武丁年（成丁之年）奉使出塞与武帝甲帐巧对，历来为诗评家所称道。先说回日，后说去时，用逆挽法，更深沉地表现了物是人非的感慨，末句写归来封侯的苏武空对秋天的流水哭吊长眠在茂陵的武帝，寄托了深切的故君之思和不遇之感。

此外，温诗中许多羁旅酬唱、咏物写景之作也屡见精品，善于发现独特的审美角度，构思的曲折密致中别有清新淡雅的韵味。如著名的五律《商山早行》：

> 晨起动征铎，客行悲故乡。鸡声茅店月，人迹板桥霜。
> 槲叶落山路，枳花明驿墙。因思杜陵梦，凫雁满回塘。

写早行情景，“鸡声”一联最为脍炙人口，它不用任何连词、动词和虚词，而是提炼最典型的景物，纯用名词组合。鸡鸣不已、残月未落、小桥茅舍、人迹履霜，不但山区凌晨的景色鲜明如画，宛然在目，而道路辛苦、羁愁旅思也都见于言外。又如《利州南渡》：

> 澹然空水对斜晖，曲岛苍茫接翠微。
> 波上马嘶看棹去，柳边人歇待船归。
> 数丛沙草群鸥散，万顷江田一鹭飞。
> 谁解乘舟寻范蠡，五湖烟水独忘机。

将夕阳下在渡口待船和渡江的情景写得极富诗意：空水苍茫、万顷江田，曲折的洲岛与远山相连，群鸥和白鹭在斜晖中飞散。诗人把这幅完整的图画拆成四句，每句取景自成对照：空水与斜晖相映的空明感，曲岛和青山连接的翠绿色，为待渡时所见江景；沙草与群鸥相配的动态构图，一鹭以江田为背景的鲜明画面，则是在渡江中所见意趣；中间插入人马渡江和柳下待渡两幅小景，合成一个完整的意境。可见同是写山水，同是追求鲜明的画面效果,温庭筠构图的造句和谋篇之法与盛唐诗人是大不相同的。

与杜牧、李商隐大致同时的著名诗人还有许浑(788—860?),字用晦,润州丹阳(今江苏镇江)人。文宗大和六年(832)进士及第,曾任监察御史、润州司马、睦州刺史、侍御史等职,有《丁卯集》。他擅长纪行、怀古、咏史之作,有许多名句。其中"水"字用得很多,被后人称为"许浑千首湿"(《桐江诗话》)。诗风与杜牧有相近之处,被誉为"诚盛唐之气象"(郑杰《丁卯集序》)。代表作有《秋日赴阙题潼关驿楼》:

> 红叶晚萧萧,长亭酒一瓢。残云归太华,疏雨过中条。
> 树色随关迥,河声入海遥。帝乡明日到,犹自梦渔樵。

此诗作于进京途中。在霜林尽染的背景上,以雄壮的笔力勾勒潼关的山川形势,句法高超,气势雄浑,声调宏壮。中间两联被后世称为近似盛唐的名句。此外,他的七律对句"溪云初起日沉阁,山雨欲来风满楼"(《咸阳西门城楼晚眺》)能在登眺的夕景中精准地捕捉住山雨来临的先兆,写出风云酝酿骤雨的神理,也富有独创性。其诗在晚唐及南宋、元代都有较大影响。

四 唐末诗人

唐末五十年,诗歌艺术没有再出现新的变革。作者虽多,主要是学习贞元以来各家风格,如杜荀鹤学张籍、白居易,方干、李频学贾岛、姚合,吴融、韩偓学温李。虽有一些感愤时事、现实性强的诗作,但艺术创造力远不如以前几个阶段,只能算唐音的余响了。

唐末诗歌中最值得注意的动向是出现了一批深刻揭露社会现实、抨击时弊的作品。虽然就每个具体的作家而言,这类诗歌在他们的全部创作中只占很小的比例,但是不少作家都有名作传世,使中唐新乐府的精神在唐末得到了延续。像号称"曹刘"的刘驾和曹邺,都是唐宣宗大中年间进士。刘驾有《唐乐府》十首,自觉地继承了乐府写作的传统。他的《反贾客乐》诗也是来自中唐新乐府的题目:

> 无言贾客乐,贾客多无墓。行舟触风浪,尽入鱼腹去。

农夫更苦辛,所以羡尔身。

《贾客乐》原是南朝齐武帝所制的乐府题,梁改名为《商旅行》,属于旧题。但中唐时元稹、张籍、刘禹锡都写过《贾客乐》,赋予其讽时刺世的新内容,因此已具有新乐府的性质。中唐诗人同题诗都是以贾客的享乐与农夫的艰难作对比。刘驾则用为贾客辩护的口吻,指出贾客居无定处,死无墓所,并不快乐,只是农夫更苦而已。这就使这一题目的内容更深入了一层。曹邺的诗不多,但反映社会问题的面较广,名作有《官仓鼠》:

官仓老鼠大如斗,见人开仓亦不走。
健儿无粮百姓饥,谁遣朝朝入君口!

把剥削者比作老鼠,虽然源自《诗经·硕鼠》,并不新鲜,但此诗明白针对官仓之鼠,以夸张的口吻形容老鼠的肥大和肆无忌惮,指出军民无粮均因入硕鼠之口的缘故,骂得痛快淋漓,自有特色。曹邺还有些乐府诗采用民谣的口吻,如《捕鱼谣》:

天子好征战,百姓不种桑;天子好年少,无人荐冯唐①;
天子好美女,夫妇不成双。

"上有所好,下必甚焉",虽是古来常说的道理,但此诗用谣谚的手法分三层排比,概括了桑田荒废、贤人老死、怨女旷夫不得成家的普遍现象,全都归咎于天子,却是非常大胆尖刻的。

稍晚于"曹刘"的一批唐懿宗咸通年间的进士和文人中,也出现了不少关注现实的诗人。如于濆,在当时虽然诗名不高,在后世也没有什么影响,但他留下来的诗篇全是古体,颇多新乐府类的兴讽之作。如《里中女》《山村叟》《古宴曲》《田翁叹》等等,都以贫富之间尖锐的对比反映了末世的社会面貌。他的艺术表现比较朴拙,但有一些新的思考角度。如《戍卒伤春》:"凌烟阁上人,未必皆忠烈。"由一般戍卒的功成不赏,进一步联想到历来受朝廷封赏的功臣未必名副其实。《苦辛吟》:"我愿燕赵姝,化为嫫母姿,一笑不值钱,自然家国肥。"虽然将家国之贫归因于美

① 冯唐,汉文帝、景帝时人,一直未得大用。汉武帝时求贤,冯唐已经九十多岁。

色，不免迂腐，但出于和农夫“手种腹长饥”和贫女“手织身无衣”的对比，以及对富豪奢侈生活的愤激无奈，也不无意义。同样的构思，聂夷中的《咏田家》表现力更强：

二月卖新丝，五月粜新谷。医得眼前疮，挖却心头肉。
我愿君王心，化作光明烛，不照绮罗筵，只照逃亡屋。

愿君王之心只照穷人屋的幻想，虽然也很天真，却表现了中国士大夫乃至农民最根本的政治理想，加上以心头肉补眼前疮的比喻，十分新警地概括了农民为救眼前之急不顾一切的普遍状况，因而使这首诗成为历代传诵的名篇。

唐末诗人中声名较高的皮日休、陆龟蒙、罗隐，在古文和小品文的创作方面是韩愈古文的后继，诗歌创作中也有一些忧时刺世的佳作。皮日休(838？—883？)，字袭美，湖北襄阳人。曾参加过黄巢起义，为翰林学士。他作过《正乐府》十篇，从内容到表现都明显受到中唐新乐府的影响。其中《橡媪叹》最为感人：

秋深橡子熟，散落榛芜冈。伛伛黄发媪，拾之践晨霜。
移时始盈掬，尽日方满筐。几曝复几蒸，用作三冬粮。
山前有熟稻，紫穗袭人香。细获又精舂，粒粒如玉珰。
持之纳于官，私室无仓箱。如何一石余，只作五斗量！
狡吏不畏刑，贪官不避赃。农时作私债，农毕归官仓。
自冬及于春，橡实诳饥肠。吾闻田成子，诈仁犹自王。
吁嗟逢橡媪，不觉泪沾裳。

诗里首先对比了橡媪捡拾、加工橡子作为冬粮的艰难，以及收稻、舂米以备交官的精细，这两个过程的细致描写，已经充分展现了农民为交纳租税不得不以橡实充饥的悲惨处境；但诗人没有停留于此，又进一步揭示了农民这样千辛万苦交上来的精米被官吏用大斗收进、克扣一半的事实。最后以春秋时齐相田常作陪衬。田常为收买人心，收租时用小斗，放借贷时用大斗，被齐人歌颂，其后人夺得王位。诗人指出当权者连田常的假仁假义都做不到，完全不顾民心。这就使这首诗的思想深度大大超过了同类作品。皮日休的咏史诗《汴河怀古》其二也以议论新警著称：

> 尽道隋亡为此河，至今千里赖通波。
> 若无水殿龙舟事，共禹论功不较多。

唐人写隋堤运河，都只从隋炀帝乘舟南游的初始目的着眼，把它看作隋亡的原因。此诗却在排除游乐之用的前提下，把隋炀帝开凿运河的功绩和大禹相提并论。这并不是故作翻案的惊人之语，而是站在更高的角度，看到了大运河在后代国计民生中所起的长远作用。这种辩证的历史观，正是此诗的新意所在。陆龟蒙（？—881？）对现实的批判主要体现在他的散文里，诗歌中这类内容很少，但也有佳作，如《新沙》：

> 渤澥声中涨小堤，官家知后海鸥知。
> 蓬莱有路教人到，亦应年年税紫芝。

这首诗讽刺官家的租税无处不到，连海边涨潮之后出现的新淤沙地都不放过。不但通过夸张的比较，指出官家知道消息的速度比最早感知新沙的海鸥还要快，并由此进一步推想官家的手还能伸到人们幻想中唯一可逃避现实的神仙世界，这一想象不但新奇，而且极为尖锐深刻。罗隐（833—910）的诗作很多，大多感叹自己的落魄失意。《雪》是表示同情民瘼的一首名作：

> 尽道丰年瑞，丰年事若何？长安有贫者，为瑞不宜多！

短短四句，两层深意：瑞雪虽然兆丰年，但丰年对百姓又有什么好处？更何况雪多天寒，眼前的贫者就难以生存。在否定尽人皆道的常言的同时，还驳倒了太平祥瑞的传统观念。又有《蜂》：

> 不论平地与山尖，无限风光尽被占。
> 采得百花成蜜后，为谁辛苦为谁甜？

一针见血地指出蜜蜂忙忙碌碌采花酿蜜，都是为了别人，寓意深刻。除了比喻农民的劳动果实尽被他人占有以外，还可以作多种联想。

杜荀鹤（846—907？），字彦之，池州石埭（今安徽石台）人。后梁时做过翰林学士。他中进士很晚，但早有诗名。自谓“诗旨未能忘救物”（《自叙》),颇有以天下为己任的豪情壮志。这在晚唐是较少见的。他工于近体,能在律诗里反映新乐府的精神,语言浅易通俗,从而形成了自己的特色。如《山中寡妇》:

夫因兵死守蓬茅,麻苎衣衫鬓发焦。
桑柘废来犹纳税,田园荒后尚征苗。
时挑野菜和根煮,旋斫生柴带叶烧。
任是深山更深处,也应无计避征徭。

此诗写一个丈夫战死、田园荒废的寡妇,因无法谋生,只得躲进深山,靠吃野菜度日,即使如此也难逃官府的征税和徭役。表现农妇老妪孤苦生活的诗篇前人写过不少,这首诗充分发挥了七律的表现力,把田园荒废与继续纳税这两件相悖的事实并列在一起,形成重叠紧凑的对仗,更突出了避居深山仍不免租税的荒谬不合理,最后利用七律结尾的递进句法将全诗的意思递进一层,结得警策有力。《再经胡城县》也是他的一首名作:

去岁曾经此县城,县民无口不冤声。
今来县宰加朱绂,便是生灵血染成。

胡城县故城在今安徽阜阳西北。唐末王仙芝的起义队伍在亳州(今安徽亳州)受到残酷镇压。此诗浓缩了去岁和今岁两次经过胡城县的见闻,使去岁县民的怨声和今岁县宰的朱红色官服形成前后对比,透辟地点出胡城县官靠镇压人民加官晋爵的事实,而用人民的鲜血染红官服的比喻因为形象而新鲜,也常为后人所引用或化用。

新乐府类诗歌虽然可贵,但在晚唐诗歌中所占比例很小,当时诗坛上最多的还是自怨自嗟或流连风物、羁旅送别之作。其中也有不少构思新颖的佳作,如秦韬玉的《贫女》:

蓬门未识绮罗香,拟托良媒益自伤。
谁爱风流高格调,共怜时世俭梳妆。
敢将十指夸针巧,不把双眉斗画长。
苦恨年年压金线,为他人作嫁衣裳。

这首诗写贫女的痛苦,没有局限在生活的艰辛,而是以其俭朴、勤劳的格调高自标榜,批评了世俗只重外表的低俗,感叹贫女徒然手巧,却只是为他人做工的命运。即使单纯地看作一首同情贫民的诗,也因深入贫女的精神世界而比一般的作品更为深刻,更何况此诗显然是借贫女抒发幕僚生活的抑郁不平,最后一句感慨自己的劳动只是为他人装点门面,因比喻贴切而广为引申使用。钱珝有《江行无题一百首》,在展开万里长江图卷的同时也记录了民间的声音,这种题材和形式在唐诗中罕见。他的《未展芭蕉》别有意趣:

> 冷烛无烟绿蜡干,芳心犹卷怯春寒。
> 一缄书札藏何事,会被东风暗拆看。

芭蕉叶初生时作卷状直立向上,逐渐向外平伸舒展。花穗初生时为心形大花蕾,随着花茎伸长而逐渐开展。所以把未展的芭蕉比作无烟的绿蜡冷烛,把未生的花蕾比作犹卷的芳心,是切合春寒中的芭蕉形象的。接着又把芭蕉在春天的舒展比作一卷书札会被东风拆开偷看,想象极为新鲜。而这些新鲜的比喻又构成了一幅春夜少女独对冷烛的图画,仿佛隐约暗示着少女的春心由胆怯畏寒到被东风窥破的过程。这一似有若无的寄托给人带来了美妙朦胧的遐想,意境之巧也是前人诗里所未曾见过的。

韦庄是唐末五代的著名诗人和词人。他的长诗《秦妇吟》以叙事体反映了黄巢起义的经过和广阔的历史背景,有一定的认识价值。而他最有特色的是咏史怀古类诗,如《台城》:

> 江雨霏霏江草齐,六朝如梦鸟空啼。
> 无情最是台城柳,依旧烟笼十里堤。

江南细雨中的春草和柳色虽然无情,却如梦似烟,昭示着六朝旧梦的空幻。较之杜牧的《江南春》,此诗的末世情调显然更加浓厚了。

郑谷是唐末号称"咸通十哲"的诗人中成就最高的一位,在唐末五代影响较大。诗歌内容以感伤身世、应酬写景为多,风格清婉浅切。如《淮上与友人别》:

扬子江头杨柳春，杨花愁杀渡江人。

数声风笛离亭晚，君向潇湘我向秦。

在杨花扑面、柳色青青的江边送别的场面，盛唐诗里常见，这首诗前三句颇有王维、王昌龄七绝的风调。特殊之处在末句，把自己和友人各自的去向放在结尾；而按盛唐诗的常规，一般是在开头先交代的。这样倒置，不必再抒离情，令人在离亭的数声晚笛中自去体味别离的惆怅，反而更有余韵。

五代南唐的张泌虽然仅存诗十多首，但《寄人》一诗却很著名：

别梦依依到谢家，小廊回合曲阑斜。

多情只有春庭月，犹为离人照落花。

谢家就是岳家。所寄之人可能是他的妻子。此诗之妙在于所写之境似梦非梦。如作梦解，则是诗人的魂梦经过谢家的曲栏回廊，仿佛看到所思之人在春庭徘徊，为月下的落花而感伤。若不是梦，则是诗人自己凭栏对月，春庭之景便兼指暌隔的双方所处的相似情境。月照落花的美丽情景中积淀着古典诗歌中以落花比青春消逝的丰富内涵，又没有比兴的痕迹。

可见诗到唐末，虽然大致呈现没落趋势，但并非没有继续发展的潜力。不绝如缕的新乐府诗的传统到了北宋，被再次发扬光大。在艺术上，象征暗示的手法、深曲工巧的构思和神秘幽深的情调，都突破了传统的表现方式。尤其是七绝这种体裁，由于接近口语，到了宋代仍然保持着活泼的生命力，这与晚唐七绝的创新是密切相关的。晚唐诗歌的通俗主题、表现手法和梦幻色彩还直接影响了词的产生，所以词在温庭筠和韦庄这些诗人手里成熟不是偶然的。词的出现，不仅因为音乐的作用，也是唐诗艺术发展的必然产物。

【知识点】

咏史诗　　晚唐七绝　　无题诗

【思考题】

1. 试比较杜牧和李商隐咏史诗的艺术表现。
2. 你是否喜欢李商隐的无题诗？为什么？
3. 温庭筠诗歌的构思有什么特色？
4. 唐末诗人反映现实的作品主要揭示了什么样的社会矛盾？

第九讲

唐五代词

晚唐诗歌中出现的新的表现方式和口语化的倾向,与自由的长短句结合在一起,便促进了词的产生。词的出现,不仅意味着一种新的诗歌体裁的出现,也在主题和语言上为诗歌开辟出一片新的绿洲。正如林庚先生所说,词以表现女性美的生活基调和儿女风流作为其主要内容,生活的情调便由关塞江湖的广大缩小到庭院闺阁之间,"所表现的只能是对青春消逝的感伤,这便限制了词的境界和气派。然而词到底为诗坛创造了一次新的诗歌语言,从句式到语法到词汇都出现了再度诗化的新鲜感"。它"唤起一片相思,创造了画桥、流水、秋千、院落、小楼、飞絮、细雨、梧桐等一系列敏感的意象,支持了词长达百余年的一段生命"。①

一　词的起源

词的出现,与音乐直接相关。隋唐时代,音乐成分有了很大的变化。如果说魏晋南北朝的主导音乐是传统的清商乐,那么隋唐音乐就包含了三种成分:一种是从南北朝以来就不断传入中原的周边民族的音乐,以西凉乐和龟兹乐最为盛行。一种是本土保留的传统音乐,所谓华夏正声,以雅乐和清乐为主,但在唐代宫廷中日趋衰落。一种是民间新兴的里巷歌曲。到盛唐时,朝廷用乐除了继承隋和初唐的十部乐和内外教坊以外,玄宗还创设了新的内教坊和梨园。来自域外、边州的胡夷之曲和来自民间的里巷之曲汇集到教坊,并经过教坊传播开去,教坊曲因此而成为盛唐乐曲的总汇,也是唐五代词调主要的乐曲来源。中晚唐俗乐流行,新声竞起,曲调更趋繁衍,其中一部分被配上曲辞歌唱。当时选词配乐的曲辞,

① 林庚:《中国文学简史》,北京大学出版社,1995年,第390—391页。

称为“声诗”或“歌诗”；因声度词、根据曲调节拍填词的曲辞叫作“曲子词”“歌词”，或简称为“词”。这两种曲辞不是一个概念，在唐代并行于世。它们为词的产生提供了曲调的条件，是词的先行阶段。但在唐代各种诗体都可以配乐，关于长短句的词怎样从流行的音乐中产生出来，虽然从宋代以来就有学者关注，目前已经取得可观的成果，但由于对唐宋音乐的结构和曲词的配合情况不十分明了，尚待更深入的研究。

词的滥觞最早可追溯到隋唐之际的民间曲子词。现存数百首敦煌曲就提供了民间词的初期形态，其中一小部分可确定产生于唐初，大多数是中晚唐及五代的作品。这时的词有衬字、字数不定、平仄不拘、叶韵不定，词的内容和调名本意比较符合，曲体曲式也丰富多样。这批词题材广泛，涉及社会生活各个方面，作者众多，多出自下层，风格清新质朴，但也较俚俗粗拙。它们为后来的文人词开了先河。

一般认为文人词起于中唐。刘禹锡首先在他的《忆江南》自注中说：“和乐天春词，依《忆江南》曲拍为句。”让我们知道词的创作是根据乐曲的节拍来决定句式的。这说明此时的词已进入按曲谱填词的阶段，以后经过不断改进，从晚唐五代到北宋，渐渐形成了一套自己的规则，词体便成为一种独立的文学样式了。

词是合乐的歌词，它在体制方面的特点是由曲谱和曲调来决定的。

根据20世纪上半叶发现的唐代敦煌琵琶谱和日本保留的唐乐谱研究的结果，笔者认为当时凡是配歌词的乐曲都是均拍谱，即按均等时值划分音乐节奏段落。① 词乐里“均”的概念即由此而来。这是按谱填词的基础。词人依照乐谱所定的乐段乐句和音节声调来写作歌词，所用的谱就是曲谱。曲谱是以乐音符号记录曲调的声乐谱，唐宋时作词主要根据曲谱。后来的词人不懂音律，加上乐曲变动，曲调失传，就只能以词调谱取代曲调谱。词调谱是分调选词，以前人的作品作为填词的声律定格。明清时词谱只求字数、平仄、句读，就完全失去原来倚声填词的本意了。

词的体裁与诗不同，种类很多。每一种词调的长短、句法、韵位、分片

---

① 参见葛晓音、户仓英美：《关于古乐谱和声辞配合问题的再认识》，《中国社会科学》2000年第6期。

等都取决于曲调。一经定型,便可脱离曲调而独立成体。唐宋词调有千百个,其基本特征是:

(一)每个词调都有调名,如《蝶恋花》《菩萨蛮》《浣溪沙》等,又叫词牌。词调类别按音乐或体段的不同,分为令、引、近、慢等体裁。令又称为小令、歌令、令曲、令章,一般调短字少;引本是古代乐曲的一种名称,在曲中有前奏曲、序曲之意,一般较小令要长;近和引相近,也是乐曲的一种,唐代一般是六均拍或八均拍曲(即每个节奏段落有六个或八个时值均等的小拍),到南宋变成六均拍曲;慢是慢曲子的简称,原来特点是节拍较慢,曲子长短不定,到宋代逐渐演变成调长拍缓字多,与长调混为一谈了,而且都是八均拍曲。除此以外,词调还有许多异体变格,如转调、犯调,是本调转为别调,新翻成曲。偷声、减字是本调在音乐上减短乐句或简化节奏,在歌词上减少字句,推出新调。添声、添字、摊声、摊破是在本调上添入乐句或加繁节奏,在歌词上增多字句,推出新调。从词调的发展来看,唐五代词以小令居多,北宋词调大增,创制的新曲很多,为极盛时期。南宋词调音律更严,讲究高雅,除词人自度曲外,基本上处于停滞阶段,趋向衰落。

(二)根据乐曲的遍数分片。唐宋时曲谱往往不止演奏一遍,各遍乐曲中有部分旋律相同。与一遍乐曲相应的词叫作一片。分片方式有一片、二片、三片、四片这四种。一片一调的称为单调、单遍;两片一调称为双调,这是词曲的基本形式,双调分为两半,叫上下阕或上下片;三片一调的称为三叠;四片一调的称为四叠。

(三)押韵方式因调而异。各种词调的押韵变化很多。从姜夔词来看,每一大句的押韵和乐曲均拍所在的位置是一致的。但是唐代的词就不一定,早期词甚至有不押韵的。宋词中也有押韵不限于大句的许多例子。因此各种词调的押韵方式并不相同。词的押韵较近体诗宽,可以平仄互押、中间转押。

(四)句式长短不齐。用字继承近体诗声律特点,分出平仄,严格的更讲究四声、阴阳、轻重、清浊,使字声与乐声相协调。

二　敦煌曲子词

1900 年,敦煌鸣沙山藏经洞被打开,发现了一大批珍贵文献。其中有数百首词曲。从敦煌卷子中清理出来的唐五代词曲,就称为敦煌曲子词,或称为敦煌歌辞。目前整理成集的有王重民《敦煌曲子词集》收一百六十四首,饶宗颐《敦煌曲》收三百一十八首。敦煌词中除杂有五首文人词以外,均为民间词,内容有“边客游子之呻吟,忠臣义士之壮语,隐君子之怡情悦志,少年学子之热望与失望,以及佛子之赞颂,医生之歌诀,莫不入调”,“其言闺情与花柳者,尚不及半”(王重民《敦煌曲子词集叙录》)。任二北《敦煌曲初探》校录五百四十五首,将题材析为二十类,可见其反映社会生活面之宽广。其中有些表现民间疾苦,如《捣练子》中有两首咏孟姜女故事,实写唐代民间徭役征戍之苦。还有一首《浣溪沙》咏渔父生活,指出隐逸“盖缘时世掩良贤。所以将身岩薮下,不朝天”,这些都有批判现实的意义。

总的看来,敦煌曲子词艺术上很粗糙,但也有一些清新质朴、生活气息浓厚的佳作。如《浣溪沙》:

> 五里竿头风欲平,长风举棹觉船行。柔橹不施停却棹,是船行。　　满眼风波多闪灼,看山恰似走来迎。子细看山山不动,是船行。

前半首从人的动作写风向的转变,后半首写顺风行船的痛快,人在船上满目波光粼粼的视觉印象,以及山从对面迎来的错觉,都极真切生动。又如《菩萨蛮》:

> 枕前发尽千般愿,要休且待青山烂。水面上秤锤浮,直待黄河彻底枯。　　白日参辰现,北斗回南面。休即未能休,且待三更见日头。

叠用一连串自然界所不可能出现的现象作为比喻,用正话反说立下山盟海誓,这种热烈急切的口吻正是民间情歌的本色。敦煌词里还有不少反映女子在爱情生活中的痛苦。如《望江南》：

天上月，遥望似一团银。夜久更阑风渐紧，为奴吹散月边云，照见负心人。

被乌云蒙蔽的明月就像女主人公纯洁的心地，她要风吹散这云，以自己的光明照出负心人的面目。比喻从夜阑更深、久待情人不至的情景中随手取来，也很自然。另一首《望江南》：

莫攀我，攀我太心偏[1]。我是曲江临池柳，者人折去那人攀[2]，恩爱一时间。

女子是男子拈花惹柳的放荡行为的牺牲品，因此以柳枝被折来比喻妓女被玩弄的处境，是再形象不过的了。《抛球乐》：

珠泪纷纷湿绮罗，少年公子负恩多。当初姊姊分明道，莫把真心过与他。　　子细思量着，淡薄知闻解好么[3]？

以女子哭诉的腔调怨恨公子的负心，悔恨自己的轻信。纯口语和俗语的直白表述，毫无修饰而神情全出。《鹊踏枝》：

叵耐灵鹊多满语[4]，送喜何曾有凭据。几度飞来活捉取，锁上金笼休共语。　　比拟[5]好心来送喜，谁知锁我在金笼里。欲他征夫早归来，腾身却放我向青云里。

设为喜鹊和闺人的对话，将闺中少妇望夫不归的怨愤发泄在报喜不灵的喜鹊身上，构思天真新颖，语气生动逼真。这种朴拙可喜的风格代表了词在草创时期的风貌。

---

① 攀：拉扯，亲近。心偏：痴心。

② 者：这。

③ 知闻：此处作朋友、相知解。这句是说：薄幸的相知懂得人好心么？

④ 满语：“满”校作“谩”，指欺瞒之语。

⑤ 比拟：本来打算。

三 唐代文人词

唐代文人根据曲调节拍填写的歌词有齐言和杂言。现在一般认为创作杂言曲子词最早的作家有中唐的刘长卿、戴叔伦、韦应物、王建、刘禹锡、白居易、张志和等。如韦应物的《调笑令》：

胡马，胡马，远放燕支山下。跑沙跑雪独嘶，东望西望路迷。　迷路，迷路，边草无穷日暮。

着力刻画了一匹迷路的胡马着急而又茫然的可爱动态，衬托出边塞日暮时苍凉寥廓的意境。另一首《调笑令》：

河汉，河汉，晓挂秋城漫漫。愁人起望相思，江南塞北别离。　离别，离别，河汉虽同路绝。

写离别之人清晓愁望银河的情景，将古诗中常见的题材浓缩在一首小令中，含蓄而别有风味。两首曲词用同一曲调而内容完全不同，已经初具词的特点。后来王建又写过《宫中调笑令》：

团扇，团扇，美人病来遮面。玉颜憔悴三年，谁复商量管弦？　弦管，弦管，春草昭阳路断。

写美人如团扇被弃，是宫怨诗的常见内容，但用小令表现出来，就另有一种活泼新鲜感。张志和的《渔歌子》：

西塞山前白鹭飞，桃花流水鳜鱼肥。青箬笠，绿蓑衣，斜风细雨不须归。

用鲜明的色彩描绘出一幅渔父在春雨中垂钓的情景。雪白的鹭鸶、粉红的桃花，与渔翁的青箬笠、绿蓑衣，都融合在微凉的细雨中，境界优美闲静，神情潇洒惬意，被后人称赏为“风流千古”的名作。白居易的《忆江南》二首：

江南好，风景旧曾谙。日出江花红胜火，春来江水绿如蓝，能不忆江南？

江南忆，最忆是杭州。山寺月中寻桂子，郡亭枕上看潮头，何日更重游？

截取对江南的回忆中最深刻的几个印象，以红似火焰、青如蓝染的色彩对比强烈地渲染出江南浓郁的春意，以及作者对江南深长的情意。《长相思》：

汴水流，泗水流，流到瓜洲古渡头，吴山点点愁。　　思悠悠，恨悠悠，恨到归时方始休，月明人倚楼。

情思如流水，声调亦如流水，读来声情并茂，更觉意味悠长。这些长短句词，风格仍与绝句和民歌相近，可以说是文人词的先驱。到晚唐温庭筠大力作词，才形成另一种面貌。

温庭筠是第一个大量创造词牌的作家。他的词主要描写男女间的离愁别恨，也偶有抒写自己不得意的哀怨和隐衷的。他的不少乐府歌行已具备词的风韵和表现特色，词的手法和主题与乐府相近。以齐梁体入词，声调和谐，色彩华丽绮艳，表情隐约细腻，是温词的主要特色。例如他的名作《菩萨蛮》：

小山重叠金明灭①，鬓云欲度香腮雪。懒起画蛾眉，弄妆梳洗迟。　　照花前后镜，花面交相映。新帖绣罗襦，双双金鹧鸪。

写女子晨起梳妆的慵懒情态，处处只从弄妆的动作着墨，而句句暗点艳情。初日生辉与画屏相映的背景，镜中照花、人面相映的妙思，绣罗襦上贴有双双金鹧鸪的暗示，均以明丽辉煌之色出之，却写得婉厚温雅。《梦江南》：

梳洗罢，独倚望江楼。过尽千帆皆不是，斜晖脉脉水悠悠，肠断白蘋洲。

描写一个女子终日等待爱人不至的失望心情，仅用一句“过尽千帆皆不是”，概括她整天站在楼上辨识江船的过程，将早晨梳洗到“斜晖脉脉水悠悠”的黄昏景物连接起来，脉脉的斜晖正从女子含情脉脉的意态写出，

---

① 小山：指屏风上所画山景。

而悠悠的江水也令人联想到无情人之悠悠不返。词中景语皆情语，用意深密。此外，如《更漏子》写夜中相思的惆怅：

> 柳丝长，春雨细，花外漏声迢递。惊塞雁，起城乌，画屏金鹧鸪。　香雾薄，透帘幕，惆怅谢家池阁①。红烛背，绣帘垂，梦长君不知。

从远处传来的又细又长的春雨声和水漏声，可见出人的失眠，由不眠之人听觉特别灵敏这一点写出人的离情正苦。又如《玉炉香》：

> 玉烛香，红烛泪，偏照画堂秋思。眉翠薄，鬓云残，夜长衾枕寒。　梧桐树，三更雨，不道离情正苦。一叶叶，一声声，空阶滴到明。

同样也是写人夜半听着夜雨不眠，直说离情之苦，却始终未曾说破一夜无眠之意，而是通过数着一滴滴的雨声来表现夜的漫长和难熬。再如《菩萨蛮》：

> 水精帘里颇黎枕②，暖香惹梦鸳鸯锦。江上柳如烟，雁飞残月天。　藕丝秋色浅，人胜参差剪③。双鬓隔香红④，玉钗头上风。

这首词咏人日风景和习俗，暗写女子的春思。上片以富丽的彩绘描写闺房的装饰和卧具，以清新的笔触画出江上春色，"江上"两句既像是远景，又像是闺中所梦游子飘零的江天。下片纯写女子身穿藕荷色衣裳和人日头上所戴花胜和红花，落笔在色、香和风，则春色骀荡可以想见。上下片对照，女子的思春之意不难体味。可见温词的特长正在于精选意象，用表面上跳跃性较大而实质针线甚密的词语联缀手法，使词境含蓄、婉约，富于暗示和联想，这就为后来的婉约派词开创了一种基本的表现艺术，使词具有五、七言诗所没有的特殊韵味。但温词内容的纤巧、过分讲究文字声律的倾向，也产生了许多流弊，对于他所开创的花间词派具有不良的影响。

---

① 谢家池阁：意为"谢娘家"，女子所居。

② 颇黎：即玻璃。

③ 胜：即花胜，以人日为之，亦称人胜。男女都可戴，有时亦戴小幡，合称幡胜。

④ 香红：指两鬓簪花。

唐代文人词中还有两首无名氏的《菩萨蛮》《忆秦娥》，前人传为李白所作，关于它们出现的时间也是聚讼纷纭。有人认为出自残唐五代人之手，有人认为是北宋前期的作品，目前尚无定论。这两首词忧离念远，吊古伤今，境界阔大高远，风格浑厚明爽，在晚唐五代词中自成一格。《菩萨蛮》：

平林漠漠烟如织，寒山一带伤心碧。暝色入高楼，有人楼上愁。　玉阶空伫立，宿鸟归飞急。何处是归程，长亭更短亭。

上片写出一片迷漫溟蒙的烟景，暮色的黯淡与凄黯的心境相交融，"寒山一带伤心碧"以"伤心"形容浓重的碧色，暗含感情色彩，奇妙新颖。"暝色入高楼"真切地写出在高楼远眺，暮色自远而近、由外而内，逐渐加重的过程。下片直接从盼望行人归去的心理活动写归日遥遥无期："何处是归程，长亭更短亭。"强调即使有了归程，路途还是这么遥远，这就将两地愁思联系起来了。通篇白描，却能直接引人进入黄昏惆怅的境界，使无名之愁深深沁入读者心中。《忆秦娥》：

箫声咽，秦娥梦断秦楼月。秦楼月，年年柳色，灞陵伤别。　乐游原上清秋节，咸阳古道音尘绝。音尘绝，西风残照，汉家陵阙。

如果说"年年柳色，灞陵伤别"的习见之景概括了人生聚短离长与春秋更迭这对永恒的矛盾，那么咸阳古道、汉家陵阙等古迹笼罩在西风残照之中，又启发人从时光的消逝中看到由无数短暂的生命连接起来的漫长历史。由于在别情春思中寄托了伤今怀古的感慨，情调虽然低沉感伤而意境却苍凉浑茫，含蕴之沉厚为唐人词中罕见。

四　花间词

五代时词有两个中心，一在西蜀，一在南唐。后蜀赵崇祚选录温庭筠、皇甫松、韦庄到和凝、孙光宪、李珣共十八家词，计五百首，结为《花间集》。所选内容都是"绮筵公子、绣幌佳人，递叶叶之花笺，文抽丽锦，举纤纤之玉指，拍案香檀。不无清绝之辞，用助娇娆之态"（欧阳炯《花间集叙》）。所选词家一大部分是西蜀人。其共同特点是用华丽的辞藻和婉约的构思集中描写女性的美貌、服饰以及她们的离愁别恨，从而形成了花间词派。

花间词人多为宫廷豪门的清客，生活空虚，文化水平也不是很高。其作品反映了西蜀君臣沉酣酒色的侈靡生活，内容单调、贫乏。其中较有价值的两类，一是少数风格接近民歌的作品。如牛希济的《生查子》：

> 新月曲如眉，未有团圞意。红豆不堪看，满眼相思泪。　终日劈桃穰，人在心儿里。两朵隔墙花，早晚成连理。

以民歌惯用的双关语，通过新月、红豆、桃仁、隔墙花四种物件，表达出与爱人团圆成双的愿望。顾敻的《诉衷情》：

> 永夜抛人何处去，绝来音。香阁掩，眉敛，月将沉。　争忍不相寻，怨孤衾。换我心，为你心，始知相思深。

亦是民歌天真的奇想，直作情极之语，却又欲吐还吞，被弃之怨仍表现得很含蓄。另一类是描写东粤风情的作品。如欧阳炯《南乡子》：

> 岸远沙平，日斜归路晚霞明。孔雀自怜金翠尾，临水，认得行人惊不起。

写孔雀临水见行人一惊，又似乎认识，依然只顾照影自怜，不唯姿态生动，色彩亦极鲜艳明丽。另一首：

> 路入南中，桄榔叶暗蓼花红。两岸人家微雨后，收红豆，树底纤纤抬素手。

写少女采摘红豆的情景，桄榔、红豆这些岭南特有的植物为画面增添了南国风韵。波斯人的后代李珣，也写了不少表现南方风情的《南乡子》，如：

> 相见处，晚晴天，刺桐花下越台前。暗里回眸深属意，遗双翠，骑象背人先过水。

写一个少女在人前遇到情人，暗中用眼神传情，并故意遗下一双翠羽妆饰的钗子，背人骑象先过河去等他，表情极细腻。所取地名景物如“刺桐花”“越台”及人物“骑象”的动作都富于浓郁的异域情调。另一首：

乘彩舫，过莲塘，棹歌惊起睡鸳鸯。游女带香偎伴笑，争窈窕，竞折团荷遮晚照。

南朝乐府和唐人七绝中以采莲为题材的作品很多，这一首将采莲女倚偎在一起、抢着采下荷叶遮阳的娇憨情态写得尤其生动。

花间词在艺术表现上也颇有可取之处。如牛希济的《生查子》：

春山烟欲收，天澹稀星小。残月脸边明，别泪临清晓。　　语已多，情未了，回首犹重道。记得绿罗裙，处处怜芳草。

写清晨情人离别的情景，“残月脸边明，别泪临清晓”两句，细腻地描绘出挂在情人脸上的泪珠中映出破晓时缺月的影子。“记得绿罗裙，处处怜芳草”两句从罗裙色如芳草的常见比喻中翻出睹物思人的新意。这种构思对后来的婉约派词也很有启发。如皇甫松的《梦江南》：

兰烬落，屏上暗红蕉。闲梦江南梅熟日，夜船吹笛雨萧萧。人语驿边桥。

在残夜昏暗的灯烛下，梦见江南梅子熟时，夜半泊船水驿，听着笛声、人语和萧萧春雨的情景，传江南雨夜之神韵。

在花间词派中，韦庄(836—910)是别具一格的词家。他主要生活在晚唐，晚年仕于西蜀，曾任宰相。与温词及大多数花间词人秾艳的词风不同，韦词情至而语质，较疏淡自然、平易晓畅。如他的《女冠子》：

四月十七，正是去年今日，别君时。忍泪佯低面，含羞半敛眉。　　不知魂已断，空有梦相随。除却天边月，没人知！

回忆当初与情人相别时情事，明言“四月十七”而毫无修饰，是表明离别之日不能忘怀之意。从下片看，这确切的日期却不是一般的回忆，而是在梦境中重现，这就在直白中又见含蓄。词里以“忍泪”“含羞”写女子强抑情感的情状，以“魂断梦随”写追念不已的心情，都很工细而出语自然。他的《思帝乡》写少女对男子的大胆追求：

春日游，杏花吹满头。陌上谁家年少，足风流。　　妾拟将身嫁与，一生休。纵被无情弃，不能羞！

感情的热烈、语气的直率，都近似民歌。《菩萨蛮》：

红楼别夜堪惆怅，香灯半卷流苏帐。残月出门时，美人和泪辞。　　琵琶金翠羽，弦上黄莺语。劝我早归家，绿窗人似花。

这首词色彩富丽而句意直白。下片以琵琶声拟黄莺语、以绿窗烘托似花美人，营造出红楼的春天气息，虽艳而不失清新。另一首《菩萨蛮》写江南好，也是他的名作：

人人尽说江南好，游人只合江南老。春水碧于天，画船听雨眠。　　炉边人似月，皓腕凝霜雪。未老莫还乡，还乡须断肠。

此词清丽婉畅，上片写景之芊丽，春水碧色，画船中听雨入眠，写尽江南春雨恬静而令人惆怅的滋味；下片写人之姝丽，暗用卓文君事，将游人只应终老江南的道理说得千真万确，夸大了足以令人断肠的江南之美。以写情的风流蕴藉而言，韦词与花间派词仍有相同之处，只是他语言明秀而口语化，富有民歌抒情意味，以疏朗平淡取胜，因而能居西蜀词人之首。

五　南唐词

在五代，南唐词是与西蜀词并峙的一个词派，也是在宫廷和豪门享乐的基础上发展起来的。但与西蜀词相比，差别很大：首先，南唐词人文化修养高于西蜀词人。南唐地处长江下游，都城南京历来是南方政治文化中心，词人又都是帝王宰相等最高层的统治者，政治地位和文化水平都很高，在学术、艺术领域中有广泛的涉猎和较高的造诣。西蜀君臣只知沉溺于物质享受和感官刺激，词人多为宫廷豪门的清客，文化修养较差。其次，两个词派的来源也不同。西蜀词大多从民间来，但很少继承民歌朴素清新的优点，却发展了其中不健康的因素，范围限于风月脂粉，作用限于饮宴助兴，不脱“伶工之词”，所咏之情多为妓情。南唐词多从唐代抒情七绝来，格调较高，开始将词引入歌咏人生之途，多少表现一些士大夫的思想感情，超过花间词的艳科绮语，成为士大夫词的先驱。再次，南唐词人全力作词，在词的专门化方面前进了一步，不像温、韦是“馀事作词人”

(严九能《望江南》)。[1]

南唐词的主要作家是冯延巳和南唐二主李璟、李煜。冯延巳(903—960),一名延嗣,字正中,广陵(今江苏扬州)人。南唐中主李璟的宰相,政治上无所建树,人品亦遭时人攻讦。其词集《阳春集》为后人所辑,混入他人之作较多。他的词还是以写男欢女爱为主,只是已寓有身世之感,颇多"旨隐词微"之作,虽不失五代风格,但情致缠绵,语言清新,具有中晚唐七绝的风韵,已开北宋一代风气。《谒金门》是他的压卷之作:

> 风乍起,吹皱一池春水。闲引鸳鸯芳径里,手挼红杏蕊。　斗鸭栏干独倚,碧玉搔头斜坠。终日望君君不至,举头闻鹊喜。

词写贵族妇女在深闺中孤独无聊的动作情态,生动如见。相传中宗见此词曾问:"吹皱一池春水,干卿何事?"有人以为此句有讽刺政治之意,实则未必。其佳处首先在描写小风微波,用形容绸子的"皱"字来形容,一池春水平滑如绸的景状便了然在目。其次,春水微皱又微妙地烘托出贵妇心头随春水泛起的涟漪,景中含情在有意无意之间。《清平乐》:

> 雨晴烟晚,渌水新池满。双燕飞来垂柳院,小阁画帘高卷。　黄昏独倚朱阑,西南新月眉弯。砌下落花风起,罗衣特地春寒。

春雨晚晴时分,独立小阁倚栏观看双燕飞来的女主人公是什么心情呢?词里没有明言,只是以一阵风吹起落花,忽觉春寒来袭的细节暗示了内心对青春短暂的感触,分外含蓄。《蝶恋花》:

> 萧索清秋珠泪坠,枕簟微凉,展转浑无寐。残酒欲醒中夜起,月明如练天如水。　阶下寒声啼络纬,庭树金风,悄悄重门闭。可惜旧欢携手地,思量一夕成憔悴。

此词夸张夜半酒醒后思念旧欢之苦,写秋夜月色逼真如画。梁元帝有"昆明夜月光如练"(《春别应令》)句,是实写昆明池中月光的倒影,而"月明如练天如水"将夜空喻为清澈无边的水,更强化了如白练般明洁的月光,境界也更空灵澄明。另一首《蝶恋花》:

---

① 参见夏承焘:《唐宋词欣赏》,百花文艺出版社,1980年,第39页。

谁道闲情抛掷久,每到春来,惆怅还依旧。日日花前常病酒,敢辞镜里朱颜瘦。　　河畔青芜堤上柳,为问新愁,何事年年有。独立小桥风满袖,平林新月人归后。

抒发每年春天看见新绿而引起的闲愁。结尾“独立小桥风满袖,平林新月人归后”二句用景结情,绘出抒情主人公风中伫立、月下迟归的孤独飘逸的形象,于惆怅的情绪中见出清疏高雅的意境。这已是一首典型的士大夫词,有人以之为欧阳修作。另一首《蝶恋花》也见于欧阳修词:

几日行云何处去,忘却归来,不道春将暮。百草千花寒食路,香车系在谁家树?　　泪眼倚楼频独语,双燕来时,陌上相逢否?撩乱春愁如柳絮,悠悠梦里无寻处。

“痴情女子负心汉”的咏叹在民间词里常见,这首词却把这一主题表现得很美:作者借用了白居易《赠长安妓人阿软》“千花百草无颜色”的比喻,那个踪迹无定的游子到处拈花惹草的行为,在词里仿佛是在百花争艳的芳草路上游春;女子无处寻觅意中人的春愁,好像梦中悠悠飘荡的柳絮;而询问双燕是否在陌上遇见那人的痴想,仍得自民间词的天真。冯词与欧词的不易分辨,正说明冯词已近似宋初词的风格。

南唐中主李璟(916—961),字伯玉,徐州人。他的词只流传下来四首,而《山花子》二首堪称佳作。其一写春恨:

手卷真珠上玉钩,依前春恨锁重楼。风里落花谁是主,思悠悠。　　青鸟不传云外信,丁香空结雨中愁。回首绿波三峡暮,接天流。

作者的春恨没有局限于男女相思,而是探究谁是春风落花的主人,对主宰青春的造化提出追问;回首三峡暮色,固然是因为青鸟不至而想象巫山云雨之意,但更多地还是对水流不断的无奈。这就使青春苦短、时不待人的常见主题有了新颖的表现,而且使小楼中不见离人音信的春恨开扩到长江天际的壮阔境界中去。其二写秋思:

菡萏香销翠叶残,西风愁起绿波间。还与韶光共憔悴,不堪看。　　细雨梦回鸡塞远,小楼吹彻玉笙寒。多少泪珠何限恨,倚阑干。

近人王国维极赏首二句，认为“大有众芳芜秽、美人迟暮之感”（《人间词话》）。而王安石最欣赏“细雨”二句。西风吹损荷花，人的韶华年光随之一起憔悴，正是思妇自伤迟暮之意。而青春老去，与离人仍然只能在梦中相见，自然怅恨无限。鸡塞即鸡鹿塞，在汉之朔方郡（今陕西榆林横山西），可见梦中之人正在戍边。梦醒之时正是细雨绵绵、寒意袭人之际，梦中鸡塞似在咫尺，而醒后回味已是天涯，以吹笙排遣愁闷，直吹到最后一曲，只是更添寒意而已。二句合而观之，则梦醒之人迷惘孤清的姿态神思自可体味。词虽以思妇为依托，但渗透着作者自己不堪迟暮的感伤心情。

后主李煜（937—978），字重光，961 年即位。金陵被攻破后，投降宋朝，封违命侯，又改封陇西郡公。他的著作很多，但多已散失，词现存三十余首，却能以少胜多，艺术成就很高。他的词风可据其遭遇分为前后两期。前期词二十余首，以写宫中生活为主，表现了才情蕴藉而又多愁善感的特点。有的能洗尽宫廷富丽词采，语言富有创造性。如《清平乐》：

> 别来春半，触目愁肠断。砌下落梅如雪乱，拂了一身还满。　雁来音信无凭，路遥归梦难成。离恨恰如春草，更行更远还生。

此词妙在善用具体的景物形容无形的愁恨。落梅拂了一身立刻又满了，不仅见出他在花下痴立低徊已久，也烘托出如落花般纷乱的惜春之情。以春草喻恨，乃因绵绵芳草，远接天涯，正如人行多远，离恨也有多远。“更行更远还生”，短语一波三折，句法与春草离恨的姿态韵味融成一片，外体物情，内抒心象，妙肖入神。又如《长相思》：

> 云一緺，玉一梭，淡淡衫儿薄薄罗，轻颦双黛螺。　秋风多，雨相和，帘外芭蕉三两窠，夜长人奈何？

这也只是写女子在秋夜听雨不眠的情景，但量词和叠字的使用很有特色。緺为青紫色绶，这里比喻一把青丝，玉一梭指玉簪一枝，与淡淡颜色薄薄质地的罗衣和一双黛眉一起，仅稍事勾抹，一个不事梳妆、天然淡雅的思妇形象便跃然纸上。再添上两三棵帘外芭蕉，活脱是一幅简笔的人物写意画。再如《捣练子令》：

深院静,小庭空,断续寒砧断续风。无奈夜长人不寐,数声和月到帘栊。

捣衣声从南北朝以来,不知被多少诗人写过。这首小令直咏本题,利用体裁的短小,只是描写一声声寒砧随着风断断续续与月光一起传到闺人帘外,省略所有情语,便含蓄有味。

李煜于40岁后亡国北上,待罪被囚,留居汴京,受尽屈辱,过着以眼泪洗面的日子,写下了一些哀伤身世、寄托故国之思的名作。如《望江南》:

多少恨,昨夜梦魂中。还似旧时游上苑,车如流水马如龙,花月正春风。

昔日的繁华和春风如今都只能在梦魂中重温了。又如《乌夜啼》:

林花谢了春红,太匆匆,无奈朝来寒雨晚来风。　胭脂泪,相留醉,几时重,自是人生长恨水长东。

春去花谢岂只因时光匆匆,更因为风雨的摧残。用流水来比喻人生无可挽回的长恨,是李后主的一大创造。再如《浪淘沙》:

帘外雨潺潺,春意阑珊,罗衾不耐五更寒。梦里不知身是客,一晌贪欢。　独自莫凭栏,无限江山,别时容易见时难。流水落花春去也,天上人间!

写春将尽时,五更天气,听到帘外潺潺雨声,因不耐晨寒而回想梦里贪欢的情景,从与眼前生活相反的梦境体会醒来一切皆空的凄凉滋味,也道出了往事如梦的无限感慨。"独自莫凭栏,无限江山,别时容易见时难",既概括了一般人通常会有的人生体会,又深切地写出了亡国之君的悔恨。"落花流水春去也,天上人间",将已流、已落、已去之后的无奈,比之未流、未落、未去之时的情景,见出梦中与现实、昔日与今日的差别,有如天上比之人间,种种复杂的情绪都概括在岁月流逝无可挽回、天上人间无可改变的含浑意象之中。全词直抒心胸,一空倚傍,不靠景物烘托,非情深者不能。复如《虞美人》:

春花秋月何时了,往事知多少。小楼昨夜又东风,故国不堪回首月明中。　　雕阑玉砌应犹在，只是朱颜改。问君能有几多愁，恰似一江春水向东流。

这首词一气而下，直道岁岁花开、年年月满，前视茫茫，不觉厌春秋之长的心情，托出“故国不堪回首月明中”的物是人非之感。末二句“问君能有几多愁，恰似一江春水向东流”以浩瀚汪洋的一江春水喻难以排遣的愁，自有一股充沛的感情力量奔泻而来。这两句千古传名，贵在奔放而有无尽之意。

李煜对词的贡献主要在以下两方面：首先是把历代诗歌言志述怀的传统引进词体，改变了温、韦以来词仅用于应酬、流为艳科的趋向，恢复了词的抒情传统。有的甚至超出了春愁秋恨，直抒亡国之恨，如《浪淘沙》：

往事只堪哀，对景难排。秋风庭院藓侵阶，一桁珠帘闲不卷，终日谁来。　　金剑已沉埋，壮气蒿莱。晚凉天净月华开，想得玉楼瑶殿影，空照秦淮。

古代传说吴王阖闾墓中埋着几千宝剑，然而随着南唐的灭亡，金剑的壮气已经沉埋在荒草之中，秦淮河边的玉楼瑶殿也只有冷月空照，这种家国之悲使词境转为苍凉悲壮，在五代词里极为罕见。

其次是词风接近唐人绝句，声调谐婉，词意明畅，革除了花间派涂饰、雕琢的流弊，用清丽的语言、白描的手法和高度的艺术概括力，抓住生活感受中最深刻的方面，把情感动人地表达出来，并能概括出某种人生经验，因而能引起广泛的共鸣。他在词的语汇创造方面尤有贡献。除以上诸作以外，著名的例子还有《相见欢》：

无言独上西楼，月如钩，寂寞梧桐深院锁清秋。　　剪不断，理还乱，是离愁，别是一般滋味在心头。

离愁是无形之物，但词人视为可剪可理之物，便把无形变成有形，省略了直接的比喻，使人真切地感受到比乱麻乱丝还要难解的愁绪。此外，他早年的“数点雨声风约住，朦胧淡月云来去”“一片芳心千万绪，人间没个安排处”(《蝶恋花》)都是写景抒情的佳句，可见其在词语创造上的功力和才情。

王国维说,“词至李后主而眼界始大,感慨遂深,遂变伶工之词而为士大夫之词”(《人间词话》),指出词的功能在从配合乐工歌唱变成士大夫抒发人生感慨的转化过程中,李煜起了关键的作用,是很有见地的。

【知识点】

词的基本形式特点　　敦煌曲子词　　花间词　　南唐词

【思考题】

1. 花间词和南唐词的主要区别是什么?
2. 李后主词为什么有那么强烈的艺术感染力?

第十讲

宋初词风的沿革

宋初词风大抵沿袭南唐词风。最初出现于词坛的作者如晏殊、寇准、韩琦、宋祁、范仲淹、欧阳修等都是一时的显宦。虽然从内容、形式、风格来看,仍不外乎是樽前花下的应酬之作,风度雍容闲雅,似乎不脱花间南唐的窠臼,但总体趋向已经从男欢女爱转为感慨人生,由艳情转为述怀。到柳永出现,宋词才完全摆脱五代词风的影响,形成了独特的艺术风貌。

一　从晏殊到晏几道

晏殊(991—1055),字同叔,抚州临川(今江西抚州)人。宋词的先驱,所著《珠玉集》,是宋人流传后世的第一部词集,因而被后人称为"北宋倚声家初祖"(冯煦《蒿庵论词》)。少年时以神童被宋真宗召试文章,赐同进士出身,仁宗庆历年间官至集贤殿学士、同平章事兼枢密使,是仁宗时的太平宰相。他生活在北宋表面承平的前期,一生显达。虽然也遭受过两次贬黜,但大部分日子都在富贵优游的生活中度过,《宋史》本传说他"文章赡丽,应用不穷,尤工诗,闲雅有情思"。

晏殊许多词产生于酒后歌残的环境,内容不外乎抒写流连光景的轻怨淡愁和惆怅落寞的情怀。虽然这些人生无常、光阴流逝的慨叹没有多少深刻的含义,即使某些篇章寓有遭贬被疏的怨意,也并无深切沉至的悲感,但他善于用细腻的感受和警炼的词句准确地概括出普遍的人生感触,表达又较委婉含蓄、凝重平稳,因而形成雍容华贵、清新委婉的独特风格。如他的名作《浣溪沙》:

> 一曲新词酒一杯,去年天气旧亭台,夕阳西下几时回?　无可奈何花落去,似曾相识燕归来,小园香径独徘徊。

上片罗列依然如昔的天气、亭台，天天看惯的夕阳西下，朝夕相伴的酒杯，正是暗示一切依旧，唯有人在这年年相同的岁月更替中年年不同，逐渐衰老。因此下片就将光阴消逝、难以追挽的感伤凝聚在花落与燕归这两样年年见惯的景致上，写出了人老年往不以人的主观意志为转移的无可奈何之情。类似这样的感触在晏词中随处可见，如"一向年光有限身，等闲离别易消魂"（《浣溪沙》）、"当歌对酒莫沉吟，人生有限情无限"（《踏莎行》）、"朝云聚散真无那，百岁相看能几个？"（《玉楼春》）等等。这种寂寞衰迟、年光易尽的感触反映了一个已经基本上满足世俗欲望的富贵显达者在精神上无所寄托的无名惆怅，虽然没有更深刻动人的内涵，却能以其艺术的概括力在士大夫中引起广泛的共鸣。又如《踏莎行》：

> 小径红稀，芳郊绿遍，高台树色阴阴见。春风不解禁杨花，濛濛乱扑行人面。　　翠叶藏莺，朱帘隔燕，炉香静逐游丝转。一场愁梦酒醒时，斜阳却照深深院。

上片写高台远眺所见春去的景色。杨花飞舞是暮春特点，诗人却埋怨春风不知加以约束，让它乱扑行人之面，构思新鲜，而且真切地概括了人们在遇到这种季节时为濛濛杨花烦扰的共同感觉。下片写小院所感春去的惆怅。室内的炉烟飘到室外，随游丝袅袅飘荡，观察细致，写静境传神。春天的短暂犹如一场愁梦，解愁的酒醒之后，斜阳正照着深深的小院，仍在无语地提醒着时光的流逝。以景语结尾，颇有回味。

晏殊许多描写相思离别的艳词，因为融进了这种人生感触而能不落俗套。如《蝶恋花》：

> 槛菊愁烟兰泣露，罗幕轻寒，燕子双飞去。明月不谙离恨苦，斜光到晓穿朱户。　　昨夜西风凋碧树，独上高楼，望尽天涯路。欲寄彩笺兼尺素，山长水阔知何处！

上片抒写对离人的彻夜相思，将无可奈何的愁苦化为对明月的无理埋怨。下片在极为空阔高远的境界中寄予难以排遣的离愁。黄叶凋零，视野开阔，山阻水隔，音问难通，即使能望尽天涯，仍然不知离人所在之处。从字面看，虽然只是极写离情的间阻，然而也包含着人生会短离长、漂泊无定的落寞之感。“昨夜西风”三句因写景形象，富有启示性，还被王国维用来比喻做学问的第一境界（《人间词话》）。此外像“绿杨芳草长亭路，年少抛人容易去”“天涯地角有穷时，只有相思无尽处”（《玉楼春》）、“当时轻别意中人，山长水远知何处”（《踏莎行》）等，在写离情的同时，也从回顾人生的角度表现了对年少轻狂的追悔和对往事的忆念。

当然，晏词也有一些活泼轻快的境界，如《破阵子》：

> 燕子来时新社，梨花落后清明。池上碧苔三四点，叶底黄鹂一两声，日长飞絮轻。　　巧笑东邻女伴，采桑径里逢迎。疑怪昨宵春梦好，元是今朝斗草赢，笑从双脸生。

将春天新社和清明这两个节日通过燕子和梨花连在一起。“三四点”碧苔和“一两声”黄鹂，写早春景象，色与声的量词用得新颖，加上长日飞絮，写出了春色的和融及春日的悠长给人带来的轻松愉快的心情。词中还着意渲染了游女踏青戏乐的情景，巧妙地避开对斗草场面的正面描写，只写姑娘斗草前笑眯眯地带着聪明调皮的神气，斗草得胜后天真得意的笑容，以及回顾昨宵好梦之验的心情，将人物的情态刻画得十分可爱生动，同时也展示了少女纯洁无邪的心灵，纯用白描，笔调活泼可喜。

晏殊的幼子晏几道（1038—1110），字叔原，号小山。时代较晚，与苏轼、黄庭坚同时，但其词风仍属宋初。词与晏殊齐名，号称“二晏”。有《小山词》传世。他虽出身宰相之家，但一生穷困落魄，怀才不遇，性格傲慢疏放，不受世人重视，只好以流连歌酒自遣。他的词内容多是回忆当年与歌儿舞女过从的风流生活，充满对昔日欢乐的追忆和往事的低徊。较之大晏词，自有一种不能自已的悲凉和哀愁。因此在工于言情这一点上，造诣更在晏殊之上。只是内容较狭隘，情调也过于伤感。如《蝶恋花》：

> 醉别西楼醒不记，春梦秋云，聚散真容易。斜月半窗还少睡，画屏闲展吴山翠。　　衣上酒痕诗里字，点点行行，总是凄凉意。红烛自怜无好计，夜寒空替人垂泪。

感叹人生如春梦秋云，恍惚无常，浮游不定。而醉醒行迹的不记、酒痕与诗行的不分，又活画出一个潦倒落魄的浪荡才子的形象。此外如"欲将沉醉换悲凉，清歌莫断肠"（《阮郎归》）、"浅情终似，行云无定，犹到梦魂中。　可怜人意，薄于云水，佳会更难重"（《少年游》），都在感叹如幻如电、如昨梦前尘的聚散离合中，抒写光阴之易逝、人生之虚幻。一肚皮的不合时宜，发见于闺情艳词之外。他的《鹧鸪天》一词最以词情婉丽而受人称颂：

> 彩袖殷勤捧玉钟，当年拼却醉颜红。舞低杨柳楼心月，歌尽桃花扇底风。　从别后，忆相逢，几回魂梦与君同。今宵剩把银釭照，犹恐相逢是梦中。

这首词描写和情人久别重逢的快乐，从分别前的欢乐、分别后的怀念，以及重逢乍见疑是梦中的惊喜等几个角度，将这种感情烘托出来。上片造语工丽，"舞低"一联虚实相生，对偶错综：杨柳和月下楼台是实景，桃花是扇子上常见的图案，以虚写对应杨柳春景。六朝到唐代女伎有记歌于扇的习惯，扇可以带起清风，古代的歌亦称为风。而歌声激起空气的回荡与香气的飘拂也类似风。歌与扇既然关系密切，那么歌尽舞停，自然扇底风也尽。因此，这一联对句除了生动地写出舞筵歌席的醉乐环境和狂欢气氛外，还以舞到月落风息的场面隐微地暗示了曲终人散的必然结局，深为前人叹赏。下片用回环的句法、淡远的笔调将悲喜错杂的真情写出，就化开了上片的浓艳，因为从前疑梦为真，所以今天以真疑梦，写彼此的惊喜，极其细腻传神。《临江仙》"梦后楼台高锁"也是晏几道最著名的篇章之一：

> 梦后楼台高锁，酒醒帘幕低垂。去年春恨却来时，落花人独立，微雨燕双飞。　记得小蘋初见，两重心字罗衣。琵琶弦上说相思，当时明月在，曾照彩云归。

词写今日别后相思，转忆当时初见之情。上片中"落花人独立，微雨燕双飞"两句虽全袭自五代翁宏《春残》诗，但翁诗并不著名，在这首词里却十分出色。在落花飘零、蒙蒙微雨的背景上，以独立之人对双飞之燕，更写出春光老去时青春虚度的惆怅，景极清隽，宛然如画。下片写初见情景，抓住保留在记忆中的最深刻的印象来写，只取她所穿的心字花纹的罗衣，以及她借琵琶弦说出的相思，当初一见倾心的情景自可想见。结尾“当时明月在，曾照彩云归”以景托情，当时的明月尚在，而彩云已散，人已不知所终，用李白《宫中行乐词》“只愁歌舞散，化作彩云飞”之意，彩云比喻美人，从宋玉《高唐赋》以神女比行云的比喻中取义，照应首句梦醒，便在平淡的追叙中表达出往事如梦的心情。总之，小山词闲婉沉著，善以浅语道深情，小令中有长调气格，所以能独步一时。

二　从范仲淹到欧阳修

从花间南唐词到二晏词，虽然抒写相思离别的婉丽词风一脉相承，但其间也有少数风格比较清新刚健的作者，将士大夫的用世之志和归隐之想写入词里。如北宋诗文革新的前驱人物王禹偁(954—1001)，有《点绛唇》：

> 雨恨云愁，江南依旧称佳丽。水村渔市，一缕孤烟细。　天际征鸿，遥认行如缀。平生事，此时凝睇，谁会凭阑意！

雨中江南与其说是以水村渔市的清丽风光吸引诗人凝眺的目光，还不如说是以其水天空阔、征鸿高飞的景象激起了诗人平生所负的大志。与王禹偁差不多同时的潘阆有一组《酒泉子》，其中写西湖的几首盛传一时，如：

> 长忆西湖，尽日凭阑楼上望。三三两两钓鱼舟，岛屿正清秋。　笛声依约芦花里，白鸟成行忽惊起。别来闲整钓鱼竿，思入水云寒。

这首词炼字虽不十分精致，但把西湖垂钓的回忆写得很有情味。芦花丛中笛声隐约、白鹭惊飞的描写也是如画之笔。别后希望再度游湖的愿望通过整理钓竿来表现，“思入水云寒”的企望又将回忆中的景致扩展到更开阔的境界，同时也暗示了隐于沧浪之水的意思。另一首写观潮：

长忆观潮,满郭人争江上望。来疑沧海尽成空,万面鼓声中。　弄潮儿向涛头立,手把红旗旗不湿。别来几向梦中看,梦觉尚心寒。

短短几句词,能将观潮的情景写得气势夺人:怀疑沧海都被潮头卷空,足见水势之浩大;如有万面大鼓一起敲响,可见潮声之震耳。在这样汹涌的涛头中,弄潮儿竟然可以自由出没,手中红旗不会沾湿。而别后多次梦见当时场面,尚觉心寒,更进一步渲染了大潮排空、寒气凛然的声势。如此豪壮气概,在宋初词中至为难得。传说苏东坡十分喜爱这几首词,把它们写在玉堂屏风上。

北宋著名政治家和文章家范仲淹(989—1052),字希文,吴县(今江苏苏州)人。宋仁宗时官至参知政事(相当于副宰相)。曾力主改革政治,主持了历史上有名的"庆历新政"。又曾在陕西守边多年,被西夏称为"胸中自有数万甲兵"。这种经历和气度使他的文章具有不凡的胸襟。他虽然不以词名家,但以少量的佳作为宋词开拓了较为壮阔的意境。如著名的《渔家傲》以边塞生活入词,是他在西北军中的感怀之作:

塞下秋来风景异,衡阳雁去无留意。四面边声连角起。千嶂里,长烟落日孤城闭。　浊酒一杯家万里,燕然未勒归无计。羌管悠悠霜满地。人不寐,将军白发征夫泪。

上片写边塞荒凉景色,以"衡阳雁去无留意"衬托气候的寒苦。边塞的风声、人喊马嘶加上军营的号角从四面响起,更在凄凉之外增添了悲壮的气氛。无边的山峰围绕着一座夕阳照射下的紧闭的孤城,冷落背后又隐隐显示出戒备森严的紧张局势。这几句写景造句精劲,声调高亮。下片抒情,以"浊酒一杯家万里"相对照,点明征夫久戍思乡,却因匈奴未退而欲归不得,满地银白的浓霜和将军的白发相映照,写出了将士征战的劳苦和作者忧国的深情,词旨雄壮而取境苍凉。范仲淹也善写柔情,如《御街行》:

纷纷坠叶飘香砌,夜寂静,寒声碎。真珠帘卷玉楼空,天淡银河垂地。年年今夜,月华如练,长是人千里。　愁肠已断无由醉,酒未到，先成泪。残灯明灭枕头攲，谙尽孤眠滋味。都来此事，眉间心上，无计相回避。

黄叶飘零的秋夜，对月怀人，是诗词中常见主题。此词写夜色清明，银河横跨天穹，如垂到地面，境界壮伟；以酒化成泪形容离情如痴如醉，也很新鲜。最好的还是结尾：愁容见于眉头，愁思结于心上，都无法回避“此事”，可见愁闷的难以排遣。以词写情，不难于比喻和暗示，而难于直抒。这几句颇有创意，后来为李清照所翻用。他的《苏幕遮》虽写离愁，也比较开阔：

碧云天，黄叶地，秋色连波，波上寒烟翠。山映斜阳天接水，芳草无情，更在斜阳外。　　黯乡魂，追旅思，夜夜除非，好梦留人睡。明月楼高休独倚，酒入愁肠，化作相思泪。

开头数句，一气呵成，以碧云、黄叶和翠烟概括了天、地、水三种主色调，展现出水天相连的广阔空间，然后再将视野开拓到斜阳之外的芳草，追寻远在天涯的故乡。黯淡的乡情有此高远的境界烘托，也就不显得柔弱了。后来元曲《西厢记·秋暮离怀》折中“碧云天，黄花地”即拟此词开篇。

欧阳修(1007—1072)，字永叔，自号醉翁，庐陵(今江西吉安)人。他支持范仲淹的改革，提倡诗文革新，是北宋著名的诗人和古文大家。宋仁宗朝曾官至参知政事。他的词与晏殊、冯延巳三家词，多相互混杂，光从风格上看难以区别。清人刘熙载认为晏殊得冯延巳之“俊”，欧阳修得冯延巳之“深”，两人都受冯氏影响。欧阳修与晏殊同时，晏、欧本有师生之谊，后因欧阳修见晏殊平时歌舞饮宴，不恤国事，托诗以讽，才逐渐疏远。欧词现存《六一词》《醉翁琴趣外编》，词风清丽委婉。内容主要还是恋情相思、离愁别恨，与他那些庄重的诗文相比，较为自由地抒写了个人的情感生活。如《蝶恋花》：

庭院深深深几许？杨柳堆烟，帘幕无重数。玉勒雕鞍游冶处，楼高不见章台路。　　雨横风狂三月暮，门掩黄昏，无计留春住。泪眼问花花不语，乱红飞过秋千去。

描写一个贵族少妇深闺独守的苦闷心情。开头连用三个“深”字，强调她被深闭在幽闺中的深深寂寞，加上重重叠叠的帘幕、堆着迷雾的杨柳，更造成少妇深居独处、与外界隔绝的处境。当然更看不见荡子在外的冶游之处，只能任凭风雨摧残她的青春。“泪眼问花花不语，乱红飞过秋千去”，虚用问字，借不解语的落花以及少女时嬉戏的秋千寄托青春迟暮的感慨，更写出了少妇无可告诉的哀怨。词意委婉转折，圆浑跌宕。《踏莎行》也是他的名作：

> 候馆梅残，溪桥柳细，草薰风暖摇征辔。离愁渐远渐无穷，迢迢不断如春水。　　寸寸柔肠，盈盈粉泪，楼高莫近危阑倚。平芜尽处是春山，行人更在春山外。

写一个旅人在风暖草香的旅途中的感受，妙在情景比喻相融合：“离愁渐远渐无穷，迢迢不断如春水。”离愁随着离家路程的变长、时间的变久而越来越深长，就像沿途经过的河流，春水无穷无尽，永远不断，眼前所见与心中所感妙合无垠，便使抽象的感情变成具体的形象，尤其显得绵长亲切。下片推想闺中人对旅人的思念，从她登高远望的特定情景出发，将离愁融进长满青草的平原和平原尽头的春山，乃至春山以外遥远的空间中去。思妇的视线追不上行人的足迹，便在想象中推进一层，这就由于景扩大到画面之外而增加了情的容量。欧阳修的某些情词，颇善于描写人物情态，因此冲淡了艳丽的色彩。如《南歌子》：

> 凤髻金泥带，龙纹玉掌梳。走来窗下笑相扶，爱道“画眉深浅入时无”。　　弄笔偎人久，描花试手初。等闲妨了绣功夫，笑问“双鸳鸯字怎生书”？

词里引用了唐人朱庆馀的《近试上张水部》：“洞房昨夜停红烛，待晓堂前拜舅姑。妆罢低声问夫婿，画眉深浅入时无？”女主人公可能是新嫁娘。作者选取梳妆和描花两个日常生活中的典型动作，写她与爱人缠绵的浓情蜜意，娇媚中带着些许顽皮，十分生动。他还有一首《生查子·元夕》①：

① 也见于宋代女诗人朱淑真的《断肠集》，但很多学者认为应是欧阳修所作。

去年元夜时，花市灯如昼。月上柳梢头，人约黄昏后。　　今年元夜时，月与灯依旧。不见去年人，泪湿春衫袖。

上下片将去年和今年的元宵节对举，在花月灯火交辉的同样背景下，对比去年的欢会和今年的离别，意思十分直露。“月上”两句写约会情景，清新通俗而富有诗意，成为后代常用的熟语。欧阳修还有少部分词作表现他啸傲湖山、流连风月的襟怀，洗刷了脂粉气息，脱出了婉约情调，向着疏俊的方向发展。例如他题咏颍州西湖的《采桑子》十首，其中写残春景色的一首颇有意趣：

群芳过后西湖好：狼藉残红，飞絮濛濛，垂柳阑干尽日风。　　笙歌散尽游人去，始觉春空。垂下帘栊，双燕归来细雨中。

词以伤春为永恒主题，这一首却从花谢之后、游人散尽的冷落中品出热闹过后的清静，领略了西湖的另一番韵味。此外他的《朝中措·平山堂》将自己“挥毫万字，一饮千钟”“尊前看取衰翁”的形象表现在词里，境界明快爽朗，已为后来苏轼一派豪放词风导夫先路。

王安石作为北宋著名政治家，虽然用心不在词，作品传世不多，但其词洗净五代以来的绮丽风习。《桂枝香》是他的名作：

登临送目，正故国晚秋，天气初肃。千里澄江似练，翠峰如簇。征帆去棹残阳里，背西风酒旗斜矗。彩舟云淡，星河鹭起，画图难足。　　念往昔豪华竞逐，叹门外楼头，悲恨相续。千古凭高对此，漫嗟荣辱。六朝旧事随流水，但寒烟衰草凝绿。至今商女，时时犹唱，后庭遗曲。

金陵怀古一直是诗歌吟咏不衰的题材。王安石将它引入词里，利用词大抵一片写景一片抒情的格式，大笔勾勒出西风夕照中，大江澄静、山色青翠的空廓背景，以及秦淮华灯如星、酒旗招摇、彩船泊河的繁华晚景；又就眼前的流水想到六朝兴衰旧事的流逝，将杜牧的名句“商女不知亡国恨，隔江犹唱后庭花”的意思延续到眼前，更富有历史的苍凉感。所以《古今词话》说：“金陵怀古，诸公寄调于《桂枝香》者，三十余家，独介甫为绝唱。”

三　从张先到柳永

从五代到宋初，表现含蓄的小令一直是词的主要体裁，较为铺张的长调虽然在敦煌词里已经出现，但文人的作品很少。从张先开始，这种情况才有所改变，到柳永大力作长调，宋词的形式才得以基本完备。

张先(990—1078)，字子野，吴兴(今浙江湖州)人。曾任都官郎中，晚年退居杭州、吴兴一带乡间。有《安陆词》。清人陈廷焯《白雨斋词话》说："张子野词，古今一大转移也：前此则为晏、欧，为温、韦，体段虽具，声色未开。后此则为秦、柳，为苏、辛，为美成(按，周邦彦)、白石(按，姜夔)，发扬蹈厉，气局一新，而古意渐失。子野适得其中，有含蓄处，亦有发越处；但含蓄不似温韦，发越不似豪苏、腻柳，规模虽隘，气格却近古。"这段话的意思主要是从张先的表现着眼，指出张先就像是北宋词发展中的一个转折关头：在他之前，只以含蓄为主，声色渲染和发挥铺叙较少；在他之后的词便声色大开、铺张扬厉；而张先恰恰处于中间，既不像温庭筠、韦庄那样含蓄，又不如苏轼、柳永那样豪放、细腻。当然这前后的变化与小令和长调的体制也有关，所以一般又认为张先作长调较多，是柳永的前驱。但由于张先才力不足，长调写得不太高明，较有韵味的还是一些比较含蓄的小词。其词善于炼字，尤其善用虚字和"影"字配合，表现某种较难捕捉的美感。其中以"云破月来花弄影"(《天仙子》)、"那堪更被明月，隔墙送过秋千影"(《青门引》)、"柳径无人，堕飞絮无影"(《剪牡丹》)三句最为著名，词人因此而得了一个"张三影"的绰号。《天仙子》：

> 水调数声持酒听，午醉醒来愁未醒。送春春去几时回？临晚镜，伤流景，往事后期空记省。　沙上并禽池上暝，云破月来花弄影。重重帘幕密遮灯，风不定，人初静，明日落红应满径。

上片直写送春时追挽流年的感伤，下片写风起时对明日落花满径的揣度。云破月，说明云彩飘移的速度较快，花弄影，说明花影摇曳不定，这就通过云月花影之间的动态关系写出了风起时的情景，意境很美。《青门引》：

> 乍暖还轻冷，风雨晚来方定。庭轩寂寞近清明，残花中酒，又是

去年病。　　楼头画角风吹醒，入夜重门静。那堪更被明月，隔墙送过秋千影！

这也是写因伤春而醉酒，酒醒之后更加凄凉的心情。但在入夜人静之时，一架秋千的影子被明月送过墙来，却很新鲜，也可以作两种理解，一是如俞平伯先生所说，“盖值寒食佳节，明月中有人在打秋千”，“此处以动态结静境，有人影似较好”（《唐宋词选释》）。从词里“近清明”来看，时值寒食是可信的。因为寒食就在清明前两天。而且古诗中写寒食节打秋千的不在少数。另一是胡云翼先生引《草堂诗馀》说题作“怀旧”（《宋词选》），那么这秋千就不是泛指，而是指作者怀念的那人曾经打过的秋千了。秋千虽然空着，但“送过”二字赋予它一种动感，自然令人想到当初打秋千时“隔墙送过”的种种光景。作后一种理解，似乎更加传神且含蓄。《木兰花・乙卯吴兴寒食》：

　　龙头舴艋吴儿竞，笋柱秋千游女并。芳洲拾翠暮忘归，秀野踏青来不定。　　行云去后遥山暝，已放笙歌池院静。中庭月色正清明，无数杨花过无影。

这首词把寒食节白天的热闹和晚间的清静分置在上下片里。上片集中了赛龙船、打秋千、采百草、郊游踏青的各种风俗，通过人们的活动把气氛渲染得十分活跃。而后半片由动转静，末二句写月照中庭的清明之景，飞絮虽然无数，但因为轻薄，月光下自然不会有投影，“无影”二字似乎无理，但只有在极静之中人们才会注意到杨花无影飘过的动态，这就自然烘托出中庭的空静，写出了无声之境。

另外，张先的《一丛花令》写女子独处深闺的愁恨，末句“不如桃杏，犹解嫁东风”也极著名。贺裳《皱水轩词筌》指出这句词以“无理而妙”，即通过这个新奇的拟人化的比喻，道出违反一般生活逻辑的无理怨语，反而更深刻地表现了女主人公自怜自惜、自怨自艾的深情。为此张先又被称作“桃杏嫁东风郎中”。这首词铺写细腻，介乎“含蓄”和“发越”之间。前人指出张先之后宋词声色大开，说明其词在讲究声色方面确有比时人器局一新之处。

与张先同时的词人还有宋祁（998—1061）。他也是北宋著名的文

人,曾和欧阳修一起修《新唐书》。《玉楼春》一词使他得名一时:

> 东城渐觉风光好,縠皱波纹迎客棹。绿杨烟外晓寒轻,红杏枝头春意闹。　　浮生长恨欢娱少,肯爱千金轻一笑?为君持酒劝斜阳,且向花间留晚照。

“闹”字形容杏花开得极其繁盛的景象,传神地烘托出春意的热闹,点染春天丽景极为生动,宋祁因此也得了“红杏枝头春意闹尚书”的雅号,可见时人对这一佳句的激赏。

由此可见,宋初词风虽基本上承袭花间南唐余绪,但更趋于文人化,同时在风格上已显示出由婉约向豪放发展的端倪,体制上也出现了由小令到长调的苗头,这些都展示出宋词将突破晚唐五代的传统题材和表现手法的新趋势。而柳永便是促成这一转变的关键人物。

北宋前期词风至柳永而为之一变。柳永(生卒年不详),原名三变,字耆卿,出生于儒学仕宦之家。创作活动主要在真宗至仁宗的三十多年间,正是北宋文化经济达到繁荣兴盛的时期。他的生平大抵可分两个阶段:早年对前程充满自信,入京后却屡试不中。后来又在放榜时被深斥浮艳虚美之文的宋仁宗黜落。从此鄙弃功名利禄,自称“奉旨填词”,流连于汴京的秦楼楚馆,为教坊乐工和民间歌妓填写新词,用流行的新声写下大量俚俗的作品。内容大抵是描绘都市的繁华,备述行役羁旅之苦,诉说男欢女爱,抒写离情别绪,反映下层市民尤其是妓女的不幸生活。柳永四十余岁时释褐入仕,生活和创作发生了很大转变,虽不免有怀旧之词,但早年的风情显然减退,放浪的生活和俗词的写作也从此结束。后期创作有不少歌颂皇恩和粉饰升平之作,宦游途中也写下了许多羁旅行役之词,洗尽翦红刻翠之语,词风由俗变雅。有《乐章集》,计二百多首词。

柳词代表着宋词发展的一个新阶段,主要体现在以下几方面:

首先,大量创制长调。敦煌曲子词里原有一些长调,如《倾杯乐》《内家娇》《拜新月》《柳青娘》《凤归云》等,但一直没有得到发展。花间、南唐、宋初词所用体调均以小令为主。柳永精通音律,一方面借鉴和发展了敦煌曲子词的长调,一方面以当时的新声代替唐五代的旧曲小令,创制了许多篇幅较长、句子错综不齐的长调,并将原来的许多小令也衍为较长的词调。他的《乐章集》所收二百多首词中，长调有一百多首，绝大部分是前所未见或借用旧曲制成新体。柳永以后，长调兴起，并在此后的发展中掩过了小令。

其次，与长调的体制相应，创造了以白描见长，铺叙层次分明、细致而又直露的艺术表现手法。长调本来宜于铺叙，柳词往往曲尽形容、淋漓尽致，不求含蓄，但讲究结构严谨、层次清楚、首尾完整、工于点染，把抒情诗中融情于景的传统与赋体叙事铺写的特点结合起来，又时有一二优美警句在篇中生色。例如他的《望海潮》：

> 东南形胜，江吴都会，钱塘自古繁华。烟柳画桥，风帘翠幕，参差十万人家。云树绕堤沙，怒涛卷霜雪，天堑无涯。市列珠玑，户盈罗绮竞豪奢。　　重湖叠巘清嘉，有三秋桂子，十里荷花。羌管弄晴，菱歌泛夜，嬉嬉钓叟莲娃。千骑拥高牙①，乘醉听箫鼓，吟赏烟霞。异日图将好景，归去凤池夸②。

描绘杭州的繁华和西湖的佳丽，便充分发挥了他用赋体手法写词的长处。上片先总述杭州的地势形胜及自古繁荣的悠久历史，又从湖上的烟柳画桥写到城中的风帘翠幕，概括出这个大都会人口密集的繁盛景象，继之补足钱塘江的雄伟和险要，最后拈出市集上珠宝罗绮充盈之状，进一步夸赞这里的物阜民康。下片前半段专咏西湖，从湖山全景、四时风光、昼夜笙歌、湖中人物四方面分写，其中“三秋桂子，十里荷花”尤为著名，传说竟使金主完颜亮闻之而起投鞭渡江之志。最后以颂美郡守作结。全词“音律谐婉，语意妥帖，承平气象形容曲尽”（陈振孙《直斋书录解题》）。又如他的《雨霖铃》：

> 寒蝉凄切，对长亭晚，骤雨初歇。都门帐饮无绪，留恋处，兰舟催发。执手相看泪眼，竟无语凝噎。念去去千里烟波，暮霭沉沉楚天阔。　　多情自古伤离别，更那堪，冷落清秋节！今宵酒醒何处？杨柳岸，晓风残月。此去经年，应是良辰好景虚设。便纵有千种风情，

---

① 高牙：军前大旗。

② 凤池：凤凰池，中书省所在地，借指朝廷。

更与何人说？

这是离开汴京时与情人话别之作。上片从日暮雨歇、送别城外、设帐饯行到兰舟催发、泪眼相对、执手告别，半句一转，层层叙述离别场面，以清秋暮景渲染别离的苦味和留恋的深情，写出复杂微妙的内心活动。下片想象别后情景。“今宵酒醒何处？杨柳岸，晓风残月”是历来传诵的名句。今宵酒醒时恰是明早舟行已远之处，愁中所见唯有杨柳岸边的晓风残月，而伊人早已远隔烟波千里，其时心头的冷落凄清也就自可体味。以下意犹未足，放笔直写经年远别的孤独寂寞，写得缠绵悱恻、尽情透彻，而又极富回味和感染力。这类好词，往往能雅俗共赏。又如《八声甘州》：

对潇潇暮雨洒江天，一番洗清秋。渐霜风凄紧，关河冷落，残照当楼。是处红衰翠减，苒苒物华休。惟有长江水，无语东流。　　不忍登高临远，望故乡渺邈，归思难收。叹年来踪迹，何事苦淹留！想佳人，妆楼颙望，误几回天际识归舟。争知我，倚阑干处，正恁凝愁。

写深秋薄暮时分江天萧瑟的景象和游子久滞异地的情怀，情景兼到，骨韵俱高。尤其上片中“渐霜风凄紧”几句，境界宏阔苍凉，苏东坡曾赞“此语于诗句，不减唐人高处”（赵德麟《侯靖录》）。此外如《倾杯》“鹜落霜洲”中“暮雨乍歇，小楫夜泊，宿苇村山驿。何人月下临风处，起一声羌笛”，意境的清疏优美也为前人词中少见。柳永慢词将抒情叙事写景打成一片的铺叙方法和巧妙谨严的结构，对宋代文人词具有深远的影响。

再次，将词的内容由上层社会转向都会下层生活，采用市井通俗浅显的口语俚词入词，开启了写通俗白话词的风气。柳词用俚语多见于那些描写下层妇女闺中独怨的作品，最有代表性的是他的《定风波》：

自春来，惨绿愁红，芳心是事可可。日上花梢，莺穿柳带，犹压香衾卧。暖酥消，腻云亸，终日厌厌倦梳裹。无那！恨薄情一去，音信无个。　　早知恁么，悔当初，不把雕鞍锁。向鸡窗[①]，只与蛮笺象

① 鸡窗：书房，书斋。晋宋处宗有一只长鸣鸡，他极其宠爱，关在窗户边。后来鸡说人话，与宋处宗谈论，让他的言谈水平大增。后以鸡窗指书斋。

管①,拘束教吟课。镇相随,莫抛躲。针线闲拈伴伊坐,和我,免使年少光阴虚过。

写女子终日思念薄情郎、无心梳妆的情景,上片和温庭筠《菩萨蛮》“小山重叠金明灭”的内容和表现角度完全相同,但毫无温词的含蓄,而是以浅俗的口语直抒女主人公的怨恨,下片更是具体描写把情郎留在家里后卿卿我我的细节,虽然构思很新,但不免失于鄙俗。其余如“对好景良辰,皱着眉儿,成甚滋味”“算得伊家,也应随分,烦恼心儿里”(《慢卷轴》)等,也都是善于体会市井妇女心理的例子。尽管遭到后来不少词评家的批评,如讥其“虽协音律,而词语尘下”(李清照《词论》)、“虽极工致,然多杂以鄙语”(徐度《却扫编》)等,但柳词用俚词口语更适合词的表现特点,因而得以广泛流传,据说当时有井水处皆歌柳词。用土语方言入词的写法,在柳永后也为词人普遍使用。可见他在宋词发展史上的影响是不可低估的。

【知识点】

《珠玉集》　《小山词》　《六一词》　《安陆词》　《乐章集》

【思考题】

1. 宋初词的主导倾向是什么?
2. 为什么说柳永词代表宋词发展的一个新阶段?

① 蛮笺象管:纸和笔。

第十一讲

苏轼与词的诗化

宋词到苏轼手里又是一大变,从内容、题材到境界都出现了全新的面貌。苏轼是我国文学史上杰出的作家,他在诗、文、词等各方面都取得了很高的成就,而对词的革新更有特殊意义,表现了卓绝的独创性,奠定了豪放词派在宋词中的重要地位。

一　苏轼对宋词的革新

苏轼(1036—1101),字子瞻,号东坡居士,四川眉山人。父亲苏洵、弟弟苏辙,都是有名的散文家。他生长于百年无事的北宋中叶,具有广博的历史文化知识和多方面的艺术才能。自从24岁步入仕途以后,就被卷入了上层士大夫激烈的党争之中,历经宦海浮沉。早年他曾针对当时财乏、兵弱、官冗等问题,大声呼吁改革。但是王安石变法时,他连续上书反对新法,意见未被采纳,在宋神宗熙宁年间一直在地方官任上,曾任杭州通判和密州、徐州、湖州知州等职。44岁在湖州任上,新党中某些官僚从他的诗文中摘出讽刺新法的诗句,罗织罪名将他下狱,这就是有名的“乌台诗案”。出狱后被贬黄州。宋哲宗元祐年间,旧党司马光等人执政,苏轼调回京城任翰林学士,因不同意司马光尽废新法,尤其反对废除免役法,遭到旧党疑忌,又请放外任,历任杭、颍、扬、定州的知州。哲宗绍圣元年以后,新党再度得势,打击元祐旧臣,苏轼被贬到英州、惠州、儋州。直到宋徽宗即位,他才遇赦北归,第二年就死于常州。

苏轼具有早期儒家辅君治国、经世济民的政治理想,有志改革朝廷萎靡的积习和弊政。他反对因循守旧,但又不赞成王安石变法。再加上他性格耿介,讲究风节操守,不愿见风使舵、随时上下,因而既不见容于变法派,又不得志于保守派,一生遭受了许多政治磨难。但他无论是在地方官任上还是被贬到岭南甚至海南，始终热切地关注着百姓的疾苦和当地的生产，惩办悍吏、减赋救灾、兴修水利、整顿军纪，在自己力所能及的范围内进行改革，做了许多有益于人民的好事。处身于政治逆境之中，他善于以庄子和佛家思想自我排遣，能够以顺处逆、以理化情，胸怀开阔、气量恢宏，因而形成了豪爽开朗的性格、达观积极的人生观和超脱旷达的处世哲学。这是他在文学创作上获得巨大成功的重要原因。

苏轼作词较晚，据朱孝臧《东坡乐府编年》，大约始于 37 岁任杭州通判时，所作大多是游宴酬赠的小令，词名未著。38 岁赴密州，从此词多长调，开始陆续显现出豪放的特色。44 岁后因“乌台诗案”贬居黄州五年，这一时期是苏词创作的高峰期，黄州词计有五十首之多，占他词作总数（二百首）的四分之一，许多名作都产生于此时。之后佳作减少，晚年词作就更少见了。

苏轼对宋词进行了大刀阔斧的全面改革，从内容到风格，从用调到音律，都打破了词的狭隘的传统观念，给宋词“指出向上一路，新天下耳目，弄笔者始知自振”（王灼《碧鸡漫志》）。他对词的革新主要体现为将诗的境界引入了词里，大大提高了词的品格。从花间、南唐到柳永词，不论雅词俗词，都没有突破“词为艳科”的藩篱。词作为一种从民间新起的文学样式，尚不能与言志载道的诗文同登大雅之堂，而只是专门用来抒写男女相思离别之情的“小道”“小技”，因而缘情而绮靡的侧艳之曲充塞了整个词坛。苏轼以诗入词，把词家缘情和诗人言志这二者结合起来，使词和诗同样具有言志述怀的作用，并吸取诗的表现手法作词，这就解放了词在内容和形式上的束缚，使它具有了更加多样的社会功能；同时，他还从力辟柳永的侧艳词风入手，提高了词的格调，“一洗绮罗香泽之态，摆脱绸缪宛转之度，使人登高望远，举首高歌，而逸怀浩气，超然乎尘垢之外。于是花间为皂隶，而柳氏为舆台矣”（胡寅《酒边词序》）。

苏轼以诗入词的主要表现是：把词的题材从儿女私情、羁旅行役扩大到怀古咏史、悼亡送别、说理谈玄、感时伤事、山水田园等各种诗歌的题材中去，用以抒写自己的性情抱负、胸襟学问，使词达到“无意不可入，无事不可言”（冯煦《蒿庵论词》）的境地。尤其在以下诸方面开拓了前所未有的内容：

（一）讴歌报国立功的豪情壮志。这是魏晋到唐代边塞诗的重要主题，苏轼之前词中罕见。例如他在密州出猎时所作《江城子》，是他最早的一首豪放词：

> 老夫聊发少年狂，左牵黄，右擎苍，锦帽貂裘，千骑卷平岗。为报倾城随太守，亲射虎，看孙郎。　　酒酣胸胆尚开张，鬓微霜，又何妨！持节云中，何日遣冯唐！会挽雕弓如满月，西北望，射天狼。

上片描写自己出猎的装扮和阵容，牵狗擎鹰，写得洒脱豪放，极有声势；又以夸张的口吻渲染倾城出动观猎的热闹场面，以三国时吴主孙权射虎自喻，更将豪情胆气渲染到十分。下片生动地刻画出作者两鬓染霜而依旧胸怀开阔、壮志不衰的豪迈神情。汉文帝时魏尚为云中太守，击败匈奴，立有战功，但因报功时杀敌数字略有出入，朝廷将处刑。冯唐认为这种做法不公平，汉文帝便派冯唐持节去云中郡赦免魏尚之罪。这里用此典故，表示了希望得到朝廷信任的意思。结尾以一个雕塑般的英雄形象的特写重申了作者为国请缨、征服西夏辽国的雄心壮志。苏轼自述作得此词，曾“令东州壮士抵掌顿足而歌之，吹笛击鼓以为节，颇壮观也”（《与鲜于子骏简》）。这是他有意抵制“柳七风味”、以讴歌报国壮志的豪放词自成一家的最初尝试。此后，他在《南乡子》“旌旆满江湖”、《阳关曲·中秋作》等词里都塑造过爱国志士和从军将士的形象。

（二）在日常生活中探索人生哲理。苏轼把宋诗好议论、追求理趣的特点引入词中，不少词能在日常生活中触发哲理，以理化情。如他的名作《水调歌头》：

> 明月几时有？把酒问青天。不知天上宫阙，今夕是何年。我欲乘风归去，又恐琼楼玉宇，高处不胜寒。起舞弄清影，何似在人间！　　转朱阁，低绮户，照无眠。不应有恨，何事长向别时圆？人有悲欢离合，月有阴晴圆缺，此事古难全。但愿人长久，千里共婵娟。

原题说“丙辰中秋，欢饮达旦，大醉，作此篇，兼怀子由”，是为怀念离别七年的弟弟苏辙而作。万里离愁，中秋良夜，把酒对月，难免思绪万端，但由于作者旷达的胸襟、丰富的想象和奇妙的艺术构思，却使这首词超出了一般赏月抒愁的范围,而反映了作者所体验到的天上和人间、出世和入世、幻想和现实、悲欢离合等多种矛盾。政治上的失意使他面对神奇、永恒的宇宙,自然产生了出世的思想,想要乘风飞上月宫,而对人间生活的热爱又使他从浪漫空幻的世界回到现实,这首词就通过这种寓短暂于永恒的理趣宽解了失意和离愁。“人有悲欢离合,月有阴晴圆缺,此事古难全。但愿人长久,千里共婵娟”几句,从古往今来人们望月的普遍感慨中提炼出人事与天道的相同规律。“古难全”是无可奈何的事实,“人长久”是彼此珍重的衷心祝愿。这种美好的祝愿已经不只是对他弟弟一人而发,而是变为一切聚短离长的人们的共同希望了。浓厚的人情味和人生哲理交织在一起,丰富和深化了词的意境。又如他在黄州所作《定风波》:

> 莫听穿林打叶声,何妨吟啸且徐行。竹杖芒鞋轻胜马,谁怕?一蓑烟雨任平生。　　料峭春风吹酒醒,微冷,山头斜照却相迎。回首向来萧瑟处,归去,也无风雨也无晴。

写途中遇雨之事,能从这一寻常事件中见出他平生的修养和善处人生的哲学。在风雨声中吟啸徐行,“谁怕?一蓑烟雨任平生”,可见作者在人生路上履险如夷,不为风雨所扰的坦然和坚定。下片写雨晴后迎着山头斜照归去,“回首向来萧瑟处,归去,也无风雨也无晴”,身处风雨之中既不觉风雨相扰,雨过之后也不为晴喜。这就使人联想到苏轼在政治上所走过的虽是一条风风雨雨、阴晴无常的道路,但他能以乐忧两忘、心平气和的旷达态度泰然处之,晴雨变化也就自然置之度外了。一首遇雨的小词,却通过苏轼对自然风雨的态度概括了他一生对待政治风波的哲学。再如《浣溪沙》:

> 山下兰芽短浸溪,松间沙路净无泥,萧萧暮雨子规啼。　　谁道人生无再少?门前流水尚能西!休将白发唱黄鸡。

词题说:“游蕲水清泉寺,寺临兰溪,溪水西流。”词人即从寺前兰溪水西流这一偶然见到的自然现象生出感想。以水向东流比时间流逝,已成为有上千年历史的固定喻象,苏轼由水的反向焕发出人生可以恢复青春的奇想,反驳了白居易《醉歌》中“听唱黄鸡与白日”“镜里朱颜看已失”的哀叹,这种豪迈乐观的高唱在诗里尚且少见,在历来以伤春悲秋为主调的词里更是振聋发聩。

(三)借凭吊古迹抒写历史的感慨。苏轼怀古词中境界最为雄奇阔大者莫过于《念奴娇·赤壁怀古》:

> 大江东去,浪淘尽,千古风流人物。故垒西边,人道是,三国周郎赤壁。乱石穿空,惊涛拍岸,卷起千堆雪。江山如画,一时多少豪杰! 遥想公瑾当年,小乔初嫁了,雄姿英发。羽扇纶巾,谈笑间,樯橹灰飞烟灭。故国神游,多情应笑我,早生华发。人间如梦,一尊还酹江月。

此词发端三句,气势奔腾雄浑,由长江的滚滚东流联想到时间永无休止的流逝。历史淘尽了千古风流人物,但他们所建丰功伟业的遗迹却与壮丽的江山同在。这就把眼底心头的江山、历史人物一齐推出,视野之大、胸次之高,实为空前。“乱石穿空,惊涛拍岸,卷起千堆雪”三句以气吞山河的笔力将赤壁写得惊涛澎湃、雄奇险峻,不仅出于对江山如画的礼赞,更为了烘托风云一时的豪杰。下片从赤壁一战中提出决胜的主帅周瑜,着力赞美他的英俊雄姿、儒将风度,以及从容不迫、指挥若定的气概。追想古代英杰,难免产生自身功业无成的失意之情。但结尾随即以“人间如梦”化开个人的牢骚:周瑜的功业尚且已成历史的陈迹,何况自己这个渺小的人物?既然只有这江水和明月是永恒的存在,那么还不如在大自然中消解这历史的感慨吧!这首词将各种矛盾的思想感情有机地融合在一个整体中:眼前景物与古代人事的融合,渴望功业的积极精神和虚无失落的人生感慨的融合,豪迈的气概与超旷的情趣的融合,上下古今,目接神游,以虚实相生的艺术手段对词境作了最恢宏的开拓。又如《满江红》:

> 江汉西来,高楼下,蒲萄深碧。犹自带,岷峨雪浪,锦江春色。君是南山遗爱守①,我为剑外思归客。对此间,风物岂无情,殷勤

① 朱寿昌曾经做过陕州通判,终南山在陕州之南。“遗爱”指朱寿昌在当地留下仁爱的政绩。

说。　　《江表传》①,君休读,狂处士,真堪惜。空洲对鹦鹉,苇花萧瑟。独笑书生争底事,曹公黄祖俱飘忽。愿使君,还赋谪仙诗,追《黄鹤》。

此词题为"寄鄂州朱使君寿昌",是苏轼在黄州时所作。上片描写长江汉水的浩瀚绵长,檃栝了李白的"遥看汉水鸭头绿,恰似葡萄初酦醅"(《襄阳歌》)、"江带峨嵋雪"(《经乱离后天恩流夜郎》)以及杜甫的"锦江春色来天地"(《登楼》)等诗句。但从水色和水的来历着想,就颇有新意:岷山峨嵋的雪和锦江的春色,都来自诗人熟悉的故乡,所以下面以"剑外思归客"自喻,就很自然了。下片由汉江风物追想此间历史。诗人从鹦鹉洲和黄鹤楼这两处名胜的来历追想三国时的狂士祢衡和大诗人李白。祢衡因狂放而得罪曹操,后来被刘表的部下江夏太守黄祖所杀,因为他写过一篇《鹦鹉赋》,后人遂将他埋骨的江边沙洲称为鹦鹉洲。又传说李白登黄鹤楼,曾感慨崔颢的《黄鹤楼》难以超越。苏轼将祢衡和李白的两种人生态度作了对比,感慨刚直的狂士没有好下场,不如学谪仙吟咏山水,显然包含着自己被贬黄州的深沉悲慨,"独笑书生"也正是苏轼的自嘲。祢衡的抗"争"之所以可笑,原因在于被害者和迫害者(曹操、黄祖)都已一齐归于虚无。这里以虚无的历史观抹平了自己抗争的意义,虽然不免消极,但思考却是很深刻的。

(四)描写田园生活的新鲜意趣,寄托离世隐遁的愿望。在山水田园中消解政治失意的孤独和寂寞,是六朝到唐代诗歌中的常见主题。苏轼虽然经常在诗里流露隐逸归田的愿望,却终其一生未能归田。但他很善于在日常生活中发现山水田园的乐趣。在任徐州太守时,他到石潭谢雨,就道上所见作了《浣溪沙》五首,第一次把田园诗的风味引进词里。这五首词涉及农村生活的各个方面,如收麦、赛神、缫丝、煮茧、捣麨、卖瓜等,和着雨后农作物的欣欣生意和农民的喜悦之情一起写出,凡农村景物如池鱼、树鸟、桑麻、蒿艾等,也带有雨后日照下鲜洁的色彩和薰人的清香。其中写农家妇女争看太守下乡的场面,尤其生动可喜:

① 《江表传》:记载三国时吴国人物的传记,今失传。

旋抹红妆看使君，三三五五棘篱门，相排踏破茜罗裙。　　老幼扶携收麦社，乌鸢翔舞赛神村，道逢醉叟卧黄昏。

妇女们匆匆忙忙打扮起来为看太守，却又三三五五挤在篱笆边，以致推来拥去踏破了红绸裙，抓住几个动作和细节，便传神地画出了未见过世面的村姑们天真好奇的神情。另一首：

簌簌衣巾落枣花，村南村北响缲车，牛衣古柳卖黄瓜。　　酒困路长惟欲睡，日高人渴漫思茶，敲门试问野人家。

更将仲夏时节农村中一片繁忙的气氛和古朴的情调渲染得风味十足。酒困口渴的太守敲门求饮的细节虽带有诗人雅士所欣赏的野趣，却也将使君与农民之间一片融洽之情轻轻点出。风格如此清新朴素的田园词亦为苏轼之前所未见。

苏轼也常有高蹈隐遁的念头，在这些词里，深深地渗透着不愿随波逐流、希望精神解脱的孤清和寂寞。如《临江仙》：

夜饮东坡醒复醉，归来仿佛三更。家童鼻息已雷鸣，敲门都不应，倚仗听江声。　　长恨此身非我有，何时忘却营营！夜阑风静縠纹平，小舟从此逝，江海寄余生。

词题为“夜归临皋”，是苏轼在黄州所作，临皋在湖北黄冈南长江边，苏轼有寓所在此。夜饮归来，似醒又醉，作者或许是想到了自己既不能独醒又不肯与世人同醉的处境。所以当他敲门不应，进不了家门时，便从眼前这一件偶然的小事生出离家远遁的念头。《庄子·知北游》：“舜问乎丞曰：‘道可得而有乎？’曰：‘汝身非汝有也，汝何得有夫道！’舜曰：‘吾身非吾有也，孰有之哉？’曰：‘是天地之委形也……’”原意是说人身不属于自己所有，不能得天地之大道。苏轼用“此身非我有”的原话，叹息不能掌握自己的命运，不得不为功名利禄经营劳碌。此时他作为罪人被贬在黄州，连挂冠隐居的自由都没有，因此希望乘舟逝去，也只是徒然渴望精神的自由而已。《卜算子》借咏孤鸿再一次表露了不为世人所知的寂寞：

缺月挂疏桐，漏断人初静。谁见幽人独往来？缥缈孤鸿影。　　惊起却回头，有恨无人省。拣尽寒枝不肯栖，寂寞沙洲冷。

能够看到幽人独往独来的,只有那只缥缈的孤鸿,它时时受惊,无人理解,拣尽寒枝,不肯栖宿,只能寂寞地在沙洲上飘游,这处境不正是苏轼内心不安、孤独、高傲和自甘寂寞的境地的写照吗?这些原来常见于贬谪诗的人生思考和精神追求,使宋词的内容达到了前所未有的深度。

除以上几类外,苏词的内容还拓展到日常生活的各个方面。如他的《江城子·乙卯正月二十日夜忆梦》是一首著名的悼亡词:

> 十年生死两茫茫,不思量,自难忘。千里孤坟,无处话凄凉。纵使相逢应不识,尘满面,鬓如霜。　　夜来幽梦忽还乡,小轩窗,正梳妆。相顾无言,唯有泪千行。料得年年肠断处,明月夜,短松冈。

这首词用白描的手法、不加雕琢的语言表达了他对妻子永不能忘的深挚感情,“纵使相逢应不识,尘满面,鬓如霜”,以假设相逢之景写出生者死者离别之久,以及生者历经沧桑的感慨,极其沉痛,感人至深。《蝶恋花》借伤春的传统题材抒写自己贬谪途中失意的心情:

> 花褪残红青杏小。燕子飞时,绿水人家绕。枝上柳绵吹又少,天涯何处无芳草!　　墙里秋千墙外道,墙外行人,墙里佳人笑。笑渐不闻声渐悄,多情却被无情恼。

虽然花褪残红,柳絮稀少,春天已随芳草到了天涯,但是“天涯何处无芳草”给人的感觉却不是春天完结的悲伤,而是处处都能给人希望的启示,写得深情绵邈而又爽朗豁达。下片分三层对比墙内和墙外的动静,写出墙内佳人的欢笑在墙外行人驻足倾听中渐渐停止的过程,“笑渐不闻声渐悄,多情却被无情恼”,以自嘲的口吻暗示听者的失落,又别有一番幽默的风情,与前人描写女子的风情显然不同。可见苏轼即使是写闺情的词,词品也较唐五代以来的婉约词高出一格。又如他的《贺新郎》:

> 乳燕飞华屋,悄无人,桐阴转午,晚凉新浴。手弄生绡白团扇,扇手一时似玉。渐困倚,孤眠清熟。帘外谁来推绣户,枉教人梦断瑶台曲。又却是,风敲竹。　　石榴半吐红巾蹙,待浮花浪蕊都尽,伴君幽独。秾艳一枝细看取,芳心千重似束。又恐被,西风惊绿。若待得君来向此,花前对酒不忍触。共粉泪,两簌簌。

词里所表现的是一个歌妓(或侍妾)幽独寂寞的心情。上片写她晚凉新浴后孤眠于幽静的华屋中的情态,着重渲染她那孤高芳洁的幽姿。"手弄生绡白团扇""桐阴""风竹"衬托出心境的静寂和人品的修洁,俨然是一幅美人春睡图。下片写美人以不屑与"浮花浪蕊"争艳的榴花自喻,愿在众花谢落之后"伴君幽独",这就刻画出一个甘于寂寞、具有较高精神追求的超群脱俗的美人形象。石榴花鲜红色,又有多重花瓣,这里用"红巾蹙"和"芳心千重似束"来形容,美人、红花互喻,形神俱肖。此外他的《洞仙歌》"冰肌玉骨"、《南乡子》"冰雪透香肌"等词中所描写的美人也都冰清玉洁、一尘不染,间接地表现了作者自己旷达冲淡的襟怀。

苏轼不但提高了词品,开扩了词境,而且使词的抒情艺术达到高度的个性化。苏轼之前的词人虽各有特色,但情调大抵相同,显示不出作者的个性。苏词中则处处体现出鲜明的艺术个性,表现了以顺处逆、达观超脱的人生态度,开朗旷达的襟怀和豪放洒脱的风神。如《念奴娇·中秋》:

> 凭高眺远,见长空万里,云无留迹。桂魄飞来,光射处,冷浸一天秋碧。玉宇琼楼,乘鸾来去,人在清凉国。江山如画,望中烟树历历。　　我醉拍手狂歌,举杯邀月,对影成三客。起舞徘徊风露下,今夕不知何夕!便欲乘风,翻然归去,何用骑鹏翼。水晶宫里,一声吹断横笛。

在这首词里,他描绘出"冷浸一天秋碧"的月色和水晶宫般的琼楼玉宇,使自己的精神飞升到透明澄净、超尘绝俗的世界,并融合了李白的《月下独酌》、庄子的《逍遥游》中的意境,将他自求解脱的心情外化为一个在风露下醉舞狂歌、举杯邀月、飘飘然欲乘风登月的浪漫形象。《西江月》写他在黄州春夜醉酒乘月卧于溪桥的情景:

> 照野弥弥浅浪,横空隐隐层霄。障泥未解玉骢骄,我欲醉眠芳草。　　可惜一溪风月,莫教踏碎琼瑶。解鞍攲枕绿杨桥,杜宇一声春晓。

天上月色与溪中风月溶成一片瑶池仙境。无拘无束地放马于绿杨桥边,怕过溪踏碎琼瑶般的水月，宁可醉眠芳草之上的东坡老那种潇洒放达的风神，也就全在他那怜惜风月的情态中自然流露出来了。从前面所举的诗例中，我们也可以看到苏轼丰富性格的许多侧面。“谁道人生无再少”的乐观豪迈，“也无风雨也无晴”的超然旷达，“尘满面，鬓如霜”的沧桑悲凉，“多情却被无情恼”的幽默多情，处处都可见出苏东坡鲜明的自我形象。无论是“拣尽寒枝不肯栖”的缥缈孤鸿，还是甘心“伴君幽独”的孤寂美人，都是东坡自己孤高自负、失意寂寞的内心形象的写照。

豪放、潇洒、飘逸是苏词的主要特点，但他的婉约词艺术表现的高超，丝毫不亚于正宗的婉约词人。如著名的《水龙吟·次韵章质夫杨花词》：

> 似花还似非花，也无人惜从教坠。抛家傍路，思量却是，无情有思。萦损柔肠，困酣娇眼，欲开还闭。梦随风万里，寻郎去处，又还被莺呼起。　　不恨此花飞尽，恨西园，落红难缀。晓来雨过，遗踪何在？一池萍碎。春色三分，二分尘土，一分流水。细看来，不是杨花，点点是离人泪。

词题中的章质夫是苏轼在京师的同僚，他先作了一首杨花词，一时盛传。苏轼依照章词的原韵写了这首词，叫作次韵。咏物从齐梁以来在诗歌里已经积累了丰富的经验，杜甫、李商隐的咏物已发展到传神写意、脱略形似的极高阶段。章质夫的原词主要写杨花到处飘坠沾惹的动态，虽然极尽形容之能事，还是拘泥于写形摹态。苏轼则全从比喻和写意着笔，立意之高远出于原作之上。上片抓住杨花像花又不是花，并不受人珍惜的特点，设想杨花看似无情却也是有意之物。随后从杨柳这一方面着想，以思妇的柔肠比喻柳枝的柔条，以困倦时欲开还闭的娇眼比喻似眼的柳叶，因而这两个比喻又写出了一个思妇悲愁的容貌。而柳枝、柳眼、随风万里，又无不与杨花离枝飘荡的动态有关。柳枝柳叶是杨花所抛离的“家”，深闺也正是游子所抛离的家，妙在笔带双锋，人花双绾。这就是“无情”的杨花令思妇“有思”之处。上片的后半部分都是以思妇的愁态和春梦引起对杨花形态的联想，这就是写意的笔法。下片就杨花飞尽时的光景追踪春天的遗迹。杨花使人们怜惜无法收拾的落红，而它自己却在一场晨雨中化为浮萍（古人认为杨花入水化为萍）。还剩三分春色，二分委于泥土，一分随水流去。最后以点点离人之泪比喻杨花，明确地点出全篇将杨花和思妇合二为一的匠心：随尘土流水而去的既是杨花，也是思妇无法挽回的青春。与上片结尾呼应，十分新颖。全词始终没有正面形容杨花的形状动态，而是在离人的眼里写出了杨花飞尽时人们惜春的伤感，比喻、构思乃至数词量词的使用都别出心裁，为咏物词传神写意的表现手法提供了范例。所以宋末张炎《词源》称它“真是压倒今古”。

从前面所举词例还可以看出：除了豪放、婉约这两种风格以外，苏轼也有不少清丽秀雅、缠绵妩媚或空灵隽永、清新淳朴的作品，风格是多样化的。但他能在多样化的风格和意境中始终突显出抒情主人公爽朗的笑容、恢宏的度量、从容的神情和雄健的气魄，因而他的词才以能见性情面目而超出于北宋诸家之上。

苏轼的词还打破了词律的束缚和词调的凝固化。前人多批评东坡词“虽工而多不入腔”（彭乘《墨客挥犀》）、“多不谐音律”（胡仔《苕溪渔隐丛话》后集引《复斋漫录》）。其实苏词有不少是协律合腔，传唱不衰的。只是由于风格转为豪放，就不能沿用花间、南唐旧调，而要在用调上另辟蹊径，以求声辞相合。他用来写豪放词的曲调如《沁园春》《永遇乐》《贺新郎》《水调歌头》《念奴娇》《醉翁操》《满庭芳》等，更适合“关西大汉”“执铁板”（俞文豹《吹剑续录》）、“东川壮士”“抵掌顿足而歌之”（苏轼《与鲜于子骏》）。苏词也确有不尽协律的一面，是“曲子束缚不住”的，他在大体遵守音律的基础上，对词的句法、押韵稍作变动，以意为主，不拘守词调原有词律句法，又往往一调多体，这对词调的发展也有促进作用。

苏轼对宋词的改革在当时就产生了很大影响。由他开创的苏轼词派，在北宋有晁补之、黄庭坚等传人，南宋有叶梦得、陈与义、张元幹、张孝祥、陆游、辛弃疾、陈亮、刘克庄等继承发扬，成为南渡后词坛的主流。其中辛弃疾成就最高，遂被合称为苏辛词派。金代有蔡松年、赵秉文、元好问等词人宗尚东坡乐府，元好问推广苏词不遗余力。此后苏词的影响一直延续到清代阳羡派的陈维崧和“江右三大家”中的蒋士铨，始终不曾衰落。

二　秦观

苏轼及其门下雄踞文坛时，宋词词坛臻于极盛，秦观、贺铸等继苏轼之后以词名世，之后周邦彦继起，成为宋词词坛最后一位大家。

秦观（1049—1100），字少游，扬州高邮（今江苏高邮）人。号淮海居士，有《淮海词》传世。宋哲宗元祐三年曾由苏轼以贤良方正荐于朝，不久被斥。后曾任秘书省正字，兼国史院编修，新党得势时，受党争牵连，被贬杭州、郴州、横州、雷州等地，死于放还途中。

秦观是“苏门四学士”之一。他在当时词名极高，被后世尊为婉约派的正宗。《淮海词》七十多首，题材涉及怀古寄慨、爱情、游赏、羁旅、咏物、游仙等各方面，尤以抒写身世之感、怨苦之情的作品为多。这些词多半作于流迁贬谪途中，他以委婉细致的笔触，把迁客逐臣愤懑哀苦的心情精确地表现出来，反映了当时政治斗争的激烈残酷，以及受党争牵连的小人物“浮梗飘萍”（秦观《满庭芳》）的命运，言语悲惨，具有扣人心弦的艺术魅力。此外，他还写了许多表现真挚爱情的纯正的雅词，其中虽然不乏妓情，但他善于在这些处于社会底层的妇女身上，发现她们不甘堕落、用情专一的美好心灵，要求正常生活的强烈愿望。这就超出了一般士大夫拈花惹草、玩弄女性的艳情词。由于专主情致，词的品格也远比柳永为高。

秦观词主要的艺术特色是清丽婉约，情韵兼胜，但偏于柔媚纤细。他在艺术表现上很有创造性。首先，他善于营造凄婉动人的意境，用辞情声调微妙地表达出抒情主人公细腻的感受。如《满庭芳》：

> 山抹微云，天黏衰草，画角声断谯门。暂停征棹，聊共引离尊。多少蓬莱旧事，空回首，烟霭纷纷。斜阳外，寒鸦数点，流水绕孤村。　　销魂，当此际，香囊暗解，罗带轻分。谩赢得青楼、薄幸名存。此去何时见也？襟袖上，空染啼痕。伤情处，高城望断，灯火已黄昏。

上片写旅人与情人饯别的场面：开头“山抹微云，天黏衰草”两句，提拣出“抹”和“黏”这两个动词，表现轻浮在山上的一层薄云和与远天逐渐衔接的枯草，赋予微云衰草无力地依偎着天边远山的主观感受，也就烘托出离人此时犹如抹在心头的粘连不舍的离情。往事如雾的渺茫回忆和满目烟水迷茫、暮霭纷纷的景象融成一片。寒鸦、斜阳、流水、孤村的景物描写本是从隋炀帝“寒鸦千万点，流水绕孤村”（《野望》）袭来，但此处在原句纯粹的写景中融入身世之感，预示旅人极目前程的萧瑟心情，便大大生色，成为千古传诵的名句。下片“销魂，当此际”曾被苏轼批评是学“柳七语”（《历代诗馀》卷一一五引《高斋诗话》），写离别的缠绵，确实较接近柳永的词风，但这种情调与上片写景却是十分和谐的。又如《望海潮》：

> 梅英疏淡，冰澌溶泄，东风暗换年华。金谷俊游①，铜驼巷陌②，新晴细履平沙。长记误随车，正絮翻蝶舞，芳思交加。柳下桃蹊，乱分春色到人家。　　西园夜饮鸣笳，有华灯碍月，飞盖妨花。兰苑未空，行人渐老，重来是事堪嗟。烟暝酒旗斜，但倚楼极目，时见栖鸦。无奈归心，暗随流水到天涯。

这首词似乎是重游洛阳时所作。“金谷”“铜驼”都是洛阳的古迹。“西园”在建安诗里指铜雀园，在河北邺县；胡云翼先生认为可能指李格非《洛阳名园记》里的董氏西园（《宋词选》）。词里所写的是早春时节在洛阳繁华之地游乐的情景，热闹之中透出无可奈何的落寞之感。在“东风暗换年华”的主题中，金谷、铜驼这样的游览胜地，只能令人联想到昔日繁华的消逝。同样，从梅花稀少、冰雪消融到絮翻蝶舞、柳下桃蹊，景色转变的快速也暗中说明了年华变换的快速。“乱分春色到人家”形容人家到处是春色，立意新颖，与“芳思交加”一起烘托出面对阳春的纷乱情思。下片写西园夜饮，以“碍月”形容华灯之多，以“妨花”形容车盖之盛，炼字都很新巧。尽管春色未空，但已老的行人却在繁华中看到如暝色暮烟般的虚空，因而这个倚楼远眺的主人公是独立在这片繁华之外的。词里开头结尾两用“暗”字，使深潜在心底的感伤如一股贯串全篇的暗脉，奠定了柔婉无奈的基调。《踏莎行》是他写于郴州旅舍的一首名作：

---

① 金谷：金谷园，在洛阳城西，晋朝石崇所建。石崇以豪富著称，常在金谷宴客。
② 铜驼：古代洛阳宫门外置有铜铸的骆驼，夹道相向。

雾失楼台，月迷津渡，桃源望断无寻处。可堪孤馆闭春寒，杜鹃声里斜阳暮。　　驿寄梅花，鱼传尺素，砌成此恨无重数。郴江幸自绕郴山，为谁流下潇湘去？

这首词以凄迷的景色和宛转的语调表达了词人被贬荒城的凄苦寂寞的心情。春夜的迷雾隐没了楼台，朦胧的月色模糊了渡口。望尽天涯，桃源又无处可寻，实际上暗寄着词人困守山城进退不得的心境：避世既无桃源，回京又无津梁。孤馆独居，人被锁在春寒之中，再加上斜阳暮色中杜鹃凄厉的啼声，虽不写一个愁字，已将愁情渲染得淋漓尽致。下片写无形的恨竟能如砖墙般重重砌起，这恨就更使人感到分量沉重。词人被这重重砌起的愁恨封闭起来，就越发孤独了。结尾忽然宕出一笔：连本来应当绕着郴山而流的郴江也流下潇湘去了，自己仍留在这里，什么时候才能获得自由呢？绝望中透露出的微茫希望借这冷然的一问写出，更觉余味无穷。这首词曾被苏轼写在扇上反复吟诵。类似以上的意境，在秦观词中随处可见。如"春去也，飞红万点愁如海"（《千秋岁》）、"自在飞花轻似梦，无边丝雨细如愁"（《浣溪沙》），都以善写细微幽渺、难以捉摸的感情取胜，取象柔美哀婉，只是过于纤弱无力了。

其次，秦观词的构思炼意十分新巧微婉，他打破了以前写词一般情景分咏的常见模式，往往景中含情，情中见景，而且比以前的婉约词人更讲究词语的锤炼和活用，这从前文所举"山抹微云，天黏衰草""砌成此恨无重数"等已可见一斑。再看《蝶恋花》：

晓日窥轩双燕语，似与佳人，共惜春将暮。屈指艳阳都几许，可无时霎闲风雨。　　流水落花无问处，只有飞云，冉冉来还去。持酒劝云云且住，凭君碍断春归路。

同样是佳人独居惜春的旧话题，却全从佳人的痴想落笔：屈指计算，艳阳天本来就太少，加上中间难保没有霎那间的风雨，这就更加珍贵了。然而流水落花的去处已经无可问讯，说明春天已去，飞云本来与流水落花一样，也是不可问的，但飞云既然来来去去不为季节所限，那么无妨请它遮住春天的归路。人与云的对话虽然是不可能的，但不可能中却有合理的逻辑，这是产生妙想的基础。但即使浮云可为佳人停住，却如此虚飘，又怎挡得住春天归去呢？这就反过来加深了春归不可阻拦的悲哀。立意看来非常新奇，但又很曲折深婉。这一构思对于后来辛弃疾的“春且住，见说道天涯芳草无归路”（《摸鱼儿》）应有启发。秦观的小令写得也很隽永有味。《如梦令》：

遥夜沉沉如水，风紧驿亭深闭。梦破鼠窥灯，霜送晓寒侵被。　　无寐，无寐，门外马嘶人起。

这一首写驿亭宿夜、客中荒凉的景象，无一语抒情，只是在沉寂如水、霜风凄紧的深夜里，取梦被老鼠偷灯油惊醒的细节，便写出了一夜熬到天亮的苦况。以“窥”字写老鼠偷油吃的本性，极为传神。另一首《如梦令》：

莺嘴啄花红溜，燕尾点波绿皱。指冷玉笙寒，吹彻《小梅》春透。　　依旧，依旧，人与绿杨俱瘦。

以“红溜”形容莺嘴啄花掉下来的花瓣，以“绿皱”形容燕尾掠过水面时带起的波纹，这种以颜色词和形容词搭配的构词方式，可以看成李清照的“绿肥红瘦”（《如梦令》）之先导，同样，“人与绿杨俱瘦”的新颖构思，也不难令人想到李清照的“人比黄花瘦”（《醉花阴》），虽然后者更为著名，但秦观的创意之功不可掩没。

秦观词不但写景多有巧思，善于选择富有感染力的典型景物烘托情思，往往达到不言情而情自无限的境地。而且他直接言情的篇章也有其含蓄新颖的韵味，如著名的《鹊桥仙》：

纤云弄巧，飞星传恨，银汉迢迢暗度。金风玉露一相逢，便胜却人间无数。　　柔情似水，佳期如梦，忍顾鹊桥归路！两情若是久长时，又岂在朝朝暮暮？

牛郎织女的故事是一个古老的传说，历来诗人们以此为题材，都是同情他们的会短离长，为之代诉相思之苦。而这首词却能推陈出新，自出机杼，认为在这样美好的夜晚每年相逢一次，就抵得过人间无数次团圆。尤其新警的是：下片在细腻描绘他们不忍匆匆分离的柔情时，指出两情若是长久，并不一定要朝暮相处，使离人们看到了爱情的更高一层境界。此词用笔虽然平直，却在立意上取得了另一种耐人寻绎的艺术效果。

后人对于秦观词的评价很高,《四库全书总目提要》说:“观诗格不及苏黄,而词则情韵兼胜,在苏黄之上。”意思是他的诗格调不如苏轼和黄庭坚高,但他的词从情韵来看超过苏黄,这反映了婉约派的爱好和评价标准。但总的说来,秦观词典雅清丽、含蓄蕴藉,能将书面语和口语熔铸成富有表现力的语言,文字精妙贴切而流畅自然,工于刻画,合于音律,确实对婉约词的表现艺术作出了较大贡献。这些特点后来又为周邦彦所继承发展,使宋末词风朝雅化的方向又推进了一步。

三　贺铸和黄庭坚

秦观虽是苏轼门人,但词风别是一家。另一位苏门词人黄庭坚,以及虽非苏门中人却与苏门交往密切的贺铸,则从不同角度接受了苏词的影响。

贺铸(1063—1120),字方回,原籍山阴(今浙江绍兴),生长在卫州(今河南卫辉)。为人豪侠尚气,一生渴望建立事功。早岁曾任武职,后改官入文阶,晚年退居苏州。有《东山词》二百八十多首传世。其词内容丰富,风格多样。怀古言志、抒写闲情往往与自己失意的遭际联系在一起,清隽婉约处有接近秦观的一面。如《石州引》:

> 薄雨收寒,斜照弄晴,春意空阔。长亭柳蓓才黄,倚马何人先折?烟横水漫,映带几点归鸿,平沙销尽龙荒雪。犹记出关来,恰如今时节。　　将发,画楼芳酒,红泪清歌,便成轻别。回首经年,杳杳音尘都绝。欲知方寸,共有几许新愁,芭蕉不展丁香结。憔悴一天涯,两厌厌风月。

从词意看这首词作于关外。据叶梦得《贺铸传》,贺铸曾在太原当过监工。词写他在塞外见到早春景色回忆当初出关时与情人离别的情景。作者着意刻画了塞外春意空阔的特色:烟水渺漫,平沙雪消,映带着天边几点鸿雁,构图的疏落旷远与秦观的“斜阳外,寒鸦数点,流水绕孤村”有异曲同工之妙。下片忆离别以后的音尘断绝,与柳永、秦观这类词也颇相似,只是袭用李商隐诗句“芭蕉不展丁香结”形容两地都解不开的情结,稍嫌突兀，失去了李诗原来的象征意味。据王灼《碧鸡漫志》说，这首词的旧稿，“薄雨收寒，斜照弄晴”原作“风色收寒，云影弄晴”，“烟横水漫，映带几点归鸿，平沙销尽龙荒雪”原作“冰垂玉箸，向午滴沥檐楹，泥融消尽墙阴雪”。对比之下，原作较拘泥于实景，境界亦窄，而改定稿则不但空灵生动，境界也开阔了许多。可见贺铸对于词的用语遣字是相当讲究的。他的词中最有特色的是《青玉案》，也最为黄庭坚所叹赏，认为“少游能道之”（魏庆之《诗人玉屑》引《冷斋夜话》）：

> 凌波不过横塘路，但目送，芳尘去。锦瑟华年谁与度？月台花榭，琐窗朱户，只有春知处。　碧云冉冉蘅皋暮，彩笔新题断肠句。试问闲愁都几许？一川烟草，满城风絮，梅子黄时雨。

此词借男女相思之情抒发悒悒不得志的闲愁。上片吸取了曹植《洛神赋》中“凌波微步，罗袜生尘”的精彩描写，说所思美人不过横塘，只能从其带起的一片芳尘中想象其凌波微步的美妙姿态。又由伊人深居月台花榭、虚度韶华而暗暗关合自己寂寞独处、不为人所知重的遭遇。下片写眼前景色，欲题断肠新句，引起万种闲愁：“试问闲愁都几许？一川烟草，满城风絮，梅子黄时雨。”三句精警的比喻用生动具体的景物表现了无迹可求的抽象感情。从字面看，一望无垠的平川上烟雾朦胧中的草、空中纷飞的花絮、梅子黄时连绵不停的如雾如烟的雨，都是写春夏之交梅雨季节典型的景物特征，而就其比喻来看，又将绵绵不绝、迷蒙纷乱而又充塞天地无所不在的闲愁形象地表现出来了。由于这三句是亦景亦情，亦虚亦实，亦比亦兴，融为一体，所以工妙之至，为当时盛称，以至作者被呼为“贺梅子”。《踏莎行》：

> 杨柳回塘，鸳鸯别浦，绿萍涨断莲舟路。断无蜂蝶慕幽香，红衣脱尽芳心苦。　返照迎潮，行云带雨，依依似与骚人语。当年不肯嫁东风，无端却被秋风误。

这是一首咏红莲的词。红莲虽有幽香，却不招蜂惹蝶，红衣落尽，只剩苦味的莲心，其清高的品格似乎只有骚人理解。孟郊曾咏屈原：“秋入楚江水，独照汨罗魂。手把绿荷泣，意愁珠泪翻。”（《楚怨》）莲花“似与骚人语”的构思或许由此生发而来。末句由韩偓《寄恨》“莲花不肯嫁东风”的意思推进一层，莲花不及春时，但也免不了在秋风中凋零，所以说不嫁东风，无故被秋风耽误。如果说南唐中主李璟的“菡萏香销翠叶残”还只是引起众芳芜秽、美人迟暮之感，那么这首词就更进一步以美人误了嫁事来形容莲花，以抒发自己的迟暮之叹了。从“骚人”和“苦心”可以看出作者在红莲幽独高洁的品质中所寄托的悲哀，所以被《白雨斋词话》评为“骚情雅意，哀怨无端”。

贺铸固然善于化用晚唐诗人的诗句形容缠绵的相思，但也常常根据内容需要洗去藻饰，使用相当朴素质直的抒情语言。如《鹧鸪天》：

> 重过阊门万事非，同来何事不同归。梧桐半死清霜后，头白鸳鸯失伴飞。　　原上草，露初晞，旧栖新垅两依依。空床卧听南窗雨，谁复挑灯夜补衣。

与苏轼一样，悼念自己的老妻，不用任何华艳的辞藻，越是直白越是真挚。作者把丧妻的自己比作经霜之后半死的梧桐，以及白头失伴的鸳鸯，朴素贴切而沉痛。原上草露日出即干，既是墓垅实景，又形象地比喻了人生的短促。梧桐半死和草露速干，虽然是汉魏诗和唐人诗中普通的比喻，但与自己重来苏州的物是人非之感结合在一起，最后以昔日南窗听雨、挑灯补衣的温馨回忆作结，便十分感人。这样的白描笔法在贺词中并不少见，如《浣溪沙》：

> 闲把琵琶旧谱寻，四弦声怨却沉吟，燕飞人静画堂深。　　攲枕有时成雨梦，隔帘无处说春心，一从灯夜到如今。

写心中怀人、不能释念的情绪，翻出旧谱，弹奏四弦琵琶。女主人公应是一个专学琵琶的女子，因为四弦琵琶是教坊俗乐的主要乐器。在深深的画堂中，她时常梦见巫山云雨，但是燕子隔帘，即使能解人意，也无处诉说春心。最后才点出她的心事是从灯节以后才有的。虽然从字面看是直叙，意思仍然曲折深婉。

贺铸既有秦观的婉约深微，也有近似苏轼的豪放。他的《六州歌头》是北宋词中极为少见的一首意气豪纵的自述体词：

少年侠气,交结五都雄。肝胆洞,毛发耸。立谈中,死生同。一诺千金重。推翘勇,矜豪纵,轻盖拥,联飞鞚,斗城东①。轰饮酒垆,春色浮寒瓮,吸海垂虹。闲呼鹰嗾犬,白羽摘雕弓,狡穴俄空,乐匆匆。　　似黄粱梦,辞丹凤;明月共,漾孤篷。官冗从②,怀倥偬,落尘笼③,簿书丛。鹖弁如云众④,供粗用,忽奇功。笳鼓动,渔阳弄,思悲翁。不请长缨,系取天骄种,剑吼西风。恨登山临水,手寄七弦桐,目送归鸿。

全词写他少年时结交游侠,彼此肝胆相照,死生与共,一起痛饮酒家,以骑射为乐,到老来失意沦落,请缨无路,叹往事如梦,写得慷慨淋漓,词风接近苏轼。这首词利用《六州歌头》句子短促、多三字句且句句押韵的特点,全篇“东”韵到底,韵脚密集,使人从铿锵的声调和急促的节奏上就体会出词人豪气飞纵、急于用世的迫切心情。上片句意并不连贯,但由于选择了几个最能表现少年豪侠特色的场面,连接紧凑,如叙一事,因而有一气呵成之势。下片的内容和意绪不像上片那么集中,但也靠短句和密韵连贯一气,而情调则转为激愤苍凉。虽写失意之叹而笔力始终不弱,感情和气势不断升向高潮。结尾化用嵇康“目送归鸿,手挥五弦”(《赠秀才入军》)句意宕开远势,转入优哉游哉的境界,着一“恨”字,情绪仍与全词统一,留下回荡不尽的悲愤之情供人回味。

贺铸还有一些以边塞为题的小令,这虽是六朝和唐诗中常见的题材,在宋词中却很难得。这可能与贺铸渴望建功立业的心事有关。如《捣练子》:

砧面莹,杵声齐,捣就征衣泪墨题。寄到玉关应万里,戍人犹在玉关西。

边堠远,置邮稀,附与征衣衬铁衣。连夜不妨频梦见,过年惟望得书归。

① 斗城:小城。
② 冗从:侍卫官名。
③ 尘笼:受尘俗事务束缚,指仕途。
④ 鹖弁:武官的帽子,这里指武官。

前一首就征人所在之远着想，以玉关为万里之界，然后从万里玉关向西更推到极远，颇有唐代七绝风味。后一首则从如此遥远的距离如何邮寄着想，又从历来唐诗中常说的“征人铁衣寒”翻出新意：征衣邮寄虽然不易，但寄到之后可以衬在铁衣里，并进一步产生过年得到征人家书的奢望。这些小令都体现了朝绝句原味复归的倾向。

前人对贺铸词的评价，历来意见不一致。主要是因为他的词题材和风格比较多样，不像苏轼、秦观和周邦彦那样具有非常鲜明的个性色彩，或者艺术表现上的开拓之功。他成就最高的还是那些言情的作品，情意缠绵，接近晏几道，讲究炼字，与少游同。但文人雅士的失意和牢骚更深，所以从感士不遇的这一面继承了苏轼以诗为词的作法。他又擅长檃栝前人诗意，好从唐人诗中取其藻彩和故实，这种作法在后来的周邦彦手中得到进一步发展，运用得更为熟练工巧。所以在语意精新、用心甚苦方面，当时又常以贺、周并称。

黄庭坚和秦观都是苏门最受推重的词人，宋人陈师道认为“今代词手，惟秦七、黄九尔”(《后山诗话》)。黄庭坚(1045—1105)，字鲁直，自号山谷道人，晚年号涪翁，洪州分宁(今江西修水)人。曾任秘书省校书郎，参加修撰《神宗实录》。晚年因属旧党两次被贬，死于宜州(今广西宜州)。他是“苏门四学士”之一，又是宋代影响最大的江西诗派的创始人。词与秦观齐名，有《山谷词》传世。

大体来说，黄庭坚的词品类较杂，前期受柳永影响较多，后期则转为学东坡。他年轻时正是柳词风行市井的时代，因此也写下了许多俚俗的艳词，大胆泼辣，无所顾忌，其中有一些感情真挚的佳作，“妙脱蹊径，迥出慧心”(《四库全书总目》)；但也有一部分庸俗露骨的色情描写，被人斥为“以笔墨劝淫”(黄庭坚《小山集序》引)。黄庭坚入仕后，与苏轼交往较多，趣味变得高雅，词风焕然一变，尤其贬谪黔州后，风格更近苏轼，写下了不少倾诉身世落拓之感、抒发怀亲忆旧之情、描写江山风物的作品，大多直抒胸臆，笔力雄健、感情沉郁，而清奇瘦劲则是他最有个性的风格。例如他的名作《念奴娇》：

断虹霁雨，净秋空，山染修眉新绿。桂影扶疏，谁便道，今夕清辉

> 不足？万里青天，姮娥何处，驾此一轮玉。寒光零乱，为谁偏照醽醁①？　　年少从我追游，晚凉幽径，绕张园森木。共倒金荷，家万里，难得尊前相属。老子平生，江南江北，最爱临风笛。孙郎微笑，坐来声喷霜竹。

词题为“八月十七日，同诸生步自永安城楼，过张宽夫园待月。偶有名酒，因以金荷酌众客。客有孙彦立，善吹笛。援笔作乐府长短句，文不加点”（《宋六十名家词·山谷词》）。据陆游《老学庵笔记》说这首词作于黄庭坚被贬戎州（今四川宜宾）时。上片写傍晚雨霁到新月升空时秋夜的明净，“断虹霁雨，净秋空，山染修眉新绿”几句，以生新峭奇的用字形容雨后爽朗清晰的天光山色，将雨后青山的新绿比作修眉的黛色，能使陈旧的比喻脱俗变新。“桂影扶疏”“寒光零乱，为谁偏照醽醁”与下片“晚凉幽径，绕张园森木”相应，写月光洒在幽木森森的林园中、树影婆娑斑驳的视觉印象，亦给人幽冷清峻之感。结尾写作者对此夜景油然而生的豪气：自称“老子平生”走遍“江南江北，最爱临风笛”。这种自大的口气与下面“孙郎微笑，坐来声喷霜竹”的结尾力量均衡。以“喷”字形容静夜中突然喷发的笛声，也极新奇。临风笛声之可爱，不是因为音调的悠扬宛转，而在其声喷霜竹的嘹亮劲拔。一个明净清幽的月夜，经过一位饱经风霜的老人特有的审美视角，用清新瘦硬的词语描绘出来，不但突出了它那森爽幽峭的美，而且也烘托出抒情主人公自己豪爽冷峻的性格特征。黄庭坚自己认为此词“或以为可继东坡赤壁之歌”（胡仔《苕溪渔隐丛话·后集》引），其实这首词倒是最能代表他的个性特色。另一首《水调歌头》则是比较接近苏轼的：

> 瑶草一何碧！春入武陵溪，溪上桃花无数，枝上有黄鹂。我欲穿花寻路，直入白云深处，浩气展虹蜺。只恐花深里，红露湿人衣。　　坐玉石，倚玉枕，拂金徽②，谪仙何处？无人伴我白螺杯③。我为灵芝仙草，不为朱唇丹脸，长啸亦何为！醉舞下山去，明月逐人归。

---

① 醽醁：美酒名。
② 金徽：即琴徽，用来定琴音高低之节，可用玉、宝、金、螺蚌等不同材料制作。
③ 螺杯：螺壳做的酒杯，后用作酒杯的美称。

陶渊明笔下的武陵桃花源在这首词里已经变成白云深处长满瑶草的仙境，而倚着玉枕、伴着明月、拂琴饮酒求仙的则是号称“谪仙”的李白，作者把这两者合二为一，塑造了自己远离世俗、醉舞长啸的狂放形象。

黄庭坚之所以与秦观齐名，是因为他也善写正宗的婉约派词。如他的《清平乐》就是一首兴寄深婉的佳作：

> 春归何处？寂寞无行路。若有人知春去处，唤取归来同住。　　春无踪迹谁知，除非问取黄鹂。百啭无人能解，因风飞过蔷薇。

通篇借询问春天的归处行踪表达对春天消逝的无限惋惜之意。黄鹂鸣于春夏之交，似乎该知道春天的去处，却鸣叫着随风飞过蔷薇去了。蔷薇花期在五六月，可见黄鹂只能告知夏天的到来。春本无踪迹，但用这样打听一个不辞而别的老朋友的办法来写春之归去，又使春天似乎有了生命和行踪，同时也含蓄地写出了作者对韶光年华及美好往事无法挽留的惆怅。这类词风格近似秦观，但较轻灵洒脱。又如《虞美人》：

> 天涯也有江南信，梅破知春近。夜阑风细得香迟，不道晓来开遍向南枝。　　玉台弄粉花应妒，飘到眉心住。平生个里愿杯深，去国十年老尽少年心。

词题为“宜州见梅作”，可知此词写于他最后被贬的所在。宋徽宗崇宁三年(1104)，黄庭坚因写作《承天院塔记》一文，被朝廷指为“幸灾谤国”(《宋史·文苑传》)，押送宜州编管。这一年离他第一次被贬(1094)恰是十年。看到天涯也有梅花开放，能报道春天的信息，作者首先感到亲切和惊喜：由于夜深风小，迟迟没有闻到香气，不想一早起来朝南的枝头都开遍了。以下写花的美丽，只用了一个常见的典故：南朝宋武帝的女儿寿阳公主白天卧在含章殿檐下，梅花落在公主额上，成五出花。三天后才洗落。宫女竞相模仿，就形成了一种梅花妆。这里用此典是以美人映带梅花，同时也有惜梅开不久即将飘落的意思。平生见此景，总是不辞深杯，原因在于见梅知春总能唤起人关于珍惜光阴的联想。而离开京国十年以后少年之心已经老尽，这话说得非常悲凉，只有尝尽世途险恶、人间风波之后，才能体会少年时那种单纯的赏梅之心再也不可复得。这就比一般的咏梅感慨更深。

总的说来，黄词有一个从前期的“词语尘下”突变为“刻挚隽上”的过程，多种风格中贯穿着瘦劲、新俏、简洁的基本特色。虽有缺乏韵味、好尚故典的弊病，但终究不失为宋词中一种新的境界。

【知识点】

《东坡乐府》　《淮海词》　《东山词》　《山谷词》

【思考题】

1. 你认为应当怎样评价苏轼的“以诗为词”？
2. 秦观、贺铸、黄庭坚三家的婉约词有何同异？

第十二讲

周邦彦与词的律化

词与音乐有密切的关系,初期的词本来是可以合乐歌唱的。但是词乐究竟怎样配合?目前还在研究中。根据我们对唐宋音乐结构的初步了解,以及对敦煌乐谱、日本唐乐谱和姜夔词乐谱的解读,可以知道,唐宋音乐的结构基本相同,但也有发展变化。许多新的词调产生于新的乐曲。歌词与音乐的配合经历了一个由粗到细的过程。早期词与音乐的配合并不十分讲究严格的音律,只要合拍就可以,也就是刘禹锡所说的"以曲拍为句"(《忆江南》),甚至可以不讲押韵。每一个词调也没有严格固定的词式相配。柳永懂音律,创制了很多词调,但他的词是否严于音律?目前还没有确切的音乐资料可以证明。历代词评一般认为苏轼词不协律,即与乐谱不一定严格地合拍。但是如果我们知道,苏轼既然处在宋词音乐由粗到细不断发展的过程中,那么对他那些所谓不协律的词就不应苛求,因为此时的词乐本来就没有形成严格的"律"。前人说秦观词"语工而入律"(叶梦得《避暑录话》),但秦观的词作不多,尚不能形成音律的范式。苏、秦之后,周邦彦作为知音识律的一代大词家出现,对于宋词音律的严格规范的形成应是起了关键作用的。从这个意义上说,宋词的律化其实始于周邦彦。

一　清真词的律度和词法

周邦彦(1057—1121),北宋末的大词人,字美成,自号清真居士,钱塘(今浙江杭州)人。宋神宗元丰七年曾献《汴都赋》万余言,得到赏识,擢为太学正。后任溧水(今江苏溧水)令。宋徽宗时为徽猷阁待制,提举大晟府,管理大晟乐府。晚年退休后提举南京(今河南)鸿庆宫。著有《清真词》,陈元龙为之注释更名为《片玉词》,存一百八十多首。

周邦彦词的内容主要是男女情爱，还有许多羁旅行役、写景咏物之作，与柳永词大致类似，但是格调有雅俗之别。作为北宋词的最后一位大家，他博采前代众多词家之长，形成了形式精致、律度严整、字句工丽、风格典雅的特色，在宋代词坛上享有极高的声誉。

周邦彦妙解音律，既能创新调，又能自度曲。他所创的新调和自度曲共有五十多调，虽然数量不及柳永，但音韵清雅，为文人雅士所乐用。南宋沈义父《乐府指迷》说，选择词调，“必以清真及诸家目前好腔为先”。周邦彦还增演了慢曲、引、近等较长的词调，并改换宫调变成三犯、四犯的曲子（犯调即一个曲子里有两次以上转调，也就是一个曲子里会出现不同宫调的某些旋律段落）。由于懂得作曲，他对词的音律要求也比前人更高。据夏承焘先生研究，唐宋词的字声有一个发展演变的过程。温庭筠已经分出平仄；晏殊分辨出去声，而且用在结拍处；柳永分出上声和去声，入声用得更严。周邦彦继承了温、晏、柳的做法，但用四声更多变化，严分平上去入，从而开出后来词律家一派。但周邦彦因为懂音乐，并不死守四声，有时也随音乐的需要有所放宽。后来南宋一些词家过于拘泥四声，才造成流弊。①

周邦彦善于融化唐人诗句，特别是将李贺、李商隐、杜牧、温庭筠等中晚唐诗人的诗檃栝入词。《乐府指迷》说：“凡作词当以清真为主……往往自唐宋诸贤诗句中来，而不用经史中生硬字面，此所以为冠绝也。”宋末张炎《词源》卷下说：“美成负一代词名，所作之词，浑厚和雅，善于融化诗句……”又说：“采唐诗融化如自己者，乃其所长。”檃栝前人诗句是周邦彦吸取了苏、秦等人的特点又加以发展的结果，也是词的诗化的一个重要手段。只是清真词借字用意，既有来历，又无痕迹，浑然天成，这成为他的一个显著特色。如《西河》：

> 佳丽地，南朝盛事谁记？山围故国，绕清江、髻鬟对起。怒涛寂寞打孤城，风樯遥度天际。　　断崖树，犹倒倚，莫愁艇子曾系。空余旧迹，郁苍苍、雾沉半垒。夜深月过女墙来，伤心东望淮水。　　酒旗戏

① 参见夏承焘：《唐宋词字声之转变》，《唐宋词论丛》，古典文学出版社，1956 年，第 53—89 页。

> 鼓甚处市？想依稀，王谢邻里。燕子不知何世。向寻常巷陌人家，相对如说兴亡，斜阳里。

词题为“金陵怀古”，檃栝了刘禹锡的两首名作《石头城》和《乌衣巷》。但是和描写大江的雄放气势结合得十分自然，其中写长江两岸相对的青山如“髻鬟对起”，颇有创意。结尾说燕子在斜阳里，相对如说兴亡，也是发挥了原来的诗意之后产生的妙想。又如《虞美人》：

> 疏篱曲径田家小，云树开清晓。天寒山色有无中，野外一声钟起送孤蓬。　　添衣策马寻亭堠，愁抱惟宜酒。菰蒲睡鸦占陂塘，纵被行人惊散又成双。

截取王维“江流天地外，山色有无中”的后一句，作为沿路所见乡村景色的远景，将山水田园的清疏境界融入孤独的行旅途中，加上一声晨钟催发的孤蓬，和惊散又成双的陂塘野鸭形成有趣的对照，较有新意，“融化如自己”之作了。

周邦彦作词还非常讲究艺术构思和表现手法，重视语言的锤炼，可以说笔笔勾勒、字字刻画、句句锻炼。尤其是长调，结构严密、层层深入、首尾照应。后人奉为模仿的典范，从中看出许多作词的法门，认为“词法之密，无过清真”（陈廷焯《白雨斋词话》）、“下字运意，皆有法度”（沈义父《乐府指迷》），能示人以门径。俞平伯先生说周邦彦的功力在于深厚沉郁，但又能达到漂亮清新的极诣（《清真词释序》）。如《少年游》：

> 并刀如水，吴盐胜雪，纤手破新橙。锦幄初温，兽烟不断，相对坐调笙。　　低声问向谁行宿，城上已三更。马滑霜浓，不如休去，直是少人行。

此词写冬闺和暖温柔的气氛。上片全从静物入手。“并刀如水”从杜甫诗“焉得并州快剪刀，剪取吴松半江水”（《戏题王宰画山水图歌》）化来。如水的并刀和胜雪的吴盐这两样至明至清的物象与新橙的甘凉反衬出闺中的暖意，与“锦幄初温”“兽烟不断”构成温香暖玉、旖旎风流的环境。下半片全是虚写：城上三更，霜浓马滑，室内何其甘秾，室外何其凄苦，更使人觉得这暖闺的留恋难舍，室外虚景又全以含情吐媚之语出之，章法奇幻，风情如活。较之一般写妓女留宿少年的词，艺术格调确乎高出一着。又如《玉楼春》写他与情人别后重游旧地，怅触前情的感慨：

> 桃溪不作从容住，秋藕绝来无续处。当时相候赤栏桥，今日独寻黄叶路。　　烟中列岫青无数，雁背夕阳红欲暮。人如风后入江云，情似雨余黏地絮。

全词着色秾酣，上片全以美景示柔情。“桃溪”暗用刘晨、阮肇入天台山于桃溪边逢仙之事，表达与情人轻易分手的追悔之情。“秋藕”就眼前秋景寄兴，又暗含“拗莲作寸丝难绝”（温庭筠《达摩支曲》）之意。“赤栏”与“黄叶”的着色则以春季与秋季的典型色彩写出人心上的温凉，因此写景媚秀而情意却沉郁缠绵。下片虽用谢朓“窗中列远岫”（《郡内高斋闲望答吕法曹诗》）和温庭筠“鸦背夕阳多”（《春日野行》），但列岫冷碧无情，雁背夕阳而去，又有借以暗示关山迢递、音信渺茫之意，与上片相互辉映，显示了词人因情敷彩的本领。结尾由空阔苍茫的境界蓦然生出人在天地间宛如轻尘坠露之感。风后入江之云，一去无踪，如情人昔日的消逝，亦如自己的垂年下世，唯耿耿此情却如雨后粘在泥中的柳絮无法解脱。末句好在这一比喻不仅从形象而且从感觉上写出了厚腻之情，既不呆板，又不纤巧。全词八句四韵，用四个对仗，全体七言，格局整齐，造就了和内容相应的凝重风格，但柔厚沉挚之中仍具流丽的风姿。

类似《玉楼春》词末二句这种写情贴切深厚，而且含有某种普遍人生感触的词句，在清真词中不乏其例。如《齐天乐》：

> 绿芜凋尽台城路，殊乡又逢秋晚。暮雨生寒，鸣蛩劝织，深阁时闻裁剪。云窗静掩，叹重拂罗裀，顿疏花簟。尚有綀囊①，露萤清夜照书卷。　　荆江留滞最久，故人相望处，离思何限。渭水西风，长安乱叶，空忆诗情宛转。凭高眺远，正玉液新篘②，蟹螯初荐。醉倒山翁，但愁斜照敛。

开头一笔扫尽台城绿芜凋尽的景致，直接点到客居他乡又逢晚秋的主题，

---

① 綀（shū）：稀疏的织物，可以做成装萤火虫的口袋以照明。

② 篘（chōu）：沥酒的竹器。

以下诸句都由秋寒落笔,将季节变换的感触写得非常细腻:暮雨生寒,纺织娘鸣叫,以及深闺中传来的裁剪寒衣的刀剪声,都在提醒秋的到来。下面紧接着又以一个换季的细节再次强调这种寒意:重新铺上了厚厚的褥子,撤去了夏天的凉席,只有装萤火虫的布袋还在,可以在清夜照人读书,留下一点夏日的回忆。细节铺叙之中,已有炎凉之感。由“又”和“重”的强调,可以感受到作者对于年年客里逢秋的伤感,以及对寸寸光阴的爱惜和留恋。于是思绪自然从眼前的静室转到对从前的回忆。下片对应上片的“殊乡”,先说自己平生在外面滞留最久的荆江。据王国维考证,周邦彦大约三十多岁时客居荆州,那时正是风华正茂的时候。后来又曾在京师遇见秋天,踪迹所至,到处都有故人相望,但无限的思念和宛转的诗情,如今都只能在空忆之中。前后相比,金陵(台城)、荆州对他都是他乡,但过去是少年羁旅,如今是暮年滞留。在暮年回首少年遇秋,更平添了一层往事皆空的感伤,这是作者没有说出来的一层言外之意。最后归到眼前重阳佳节饮酒食蟹的时俗,依然扣住秋景。结尾化用了杜牧“但将酩酊酬佳节,不用登临恨落晖”(《九日齐安登高》)的诗句,本来是在醉中求得暂时欢乐的意思,但作者又用了晋人山简喝醉的典故来比喻自己的醉态,说即使醉倒了,还是为斜阳西下而愁,又和杜牧的意思正相反,使日暮的悲哀更进了一层。周邦彦非常善于从日常生活的敏锐感触中咀嚼出人生的滋味。这首词在感秋之中融入了人生的炎凉之感和迟暮之悲,集中了一生滞留他乡、没有归宿的飘零之感,所以比一般的感秋词意思深厚,表现也很精致含蓄。

以上这类词不但寄托了对于时光人生的感慨,有的还浓缩了一些历史的内容,超出了一般的羁愁离情。如《夜飞鹊》:

> 河桥送人处,良夜何其?斜月远堕余辉。铜盘烛泪已流尽,霏霏凉露沾衣。相将散离会,探风前津鼓,树杪参旗。花骢会意,纵扬鞭亦自行迟。　　迢递路回清野,人语渐无闻,空带愁归。何意重经前地,遗钿不见,斜径都迷。兔葵燕麦,向残阳影与人齐。但徘徊班草,欷歔酹酒,极望天西。

这一首写送别,不按一般的词上下片情、景分咏,而是选取残夜清晨送行和黄昏落日归来的两段时辰分别写景。上片写河桥送人时斜月已落，烛泪滴尽，在细雨般沾衣的凉露中，散了离筵。津鼓是渡口报时的更鼓，用李端《古别离》“月落闻津鼓”。参旗为星名，《史记·天官书》正义：“参旗九星，在参西，天旗也……”打探津鼓和参旗，本是问时辰的意思，但旗鼓的字面容易引起戎事的联想，与骢马相连系，行者或许是从戎赴边的人，即使不是，也多少渲染了几分出行的豪气。下片写行人从远方归来，从“何意重经前地”一句，方才悟出上片所写的其实是昔日送别这人的回忆，遗钿不见，指当初送他的女子都已不在，河桥送别处只剩下兔葵燕麦、草迷斜径。“向残阳影与人齐”一句，真切地写出归者茕茕独立于残阳斜照的葵麦之间、形影相吊的形象。而藉草而坐，把酒酹地，极望天西的结尾也余味无穷。白日西驰，迟暮之悲自在言外。这首词或许是作者亲身的经历，但也令人联想到汉魏唐宋的古诗中常常写到的征人思妇送别的情景和行人归来后故园荒芜的场景，因而词里的内容又有了包容历史传统主题的更深意义。作者将送别选在清晨，将归来选在黄昏，这两个时段又各与少年的豪气和老年的衰飒相应，从而使世事的沧桑之感与人生的盛衰之感交织在一起，清真词的深厚往往由此见出。他最擅长的咏物写景类诗也具有同样的特点，如《兰陵王·柳》：

柳阴直，烟里丝丝弄碧。隋堤上，曾见几番，拂水飘绵送行色。登临望故国，谁识京华倦客？长亭路，年去岁来，应折柔条过千尺。　闲寻旧踪迹，又酒趁哀弦，灯照离席，梨花榆火催寒食。愁一箭风快，半篙波暖，回头迢递便数驿，望人在天北。　凄恻，恨堆积！渐别浦萦回，津堠岑寂，斜阳冉冉春无极。念月榭携手，露桥闻笛。沉思前事，似梦里，泪暗滴。

这是他的一首著名的长调，共三阕，名为咏柳，实写送别的羁旅之感。第一叠开头两句直点本题，画出隋堤上一道笔直的柳荫。“丝丝弄碧”“拂水飘绵”写柳丝依依飘拂的情态，已见离情无限。接着由古往今来折柳送别的习俗说起，赋写了柳与送别的一般关系。第二叠回到眼前离别的酒宴上来，并代行人着想：春天水涨波暖，顺风之船疾行如箭，才一回头，送行之人便远在天北了。第三叠写别后伤情。“渐别浦萦回，津堠岑寂”

暗用阴铿《江津送刘光禄不及》的诗境,“斜阳冉冉春无极”一句写送者独自在水边凝望行者的无限惆怅,程千帆先生指出:斜阳象征时间的消逝,春无极象征空间的无边和生命的永恒,将人生的悲欢离合在心灵深处引起的微妙悸动,以及这种感触中所包含的有限和无际的哲理意味,化成眼前一片斜阳和无限春色的浑然景象,具有很高的概括力。①

清真词咏物不但寄托较深,而且刻画形象传神逼真,又能不拘于物象的摹写。如《六丑》:

> 正单衣试酒,怅客里光阴虚掷。愿春暂留,春归如过翼,一去无迹。为问花何在,夜来风雨,葬楚宫倾国,钗钿堕处遗香泽。乱点桃蹊,轻翻柳陌,多情为谁追惜?但蜂媒蝶使,时叩窗槅。　　东园岑寂,渐蒙笼暗碧。静绕珍丛底,成叹息。长条故惹行客,似牵衣待话,别情无极。残英小,强簪巾帻。终不似一朵,钗头颤袅,向人攲侧。漂流处,莫趁潮汐,恐断红尚有相思字,何由见得?

汲古阁本题此词“蔷薇谢后作”。婉约词写光阴流逝之感一般都通过惜春来表现,这一首却选择了凋谢的蔷薇,立意较新。蔷薇花开本来就在春归之后的五六月间,连蔷薇都谢了,当然更令人感叹。所以开头说春天像飞鸟一样,转瞬即逝,了无踪迹。蔷薇本来还留下一点春意,但是一夜之间,都被风雨埋葬。这里以楚宫美人喻蔷薇的花容,以遗落的钗钿喻坠落的花瓣,点染蔷薇不禁摧残、香消玉殒的惨淡之意,为姜夔咏物词以美人的情态喻花开出了思路。“乱点”“轻翻”写落花飘洒在桃蹊、柳陌的动态,仿佛还在以最后的一点余香装点春色,所以引起“多情为谁珍惜”的感叹。“蜂媒”两句,反用崔涂“蜂蝶无情极,残香更不寻”(《残花》)之意,说只有蜂蝶还时而叩窗,唤起一点花开时的回忆。下片写寻找残花的落寞。繁花落尽,园子里自然冷清,蒙笼暗碧正是草木茂盛绿叶成荫之意。而在这一片岑寂中,作者却从花刺勾住衣服的一根长枝上发现了小小的残花。他把自己对于残春的无限怜惜之意寄予这枝蔷薇,将它写得极通

---

① 参见程千帆:《说“斜阳冉冉春无极”的旧评》,《程千帆诗论选集》,山西人民出版社,1990年,第184—188页。

人情：仿佛是故意来惹起行客的注意，要牵住客人等着道别，表现出无限离情。而那朵勉强插在头巾上的残花，虽然“终不似一朵，钗头颤袅，向人攲侧”，却使人追想到花的盛时。这两句写花在钗上颤动摇曳、向人倾斜的风情姿态，画所不能到。结尾活用唐宣宗时宫人红叶题诗事，想到随流水而去的落花上恐怕尚有相思字，与长条残花的多情意脉相连。全篇咏蔷薇只从拟人化的情态落笔，蔷薇丛生、枝条长而多刺、花朵随风摇摆的形态特点也生动地突现出来。又如《苏幕遮》：

燎沉香，消溽暑。鸟雀呼晴，侵晓窥檐语。叶上初阳干宿雨，水面清圆，一一风荷举。　　故乡遥，何日去。家住吴门，久作长安旅。五月渔郎相忆否？小楫轻舟，梦入芙蓉浦。

这虽然是抒发久客长安的羁旅之思，但也可以看作一首咏荷花的词。上片写水面上的荷叶吸足了一夜的雨水，清晨太阳出来，个个又清又圆，清风吹过，一一挺起，“举”字写荷花亭亭昂立的姿态，极为生动，王国维《人间词话》赞其为“真能得荷之神理者”。下片由追忆故乡吴门，回到乘舟与渔郎进入莲花塘的梦中，还是未离咏荷。周邦彦用“清圆”的佳句还有《满庭芳》中“风老莺雏，雨肥梅子，午阴嘉树清圆”，写暮春夏初景物，梅雨后清爽阴凉之状可掬，令人如“在薰风披拂，浓荫永昼之中”又“隐然有迟暮之感”①。

他也有一些咏物词并不拘泥于咏物，如《菩萨蛮》：

银河宛转三千曲，浴凫飞鹭澄波绿。何处是归舟？夕阳江上楼。　　天憎梅浪发，故下封枝雪。深院卷帘看，应怜江上寒。

词题为“梅雪”，应是咏梅花雪景，但几乎没有对于梅和雪的具体描绘，构思非常曲折奇特。开头从银河的曲折写起，“三千曲”极言银河之难渡，可知词意与思妇想念远人有关。然后从天上的银河联想到人间之河，鹭飞凫浴、澄江波绿是春天的景象，这是离人所盼望的团聚季节的景色，所以紧接着问归舟在何处，只得在江边楼上眺望。上片与梅雪似无关系，但

① 俞平伯：《清真词释》，《论诗词曲杂著》，上海古籍出版社，1983年，第648页。

是下片突转，说天好像憎恨梅花滥开，所以下雪封住枝头，到这时才正面点题。梅开本是离人的希望，因为梅花预报春天的来临，但老天偏不从人愿，所以这里其实也表露了憎天的意思。在深院中卷帘看雪的人，自然会怜悯寒江上的游子。像这样在咏梅雪中寄托相思之情的深曲构思对于南宋咏物词有直接的影响。

清真词善炼字面，工于写物，而能做到情辞兼胜。这种特点不仅体现在他的咏物写景之作中，也可见于其他各种题材。如《蝶恋花》写曙色欲破时离人分别的情景：

> 月皎惊乌栖不定，更漏将残，辘轳牵金井。唤起两眸清炯炯，泪花落枕红绵冷。　　执手霜风吹鬓影，去意徊徨，别语愁难听。楼上阑干横斗柄，露寒人远鸡相应。

词题为"早行"，描写以听觉为主：从栖乌声到更漏声，再到黎明前打水的辘轳声，一夜的声音都听在耳里，足见整夜凄然，所以唤起时惊得双眸清亮，没有一点迷糊的倦意。这句描摹意态极其细腻逼真。送别时只见霜风吹鬓影，这句从李贺"春风吹鬓影"（《咏怀》其一）化出，写室外天色尚黑，人影模糊，十分切合。人去远之后远远地才有鸡声相应，足见人行之早。全篇所描写的惊乌、更漏、辘轳、鸡鸣等声音，以及鬓影、寒露，都扣住了"早"的特点，而在这黯淡的夜色中，只有月色皎洁、北斗横空，是黑夜的亮点，与此相应的便只有清炯炯的眸子了。作者不但写出不眠的意态，而且使这句词的亮度处于最突出的地位，这种处理手法完全符合离人的心理印象：在离别情景的种种回忆中，这双清炯的眸子的印象是最深刻也是最难忘的。词的表现本来与晚唐诗中印象的表现有内在的联系。周邦彦喜欢融化晚唐诗句入词，与他有意强化这种表现是有关系的。类似的例子还有《醉桃源》中"冬衣初染远山青，双丝云雁绫"，写衣履花色，将行人旅途中所见青山云雁的景色化入深阁裁剪的情思中，色泽雅淡而意态极浓。

清真在炼字之外，又极讲究章法，长调立意分明，章法稳妥，复以细笔衬托，愈勾勒愈浑厚。如《瑞龙吟·大石春景》：

> 章台路，还见褪粉梅梢，试花桃树。愔愔坊陌人家，定巢燕子，归

> 来旧处。　　黯凝伫，因念个人痴小，乍窥门户。侵晨浅约宫黄，障风映袖，盈盈笑语。　　前度刘郎重到，访邻寻里，同时歌舞。惟有旧家秋娘，声价如故。吟笺赋笔，犹记燕台句。知谁伴，名园露饮，东城闲步。事与孤鸿去，探春尽是，伤离意绪。官柳低金缕，归骑晚，纤纤池塘飞雨。断肠院落，一帘风絮。

这首词共三片，前两片较短的叫作双拽头，第三片才是过片。全词抒发重游旧地，不见昔日情人的怅惋之情。前两片先写徘徊于章台路上，坊陌和梅柳依旧，燕子也还照常归到旧巢，但人则不知何往。其次回想所忆之人初见的印象：初窥门户时笑语盈盈的天真烂漫，以及淡妆掩映在风袖中的情态，都很细致生动。下片写重访的今昔之感，却又不肯说破人之不在，只用侧笔衬托。一层层写歌舞、赋诗、露饮、闲步等回忆中的往事，将访旧不遇、伊人已去的过程交代出来，归结到“事与孤鸿去”，极尽沉郁顿挫、缠绵宛转之致。“探春尽是，伤离意绪”一句为全篇主旨所在。最后以归途景色与开头相照应，“断肠院落，一帘风絮”二句，寓情于景，“以风絮之悠扬，触起人情思之悠扬，亦觉空灵，耐人寻味”（唐圭璋《唐宋词简释》）。全词“层层脱换，笔笔往复”（周济《宋四家词选》），吞吐回环，韵味无穷。这首词融化了唐人的许多诗句，如杜甫的“频来语燕定新巢”（《堂成》）、刘禹锡的“前度刘郎今又来”（《再游玄都观》）、杜牧的《杜秋娘》诗、李商隐的《燕台》诗、杜牧的“事与孤鸿去”（《题安州浮云寺楼寄湖州张郎中》）等等，但能浑然天成，自开境界。各种《清真词》《片玉词》的版本都列在第一，视为压卷之作，可以见出周邦彦的主要特色。

基于以上特点，清真词既以其缜密典丽、浑厚和雅提高了词品，又以其音律严密而便于传唱，故被视为北宋末最本色当行的词家。周邦彦在南北词风的转变中具有关键的作用，他能集苏秦各家之长，自成一宗，同时又成为南宋姜夔、吴文英等讲究格律的词派的源头，因而在南宋特别受到推崇，遂负一代词名。这与南宋中叶以后格律派盛行，词坛普遍崇尚雅正的风气有关。

二　北宋中后期其他词人

北宋中后期的词人以苏、秦、黄、贺、周为主要代表,此外还有一些其他的作者也有若干名篇传世。如“苏门四学士”之一的晁补之(1053—1110),字无咎,济州巨野(今山东巨野)人。词集有《琴趣外篇》,风格受到苏轼的影响。他的《摸鱼儿》颇受称道:

> 买陂塘,旋栽杨柳,依稀淮岸湘浦。东皋嘉雨新痕涨,沙觜鹭来鸥聚。堪爱处,最好是、一川夜月光流渚,无人独舞。任翠幄张天,柔茵藉地,酒尽未能去。　　青绫被①,莫忆金闺故步②,儒冠曾把身误。弓刀千骑成何事?荒了邵平瓜圃③。君试觑,满青镜、星星鬓影今如许,功名浪语。便似得班超④,封侯万里,归计恐迟暮。

词题为“东皋寓居”,东皋或许是作者家乡的一个普通地名,但是初唐隐士王绩自号“东皋子”。作者原来曾任著作佐郎和地方官,被贬后回家隐居,自号“归来子”,所居之地取名东皋,应与他追慕陶渊明、王绩这样的隐士有关。上片写自己在东皋买塘栽树、与鸥鹭为伴的生活,形容一川月光、天似翠幕、地如柔茵,幽静之中又颇见气势。下片感叹当年追求功名,反而耽误了年华,荒废了田园。虽然这样说,但是功名不成的遗憾和当年觅封侯的豪情,还是可以从字里行间体味出来。自悔没有早作归计,不过是政治失意的自慰和牢骚而已。清人刘熙载《艺概 · 词曲概》说:“无咎词堂庑颇大,人知辛稼轩《摸鱼儿》‘更能消几番风雨’一阕,为后来名家所竞效,其实辛词所本,即无咎《摸鱼儿》‘买陂塘旋栽杨柳’之波澜也。”是很有见地的。虽然两首词的内容不同,但句型用词颇有相似处。此外,

---

① 青绫被:汉代尚书郎在台省值班,官家供给新的青缣白绫被或锦被。这里借指自己从前为官的生活。

② 金闺:指金马门,汉武帝时学士在宫中著书和草拟文稿的地方。代指朝廷。晁补之做过著作佐郎。

③ 邵平:秦朝人,封东陵侯。秦亡后,在长安东城隐居种瓜,瓜有五色,世称东陵瓜。

④ 班超:东汉人,少年时投笔从戎,后来在西域建立大功,封定远侯,在外三十多年,71岁时回洛阳,不久病故。所以作者感叹他虽然功成名就,却“归计恐迟误”。

这首词在归田生活中抒发功名失意的牢骚,兼有豪放、清新两种风格,前人词里未见,而辛弃疾这类作品却很多,所以仅从这一点来看,无咎词对辛词也是有直接影响的。

在神宗、徽宗朝新党两次执政时期被贬的张舜民虽然存词仅四首,但他的《卖花声》境界也较宽:

木叶下君山,空水漫漫。十分斟酒敛芳颜。不是渭城西去客,休唱《阳关》。　　醉袖抚危栏,天淡云闲。何人此路得生还?回首夕阳红尽处,应是长安。

这首词是作者在岳阳楼所题,作于神宗元丰六年(1083)被贬郴州、路经岳阳时。作者意不在咏洞庭湖,而全在贬谪之感,所以开头用楚辞《湘夫人》"洞庭波兮木叶下",点出洞庭湖中君山叶落及其四周天水渺漫的景色,便将逐臣心中的落寞之感烘托出来,但又不肯直说被贬,只强调不是西出阳关,不愿听离别之曲。然而最后还是忍不住感叹恐怕此去难以生还。结尾回望夕阳红尽处,以长安借喻京师,对政治前途和个人命运的无限感慨便不难体味。像这样颓放中又有不尽之意的境界,也能令人想到后来辛词中"西北望长安,可怜无数山"(《菩萨蛮·书江西造口壁》)、"休去倚危栏,斜阳正在,烟柳断肠处"(《摸鱼儿》)等名句。

这一时期,还有词人写出了一些颇有乐府民歌风味的佳作,也很值得注意。如苏轼的挚友李之仪所作的《卜算子》:

我住长江头,君住长江尾。日日思君不见君,共饮长江水。　　此水几时休,此恨何时已。只愿君心似我心,定不负相思意。

南朝乐府民歌中江上青年男女的情歌很多。盛唐诗人崔颢曾经模仿《长干曲》,写了四首五言绝句,以对答的口吻表现江上男女相逢时微妙的感情,深得民歌的天籁(见本书第二讲第五节)。这首词的创作原理与崔颢相同,都是最大限度地提纯了乐府民歌中男女相恋的健康质朴的感情。但是此词的概括度更高,它不仅涵盖了崔诗和许多同类乐府民歌的内容,而且从两人同住江上而"生小不相识"这一点更进一层,生发出共饮一江水的新鲜想象,并对唐诗和民歌中以水喻情的常见比喻再加提炼,就此水的不休再推到此恨的不已，将女子对爱情的执着说得更新鲜更透彻，而语调又像唱歌一样富有天然的乐律，可以说是宋代文人词中最富有六朝唐代乐府天籁的作品。

翰林学士王观的《卜算子》也是一首很有民歌韵味的词：

> 水是眼波横，山是眉峰聚。欲问行人去那边？眉眼盈盈处。　　才始送春归，又送君归去。若到江南赶上春，千万和春住。

以水比喻美人的眼，以山比喻美人的眉，是诗词中常见的，这里倒过来，以美人的眼比水，以眉峰比山，而且把行人要去的山水明秀之处直接比为眉眼盈盈处，就觉得新鲜，因为不但写出了行人逢山见水都能联想到美人的心理，而且直接在山水里化入了美人的影子。下片也很新颖：春天前脚刚走，君又走了，既然相隔不远，就可能追赶得上，和春一起留住。上下片之间的联系在于词的标题——“送鲍浩然之浙东”，浙东山水美，又多美人，所以在那里遇春，就是和友人调笑的意思了；但写得十分纯情，好像出于民歌中少女的口吻。

李重元（生平不详）的《忆王孙·春词》也颇负盛名①：

> 萋萋芳草忆王孙，柳外楼高空断魂，杜宇声声不忍闻。欲黄昏，雨打梨花深闭门。

首句出自汉代楚辞《招隐士》：“王孙游兮不归，春草生兮萋萋。”是唐诗中常用的典故。此词结尾意境极美，化用刘方平《春怨》：“寂寞空庭春欲晚，梨花满地不开门。”但更委婉：杜鹃声声叫的是“不如归去”，然而黄昏时风雨打着梨花，闺门深深闭上，令人想到闺门中的女子也像梨花一样，任风雨摧败青春，孤独地面对黄昏。这类伤春怀人的词内容千篇一律，新意全在构思和意象。末句写景凄美动人，又自然现成，富有暗示性，所以成为名句。

北宋末年词名颇盛的曹组，有一首咏兰词《卜算子》，品格很高：

> 松竹翠萝寒，迟日江山暮。幽径无人独自芳，此恨凭谁诉。　　似

① 一题秦观作。

共梅花语，尚有寻芳侣。着意闻时不肯香，香在无心处。

用杜甫《佳人》"天寒翠袖薄""牵萝补茅屋"句意和《绝句》"迟日江山丽"，烘托出如幽谷佳人般的兰花孤芳自赏的高洁品质和无人诉说的迟暮之恨。梅花虽然同为高品，但还有寻芳的伴侣，这又从侧面陪衬出兰花的寂寞。最后两句为点睛之笔：领略兰花香气须在无心之时，有意闻之反而不香。可见兰花之高更在于它不肯媚俗的天然清香。这首小词不但工致贴切地写出了兰花幽香的特点，而且颇有哲理启示，是咏物词中的上品。

北宋还有一些无名氏的作品，不能确知年代，也有构思很新颖的，如《御街行》：

霜风渐紧寒侵被，听孤雁声嘹唳，一声声送一声悲，云淡碧天如水。披衣起告："雁儿略住，听我些儿事。　　塔儿南畔城儿里，第三个桥儿外，濒河西岸小红楼，门外梧桐雕砌。请教且与、低声飞过，那里有、人人无寐。"

托大雁传书，本来是表现思念远人的常用方法。这一首却异想天开，不但不让大雁传书，而且还披衣起来告诉大雁：让它经过情人住处时放低声音，不要吵她。从逻辑上说，"那人"既然无寐，并不怕吵；这样说，其实是从自己听雁无寐的情景想到对方的心境，更觉体贴。用这种方法表示两地同样的相思，十分别致。全篇主要是作者对雁儿的告白。告白的重点是那人的地址，用四句词不厌其详地交代那人住处的特征，啰唆中反而更见情真意切。通俗朴素带有市民口吻的叮咛，亦为前人词里罕见，已开金元曲子之先声。

【知识点】

《清真词》　　格律派　　檃栝

【思考题】

1. 为什么清真词能得到历代词论家的极高评价？
2. 从北宋中后期其他词人的作品中可见其构思有什么新的特点？

第十三讲

李清照和南渡词人

1126年靖康之变，北宋沦亡，激于国仇家恨的南方词人，无复剪红刻翠、含宫咀商的心情，词风为之一变。南宋前期词坛为正视现实和志在恢复的精神所倾注，慷慨任气、语壮声宏的爱国高唱成为这一时期的主流。

一　李清照

李清照（1084—?），号易安居士，生于济南（今山东济南）历城西南的柳絮泉。有《漱玉词》，只传下来四十多首，但质量很高，可以和宋代第一流作家比肩。她的创作生涯横跨承平的北宋末年和动荡的南宋初年，大体可分前后两个时期。

李清照18岁嫁赵明诚，婚后生活非常美满。赵家一门煊赫，赵明诚对考古学又颇有研究，搜罗书画和金石成了他们夫妇共同的志趣。这就使李清照早年一直生活在学术文艺空气相当浓厚的生活环境里。但崇宁初年激烈的新旧党争，也给李赵两家罩上了政治的阴影。其父李格非名列于元祐党籍（旧党），公公赵挺之时为副相，却不遗余力排斥旧党。后来新党内部倾轧激烈，赵挺之被罢相。赵明诚被捕送下狱，不久罢官，携清照退归青州，开始了近十年的屏居生活。李清照是一个头脑清醒、有胆有识的女子，她曾求赵挺之搭救父亲，又曾讽刺公公“炙手可热心可寒”（《逸句》）。因此她前期在尊荣娇纵的贵妇生活外也领略了政治上的沧桑和世态的炎凉，人生中阴暗的一面加上伤春伤别的情绪，使她多愁善感的才思情致很早就表现出来。前期作品虽然从内容上看都是闺情，但不是一般柔弱空虚的闺秀词，而自有其蕴藏在闺阁风姿中的倜傥气质。这时最著名的作品有《如梦令》：

> 昨夜雨疏风骤，浓睡不消残酒。试问卷帘人，却道海棠依旧。　知否，知否，应是绿肥红瘦。

对花事和春光的爱惜是传统主题。俞平伯先生指出：这首词词意也是本于晚唐韩偓的五律《懒起》："昨夜三更雨，临明一阵寒。海棠花在否，侧卧卷帘看。"（《唐宋词选释》）但仍使人感到新鲜。作者把常见的"风雨""疏骤""红绿""肥瘦"等词汇拆开重新组合，构成成语式的对仗，尤其是用"肥瘦"这两个表现有生命物体的状词来形容红绿这两个表示色相的抽象名词，不但形象地写出了经雨之后绿叶的丰润和红花的憔悴，而且令人觉得似乎花也和人一样为春天的逝去而消瘦了。更有趣的是用卷帘人漫不经心的神气与女主人公细腻的心理相对照，逗出"知否，知否"这两句活泼娇憨而又深有感触的话来，绘声见形，神情毕现。所以这首词当时就为天下所称道。又如《浣溪沙》：

> 淡荡春光寒食天，玉炉沉水袅残烟，梦回山枕隐花钿。　海燕未来人斗草，江梅已过柳生绵，黄昏疏雨湿秋千。

写寒食节景象，用词取象都笼罩着一种轻柔骀荡的情调：春光淡荡，沉香袅袅，美人戴着花钿凭倚山枕而卧。"隐"字本来是凭倚之意，但字面所唤起的"隐约"的字义联想和梦的朦胧之感与室内的轻烟、室外的光影融合成一片，将春光在少女心里引起的微妙感受轻淡地烘染出来。下片写寒食斗草和打秋千的风俗，由梅残柳老转入黄昏疏雨，透出淡淡的惆怅。这种淡愁大体上可代表她早年词的基调。再如《点绛唇》：

> 蹴罢秋千，起来慵整纤纤手。露浓花瘦，薄汗轻衣透。　见有人来，袜刬金钗溜，和羞走。倚门回首，却把青梅嗅。

写少女娇羞可爱的情态。从少女穿着袜子就走、滑脱了金钗、急忙避人却又欲窥人的一连串动作中，表现出她不能为礼节所束缚的活泼好奇的性格。

李清照21岁后，因赵明诚出仕，时有伤别相思之作。这些词不仅感情真挚，立意新颖，而且格调高雅，超尘脱俗。如《醉花阴》：

> 薄雾浓云愁永昼，瑞脑消金兽。佳节又重阳，玉枕纱厨，半夜凉

初透。　　东篱把酒黄昏后，有暗香盈袖。莫道不消魂，帘卷西风，人比黄花瘦！

这首词表现重九深闺怀人的寂寞愁闷：薄雾浓云整天笼罩着白日，兽形的铜香炉里飘出的龙瑞脑香弥漫在空气中，好像女主人公心头驱散不开的愁云。东篱把酒本来是高士陶渊明的典型形象，这里却赋予一个女子，便打破了俗套，逼出"莫道不消魂，帘卷西风，人比黄花瘦"这一名句来，作者选取不求秾丽、自甘素淡的菊花为比，既包括了前人以花衰比人老的意思，又切合重阳节的当令风光，更象征着一种高雅的情操，这就以新颖的构思突出了一个与菊花同样高洁却不得不在孤独寂寞中渐渐憔悴的女子形象。关于这首词还有一个有趣的故事，据伊士珍《琅嬛记》说："易安以重阳《醉花阴》词函致赵明诚。明诚叹赏，自愧弗逮，务欲胜之。一切谢客，忌食忘寝者三日夜，得五十阕，杂易安作，以示友人陆德夫。德夫玩之再三，曰：'只三句绝佳。'明诚诘之。答曰：'莫道不消魂，帘卷西风，人比黄花瘦。'正易安作也。"说明这词当时就为人所叹赏。她的《凤凰台上忆吹箫》也是写别情的名篇：

香冷金猊，被翻红浪，起来慵自梳头。任宝奁尘满，日上帘钩。生怕离怀别苦，多少事、欲说还休。新来瘦，非干病酒，不是悲秋。　　休休！这回去也，千万遍《阳关》，也则难留。念武陵人远，烟锁秦楼。唯有楼前流水，应念我、终日凝眸。凝眸处，从今又添一段新愁。

上片直写离别后懒于梳洗的愁闷，"新来瘦，非干病酒，不是悲秋"，用否定病酒和悲秋来强调新瘦原因在于"离怀别苦"。下片"武陵人远"用刘晨、阮肇入天台逢仙女的故事，俞平伯先生指出唐人王涣有"晨肇重来路已迷，碧桃花谢武陵溪"（《惆怅诗》）句，"烟锁秦楼"用秦穆公小女弄玉秦楼吹箫的故事，与词牌名相合，比喻神仙眷属般的夫妻不得不离别。"唯有楼前流水，应念我、终日凝眸。凝眸处，从今又添一段新愁"几句，能在熟语中出新：楼前怅望远人，词里写得太多，但这里说只有楼前流水懂得自己终日凝眸，新添的一段愁，便像楼前流水一样可以计量其长度。加上顶针格的大胆使用，语如流水，更觉情意深远。又如《一剪梅》：

> 红藕香残玉簟秋，轻解罗裳，独上兰舟。云中谁寄锦书来？雁字回时，月满西楼。　　花自飘零水自流。一种相思，两处闲愁。此情无计可消除，才下眉头，却上心头。

这也是送给赵明诚的词。兰舟上望见雁行，引起对远方锦书的盼望。花与水的各自飘流为眼前所见，又自然比喻两人分居的处境。最后借用范仲淹的“都来此事，眉间心上，无计相回避”（《御街行》），换一种说法，以“才”和“却”强调“下眉头”和“上心头”的紧连紧接，反倒更能表现出深藏在心头、时刻都放不下的愁情。这些词同是写闺思离情，艺术构思又别出心裁，从不同角度表现了女性特有的深婉细腻的感情。

李清照前期作品以深挚清隽、含蓄秀婉的闺情词为主，但有一首《渔家傲》却能别标奇格，展现了她精神境界雄奇阔大的另一面：

> 天接云涛连晓雾，星河欲转千帆舞。仿佛梦魂归帝所，闻天语，殷勤问我归何处。　　我报路长嗟日暮，学诗谩有惊人句。九万里风鹏正举，风休住，蓬舟吹取三山去。

这首词以《远游》《离骚》的构思来写小令，在北宋词中也是极为少见的。词题为记梦，梦中展现的是拂晓时分云雾海涛混茫一片、银河闪烁、千帆竞舞的幻境。空中传来上帝殷勤的垂询，正是她在梦幻中对自己所追求的精神归宿的自问。她像屈子那样上下求索，坦率地表白了路长日暮、唯恐无所成就的急迫感，希望能做一番展翅万里的事业，而不满足于仅以惊人之文辞名世。但最后她愿大风将自己的蓬舟吹到三山，却归于远引高飞、永离尘俗纷扰的仙境。在这首词里，她将古来士大夫所不断歌咏的急于用世之心和高蹈远俗之想融合在一个含浑缥缈的梦境中，借用屈原、李白的浪漫意境表现出来，展示了这位女词人可与大丈夫相比的远大抱负，也流露了人生追求无着的渺茫之感。风格的豪放、想象的瑰奇、笔意的飞动，使这首词在艺术上也取得了很高成就。

李清照43岁时，金兵南下，故乡沦陷。南渡后第二年，丈夫赵明诚病故。她孤身一人，在浙中奔走逃难，平生积聚的金石书画丧失殆尽。经历了国破家亡的巨大创痛后，她的词转为表现家破人亡、颠沛流离的不幸遭遇。由于这种个人经历是以时代悲剧为背景的，因此她那种伤离感乱、凄楚哀苦的心境与当时无数流亡者的感情也是相通的。出于对南宋苟安政局的不满,她写下了不少爱国的诗篇,如"南来尚怯吴江冷,北狩应悲易水寒""南渡衣冠少王导,北来消息欠刘琨"(胡仔《苕溪渔隐丛话·后集》引《诗说隽永》)等,直接指责朝廷的懦弱无能。著名的《乌江》诗:"生当作人杰,死亦为鬼雄。至今思项羽,不肯过江东。"更是忧愤之心溢于言表,辞气之雄,足以立懦起顽。这种刚烈的气概,虽然主要表现在她的诗里,但与她在词里所抒写的悲切凄苦的心情,同样出于深沉的忧国之念和恢复之志。

李清照后期词里的悲哀是深到骨髓的,因此词风自然转为缠绵凄苦、深沉感伤:"故乡何处是,忘了除非醉。"(《菩萨蛮》)"旧时天气旧时衣,只有情怀,不似旧家时。"(《南歌子》)由于这刻骨铭心的伤痛,她的抒情艺术也取得了更高的成就。较有代表性的是她的名篇《声声慢》:

> 寻寻觅觅,冷冷清清,凄凄惨惨戚戚。乍暖还寒时候,最难将息。三杯两盏淡酒,怎敌他、晚来风急!雁过也,正伤心,却是旧时相识。　　满地黄花堆积,憔悴损,如今有谁堪摘?守着窗儿,独自怎生得黑!梧桐更兼细雨,到黄昏、点点滴滴。这次第,怎一个愁字了得!

此词通篇直抒愁怀,但与她早年所写的生离之愁、暂时之愁、个人之愁不同,这里所写的是死别之愁、永恒之愁、个人遭遇与家国之痛交织在一起的愁,所以感情也更深沉哀痛。头三句"寻寻觅觅,冷冷清清,凄凄惨惨戚戚",连用七对叠字,是词人在艺术上大胆新奇的创造,历来为前人所激赏。"寻寻觅觅"四字,劈空而来,描写心中若有所失的精神状态。事实上,主人公遗失了的一切是寻也寻不回来的。这种寻觅,把她由于敌人的侵略、北宋的崩溃、流离的经历、索漠的生涯而不得不承担的、感受的,经过长时期消磨而仍然留在心底的悲哀,充分显示出来了。环境的冷冷清清,先感于外,心情的凄戚,后感于内,十四字分三层说,由浅入深,沉痛无比。秋末忽寒忽暖的天气,已使人适应不易,见到由北南来的大雁,又添了一层国破家亡的天涯沦落之感。满地黄花,黄昏细雨,独自对窗,更增人悲感。这一天从早到晚,所感所闻触处生愁,自然是一个"愁"字所无法包容的。全篇纯用口语，仄声押韵，不避生险，使节奏较慢的长调读来声情急促，心中无限痛楚抑郁之情喷薄而出，一泻无余，而又表现得极其深厚委婉、自然动人。[①] 另一首《永遇乐》作于晚年流寓临安时：

落日熔金，暮云合璧，人在何处？染柳烟浓，吹梅笛怨，春意知几许！元宵佳节，融和天气，次第岂无风雨？来相召、香车宝马，谢他酒朋诗侣。　　中州盛日，闺门多暇，记得偏重三五。铺翠冠儿，撚金雪柳[②]，簇带争济楚[③]。如今憔悴，风鬟雾鬓，怕见夜间出去。不如向、帘儿底下，听人笑语。

词人由元宵佳节的今昔对比引起盛衰之感，抒写了流落他乡的境遇和孤独寂寞的心情。虽是染柳烟浓的融和天气，她却因担心“次第岂无风雨”而谢绝了来邀她出外游赏的诗朋酒侣。这就显示出她历尽沧桑之后对一切都感到变幻莫测而顾虑重重的心理状态。眼前的景物引起她对中州盛日元宵佳节的回忆，对照自己“如今憔悴，风鬟雾鬓”的形象，觉得还不如像小户人家妇女那样在“帘儿底下，听人笑语”。这里不仅写出了黍离之悲和人我苦乐之别，也透露了她晚年生活处境的潦倒。又如《武陵春》：

风住尘香花已尽，日晚倦梳头。物是人非事事休，欲语泪先流。　　闻说双溪春尚好，也拟泛轻舟。只恐双溪舴艋舟，载不动许多愁。

狂风摧花、落红满地，正像词人所遭受的人生灾难，经过一场重大变故，“物是人非事事休”。纵然听说双溪春尚好，也未尝没有泛舟一游以排遣的想法，却在未游之前，便预料到愁重舟轻，不能承载了。对于舟的担心，使愁竟有了重量，可以用船来载，设想新颖真切，形象地表现了压在词人心头难以承担的感情重负。

有时她的心情也会因天气而有所好转，如《念奴娇》：

萧条庭院，又斜风细雨，重门须闭。宠柳娇花寒食近，种种恼人

① 参见沈祖棻：《宋词赏析》，上海古籍出版社，1980年，第140—144页。
② 撚金雪柳：元宵节妇女头上戴的装饰物。
③ 簇带：插带。济楚：衣着整洁。

天气。险韵诗成[①],扶头酒醒[②],别是闲滋味。征鸿过尽,万千心事难寄。　　楼上几日春寒,帘垂四面,玉阑干慵倚。被冷香消新梦觉,不许愁人不起。清露晨流,新桐初引,多少游春意。日高烟敛,更看今日晴未?

年轻时所写的寒食词里那种轻柔骀荡的情调,在这里已变成恼人的凄风苦雨,日日赖以解忧的唯有作险韵诗、喝扶头酒。这种寂寞的闲滋味已不是早年的闲愁可比。征鸿到春天又将回到北方,但万千心事却已无处投寄。由于词人长期将自己封闭在重门紧闭、帘垂四面的小楼里,一旦偶然看到外面清新的晨露和新生的桐叶,也不禁被生机蓬勃的大自然唤起了几许生趣。"清露晨流,新桐初引"语出《世说新语·赏誉》,并非作者的创造,但用在这里非常贴切,犹如己出。它使人想到潘岳《悼亡诗》里的"春风缘隙来,晨霤承檐滴",雪化春回的新鲜感受更反衬出长期沉浸在哀伤中的心情;又令人想到谢灵运的《登池上楼诗》:"初景革绪风,新阳改故阴。池塘生春草,园柳变鸣禽。"当长久与大自然隔绝之后,偶尔看到季节更迭中万物的新生,词人也情不自禁地有了探看天气晴未的愿望。前人多赞"结语开朗,另转一语"(《唐宋词选释》),十分奇俊。其实这正是作者在真切地体会了这种新的生命感受之后,融化和发展了魏晋古诗意境的结果。

李清照是人所公认的婉约派的正宗词人。她有一篇《词论》[③],提出词"别是一家"之说,区分诗词之大别,并历评五代到北宋诸公歌词,颇有锋芒,是词史上第一篇系统论词的重要文章。她说:"江南李氏君臣尚文雅,故有'小楼吹彻玉笙寒','吹皱一池春水'之词,语虽奇甚,所谓'亡国之音哀以思'也。"对于南唐君主的文雅新奇虽加肯定,但认为是亡国之音。柳永"变旧声,作新声,出《乐章集》,大得声称于世;虽协音律,而词语尘下","至晏元献、欧阳永叔、苏子瞻,学际天人,作为小歌词,直如酌

---

① 险韵诗:用难押的字作诗里的韵脚。

② 扶头酒:古人在卯时(早晨五时至七时)喝的酒,称"卯酒",又名扶头酒,酒味较淡,一般用来解宿醉。

③ 近年来有学者提出《词论》为其父李格非所作,颇有理据,惜尚未成定论。这里仍用旧说。

蠡水于大海，然皆句读不葺之诗尔，又往往不协音律者，何邪？”她认为主要是因为“诗文分平侧，而歌词分五音，又分五声，又分六律，又分清浊轻重”，即歌词讲究音律。所以“别是一家，知之者少。后晏叔原、贺方回、秦少游、黄鲁直出，始能知之。又晏苦无铺叙，贺苦少典重，秦即专主情致，而少故实，譬如贫家美女，虽极妍丽丰逸，而终乏富贵态。黄即尚故实，而多疵病，譬如良玉有瑕，价自减半矣”。她对前代的大词家评论很苛，首先排除了不协音律的“句读不葺之诗”，指出词与诗文的主要区别在于讲究五音六律、清浊阴阳；其次在那些符合音律的词家中，批评了词语低俗、无铺叙、少典重、少故实、多疵病等各种弊病。反过来可以看出她理想的词应当是：合乎音律、词语高雅、风格典重、有情致、有故实、善铺叙、表现精致。她虽然在《词论》里没有提到周邦彦，其实这些见解都在清真词里得到了体现。这篇《词论》观点比较偏激，但也反映了词在从“小歌词”发展为一种被大家广泛重视的正式文体的过程中，对于如何认识这种文学样式区别于诗文的特质，以及如何形成其特殊的艺术表现规范，已经产生了进行理论探索的要求。如果说周邦彦是通过他的创作反映了这种要求，那么李清照就是这种理论探索的先行者。《词论》的主要意义正在这里。

李清照的创作也可以说是她本人词学理论的体现。她在艺术上的主要特点是善于从口语中提炼明白省净、富有表现力的语言，“以寻常语度入音律”（张端义《贵耳集》），表现清新精巧的构思，创造不平常的意境，典故含而不露，既能用古人之意翻新出奇，又不依傍古人。前期词以空灵飞动的女性笔触自写闺阁心情，为传统的婉约派抒情词吹进了清新的空气；后期词写个人的不幸，而带有时代的鲜明色彩。这些词的时代性和她个人的艺术独创性如此完美地统一，使传统的词风得到了充实和改造，推动了宋词的发展。

二　南渡之际的词人

南渡时与李清照同样经历靖康之变的词人还有很多，较有代表性的如叶梦得、向子諲、朱敦儒、陈与义等等。他们在时代的动乱中表现出不同的政治态度，词风也随之发生显著的变化。

叶梦得(1077—1148)，字少蕴，号石林居士，苏州吴县(今江苏苏州吴中区)人。高宗绍兴年间曾两度担任江东安抚制置大使，兼建康知府。晚年退居吴兴卞山。著有《石林诗话》《石林词》。词风豪放，明显受到苏轼的影响。如《水调歌头》：

> 霜降碧天静，秋事促西风。寒声隐地初听，中夜入梧桐。起瞰高城回望，寥落关河千里，一醉与君同。叠鼓闹清晓，飞骑引雕弓。　岁将晚，客争笑，问衰翁：平生豪气安在？走马为谁雄？何似当筵虎士①，挥手弦声响处，双雁落遥空。老矣真堪愧，回首望云中。

词题为“九月望日，与客习射西园，余偶病不能射，客较胜相先。将领岳德，弓强二石五斗，连三发中的，观者尽惊。因作此词示坐客。前一夕大风，是日始寒”(曾慥《乐府雅词》)。全篇用记叙的笔法记载这一天习射的经过和感想，在词里颇为少见。首先写九月中旬夜半听到秋声初起，“隐地初听”句，据俞平伯先生解释，应是引用杜甫《秦州杂诗》其四“秋听殷地发”，“隐”通“殷”，形容声音振动。霜天静碧，秋声随风而起，进入梧桐，境界与欧阳修《秋声赋》开头所写童子出听秋声，“声在树间”的描写有异曲同工之妙。以下顺序展开高城眺望关河，醉饮至清晓，与客人习射的过程。下片设为客人对“衰翁”的取笑之词，在谈笑间写出勇士们射艺的精湛和意气的豪雄。而“衰翁”虽然自伤衰老，回望云中的神情仍然流露出不能泯灭的雄心。“望云中”语带双关：汉文帝时魏尚守云中郡，是常用的典故，苏轼《江城子》“持节云中”，即此意；但王维《观猎》诗说“回看射雕处，千里暮云平”，亦合词意。二者合用，含蓄地写出北望中原的深沉感慨。

向子諲(1086—1153)，字伯恭，临江(今江西清江)人。有《酒边词》，明确分为江北旧词和江南新词两部分。他曾亲率军队抗金，后因反对和议，与秦桧不合而退隐。因而特别看重江南新词。如他的《水龙吟·绍兴甲子上元有怀京师》写上元节时对汴京的怀念，以及流落江南的处境：

---

① 虎士：即勇士，指岳德。

华灯明月光中,绮罗弦管春风路。龙如骏马,车如流水,软红成雾。太液池边①,葆真宫里②,玉楼珠树。见飞琼伴侣③,《霓裳》缥缈④,星回眼,莲微步。　　笑入彩云深处,更冥冥,一帘花雨。金钿半落,宝钗斜坠,乘鸾归去。醉失桃源,梦回蓬岛,满身风露。到而今江上,愁山万叠,鬓丝千缕。

上元佳节是南渡词人回忆昔日太平景象的触发点。这首词将汴京的灯市写得无比灿烂辉煌,宛如仙境;游女也都是星眼莲步,美如神仙,缥缈的霓裳羽衣舞更是将人带入了月宫。结彩的山棚如同层层彩云,天空的焰火如飞花洒落,满地都是遗落的金钗宝钿。然而这一切的繁华都已成梦中的蓬莱、醉里的桃源,醒来以后只剩下江上流浪的一身风露、满头白发。这种对比与杜甫《秋兴八首》最后两首的创作原理相似,都是以浓丽的笔调将回忆中的京城写得胜似仙界,以“江湖满地一渔翁”的孤愁形象作为对照,点醒梦境,感触是很深的。

朱敦儒(1087—1159),字希真,洛阳人。早年为处士,南渡后流落岭南,应朝廷召做过秘书正字,因为与主战派交往,被罢官。这时他的词“忧时念乱,忠愤之至”(王鹏运《樵歌跋》)。但是后来曾一度依附秦桧。晚年罢官居于浙江嘉兴。词集有《樵歌》。

朱敦儒代表着南渡词风潇洒颓放的一种倾向。他在南渡初期的词确实反映了时代动荡的面影,像“万里烟尘,回首中原泪满巾”“日落波平,愁损辞乡去国人”(《采桑子》)、“万里东风,故国山河落照红”(《减字木兰花》)等等,词境十分悲凉。又如《相见欢》:

金陵城上西楼,倚清秋。万里夕阳垂地,大江流。　　中原乱、簪缨散,几时收?试倩悲风吹泪,过扬州。

以简洁的语言和苍茫的意境写出在大动乱中仓皇逃难的悲怆心情。《卜

---

① 太液池:汉唐宫里都有太液池,唐代太液池在长安城东大明宫内。这里借指北宋首都汴京皇宫内的池苑。

② 葆真宫:北宋皇宫名,是元宵节张灯的宫殿。

③ 飞琼:女仙许飞琼,传说是西王母的侍女。

④ 《霓裳》:即《霓裳羽衣曲》,唐代法曲名,是唐代最著名的宫廷乐舞。

算子》借孤雁比喻乱离中逃难的情景：

旅雁向南飞，风雨群初失。饥渴辛勤两翅垂，独下寒汀立。　鸥鹭苦难亲，矰缴忧相逼。云海茫茫无处归，谁听哀鸣急。

孤雁失群，风雨凄苦，沿路饥渴，又要时时提防短箭，茫茫云海中找不到归宿，仅就咏雁而言，也是十分形象生动的；更何况这雁不仅自比，也反映了在北方大乱、纷纷南渡的混乱景况中，百姓们流离失所的普遍状况。朱敦儒还有些词慷慨悲壮，已开辛词之先。如《水龙吟》：

放船千里凌波去，略为吴山留顾。云屯水府，涛随神女，九江东注。北客翩然，壮心偏感，年华将暮。念伊嵩旧隐，巢由故友，南柯梦，遽如许！　回首妖氛未扫，问人间、英雄何处？奇谋报国，可怜无用。尘昏白羽，铁锁横江，锦帆冲浪，孙郎良苦。但愁敲桂棹，悲吟《梁父》，泪流如雨！

金人大举南侵以后，作者不得不从江西逃往两广，这首词可能是南逃途中所作，所以开头说放船千里，吴山也令他留恋回顾了。在这云水相连、奔流东注的大江上翩然独行的北客，只有水府的神女为伴。昔日在伊阙嵩山隐居的旧友们，都突然间变成了南柯一梦！作者不禁回首大声呼唤人间的英雄出来扫平妖氛。然而虽有英雄以奇谋报国，又有什么用呢？金人就像当初的晋人，烧断了吴国用来阻拦他们的铁锁，扬帆冲浪前进。自己只有敲着船桨，在这茫茫水面上，悲吟诸葛亮所爱好的《梁父吟》。这首词反映了高宗小朝廷放弃南京，仓皇逃往杭州、辗转避难于海上的艰危时势，悲愤哀切之情溢于言表。

但《樵歌》总的倾向比较消极颓唐。词集取名"太平樵唱"，大部分反映"挑月更担花"的闲适生涯，由于"把住都无憎爱"（《朝中措》），家国之感也就在风月中消磨渐尽了。《好事近・渔父词》是这类作品的代表：

摇首出红尘，醒醉更无时节。活计绿蓑青笠，惯披霜冲雪。　晚来风定钓丝闲，上下是新月。千里水天一色，看孤鸿明灭。

写得旷逸散淡，意境高朗清远，几乎是不食人间烟火的世外人语，虽然在北宋末年的绮靡词风中格外显得脱俗，但离现实还是太远了。

陈与义(1090—1138),字去非,号简斋,洛阳人。南渡后官至参知政事。他是江西诗派的重要作家,主要以诗著称,词仅在《简斋集》里附了十八首,但成就较高。《临江仙》是颇受好评的一首代表作:

忆昔午桥桥上饮,坐中多是豪英。长沟流月去无声。杏花疏影里,吹笛到天明。　　二十余年成一梦,此身虽在堪惊!闲登小阁看新晴。古今多少事,渔唱起三更。

词题为"夜登小阁,忆洛中旧游"。午桥是庄名,在洛阳南十里。中唐宰相裴度在午桥庄建别墅,和白居易、刘禹锡诗酒唱和。这里可能是用典故称赞座中的豪英。这种群聚的饮宴往往伴有歌舞弹唱,本来是很热闹的,但作者却把这场面写得非常宁静而富有诗意:沟中月影随着流水无声地消逝,在疏落的杏花影中,悠扬的笛声一直吹到天明。过片紧接"二十余年成一梦",甚至惊讶此身还能存活,其中的巨大变故一言以蔽之,便痛切地传达出难以言喻的沧桑之感。最后感叹古今无数世变,都付之于三更的渔歌樵唱。联系上片的"豪英"来看,又流露了多少无奈和悲慨。结尾将上片清丽的意境进一步拓开,发人深思,余味无穷,所以后来常为表现兴亡主题的戏曲所引用。

除了上述两种倾向外,南渡后还出现了继承北宋大晟乐,专门制作应制词的康与之、曹勋、曾觌等,这派词人迎合上层统治者心理,阿谀逢迎,粉饰中兴,为士林所鄙薄,但他们在南渡时也写过一些感怀故国的作品。所以总的看来,虽然南渡后不久词坛便发生分化,但"黍离之悲""故国之思"在南渡之初曾一度成为共同的主题。

三　南宋爱国词的先驱

南渡前后词人中的张元幹,与稍晚于张元幹的张孝祥,以及南宋初抗金派名臣李纲、李光、赵鼎、胡铨、岳飞等,是南宋声势最大的爱国词派的开端。

张元幹(1067—1143),字仲宗,自号芦川居士,长乐(今福建长乐)人,一说永福(今福建永泰)人。年辈最高,在北宋末已有词名,但肩随秦观、周邦彦，词风妩秀婉转。南渡后一变为慷慨悲歌。如《石州慢》“群盗纵横，逆胡猖獗，欲挽天河，一洗中原膏血。两宫何处？塞垣只隔长江，唾壶空击悲歌缺”、《水调歌头》“梦中原，挥老泪，遍南州”，都写得忠愤填膺。他寄李纲和送胡铨的两首《贺新郎》，是其所著《芦川词》的压卷之作。前一首题为“寄李伯纪丞相”：

> 曳杖危楼去，斗垂天、沧波万顷，月流烟渚。扫尽浮云风不定，未放扁舟夜渡。宿雁落、寒芦深处，怅望关河空吊影。正人间、鼻息鸣鼍鼓①。谁伴我，醉中舞？　　十年一梦扬州路，倚高寒、愁中故国，气吞骄虏。要斩楼兰三尺剑②，遗恨琵琶旧语。谩暗涩、铜华尘土。唤取谪仙平章看③，过苕溪④、尚许垂纶否？风浩荡，欲飞举。

李纲是南渡之际坚持抗战的名臣，建炎元年（1127）高宗在南京称帝时任宰相。绍兴八年（1138）在秦桧等投降派的主持下，宋、金达成和议，高宗向金上表称臣。李纲上书反对，朝廷不予理睬。张元幹便作了这首词寄给李纲，这时李纲罢职寓居长乐，张元幹已经72岁。上片写自己拄杖登上高楼所见夜景：北斗垂天，月照沧波。寒风扫尽浮云，落雁宿于芦丛深处，在这样空廓的关河中，只有自己形影相吊。人间都在睡梦中，鼻息如鼓，谁能伴自己在醉中起舞呢？这里暗用西晋祖逖与刘琨中夜闻鸡起舞的故事，感叹世人昏睡，只有李纲能懂得自己起舞的心事。下片回顾自高宗在南京（今河南商丘）称帝、进驻扬州以来的十年形势。当初志在恢复、气吞胡虏，三尺剑可斩楼兰，现在却只落得听琵琶胡语，遗恨无穷。汉武帝时与乌孙国和亲，以江都王刘建之女细君为公主，嫁乌孙王，令人在马上弹琵琶解除她在旅途中思乡的寂寞。汉元帝时王昭君嫁匈奴呼韩邪单于，相传作有怨思的歌曲。琴曲有《昭君怨》等曲调。杜甫说：“千载琵琶作胡语，分明怨恨曲中论。”（《咏怀古迹》其三）因此这里用琵琶典故，主要是以汉代的和亲借指南宋的和议，感叹李纲当年抗金的壮气现在变

① 鼍（tuó）鼓：鼍皮蒙的鼓。鼍即扬子鳄，又称猪婆龙。
② 斩楼兰：西汉傅介子奉使西域楼兰国，设计刺死为匈奴做间谍的楼兰王，以功封侯。
③ 平章：评论。
④ 苕溪：源出浙江天目山，流经湖州入太湖。

成了眼看和议成功的遗恨,而那些主战的忠臣们也像生锈蒙尘的宝剑被弃置不用。最后表示要唤取谪仙来评论,如果经过风景优美的苕溪,是否还能允许垂钓?这话意思含糊,表面上是以谪仙比李纲,因李纲目前退居,表示要去看望他的意愿;实际上联系结尾来看,又是以李白来激励李纲:目前国势艰危,已不容许人们安心隐居,即使垂钓,也应有重新起于屠钓,乘风高飞,一展宏图的思想准备。可见张元幹的词风虽然豪放,但含意深婉。另一首题为"送胡邦衡待制":

> 梦绕神州路,怅秋风,连营画角,故宫离黍。底事昆仑倾砥柱[1]?九地黄流乱注?聚万落千村狐兔。天意从来高难问,况人情老易悲难诉。更南浦,送君去。　　凉生岸柳催残暑,耿斜河,疏星淡月,断云微度。万里江山知何处?回首对床夜语。雁不到书成谁与?目尽青天怀今古,肯儿曹恩怨相尔汝[2]!举大白,听金缕[3]。

送胡铨一词作于张元幹76岁高龄时。胡铨因上书反对和议,请斩秦桧,被主和派押送新州编管。张元幹因作此词得罪秦桧,被除名。这首词上片哀悼国家的颠覆,勾勒出中原天柱倾折、洪水横流,千村万落成为狐兔所居的荒凉景象,对北宋统治者一手酿成的亡国之祸提出一连串质问,对南宋统治者不思恢复,任凭中原化为废墟的冷漠态度提出抗议,将词人一腔抑塞不平之气倾泻无余。下片就胡铨被罚一事抒发二人无缘再见的悲愤。词人没有纠缠在低徊感伤的离情之中,而是以高远旷淡的境界展示了两人离别后不能为万里长途所阻隔的深厚友情,勉励友人今后在望断青天的相互思念中,继续交流对古往今来国家大事的怀想,并对那些挟怀私仇、以个人恩怨陷害忠良的主和派投以尖刻的嘲讽。全篇亢壮激昂,气度豪爽,前人称赞这首词:"慷慨悲凉,数百年后尚想其抑塞磊落之气。"(《四库全书总目提要》)在南宋词坛上,张元幹首先以其悲愤的高唱冲破了北宋末年的婉媚词风,为后来辛弃疾的爱国词派开出了一条宽广的创作道路。

---

① 砥柱:山名,在黄河中。
② 尔汝:"你"的不客气的说法。韩愈《听颖师弹琴》:"昵昵儿女语,恩怨相尔汝。"
③ 大白:盏名。金缕:《贺新郎》词调的异名。

李纲的《六么令》《苏武慢》，赵鼎的《满江红》《鹧鸪天》《浣溪沙》，胡铨的《好事近》，岳飞的《小重山》《满江红》等，以其立身行事的凛然正气形之于词，形成豪放刚健的新词风，开启了南宋爱国词的先声。抗金英雄岳飞虽然不是词人，只有两首词传世，但其中的《满江红》却是南渡前后爱国词中的最强音：

> 怒发冲冠，凭栏处，潇潇雨歇。抬望眼，仰天长啸，壮怀激烈。三十功名尘与土，八千里路云和月。莫等闲，白了少年头，空悲切！　靖康耻，犹未雪，臣子恨，何时灭！驾长车，踏破贺兰山缺。壮志饥餐胡虏肉，笑谈渴饮匈奴血。待从头，收拾旧山河，朝天阙。

尽管有学者对这首词的作者是否岳飞提出怀疑①，但人们还是愿意相信它是岳飞所作。因为词里怒发冲冠、仰天长啸的激烈壮怀，披星戴月、转战万里的艰苦生涯，誓死雪耻、收复山河的忠愤之心，直捣敌巢、餐肉饮血的英雄气概，只能属于岳飞这位伟大的民族英雄。一般的文人很难唱出这样粗犷亢壮的悲歌。

张孝祥(1132—1169)，字安国，历阳乌江(今安徽和县)人。宋高宗时进士廷试第一。历任中书舍人、直学士院、建康留守、荆南荆湖北路安抚使等职。政绩卓著，文章"为当代独步"(谢尧仁《于湖居士文集序》)。有《于湖词》。

张孝祥的诗、文、词都受苏轼影响，胸襟和笔力也近似苏轼。他在建康留守任上积极支持张浚北伐的计划，效力于抗金前线。张浚北伐失败，南宋朝廷又转向妥协投降。张孝祥为此写下了著名的《六州歌头》：

> 长淮望断，关塞莽然平。征尘暗，霜风劲，悄边声。黯销凝！追想当年事，殆天数，非人力。洙泗上，弦歌地②，亦膻腥。隔水毡乡，落日牛羊下，区脱纵横③。看名王宵猎，骑火一川明，笳鼓悲鸣，遣人惊。　念腰间箭，匣中剑，空埃蠹，竟何成！时易失，心徒壮，岁将

---

① 近人余嘉锡曾怀疑这首词是明朝人伪托，但没有充分理据。

② 洙泗：洙水和泗水，流经曲阜，是孔子讲学的地方。弦歌指孔子教授《诗三百》，都配以弦歌。

③ 区脱：汉时匈奴筑以守边的土室。

零。渺神京,干羽方怀远①,静烽燧,且休兵。冠盖使,纷驰骛,若为情?闻道中原遗老,常南望,翠葆霓旌②。使行人到此,忠愤气填膺,有泪如倾。

上片写眺望淮河边界,只见风尘黯淡,一片死寂,暗点边境防备的空虚。在回想往事之时淋漓尽致地渲染出中原从文化传统到生活习俗都已经被外族侵略者摧毁殆尽的事实,谴责南宋朝廷对此不但不感到心惊,反而撤销边备,拱手退让,任金人在对岸驰射夜猎。下片写志士壮志蹉跎、遗民盼望复国的悲愤心情。在和议怀远的形势下,弓箭宝剑都被尘封虫蛀,恢复神京愈益渺茫,看着来往奔忙的和谈使者,让人难以为情!而中原的遗老还在盼望着宋帝仪仗的来临。假使行人到此,怎能不泪下如雨呢?全篇利用《六州歌头》节拍短促的音调,突出词人感情的激越,一句一顿,长吁短叹,交替而出,抒情由低回郁塞步步上升到忠愤填膺的高峰,一气呵成。《白雨斋词话》称赞道:"淋漓痛快,笔饱墨酣,读之令人起舞。"相传这首词作于一次宴会上,都督江淮兵马的张浚读后深为感动,竟罢席而入。

张孝祥还有一首著名的《念奴娇》:

洞庭青草,近中秋,更无一点风色。玉鉴琼田三万顷,着我扁舟一叶。素月分辉,明河共影,表里俱澄澈。悠然心会,妙处难与君说。　　应念岭表经年,孤光自照,肝胆皆冰雪。短发萧骚襟袖冷,稳泛沧溟空阔。尽挹西江,细斟北斗,万象为宾客。扣舷独啸,不知今夕何夕!

词题为"过洞庭",意境颇似苏轼《赤壁赋》,"扣舷独啸""不知今夕何夕"都用苏轼的现成句子。全篇在万顷湖水、明月倒映的透明境界中展现出词人表里澄澈、孤光自照的磊落襟怀和高尚品格,妙在景与情的浑融无间;水天一色、星河月影的无垠时空,是扁舟上"我"的诗心的外化;而以

① 干羽:干盾(盾牌)和羽翟(雉鸡毛),上古举行乐舞时舞者所执。表示以德怀远的意思。《尚书·大禹谟》说"舞干羽于两阶"。

② 翠葆霓旌:帝王所用的车盖和旌旗。

北斗为勺、尽挹西江,将万象作为宾客来招待的"我",又与上下空明的湖天一样晶莹洞澈。因此"我"的扁舟已没有置身于广漠中的渺小感,而只有稳泛沧溟、与宇宙同在的自豪感。前人称张孝祥"骏发踔厉""自在如神之笔,迈往凌云之气"(陈应行《于湖先生雅词序》),都指出了他豪放超旷的特征。他继承发扬了苏轼的词风,在苏辛词派的形成中所起的作用是不可低估的。

【知识点】

《漱玉词》　《词论》的基本观点　《樵歌》　《芦川词》　《于湖词》

【思考题】

1. 李清照词的艺术成就与她的语言特色有什么关系?
2. 张元幹和张孝祥的词风有何共同特点?

第十四讲

辛弃疾和豪放词派

南宋前期，由于时代的巨大变动，从广大民众到士大夫中的一部分有识之士，都发出了抵抗侵略、保卫祖国的强烈呼声。这种精神反映到文学作品里来，就汇成了爱国主义的主流，一向以抒写个人生活情感为主的词，也开始表现出鲜明的政治倾向。以辛弃疾为主的豪放词派上承苏轼，以南宋初一些中兴名臣为先驱，以陆游、陈亮等爱国志士为羽翼，代表民族的正气，唱出了南宋前期的时代最强音。到南宋后期仍不乏有力的继承者，其余波一直影响到宋末元初。

一　辛弃疾的“英雄之词”

辛弃疾（1140—1207），字幼安，号稼轩，济南人。与一般的文人词客不同，他以气节自负，以功业自许，有将相之才，在政治、军事、经济各方面都有精到的见解，又有军人的勇武精神和敢作敢为的魄力。他年轻时在北方组织了一支抗金义军，参加农民领袖耿京的队伍，后来耿京被叛徒出卖，他赤手空拳率领五十骑，在五万人的敌营中缚取叛徒，并号召上万士兵反正，带领他们投奔南宋。他上书《美芹十论》和《九议》，提出符合强弱消长之势的北伐方案，表现出善于用兵的远见卓识。但在主和派得势的南宋小朝廷，他得不到重用，只在建康、江西、湖北、湖南做过几任地方官，政治地位十分孤危。从 43 岁起，闲居信州（今江西上饶），二十年中被弃置不用，中间仅一度担任过福州知府兼福建安抚使。64 岁时重被起用，任浙东安抚使和镇江知府，但不久又被罢免，只得再回铅山赋闲。四年后赍志而没。有《稼轩词》。

一生不平凡的经历加上政治上遭受的压抑，使辛弃疾在词中充分表现了英雄之才、忠义之心和刚正之气。他的词数量很多，今传六百二十多首，内容广阔，题材多样，吊古伤时、谈禅说理、评论政治、歌咏山水，无所不写，主要反映了以下几方面的思想感情。

首先，抒写热望恢复祖国河山的壮志豪情以及英雄失路、有志难成的忧愤不平。英雄主义精神是辛弃疾词的基调。他力求把爱国壮志化为战斗行动，在统一祖国的不世功业中实现自己的抱负。他对于自己挽回国家命运的才能充满了信心："正目断，关河路绝。我最怜君中宵舞，道男儿到死心如铁，看试手，补天裂。"（《贺新郎》）"袖里珍奇光五色，他年要补天西北。"（《满江红》）在《水龙吟》一词中，他借祝寿表现了自己报国的雄心：

> 渡江天马南来，几人真是经纶手？长安父老，新亭风景[①]，可怜依旧！夷甫诸人[②]，神州沉陆，几曾回首？算平戎万里，功名本是真儒事，君知否？　　况有文章山斗，对桐阴满庭清昼。当年堕地，而今试看，风云奔走。绿野风烟，平泉草木，东山歌酒[③]。待他年，整顿乾坤事了，为先生寿。

这首词题为"为韩南涧尚书寿，甲辰岁"。韩尚书即韩元吉，号南涧。宋孝宗时官至吏部尚书，也是主战派。甲辰岁为孝宗淳熙十一年（1184），辛弃疾这时45岁。开头用晋元帝南渡建立东晋的典故，直率地道出他对南宋政权缺乏经纶之才的失望，因而慨然以万里平戎的功名自许。尽管被劾落职，他仍然以"他年整顿乾坤事了"为己任。这种强烈要求建立功名的愿望并非尽出于个人立身扬名的动机，而是以词人对祖国山河的热爱为出发点的。他在许多作品中表现了无法忍受南北分裂的痛苦心情和对北方故土的深切怀念。如《贺新郎·送杜叔高》："起望衣冠神州路，白日销残战骨。叹夷甫诸人清绝！夜半狂歌悲风起，听铮铮阵马檐间铁，南共北，正分裂。"著名的《菩萨蛮·书江西造口壁》追怀南宋建炎年间金兵

---

① 新亭：见刘义庆《世说新语·言语》。东晋初士大夫常至新亭饮宴。周顗中坐叹息说："风景不殊，正自有山河之异。"皆相视流泪。唯王导愀然变色道："当共勠力王室，克复神州，何至作楚囚相对！"

② 夷甫诸人：指西晋的清谈家王衍等人。王衍字夷甫。

③ 绿野：指唐宰相裴度的别墅绿野堂。平泉：指唐宰相李德裕的别墅平泉庄。东山：指东晋宰相谢安寓居之地。此处借指韩元吉放情山水。

追击隆裕太后直到江西造口（今江西万安县西南六十里）的往事，想到中原至今尚未恢复的现实，即景抒情：

> 郁孤台下清江水，中间多少行人泪！西北望长安，可怜无数山。　　青山遮不住，毕竟东流去。江晚正愁余，山深闻鹧鸪。

郁孤台在今赣州市西南，赣江经过台下向北流去，与袁江合流的地方名为清江。词人想到江水中流淌着无数逃难行人的泪水，感慨南宋小朝廷经过几近灭亡的颠沛流离，尚不思恢复。遮断人们遥望长安视线的青山，就像阻拦恢复大业的种种障碍，词人虽然坚信人们向往统一的心愿像江水东流一样无法遮断，但是深山里传来的鹧鸪声，仿佛又在提醒着目前“行不得也哥哥”（邓郯《鹧鸪词》）的艰难处境。

在主和派的压制下，辛弃疾渡江南来的理想逐渐幻灭，因此更多的词抒发了壮志难酬的苦闷。驰骋沙场的愿望只能在对从前战斗生活的追想中实现，如《破阵子》：

> 醉里挑灯看剑，梦回吹角连营。八百里分麾下炙①，五十弦翻塞外声②，沙场秋点兵。　　马作的卢飞快③，弓如霹雳弦惊。了却君王天下事，赢得生前身后名，可怜白发生！

作者以飞快的节奏将当年率领部下宿营练兵、跃马横戈的战斗生活写得龙腾虎跃，气势如霹雳闪电。然而这一切都已成为醉梦中的回忆，了却恢复大业、名垂青史的幻想被年华老大、不受知遇的现实无情地粉碎了。又如《鹧鸪天》：

> 壮岁旌旗拥万夫，锦襜突骑渡江初④。燕兵夜娖银胡䩮⑤，汉箭朝飞金仆姑⑥。　　追往事，叹今吾，春风不染白髭须。却将万字平戎策，换得东家种树书！

---

① 八百里：牛名。炙：烤肉。

② 五十弦：传说瑟原有五十弦，这里指塞外音乐声悲。

③ 的卢：一种白额的烈性快马。

④ 锦襜突骑：穿锦衣的精锐骑兵。襜：古代一种短便衣。

⑤ 娖：整理。胡䩮：装箭的袋子，又名胡禄。

⑥ 金仆姑：箭的名称。

词题说："有客慨然谈功名，因追念少年时事，戏作。"写的是怀念昔日带领上万士兵投奔南宋，突破金兵封锁的激烈战斗场面。然而空有恢复的雄谋大略，却只能在归耕生活中消磨岁月："雕弓挂壁无用，照影落清杯。"(《水调歌头》)"不念英雄江左老，用之可以尊中国。"(《满江红》)辛词里这种感情炽烈、踔厉风发的英雄气概，与他一生立身行事相表里，是他一生肝胆的写照，而他到迟暮之年仍不能实现自己恢复中原之志的悲剧结局，又使这种豪语壮气中充溢着郁怒悲凉的情绪，从而形成了辛弃疾"英雄之词"悲壮激烈的独特基调。

其次，在一些词里委婉地讽刺了南宋君臣苟安求和、屈辱妥协的腐朽本质。辛弃疾是北人南下，没有政治背景，处境孤危，因而常用比兴和历史典故含蓄地讥刺朝廷的投降政策。"渡江天马南来，几人真是经纶手？"(《水龙吟》)挖苦南宋君臣只是些苟安求和的庸碌之辈，找不出几个经邦济世之才。他多次把主和派比作西晋清谈误国的王夷甫(王衍)，借两晋故事讽刺南宋统治集团的腐朽无能："长安父老，新亭风景，可怜依旧！夷甫诸人，神州沉陆，几曾回首？"(《水龙吟》)"叹夷甫诸人清绝！"(《贺新郎》)虽然长安父老盼望恢复，可是和议派只会像王夷甫那样清谈误国。"追亡事，今不见，但山川满目泪沾衣"(《木兰花慢》)，感叹像汉代萧何追韩信那样重用创业之才的历史再不会在今天重现。"问渠侬：神州毕竟，几番离合？汗血盐车无人顾，千里空收骏骨"(《贺新郎》)，反用燕王派郭隗求千里马的故事，指出汗血宝马被用来拖笨重的盐车，千里以外来投奔的骏马变成一堆无用的骨头。他讥嘲南宋偏安一隅是"剩水残山无态度"(《贺新郎》)，将萎靡胆怯、不思振作的主和派比作冻了的芋头和秋后摘剩的小瓜："世上儿曹多蓄缩，冻芋旁堆秋瓞。"(《念奴娇》)这些讽刺虽较隐晦，仍富于强烈的批判意义。

再次，由于辛弃疾一生中许多岁月在隐居中度过，因此有很多作品抒写了对田园生活的热爱和流连诗酒、啸傲溪山的情怀。辛弃疾在42岁时因言官弹劾落职，退居江西上饶带湖，二十年内闲散在家。其志其情虽始终不在松竹鸥鹭，但长期闲居的生活也使他出色地描绘了一些清新活泼的田园风景画。如《丑奴儿近》：

千峰云起,骤雨一霎儿价。更远树斜阳,风景怎生图画!青旗卖酒,山那畔别有人家。只消山水光中,无事过这一夏。 午醉醒时,松窗竹户,万千潇洒。野鸟飞来,又是一般闲暇。却怪白鸥,觑着人欲下未下。旧盟都在,新来莫是,别有说话?

这首词题为“博山道中效李易安体”,是仿照李清照词的用语和口气写的。上片没有工细的刻画,完全用惊喜赞叹的口吻写出夏日傍晚骤雨之后的山光水色,斜阳远树、酒旗人家,自然成画。下片则以和白鸥开玩笑聊天的语气写人鸟相亲无猜的自在之乐,尤其活泼风趣。《浣溪沙》:

北陇田高踏水频,西溪禾早已尝新。隔墙沽酒煮纤鳞。 忽有微凉何处雨,更无留影霎时云。卖瓜人过竹边村。

写他在常山途中所见,高陇水车的响声、西溪新稻的清香、沽酒尝鲜的农家、忽然飘来的微雨,加上竹林边过村的卖瓜人,在常见的乡村景致中品出极浓的兴味。《鹧鸪天》:

陌上柔桑破嫩芽,东邻蚕种已生些。平冈细草鸣黄犊,斜日寒林点暮鸦。 山远近,路横斜,青旗沽酒有人家。城中桃李愁风雨,春在溪头荠菜花。

捕捉住春天新生的各种稚嫩的生命:柔桑的嫩芽、初生的蚕种、才出的细草、幼小的黄犊,将农村早春的勃勃生机点染出来。而作为城中桃李的对比,溪头的荠菜花不愁风雨,更显得生命力无限旺盛。《清平乐·村居》:

茅檐低小,溪上青青草。醉里吴音相媚好,白发谁家翁媪? 大儿锄豆溪东,中儿正织鸡笼。最喜小儿无赖,溪头卧剥莲蓬。

以口语写白发翁媪用吴音对话的软媚语调和溪边小儿的顽皮神态,既传神又可爱,朴素地表现了江南农家生活怡然自得的情趣。有时他也流露出对农民生计的关怀,如《浣溪沙》:

父老争言雨水匀,眉头不似去年颦,殷勤谢却甑中尘。 啼鸟有时能劝客,小桃无赖已撩人,梨花也作白头新。

雨水均匀,有望丰收,就可能掸掉饭锅里的灰尘。笔调虽然轻松愉快,却透露出去年饥荒的消息。但就关心农民疾苦、反映现实的深度和广度而言,辛弃疾是比不上陆游的。

二 “别立一宗”的稼轩词

辛弃疾生活丰富,创作力旺盛,学问广博,才智过人。他继承了屈原以来诗歌中追求理想的浪漫传统,以及南宋初期爱国词人的豪放词风,在苏轼之后扩大了词的内容,开拓了词的境界,解放了词的形式,创造性地融合诗文辞赋等各种形式的表现艺术和语言技巧,使词达到抒情、状物、记事、议论,无事无意不可表现的地步。南宋著名诗人刘克庄《辛稼轩集序》说:“公所作,大声镗鞳,小声铿鍧,横绝六合,扫空万古,自有苍生以来所无。其秾纤绵密者,亦不在小晏秦郎之下。”可以代表后人对辛词的高度评价。其艺术成就具体反映在以下几个方面:

首先,风格以豪放为主而又变化多端,富于浪漫色彩和作者的独特个性。自来称豪放词者,往往苏、辛并提。这是就南北两位豪放派词的杰出代表而论,其实两人又有很大的差别。前人多有比较,如稼轩弟子范开说:“其间固有清而丽、婉而妩媚,此又坡词之所无,而公词之所独也。”(《稼轩词序》)陈廷焯《白雨斋词话》说:“苏辛并称,然两人绝不相似。魄力之大,苏不如辛;气体之高,辛不逮苏远矣。”苏“词极超旷而意极和平”,辛“词极豪雄而意极悲郁”。王国维《人间词话》也说:“东坡之词旷,稼轩之词豪。”这些评语指出了苏辛之间的主要区别。

如果说苏轼词的豪放表现为在开朗阔大的意境中展现出雄浑的气势、刚健的风骨和超旷的情怀,辛词则体现为奔放激越、瞬息万变的感情,叱咤风云、喑呜沉雄的气势和狂放傲兀的风神。辛词中如前所引《破阵子》“醉里挑灯看剑”,以及《鹧鸪天》“壮岁旌旗拥万夫”一类境界,是其战斗经历的实录,那种横槊马上、坐啸生风的气概和凌厉无前的霹雳之声,为苏词中所无。若以笔致的排宕飞动而言,辛词也更超过苏词。如《沁园春》写上饶灵山景致:

叠嶂西驰,万马回旋,众山欲东。正惊湍直下,跳珠倒溅,小桥横截,缺月初弓。老合投闲,天教多事,检校长身十万松。吾庐小,在龙蛇影外,风雨声中。　　争先见面重重,看爽气朝来三数峰[①]。似谢家子弟[②],衣冠磊落;相如庭户,车骑雍容[③]。我觉其间,雄深雅健,如对文章太史公[④]。新堤路,问偃湖何日,烟水濛濛?

从山叠嶂、长松茂林、小桥惊湍,在词人笔下却成了万马回旋奔腾、十万部曲严阵以待的战场。松涛夹着风雨的天籁之声在词人听来也如同龙争蛇斗的风声雨啸。大山深林仿佛在接受指挥官的部署检阅,变得飞动灵活、生气凛然。而当清晨送来山中的爽气时,重叠的山峰又从雾霭中争先露头见面。它们像东晋谢氏大族子弟那样衣冠楚楚,又像司马相如的车骑来到临邛那样雍容闲雅。而词人更觉得其间有一种类似司马迁文章的雄深雅健。这三个关于山峰风格的比喻,以评点人物的手法生动地传达出"三数峰"的姿态神气,不但想象新奇陌生,而且体现了人与自然合而为一的意趣。他的《贺新郎》也很奇特狂放:

甚矣吾衰矣!怅平生,交游零落,只今余几?白发空垂三千丈,一笑人间万事。问何物能令公喜?我见青山多妩媚,料青山、见我应如是。情与貌,略相似。　　一尊搔首东窗里,想渊明《停云》诗就,此时风味。江左沉酣求名者,岂识浊醪妙理!回首叫云飞风起。不恨古人吾不见,恨古人、不见吾狂耳!知我者,二三子。

这首词前有小序:"邑中园亭,仆皆为赋此词。一日,独坐停云,水声山色,竞来相娱,意溪山欲援例者。遂作数语,庶几仿佛渊明思亲友之意云。"说他在铅山的园亭,都用《贺新郎》的词调作过赋咏。一日独坐在停云堂,觉得这里的水声山色也希望自己按照以前的旧例写一首描写它们的词,于是就写了几句话,差不多是仿照陶渊明思念亲友的意思。《停

---

① 《晋书·王徽之传》载王徽之语:"西山朝来,致有爽气耳。"

② 谢家子弟:东晋谢氏家族是地位最高的大族,子弟都穿黑衣,世称乌衣郎,所住地方称乌衣巷。

③ 相如庭户,车骑雍容:据《史记·司马相如传》,"相如之临邛,从车骑,雍容闲雅甚都(按,美好)"。

④ 《新唐书·柳宗元传》载韩愈评柳文"雄深雅健,似司马子长"。

云》是陶渊明所作的一首四言诗，大意是说，在阴雨蒙蒙的春天，天下一片昏暗，自己独自对酒，良友远在他方。想到日月流逝，渴望与友人促膝谈心，倾诉平生。辛弃疾用陶渊明这首诗的题目给停云堂起名，正是因为对于"八表同昏"的时代感受，以及在退居生活中"良友悠邈"的孤独心情，与陶渊明是完全相同的。这就是他效仿陶渊明"思亲友"的深意。所思的"亲友"是指在这昏暗的时代，真正能够理解他一生寂寞痛苦的知音。然而虽用陶诗之意，其表达方式却截然不同，词中奔泻而下的大声感叹、故意夸大的愁思和豁达，比李白的感情变化还要迅速突兀。"白发三千丈"何其愁闷，"一笑人间万事"何其超脱，在这样极度矛盾的感情对比中，才见出作者无可排遣的痛苦。"我见青山多妩媚，料青山、见我应如是"，与青山相看，彼此多见妩媚的绝妙想象，既取自唐太宗说魏徵"我但见其妩媚"（《新唐书·魏徵传》）的原意，也是从李白"相看两不厌，只有敬亭山"（《独坐敬亭山》）化出，却比李白的诗更妩媚，更有风致。陶渊明的静穆和词人云飞风起的狂叫被如此自然地统一在一起，既从古人寂寞的神情中发掘出内心奔涌的风云，又从今人的狂态写出词人内心深深的寂寞。即使是写超然世外的放达生活，依然处处迸露出一个喽啰宿将郁怒亢壮的本色，与苏轼的平和旷达截然不同，因此若论豪壮狂放，辛弃疾确乎更胜过苏轼。

辛词既有豪迈奔放的气势，又有缠绵细致的感情，有明媚清新的意境、诙谐幽默的趣味，更有自然闲淡的神韵，并善于把多样化的风格融铸成勇武英伟、豪爽潇洒的独特个性。苏词虽也具有多种风格，但不像辛词那样能使许多对立的境界和矛盾的情绪得到如此高度的集中和融合。如《水龙吟》：

> 楚天千里清秋，水随天去秋无际。遥岑远目，献愁供恨，玉簪螺髻。落日楼头，断鸿声里，江南游子。把吴钩看了，栏干拍遍，无人会登临意。　　休说鲈鱼堪脍，尽西风，季鹰归未？①求田问舍，怕应羞

---

① 这三句典出《晋书·张翰传》："翰因见秋风起，乃思吴中菰菜、莼羹、鲈鱼脍，曰：'人生贵得适志，何能羁宦数千里以要名爵乎！'遂命驾而归。"翰字季鹰。

> 见，刘郎才气①。可惜流年，忧愁风雨，树犹如此②。倩何人唤取红巾翠袖，揾英雄泪？

词题为“登建康赏心亭”，是辛弃疾的名作③。这首词借登临怀古抒发英雄失意的深切痛苦。上片以阔大的气象和遒劲的笔力展现出秋色千里、水天相连的景色，将词人的愁思引向遥远的北方天际。“献愁供恨，玉簪螺髻”的新颖比喻不仅写出了隔江山河之美，而且用移情手法，把词人见山引起的深愁写成无情之山向人献愁供恨，笔致又一变而为妩媚。以下写“落日楼头，断鸿声里”的抒情主人公，景色的苍凉黯淡与江南游子飘零的身世、孤寂的处境相映照，而情绪却转为高亢激愤：“把吴钩看了，栏干拍遍，无人会、登临意。”这一发泄胸中苦闷的动作，使词人因报国无路而焦躁无奈的情态宛然在目。下片用一连串典故抒写自己求田问舍、恐为英雄所笑的心志，以及年光如流、空负壮心的叹息。结尾“唤取红巾翠袖，揾英雄泪”，与“玉簪螺髻”相呼应，为这首词慷慨激愤的基调增加了几分妩媚婉转的情致。全篇在平远闲淡的景色描绘中表现出悲壮淋漓的激情，成功地将柔媚、豪放、清新、淡远等多种风格糅为一体，语气时而舒缓，时而激烈，时而反问，时而牢骚，塑造出诗人复杂的个性形象和痛苦的内心世界。又如《贺新郎》：

> 绿树听鹈鴂，更那堪、鹧鸪声住，杜鹃声切。啼到春归无寻处，苦恨芳菲都歇，算未抵人间离别：马上琵琶关塞黑，更长门、翠辇辞金阙。看燕燕，送归妾④。　　将军百战身名裂，向河梁、回头万里，故人长绝。易水萧萧西风冷，满座衣冠似雪，正壮士悲歌未彻。啼鸟还知如许恨，料不啼清泪长啼血。谁共我，醉明月！

---

① 这三句典出《三国志·陈登传》：刘备责许汜有国士之名，不能忧国忘家救世，却“求田问舍，言无可采”。刘郎，指刘备。

② 《世说新语·言语》篇说，东晋桓温北征，经过金城，看见以前种的柳树已有十围，慨然曰：“木犹如此，人何以堪！”

③ 关于这首词作于何时，诸说不一。多数认为作于他任建康通判时，也有学者认为应作于41岁到48岁之间。

④ 看燕燕，送归妾：《诗经·邶风·燕燕序》说“燕燕，卫庄姜送归妾也”。庄姜把陈国女子戴妫所生的儿子（名完）当自己的儿子，庄公死后，完立为君，但被杀。戴妫于是归国，庄姜送她，作了这首诗。

这首词题为“别茂嘉十二弟”，为其族弟贬官而作。全篇吸取江淹《别赋》的构思，通过怀古来写人间的各种别情，先以残春时鹈鴂、鹧鸪的凄苦啼声兴起春归之恨，又列叙古代英雄美人辞家去国、铸成千古莫续的恨事，以抒发自己的感慨。上片所用昭君出塞、陈皇后居长门、庄姜送归妾等事，借美人失意见疏寄托臣为君弃的苦闷。下片用李陵战败、荆轲刺秦之事，借英雄功名不立寄托壮志未酬的遗恨。上片凄艳悲切，下片壮烈愤激，但一气奔注，跳跃动荡，融合成苍凉沉郁的基调。《沁园春》写归隐之思：

> 三径初成，鹤怨猿惊，稼轩未来。甚云山自许，平生意气，衣冠人笑，抵死尘埃？意倦须还，身闲贵早，岂为莼羹鲈鱼哉！秋江上，看惊弦雁避，骇浪船回。　　东冈更葺茅斋，好都把轩窗临水开。要小舟行钓，先应种柳；疏篱护竹，莫碍观梅。秋菊堪餐，春兰可佩，留待先生手自栽。沉吟久，怕君恩未许，此意徘徊。

这是辛弃疾为其带湖新居将成而写的一首词。这座新居题为“稼轩”，辛弃疾也就以此为号。“三径”语出陶渊明《归去来兮辞》“三径就荒”。词意也是模仿陶渊明归隐之意。但上片连用“怨”“惊”“抵死尘埃”“惊弦”“骇浪”等语词，把陶渊明“误落尘网中”（《归园田居》）的意思发挥得充满风尘气息，使平静的带湖风光变成了险象环生的人间幻影。下片则在罗列新居园林的布局和四季花木的安排中，写出隐居在此的闲适和雅趣。上片的险奇狠重更衬托出下片的淡泊优雅。此外，像《贺新郎》“把酒长亭说”、《八声甘州》“故将军饮罢夜归来”等也都是善于将雄放与清新、风流与慷慨统一为完整艺术结构的佳作。

其次，继承离骚“香草美人”的比兴传统，结合婉约派的表现特点，运用和发展了比兴手法。从离骚以来，以比兴寓怨刺一直是我国诗歌的一种重要构思方式。唐代以前，比兴含义比较明确。从杜甫、李商隐以后，比兴愈益富于象征色彩，用意也更含蓄，更讲究比象兴象自身的美感。辛弃疾将这种诗歌表现的传统与婉约派词委婉曲折的特点结合起来，写出了像《摸鱼儿》这样的名作：

> 更能消几番风雨，匆匆春又归去。惜春长怕花开早，何况落红无

数。春且住,见说道、天涯芳草无归路。怨春不语,算只有殷勤画檐蛛网,尽日惹飞絮。　　长门事,准拟佳期又误。蛾眉曾有人妒。千金纵买相如赋,脉脉此情谁诉[①]?君莫舞,君不见,玉环飞燕皆尘土。闲愁最苦。休去倚危栏,斜阳正在烟柳断肠处。

这首词用象征比兴手法,借伤春惜别的情绪,暗写国势危弱、前途黯淡,有如春残花谢一般的哀愁。惜春的寓意十分复杂,它可以包含词人对随着春去春来白白流逝的年华的惋惜;可以包含对国家形势好转的希望,以及对前途不景气的哀挽;也可以借喻词人一生中曾被朝廷信任的短暂时光。宋孝宗一度主张北伐,这种政治回春的迹象,也就是词人和君王准拟的"长门佳期",可惜它经不起朝中主和派的谗毁,几番风雨之后便好景不长了。以美人比君子,以男女关系喻君臣遇合,是楚辞的传统。词中以蛾眉遭妒,佳期又误,比喻自己遭到排挤打击,透露出抗战派在权奸压制下悲愤伤感的心情。又以沾惹飞絮的蛛网比喻那些专会惹是生非、罗织罪名的谗佞小人,借玉环、飞燕等妒贤之女总有一天化为尘土的史实,诅咒投降派总有一天断送了国家,也葬送了自己。最后以斜阳残柳讽刺王朝的穷途末路,寓意更显。全词把惜春之意写得十分委婉,先写春经不住风雨匆匆归去,然后回头从当初怕花早开的心情直接写到满地落红引起的伤感,省去春盛之时,便使人觉得春天似乎还没有停留就已过去。词中对春天的挽留和殷勤问讯,又把春天拟人化了。辛弃疾将这种婉约词的常见手法与词中深刻的寓意结合在一起,以雄豪之气驱使花间丽语,在悲凉的主旋律上,弹出了千回百转、哀怨欲绝的温婉之音。再看他的《青玉案·元夕》一词:

　　东风夜放花千树,更吹落、星如雨。宝马雕车香满路。凤箫声动,玉壶光转,一夜鱼龙舞。　　蛾儿雪柳黄金缕[②],笑语盈盈暗香去。众里寻他千百度,蓦然回首,那人却在,灯火阑珊处。

---

① 传说汉武帝的陈皇后被冷落在长门宫,请司马相如为之作赋,奉黄金百斤。相如为赋感动武帝,皇后复得亲幸。这只是传说,没有根据。

② 蛾儿:闹蛾,剪丝绸或乌金纸为花或草虫形。雪柳黄金缕:加金饰的雪柳。雪柳,剪绢或纸为花枝形。这些都是元宵时妇女头上的饰物。

写临安元宵节之夜灯火辉煌、车马阗咽的热闹景象，在满城仕女珠翠簇动、笑语盈盈的背后，突现出独立在灯火阑珊处的“那人”。此词曾被视为“秦、周之佳境”（彭孙遹《金粟词话》），是正宗婉约词，实际上作者寄托甚深，借这个耐得冷落、自甘寂寞，而又略有迟暮之感的美人，写出了自己不屑于随同众人趋附竞进、自甘淡泊的高洁品格。这就以比兴寄托充实了柔词绮语的骨力，使婉约词的意境有所开拓和深化。

辛弃疾善用比兴，使词里常见的一些题材有了更深的寓意。如《太常引》：

> 一轮秋影转金波，飞镜又重磨。把酒问姮娥：被白发欺人奈何？　　乘风好去，长空万里，直下看山河。斫去桂婆娑，人道是清光更多。

月色是咏物词的传统题材，但前代词人至多从人的悲欢离合着想，没有把它和政治联系起来。传说月中嫦娥偷不死之药，所以作者向她请教如何对付白发，以调侃的方式感慨月的永恒，此想已奇；下片更用杜甫“斫却月中桂，清光应更多”（《一百五日夜对月》）的创意，暗寄李白《古朗月行》中的深意。遮蔽光明的桂影自然令人联想到那些政治上的黑暗势力，这就使咏月词达到了新的思想深度。又如《鹧鸪天》：

> 唱彻《阳关》泪未干，功名余事且加餐。浮天水送无穷树，带雨云埋一半山。　　今古恨，几千般，只应离合是悲欢？江头未是风波恶，别有人间行路难。

词为送人而作，由眼前的雨云想到行人途中将遭遇的风浪，这是一般送别词的常情，而作者则以自然界的风浪与人间的“风波恶”相比，仕途的行路之难更甚于江头也就不言而喻了。这些比兴都能就眼前事推进一步，取喻现成透辟，发人深思。

辛词中缠绵悱恻的佳作也很多，如《祝英台近》：

> 宝钗分，桃叶渡，烟柳暗南浦。怕上层楼，十日九风雨。断肠片片飞红，都无人管，更谁劝，啼莺声住。　　鬓边觑，试把花卜归期，才簪又重数。罗帐灯昏，哽咽梦中语：“是他春带愁来，春归何处，却

不解,带将愁去。"

这首词以"晚春"为题,也可以说是词的老调了,但仍能写出新意。上片用南浦送别的典故,写分钗送人。以落红流莺哀挽春归,前人说得太多,这里新在语气:埋怨没有人管管这风雨如此糟践飞红,又不劝流莺停止啼鸣。可见伤春的无奈和烦恼。下片的新意在于选择了女子以簪花的数目预卜归期的细节,"才簪又重数"极其细腻地写出女子无聊地反反复复数花以自慰的心理。结尾埋怨春带愁来,虽然前人诗词中类似意思较多,但责怪春归不把愁一起带走,还是颇有新趣。前人赞此词"昵狎温柔,魂销意尽,才人伎俩,真不可测"(沈谦《填词杂说》)。也有认为此词别有寄托的。无论有无,都可以看出辛词的表现技巧确实不在小晏、秦观之下。不过他更有特色的还是那些阅尽人间沧桑之后的言情之作,其感慨的深沉是一般婉约词无法相比的。如《丑奴儿》:

少年不识愁滋味,爱上层楼,爱上层楼,为赋新词强说愁。　而今识尽愁滋味,欲说还休,欲说还休,却道天凉好个秋。

俞平伯先生对这首词的解释非常透辟:"不识愁的,偏学着说。如登高极目,何等畅快,为做词章,便因文生情,也得说说一般的悲愁。及真知愁味,反而不说了。如晚岁逢秋,本极凄凉,却说秋天真是凉快呵。今昔对比,含蓄而又分明。中间用叠句转折。末句似近滑,于极流利中仍见此老倔强的意态。将烈士暮年之感恰好写为长短句,'粗豪'云云殆不足以尽稼轩。'秋'仍绾合'愁'字……"(《唐宋词选释》)可见稼轩虽咏烈士暮年之悲,也能写得像婉约词一样委婉。

再次,大量运用典故、诗文句法和口语入词,问答如话,议论风生。辛弃疾不仅继承了苏轼打破诗词界限的作法,而且达到诗词散文合一的境界。他读书广博,无论经史、诸子、楚辞还是古今体诗句,拈来就用,一齐融化在词中。他用韵绝不限制,不讲雕琢,形成一种散文化的歌词。其语气的强烈多变,正是充分利用了词可以多用虚词以自由地表现口吻语调的特点,加上散文化句法而形成的。如《水龙吟》:

举头西北浮云,倚天万里须长剑。人言此地,夜深常见,斗牛光焰。我觉山高，潭空水冷，月明星淡。待燃犀下看，凭栏却怕，风雷怒，鱼龙惨。　　峡束苍江对起，过危楼，欲飞还敛。元龙老矣，不妨高卧，冰壶凉簟。千古兴亡，百年悲笑，一时登览。问何人又卸，片帆沙岸，系斜阳缆？

这是他过南剑州双溪楼所作的一首怀古词。据《南平县志》，宋代南剑州即福建南平。府城东有双溪楼。剑溪流过南平，上有双溪阁。双溪指剑溪和樵川，二水交流，汇成一潭。这里流传着一个有名的故事：据王嘉《拾遗记》，西晋时夜里有紫气直冲斗牛二星之间，张华派雷焕任丰城令，掘地得到干将、莫邪二剑。张、雷二人各藏其一。后来张华遇害，宝剑遗失。雷焕之子佩另一剑经过延平津，剑鸣，飞入水中，入水寻找，只见双龙盘绕在潭底目光如电，不敢前取。延平津就是剑溪。作者将这一故事和收复中原的形势联系起来，想象此地夜夜都有光焰冲天的情景，同时用《晋书・温峤传》中温峤平苏峻之乱后在归途中经过牛渚矶，燃犀角照水中怪物的故事，幻想下探宝剑以决西北浮云，而他所怕的风雷鱼龙，也正象征着那些阻挠统一大业的政治势力。下片用三国陈登的故事写登楼观感。陈登有大略和扶世济民之志，博览典籍，雅有文艺，与辛弃疾相似，这里用以自比。千古兴亡和百年悲笑都在登览中一时阅尽，可见他想要高卧自适，在斜阳里系住人生的征帆，实出于无奈。全词气势豪壮奔放，情绪抑塞苍凉，想象飞动，用典自然，尤其上片，两个不相干的故事与眼前景色融合成一个完整而曲折的访古的心理过程，即使不知典故，也了无滞碍。

辛弃疾好用典故和书本材料，固有“掉书袋之病”，但多数典故托物比兴用得自然贴切。《永遇乐・京口北固亭怀古》也是他怀古的名作：

千古江山，英雄无觅，孙仲谋处。舞榭歌台，风流总被，雨打风吹去。斜阳草树，寻常巷陌，人道寄奴曾住。想当年，金戈铁马，气吞万里如虎。　　元嘉草草，封狼居胥，赢得仓皇北顾。四十三年，望中犹记，烽火扬州路。可堪回首，佛狸祠下，一片神鸦社鼓！凭谁问：廉颇老矣，尚能饭否？

与上一首《水龙吟》不同，这词的典故都摆在字面上，是他用典的另一种风格。词作于辛弃疾66岁镇江知府任上。京口即今镇江市。北固亭在长江边的北固山上,又名北顾亭。在此怀古,难免想到六朝的兴亡。这首词却把怀古的重点放在南北朝的关系上,用典故影射当前的时局。六朝的第一朝吴国在京口定都。南朝的第一朝宋武帝刘裕小字寄奴,祖居京口,也是在这里起事。因此开头在回顾了孙权英雄事业的流风余韵之后,随即自然地转入在平常巷陌中崛起的刘裕,称赞他当年北伐中原、收复洛阳长安的气概。下片用刘裕之子宋文帝因草率北伐而一败涂地的狼狈加以对比。元嘉是宋文帝的年号,二十七年(450),王玄谟北伐失败,北魏太武帝(小字佛狸)率军追到江北瓜步山,在山上建立行宫,即后来的佛狸祠。内外戒严,宋文帝登上烽火楼北望忏悔。这故事中又套用了西汉霍去病追击匈奴到狼居胥(即狼山,在今内蒙古西北),封山而还的故事,说元嘉时想学霍去病消灭匈奴,结果反而慌张逃跑。而词人还记得四十三年前,在扬州以北的烽火中杀敌南渡,曾见佛狸祠下的神鸦和社祭的鼓声响成一片的往事,这就将北魏的故事和南渡君臣仓皇南逃的现实巧妙地联系起来,体现了作者既坚决主张抗金又反对冒进的正确主张。最后以廉颇自比,流露出老当益壮、仍堪一用的雄心和无人问津的悲凉。虽然全篇堆叠典故,但因运用贴切,能够给人以更多的启发和联想。他的另一首用《南乡子》写的"登京口北固亭有怀"也很受人赞赏:

> 何处望神州?满眼风光北固楼。千古兴亡多少事,悠悠,不尽长江滚滚流。　　年少万兜鍪[①],坐断东南战未休。天下英雄谁敌手?曹刘,生子当如孙仲谋。

上片用杜甫《登高》诗句"不尽长江滚滚流",下片用《三国志·孙权传》中曹操所说"生子当如孙仲谋"语,也很恰到好处。此外如前引《贺新郎》开头"甚矣吾衰矣"直接用《论语·述而》中孔子的原话,也是善用经典的表现。

辛弃疾还好用口语,运之于散文句法,有时文白夹杂,通俗而又浑然天成,别有风味。如他的《沁园春》借戒酒来抒发政治失意的牢骚,设为

① 兜鍪:古时战士戴的头盔。借指士兵。

与杯子问答:“杯,汝来前,老子今朝,检点形骸。甚长年抱渴,咽如焦釜,于今喜睡,气似奔雷?汝说刘伶,古今达者,醉后何妨死便埋。浑如此,叹汝于知己,真少恩哉!”最后“杯再拜,道‘麾之即去,召则须来’”。这首词肆意挥洒,不拘绳墨,完全打破词要求含蓄的传统,以文为词,以词论理,虽于韵味较欠,却也颇有风趣。像《西江月》写他醉倒松下时刹那间的心理状态:“只疑松动要来扶,以手推松曰:‘去!’”看似游戏笔墨,却在惟妙惟肖的醉态描写中表现出倔强如故的英雄本色。《西江月》以口语写景,别有风味:

> 明月别枝惊鹊,清风半夜鸣蝉。稻花香里说丰年,听取蛙声一片。　　七八个星天外,两三点雨山前,旧时茅店社林边,路转溪桥忽见。

这首词写于“夜行黄沙道中”,一路上月色虽明,但优美的景色主要凭听觉和嗅觉感知:惊起的鹊叫、半夜的蝉鸣和蛙声、稻花的香气以及谈论丰年的人语,都能得夜行神理。结尾路转溪桥,忽然出现熟悉的茅店,轻快活泼而有不尽之意。其中“七八个星天外,两三点雨山前”,将口语中常说的数字用来写半夜雨前景致,疏朗明快,化俗为雅。文言与口语的自由驱遣,既使辛词保持着新鲜活泼的气息,又提高了词的格调。

总的说来,辛词以其广泛的成就开拓了歌词的领域,“其词慷慨纵横,有不可一世之概,于倚声家为变调,而异军特起,能于剪红刻翠之外,屹然别立一宗”(《四库全书总目提要》),并使他在世之时就成为一班具有爱国思想的友人争相模拟的榜样。在他去世之后,蕴含在他作品中的振聋发聩的战斗力量,对后代处于深重民族危机中的文人仍起着启发和鼓舞的作用。

三　辛派词人

爱国诗人陆游,以及与辛弃疾唱和的陈亮、刘过,还有南宋后期的刘克庄、刘辰翁等,或与辛弃疾同声相应,或者明显受到辛弃疾的影响,形成了南宋中叶前后声势最大的爱国词派。这派词人的共同特点是以家国之念、经济之怀入词，好用长调记交游、发感慨，使词更加散文化、议论化，作风粗豪恣肆，较少雕琢。

陆游(1125—1210)，南宋最伟大的爱国诗人。他的成就主要在诗，但《放翁词》也有一百四十余首，刘克庄认为“其激昂感慨者，稼轩不能过；飘逸高妙者，与陈简斋、朱希真相颉颃；流丽绵密者，欲出晏叔原、贺方回之上”(《后村诗话续集》)。其中有一部分和他的诗一样表现了悲壮慷慨的爱国激情，如《诉衷情》：

> 当年万里觅封侯，匹马戍梁州。关河梦断何处，尘暗旧貂裘。　　胡未灭，鬓先秋，泪空流。此生谁料，心在天山，身老沧洲！

心和身的分离，形象地概括了志在收复河山而不得已终老江湖的痛苦。又如《夜游宫》：

> 云晓清笳乱起，梦游处，不知何地。铁骑无声望似水，想关河，雁门西，青海际。　　睡觉寒灯里，漏声断，月斜窗纸。自许封侯在万里，有谁知，鬓虽残，心未死！

词题为“记梦寄师伯浑”，通过梦境写出念念不忘沙场的雄心和一生壮志消磨的悲愤。这是陆游诗的一大特色，用词的形式表现出来，更觉声情感人。《卜算子·咏梅》是他最著名的一首小令：

> 驿外断桥边，寂寞开无主。已是黄昏独自愁，更著风和雨。　　无意苦争春，一任群芳妒。零落成泥碾作尘，只有香如故。

以驿旁梅花在黄昏风雨中凋零化作泥尘的遭遇自况被排挤的政治遭遇，又通过歌咏梅花“无意苦争春，一任群芳妒”的高洁品格，写出失意的英雄志士的兀傲形象。他的一些描写闲适生活的词如《鹊桥仙·夜闻杜鹃》、《鹧鸪天》“家住苍烟落照间”等等虽然恬淡飘逸，也往往不能忘情于收复中原的事业，在啸傲风月的隐士风神中透露出内心的波动不平。

陆游年轻时经历过一场爱情悲剧。据宋人笔记说，他与妻子唐琬感情很好，但因母亲不喜欢这个儿媳，夫妻被迫分离。后来陆游另娶，唐琬嫁人。一次在绍兴的沈园相遇，唐琬殷勤招待，陆游非常伤感，写了一首

《钗头凤》①。唐琬见后和作一首,不久抑郁而死。四十年后陆游重游沈园,不胜感慨,又写了两首著名的《沈园》诗。《钗头凤》:

> 红酥手,黄縢酒,满城春色宫墙柳。东风恶,欢情薄,一怀愁绪,几年离索。错,错,错! 春如旧,人空瘦,泪痕红浥鲛绡透。桃花落,闲池阁,山盟虽在,锦书难托!莫,莫,莫!

在满城柳色的衬托下,同是词人最熟悉的纤手和美酒,却是在昔日山盟海誓、今日已同路人的不同情景中,所以用特写表现出来,直抒东风破坏欢情的怨愤和几年离散的愁绪便更觉伤情。春色依旧,而离人在以泪洗面中日益消瘦。重逢没有带来喜悦,反而想到旧情如桃花凋落,不可复续,见面只是徒增伤感。两片分别用三个"错"字和三个"莫"字结尾,几乎是声泪俱下,词人痛心疾首、悔恨莫及又无可奈何的神情如在眼前,极为感人,写情的深挚非一般的婉约派艳情词可比。

陈亮(1143—1194),字同甫,婺州永康(今浙江永康)人。南宋理学家,有《龙川词》传世。他与辛弃疾过从甚密,抱负相同,曾多次上书论北伐大计,议论英伟磊落。史传说他"为人才气超迈,喜谈兵,论议风生,下笔数千言立就"(《宋史·陈亮传》)。其词慷慨激昂,直抒胸臆,"不作一妖语、媚语"(毛晋《龙川词跋》)。较有代表性的是他的《念奴娇》:

> 危楼还望,叹此意、今古几人曾会?鬼设神施,浑认作、天限南疆北界。一水横陈,连岗三面,做出争雄势。六朝何事,只成门户私计? 因笑王谢诸人,登高怀远,也学英雄涕②。凭却江山,管不到、河洛腥膻无际。正好长驱,不须反顾,寻取中流誓③。小儿破贼,势成宁问强对④!

---

① 吴熊和先生《陆游〈钗头凤〉词本事质疑》认为《钗头凤》不是为唐琬所作,而是他在蜀中的冶游之词。见《吴熊和词学论集》,杭州大学出版社,1999年,第265—274页。其他学者也有支持此说者。

② 王谢诸人:东晋大族王氏和谢氏,这里泛指东晋南渡士大夫。"也学英雄涕"用"新亭对泣"的故事。

③ 中流誓:西晋祖逖统兵北伐,渡江时击楫发誓。

④ 小儿破贼:谢安接到淝水之战的捷报时,冷静地说:"小儿辈遂已破贼。"当时晋军统领谢石是谢安之弟,谢玄是谢安之侄。强对:劲敌。这句说破贼大势已成,不必怕强敌。

词题为“登多景楼”。多景楼在镇江北固山上的甘露寺内,面临长江。这首词从长江的天然地形谈起,提出抗战派和主和派对长江天险的两种不同看法,讽刺主和派把长江看作天然的南北分界线,只知道守住自己的门户。东晋的王谢大族,虽然也为江山流过眼泪,但还是没有收复河洛。最后用祖逖北伐和谢石、谢玄在淝水击败前秦军队的故事,指出恢复中原的有利形势,抒写了中流誓师、义无反顾的抗战决心。全篇说古道今,用六朝凭借长江自守的史实讽刺现实,议论透辟尖锐。他的《水调歌头·送章德茂大卿使虏》向称压卷之作:

> 不见南师久,谩说北群空①。当场只手②,毕竟还我万夫雄。自笑堂堂汉使,得似洋洋河水,依旧只流东。且复穹庐拜,会向藁街逢③。　　尧之都,舜之壤,禹之封。于中应有,一个半个耻臣戎!万里腥膻如许,千古英灵安在,磅礴几时通?胡运何须问,赫日自当中!

章德茂即章森,官试户部尚书。曾两次出使金国,这一次是金大定二十六年(1186)使金贺万春节。此词为章森出使壮行,说北方久已不见南方北伐的军队,便以为宋朝没有人才。而章森只身出使,正表现出万夫之雄的气概。“洋洋河水”是《诗经·卫风·硕人》里的句子,河水东流,朝宗于海,本来是比喻诸侯朝见天子的。这里用来比喻章森出使朝见金主,颇觉耻辱,所以前面冠以“自笑”二字,下面接着就说暂且向敌人的毡帐下拜,将来终有一天在长安的藁街上将他们斩首。上片举国家的奇耻大辱以激励“堂堂汉使”,希望他以万夫雄的气概,在屈辱的使命中维护民族尊严。下片将尧、舜、禹三代圣君拆开说,强调在具有悠久文明史和儒家道统的国土上,以向戎狄称臣为耻的人,应该有一个半个,然而现在却是万里腥膻,先圣先烈的英灵何在呢?话说得极端悲哀愤慨,但最后还是对中国将会如日中天的前途表示了坚定的信念。全篇纯用散体,突破通常词式,气贯长虹,大义凛然,比辛词更豪放横肆。

---

① 北群空:语出韩愈《送温处士赴河阳军序》:“伯乐一过冀北之野,而马群遂空。”
② 只手:只身。
③ 南朝丘迟《与陈伯之书》:“对穹庐以屈膝”,“方当系颈蛮邸,悬首藁街”。

刘过(1154—1206),字改之,自号龙洲道人,吉州太和(今江西泰和)人。江湖派诗人,有《龙洲词》。曾和辛弃疾交游,并效仿辛词,写下了一些慷慨悲歌。如《六州歌头·挽岳飞词》,流露了较强烈的爱国思想。但他缺乏辛弃疾那种深沉的感情和奇思壮采,有时故作豪语,不免失之粗率平直。如他给韩侂胄的贺词《西江月》表示支持北伐大计,几乎一半是用《孟子》和《史记》中现成语句集成,虽有豪气却过于草率。他的《沁园春》是他投赠辛弃疾的一首仿效辛体之作,模拟逼真而自成特色:

斗酒彘肩,风雨渡江,岂不快哉!被香山居士[1],约林和靖[2],与坡仙老,驾勒吾回。坡谓:"西湖正如西子,浓抹淡妆临照台。"二公者,皆掉头不顾,只管传杯。　　白言:"天竺去来,图画里峥嵘楼阁开。爱纵横二涧,东西水绕,两峰南北,高下云堆。"逋曰:"不然,暗香浮动,不若孤山先访梅。须晴去,访稼轩未晚,且此徘徊。"

这首词选用苏东坡、白居易、林和靖三人写西湖的著名诗句组成三人对话,构思奇特,才气横溢,体现了辛派词自由恣肆的特点。但刘过为权门食客,仰人馈赠,词中多阿谀之作。方回批评他"外侠内馁,作诗多干谒乞索态"(《瀛奎律髓》),颇中肯綮。

南宋后期,辛派词的后劲是刘克庄(1187—1269),字潜夫,自号后村,莆田(今福建莆田)人。他文名很高,又精通史学,但一生仕途颇多坎坷,最后以龙图阁学士退休。他也是江湖诗派的重要作家,有《后村大全集》一百九十六卷。词有《后村长短句》,又名《后村别调》,二百五十余首。内容以关怀国运和揭露时弊为主,冯煦《宋六十一家词选例言》称他和陆游、辛弃疾"犹鼎三足",认为他"拳拳君国"似陆游,"志在有为"似稼轩,像"宣和宫殿,冷烟衰草""男儿西北有神州,莫滴水西桥畔泪"一类伤时念乱之句多见于词。如《贺新郎》"国脉微如缕",对元朝灭金后进逼南宋的威胁深表忧虑,指出国事岌岌可危,呼吁士人投笔从戎,共赴困难:"自古一贤能制难,有金汤,便可无张许[3]?快投笔,莫题柱!"《满江红·

---

① 香山居士:白居易的号,因其晚年居于洛阳香山。

② 林和靖:北宋初诗人林逋,字和靖。

③ 张许:安史之乱中死守睢阳的张巡、许远。

送宋惠父入江西幕》还要他的朋友莫学辛弃疾镇压峒山少数民族叛变的做法，“帐下健儿休尽锐，草间赤子俱求活”，主张以招安为主，不要大肆屠杀。《贺新郎》“北望神州路”赞美当初宗泽招降太行山百万义军抗金的事迹，谴责朝廷怯懦无能，不能联合起义军进行北伐。这些词反映了南宋后期的民族危机以及词人对人民力量的重视。

在艺术上，刘克庄进一步发展了词的散文化和议论化，多用长调，说理叙事十分自由，不受传统格律的限制。如《沁园春》：

> 何处相逢，登宝钗楼[①]，访铜雀台[②]。唤厨人斫就，东溟鲸脍，圉人呈罢，西极龙媒[③]。天下英雄，使君与操[④]，余子谁堪共酒杯。车千乘，载燕南赵北，剑客奇才。　　饮酣画鼓如雷，谁信被晨鸡轻唤回？叹年光过尽，功名未立；书生老去，机会方来。使李将军，遇高皇帝，万户侯何足道哉[⑤]！披衣起，但凄凉感旧，慷慨生哀。

词题为“梦孚若”，是为追怀他的亡友方信孺而作。上片写的是一个梦。他梦见在咸阳的宝钗楼和邺城的铜雀台与老朋友相逢了。厨子送来东海鲸鱼做的细切鱼片，马夫送来西方的天马。与朋友把酒论天下英雄，千乘车载送来南北的剑客奇才。在梦中，他和故友成了收复北方、纵横天下的英雄。被晨鸡唤醒之后，才叹息机会虽来而书生已老，如李广将军不遇汉高祖，感慨旧友生不逢时。更深一层的寓意是借此奇梦表达自己和亡友渴望南北统一的心愿。俞平伯先生分析此词说：“以梦友而悼友，虽为本篇题目，实系借以寓怀。其叙梦境都在虚处传神，用典作譬，多夸张之词，仿佛读《大言赋》，不皆纪实。如宝钗楼、铜雀台，不必真有其地；长鲸、天马，不必实有其物；从车千乘，尽剑客奇材，不必果有其人。过片说到醒了，就梦境前后落墨。以醉眠而入梦，以闻鸡而惊觉，借极熟的典故，点出作意。‘叹年光’以下，硬语盘空，纯用议论，引《史记》原文，稍加点改，自

---

① 宝钗楼：汉武帝时建造，在咸阳市。

② 铜雀台：曹操时建造，在今河南临漳县西南。

③ 圉人：官名，掌管养马放牧等，也泛指养马的人。龙媒：良马，骏马。

④ 《三国志·蜀书·先主传》：曹操对刘备说：“今天下英雄，唯使君与操耳。”

⑤ 《史记·李将军列传》：汉文帝对李广说：“惜乎，子不遇时！如令子当高帝时，万户侯岂足道哉！”高皇帝：汉高祖刘邦。

然之至。随后在此略一唱叹便收。观其通篇不用实笔,似粗豪奔放,仍细腻熨贴,正如脱羁之马,驰骤不失尺寸也。”(《唐宋词选释》)指出此词风格虽然夸张粗放,表现却是细致的,颇有见地。另一首《沁园春·答九华叶贤良》也较有特色:

> 一卷阴符[①],二石硬弓,百斤宝刀。更玉花骢喷,鸣鞭电抹;乌丝阑展[②],醉墨龙跳[③]。牛角书生[④],虬髯豪客[⑤],谈笑皆堪折简招。依稀记,曾请缨系粤[⑥],草檄征辽[⑦]。　　当年目视云霄,谁信道凄凉今折腰。怅燕然未勒,南归草草;长安不见,北望迢迢。老去胸中,有些磊块,歌罢犹须着酒浇。休休也,但帽边鬓改,镜里颜凋。

这一首也是大言之赋,上片夸张当年的豪勇:论武,既有兵书在手,又拉得开二石的硬弓,拿得起百斤的宝刀,乘的是风驰电掣的千里玉骢;论文,醉墨一挥,龙飞凤舞,无论是隋唐李密那样的牛角书生,还是唐末要建帝王之业的虬髯客,都能在谈笑间招致麾下。所以曾像汉代终军那样请缨南粤,也曾像隋代虞世南那样草檄征辽。这一串大话,用一系列典故集中了一个文武兼备的帅才需要的一切条件,突出了心比天高的豪雄气概。唯其如此,下片突转为功名不就、长安不见、鬓改颜衰的悲慨,才更见出理想和现实之间的反差之大。他的这种家国之忧也表现在一些日常生活的题材中,如《昭君怨》:

> 曾看洛阳旧谱,只许姚黄独步。若比广陵花[⑧],太亏他。　　旧日王侯园圃,今日荆榛狐兔。君莫说中州,怕花愁。

题为“牡丹”,先说牡丹之美天下无双,连名满天下的扬州芍药花也不能

---

① 阴符:《阴符经》,相传是黄帝或太公作,属于“兵家”和“道家”。

② 乌丝阑:织成界道的绢素,或有墨线行格的笺纸。红色界线的叫朱丝阑。

③ 醉墨:醉后所作的书法。唐张旭善草书,每在醉后号呼狂走落笔。

④ 牛角书生:隋末李密常挂一本《汉书》在牛角上,边走边读。

⑤ 虬髯豪客:胡须卷曲的豪士。晚唐杜光庭《虬髯客传》写一个虬髯客支持李世民夺取隋朝天下、自己到海外创业的故事。

⑥ 请缨系粤:《汉书·终军传》:“军自请:‘愿受长缨,必羁南越王而致之阙下。’”

⑦ 草檄征辽:虞世南曾为隋炀帝草《征辽指挥德音敕》。

⑧ 广陵花:指芍药。广陵:扬州。北宋扬州芍药很盛,多见于宋人诗文和花谱。

相比。牡丹之足可珍惜自不在话下。但下片语意一转,可惜当初专养名花的王侯园圃,已沦为狐兔出没的荒野。结尾字面上说怕花愁,其实是为中州伤心。这就在牡丹和芍药的褒贬、昔盛今衰的对比中表达了深长的故国之思。

刘克庄与辛弃疾一样,也很善于在词里表现自己狂放的性格。如《一剪梅》:

> 束缊宵行十里强,挑得诗囊,抛了衣囊。天寒路滑马蹄僵,元是王郎,来送刘郎。　　酒酣耳热说文章,惊倒邻墙,推倒胡床。旁观拍手笑疏狂,疏又何妨,狂又何妨!

词题为“余赴广东,实之夜饯于风亭”,是刘克庄被贬到广东潮州去做通判时所作。朋友王实之来送行。词里把王郎举着火把一跌一滑赶来,挑了诗囊、丢了衣囊的形景写得十分可笑,狼狈中又见出送行者的真诚和豪荡不羁。下片采用与上片完全对应的句式,以墙塌椅倒的激烈动作夸张二人议论文章的热闹,疏狂中见出二人的投契和知己,毫无一般饯别的感伤。但总的说来,他的创造性不如辛词,议论较多,所以前人评他是“效稼轩而不及者”(张炎《词源》)。

南宋灭亡时,辛弃疾、刘克庄的词风在刘辰翁等遗民的词里又有所体现。但刘辰翁的词主要是一派愁苦之音,已没有辛、刘的豪情壮气了。

【知识点】

《稼轩词》　《龙川词》　《后村长短句》

【思考题】

1. 辛弃疾词运用比兴寄托,在词史上有什么意义?
2. 辛弃疾词和苏轼词的豪放有什么不同?
3. 你认为应当怎样评价辛派词的散文化倾向?

第十五讲

姜夔与南宋词的雅化

南渡后十几年,宋金签订和议。南方社会经济渐趋繁荣,朝廷上下渐渐忘了靖康之耻。官僚们大起园亭,广蓄歌妓。许多词人重新过起雕章琢句、审音协律的生活来。南宋初期即有不少词人竞以雅词为词集之名,在理论上倡导雅词的创作。所谓雅词,即"义取大雅",内容上迎合南宋统治者"讴歌载道"、粉饰太平的需要,形式上以协大晟音律为雅。这种风尚发展到南宋中叶,就产生了姜夔一派"骚雅"之词。其重要作家有姜夔、史达祖、吴文英、王沂孙、张炎、周密等,他们虽也有一些伤时感乱的作品,但内容大部分以别情、咏物、写景为主,艺术上承周邦彦之余绪,偏重形式的精巧华美,字句务求雅正工丽,音律务求和谐精密。他们与辛派词双峰对峙,形成了南宋后期左右词坛的另一个重要词派。

一 归于骚雅的白石词

姜夔(1155? —1221),字尧章,号白石道人,饶州鄱阳(今江西鄱阳)人。他一生没有做过官,少年流寓两湖一带,后来漫游于苏、杭、淮、扬,是个漂泊江湖、依人门下的清客。他精通诗词、音乐、书法,艺术才能卓越,为范成大、杨万里和辛弃疾等大作家所称赏。他的创作年代与辛弃疾差不多,今传词集《白石道人歌曲》,计八十四首,其中有十七首旁边标明谱字,这些谱字据音乐家研究,是介于敦煌谱和工尺谱之间的一种半字谱。解读这批歌谱已经成为国际音乐界的热点,它们是研究唐宋音乐和词乐的宝贵资料。

白石词有一部分抒写家国兴亡之悲,交织着个人身世寥落之感,但情调相当低沉。例如他年轻时经过扬州时所作的自度曲《扬州慢》:

淮左名都,竹西佳处[①],解鞍少驻初程。过春风十里[②],尽荠麦青青。自胡马窥江去后,废池乔木,犹厌言兵。渐黄昏,清角吹寒,都在空城。　杜郎俊赏[③],算而今、重到须惊。纵豆蔻词工,青楼梦好,难赋深情[④]。二十四桥仍在,波心荡,冷月无声[⑤]。念桥边红药,年年知为谁生?

这首词前面有一个长题:“淳熙丙申至日,予过维扬。夜雪初霁,荠麦弥望。入其城,则四顾萧条,寒水自碧,暮色渐起,戍角悲吟。予怀怆然,感慨今昔,因自度此曲。千岩老人以为有黍离之悲也。”词里描写经过金兵焚掠的扬州废城景色,“过春风十里,尽荠麦青青”,在从前的“春风十里扬州路”(杜牧《赠别》)上生动地描写了“彼黍离离”的景象。尤其“自胡马窥江去后,废池乔木,犹厌言兵”几句,将废池乔木拟人化,烘托出居人对兵祸的深恶痛绝,概括了无限伤乱之意。所以《白雨斋词话》赞此句“写兵燹后情景逼真”。下片由波水荡漾、冷月无声写出旅人面对荒城引起的今昔之感和无可言喻的悲凉,极为凄艳。最后点到扬州的名花芍药,虽然依旧开放,又有谁来欣赏?盛衰之意自见。全词处处在昔日繁华名胜的旧址上写出今日扬州的荒芜,对比巧妙;又檃栝了杜牧写扬州的不少名句,融化发挥,自成佳句。

姜夔大多数词的内容主要还是山水咏物、离别相思,与周邦彦相近。词风亦承清真词而来,但自成特色。他在继承清真词句琢字炼、典丽温雅的基础上,进一步变其软媚为骚雅,变其秾丽为清空。“以江西诗派清劲瘦硬的健笔,来改造晚唐以来温、韦、柳、周的靡曼软媚之词”(吴熊和《唐宋词通论》),追求意趣淡远、韵度高绝、古雅峭拔的境界。无论言情咏物,无一语涉于嫣媚。艺术创造性主要体现在爱情、咏物、山水这几类题材里。

---

① 竹西:扬州城东禅智寺西侧有竹西亭。

② 春风十里:杜牧《赠别》:“春风十里扬州路,卷上珠帘总不如。”

③ 杜郎:杜牧。

④ 豆蔻词工:杜牧《赠别》:“娉娉袅袅十三余,豆蔻梢头二月初。”青楼梦好:杜牧《遣怀》:“十年一觉扬州梦,赢得青楼薄幸名。”

⑤ 杜牧《寄扬州韩绰判官》:“二十四桥明月夜,玉人何处教吹箫?”

白石词中爱情词占很大比例,有十余首是怀念他在合肥的情人,描写一种历久不渝的挚情,毫无浮艳、低俗的成分。如《鹧鸪天》:

> 肥水东流无尽期,当初不合种相思。梦中未比丹青见,暗里忽惊山鸟啼。　　春未绿,鬓先丝,人间别久不成悲。谁教岁岁红莲夜,两处沉吟各自知。

词题为"元夕有所梦"。先由水流无限,重见无期,翻悔前种相思之误。下片"春未绿,鬓先丝",由常见之意翻进一层,鬓丝在春绿之前,更可见自己的早衰,竟至因"别久"而"不成悲",正由麻木的精神状态写出心灵饱经创伤之苦,同时也以自己个人的感受概括了人们的离别之悲被长时间消磨的共同体验。然而岁岁挂起莲花灯的夜晚,仍不免触景生情,虽分两处,而仍彼此相知,"莲"字暗谐"怜"意。人虽离别而心终相印的真情写得十分沉挚。《长亭怨慢》也写离人会合无因的感伤:

> 渐吹尽枝头香絮,是处人家,绿深门户。远浦萦回,暮帆零乱向何许。阅人多矣,谁得似长亭树。树若有情时,不会得青青如此。　　日暮,望高城不见,只见乱山无数。韦郎去也,怎忘得玉环分付。第一是早早归来,怕红萼无人为主。算空有并刀,难翦离愁千缕。

上片又别是一种新颖的意境:枝头柳絮渐渐被风吹尽,处处人家都已绿深门户,浦口萦回的流水、暮色中零乱的帆船,是斜阳中目送远帆的情景,同时也关合着离人留连纷乱的心情。长亭树虽然天天看人离别,却似乎因见惯而变得漠然。东晋桓温见昔日种柳皆已十围,慨然曰:"木犹如此,人何以堪!"因树之长成而感慨人之老大。此处却以一往情深的语调埋怨长亭树之青碧无情,而离人久别、暗伤老大之意也自在言外,妙在用典而不滞于典,另翻新意。又如《踏莎行》:

> 燕燕轻盈,莺莺娇软,分明又向华胥见。夜长争得薄情知?春初早被相思染。　　别后书辞,别时针线,离魂暗逐郎行远。淮南皓月冷千山,冥冥归去无人管。

从词题可知是写于他从沔东(汉阳)到金陵途中,因为"江上感梦而作"。词里所思念的还是他在合肥的情人。作者由自己的感梦而生奇想,认为是那女子的离魂追随自己到江上，这可能是受唐传奇《离魂记》的启发。但构思仍然新颖，尤其结尾为离魂担忧，想象她独自在冥冥之中归去，在冷月下越过淮南的千重山岭，写得缥缈孤清，意境很美。此外，姜夔写情的佳句如"恨入四弦人欲老，梦寻千驿意难通。当时何似莫匆匆"（《浣溪沙》）、"人何在？一帘淡月，仿佛照颜色"（《霓裳中序第一》）等，都"不作婉娈艳体，而是以健笔写出柔情"（吴熊和《唐宋词通论》）。

咏物词是周、姜一派最见功力的题材。周邦彦的咏物词侧重在提炼精工的语言，逼真传神地写出所咏物象的形态、姿貌，并寄托由此物所引起的感慨，这种作法虽较着实于刻画，但写物不隔。姜夔的咏物词突破了历来较拘泥于模态写物的传统，化用大量典故，不着实于所咏对象的形貌特征，而能得所咏之物的神韵，亦即讲究不即不离，不留滞于物，而又要使所咏之物象了然在目，这种作法"虽格韵高绝，然如雾里看花，终隔一层"（王国维《人间词话》）。如周邦彦写荷："叶上初阳干宿雨，水面清圆，一一风荷举。"（《苏幕遮》）将雨后日出时荷叶饱满清润、迎风挺立的姿态写得如在目前。姜夔的《念奴娇》则从不同角度反复烘托：

> 闹红一舸，记来时，尝与鸳鸯为侣。三十六陂人未到，水佩风裳无数。翠叶吹凉，玉容销酒，更洒菰蒲雨。嫣然摇动，冷香飞上诗句。　　日暮，青盖亭亭，情人不见，争忍凌波去？只恐舞衣寒易落，愁入西风南浦。高柳垂阴，老鱼吹浪，留我花间住。田田多少，几回沙际归路？

先把满目盛开的荷花比作"闹红"，"水佩风裳无数"化用李贺"风为裳，水为珮"（《苏小小墓》）的诗意，将荷比作美人，写风过荷田、水珠在叶上闪烁的姿态；"翠叶吹凉，玉容销酒，更洒菰蒲雨"写雨后花容之艳冶，如微带醉意的玉颜；"嫣然摇动，冷香飞上诗句"写荷花摇曳如美女嫣然微笑，荷香之蓊勃被采入诗句；"只恐舞衣寒易落，愁入西风南浦"又以美人易衰喻红莲易落，始终不肯正面描绘荷的色态姿貌。又如《齐天乐》：

> 庾郎先自吟愁赋，凄凄更闻私语。露湿铜铺①，苔侵石井，都是

① 铜铺：铜制铺首，旧式大门上衔着门环的铜底座，多为兽形。

曾听伊处。哀音似诉，正思妇无眠，起寻机杼。曲曲屏山，夜凉独自甚情绪。　　西窗又吹暗雨，为谁频断续，相和砧杵。候馆迎秋，离宫吊月，别有伤心无数。豳诗漫与[①]，笑篱落呼灯，世间儿女。写入琴丝，一声声更苦。

这首词前面有长序，说明所咏的是蟋蟀。上片极写夜间闻声之哀。开头用庾信作《愁赋》的典故[②]，从赋的愁吟到人之私语，都是形容蟋蟀声的凄然；露湿铜铺的门外、绿苔蔓延的井边，则是蟋蟀爱去的阴湿之处。思妇听到哀音，起来寻找织机，又扣住蟋蟀的另一个名字促织。同时以思妇面对的屏风上曲曲山水的凄凉情绪与下片暗雨吹入西窗的情景自然承接。下片化用"蟋蟀候秋吟"（王褒《圣立得贤臣颂》）、"啼蛄吊月钩栏下"（李贺《宫娃歌》）等诗句，将蟋蟀之声从门底井边扩大到各种悲秋的场景，设想各种离人听到蟋蟀之时的伤心：在与蟋蟀断断续续的鸣声相和的砧杵以外，还有候馆中迎秋的旅人、离宫中望月的宫人。接着提到"豳诗"，是因为《诗经·豳风·七月》中写到蟋蟀"七月在野，八月在宇，九月在户，十月蟋蟀入我床下"。然后转入世间小儿女捕捉蟋蟀为乐的情景，则如陈廷焯《白雨斋词话》所说："以无知儿女之乐，反衬出有心人之苦，最为入妙。"结尾作者自注："宣政间，有士大夫制蟋蟀吟。""写入琴丝"两句即用此事，以琴声拟一声声蟋蟀声，仍落到"苦"字。通篇暗用前人写蟋蟀的各种诗句，渲染离人悲秋的环境气氛，以烘托蟋蟀鸣声引起的凄凉之感。

姜夔咏物词最著名的代表作是自度曲《暗香》《疏影》，这两首调名，本自林逋《山园小梅》："疏影横斜水清浅，暗香浮动月黄昏。"词应范成大之请，咏石湖雪后之梅。《暗香》：

旧时月色，算几番照我，梅边吹笛。唤起玉人，不管清寒与攀摘。何逊而今渐老[③]，都忘却春风词笔。但怪得竹外疏花，香冷入瑶席。　　江国，正寂寂。叹寄与路遥，夜雪初积。翠尊易泣，红萼

① 豳诗：指《诗经·豳风·七月》。豳在今陕西栒邑、彬州一带，是西周祖先公刘开发的地方。

② 《愁赋》今传庾信集中不载，但宋人集中屡次征引。

③ 何逊：齐梁诗人，以山水诗著称。作有《早梅诗》，一名《扬州法曹梅花盛开》。

无言耿相忆。长记曾携手处，千树压西湖寒碧。又片片吹尽也，几时见得？

上片从回顾旧时赏梅韵事说起，月色笛声、花光人影，融成一片清冷幽雅的意境。冒寒摘花，尤见情致高绝。接着笔锋陡转，用齐梁诗人何逊在扬州咏早梅的故事，折入今日风情才思减退的迟暮状况，而于衰飒之中，又埋怨竹林外疏落的梅花将冷香送到席上，足见仍不能忘情。“旧时”“而今”的比较，全从梅花在少时老来都引人幽思着眼，落到眼前赋咏正题，不着一字形容，而昔日月下清寒之梅香、今日竹外疏花之暗香，均已浮动笔底。下片寄梅的遐想用陆凯《赠范晔诗》：“折梅逢驿使，寄与陇头人。江南无所有，聊赠一枝春。”写路遥雪积，寄情无由之悲，曲折地传达出见到梅花时旧情耿耿难忘的心事。“翠尊”“红萼”扣住宴席上见梅的实景，又转回记忆中昔日西湖梅树之盛，感今日片片吹尽之衰。“千树压”二句不用一字敷色涂彩，便写出千树繁花压枝的盛况。下片化用折梅寄人的典故与上片回忆旧时韵事呼应，又处处暗合雪后和湖上之梅的眼前之景，使梅之清香全在今昔盛衰之感、缠绵怀旧之情中托出，境界极其清高优美。《疏影》着重咏梅影：

苔枝缀玉，有翠禽小小，枝上同宿[1]。客里相逢，篱角黄昏，无言自倚修竹。昭君不惯胡沙远，但暗忆江南江北，想佩环月夜归来，化作此花幽独。　　犹记深宫旧事，那人正睡里，飞近蛾绿。莫似春风，不管盈盈，早与安排金屋。还教一片随波去，又却怨玉龙哀曲[2]。等恁时重觅幽香，已入小窗横幅。

全篇多用美人典故。上片先用《龙城录》所记翠鸟双栖于罗浮山大梅花树上的故事，写翠禽并宿梅枝的情状，由梅之姿形想见其影，犹如一幅水墨折枝花鸟图。接着用杜甫《佳人》“天寒翠袖薄，日暮倚修竹”诗意，以美人翠袖单薄、伶俜可怜的凄清神态隐喻梅影之孤清。又用杜甫《咏怀

① 隋开皇年间，赵师雄在罗浮山宿于松林中，见一美人，又有一绿衣童子笑歌戏舞。天亮后起视，“乃在大梅花树下，上有翠羽，啾嘈相顾，月落参横，但惆怅而尔”（吴曾《能改斋漫录》）。

② 玉龙：笛子。笛曲中有《梅花落》。

古迹》中咏昭君诗“环珮空归月夜魂”之意，赋予梅花以美人之魂，则月下疏影之清怨幽独自可想见。上片所用三个美人的典故虽与梅花并无联系，但全从美人与梅花在神韵姿态上的相似之处设想，故能离其形而得其意。下片仍用两个宫廷中与梅花有关的美人典故。“飞近蛾绿”用唐寿阳公主睡时有梅花落在额间，宫廷仿作梅花妆的故事。“安排金屋”借金屋藏娇之典表示惜花之意。然后写花开始随波飘零，只能在一曲落梅笛声中倾诉哀怨。以上三节皆扣住花落与惜花委婉地阐发梅影渐疏之意。结句点明正题：梅花落尽，唯有疏枝倩影映在窗上，正好入画。与开头相呼应，结构十分精致。历来根据这首词中所用昭君之典，推测词意是借以托喻汴京宫人去国离乡的遭遇，题外有家国兴亡之感。但全篇所用典并未扣住这一主题，很难说一定有所谓故君之思的寄托。《暗香》《疏影》在艺术上所提供的主要经验还是咏物词的写意手法，长处在含蓄高雅，缺点在隐晦难解。

姜夔的吟咏山水之作往往在眼前景中融入吊古伤今之感，意境清空，有野逸之趣。例如他的《点绛唇·丁未冬过吴松作》写冬天经过吴松，凭栏怀古时落寞清冷的心情：

> 燕雁无心，太湖西畔随云去，数峰清苦，商略黄昏雨。　第四桥边，拟共天随住。今何许，凭栏怀古，残柳参差舞。

上片写太湖上燕雁的无所容心、随云飞去，正是写诗人的随处漂泊、自然超脱。而山峰本来无知，却反说它们感到清苦，商量着要在黄昏时下点雨，这就将人看天色阴阴欲雨的清苦之感移给山峰，“商略”二字十分生动。下片写自己想和“天随子”①同住，字面上又与“随云去”关合，写出浪迹江湖，随云天去住之意。结尾将天涯漂泊的愁情化入怀古之意，气象阔大，悲壮苍凉。此词移情于景，无穷哀感都在虚处，故前人评价甚高。又如《一萼红》：

> 古城阴，有官梅几许，红萼未宜簪。池面冰胶，墙腰雪老，云意还又沉沉。翠藤共，闲穿径竹，渐笑语，惊起卧沙禽。野老林泉，故王台

① 天随子：晚唐诗人陆龟蒙的号。他住在松江甫里。

榭,呼唤登临。　　南去北来何事?荡湘云楚水,目极伤心。朱户粘鸡[1],金盘簇燕[2],空叹时序侵寻?记曾共,西楼雅集,想垂杨,还袅万丝金。待得归鞍到时,只怕春深。

写他在长沙别驾之观政堂做客时闲游园亭台沼、登上定王台极目远眺的逸兴。序中“官梅数十株,如椒、如菽,或红破白露,枝影扶疏”几句,将梅树待开未开之时的形景描绘得十分真切。词中“池面冰胶,墙腰雪老,云意还又沉沉”形容陈冰积雪将消未消,复又有阴阴雪意的时景,写尽江南古老庭院冬末春初情味,令人如入其境。词人在穿竹披藤、登临台榭的闲游中叹息时序更递,由春将来临想到春深之时,虽是感时伤春的空泛感慨,但意态如闲云孤鹤,野兴横生,别有一种逸趣。

姜夔一般的伤春感怀之作也都别有一种清淡的韵味。如《淡黄柳》:

空城晓角,吹入垂杨陌。马上单衣寒恻恻,看尽鹅黄嫩绿,都是江南旧相识。　　正岑寂,明朝又寒食。强携酒,小桥宅,怕梨花落尽成秋色。燕燕飞来,问春何在,唯有池塘自碧。

这也是白石的自度曲。词题说:“客居合肥南城赤阑桥之西,巷陌凄凉,与江左异。唯柳色夹道,依依可怜。因度此阕,以纾客怀。”开头三句写晓角在空城中回荡,马上人着单衣犹感轻寒,将“巷陌凄凉”连同心头凄凉感一并写出。“鹅黄嫩绿”形容新柳之色,扣住词调名“淡黄柳”之意,用色极为鲜嫩,又从异乡找到“江南旧识”的亲切感,客中情怀可见。寂寞中迎来寒食,却怕梨花谢后春色很快变成秋色。这句用李贺“梨花落尽成秋苑”(《河南府试十二月乐词》之《三月》),只改一字。原诗跳过暮春盛夏直接到秋天,是为了强调光阴的迅速,姜夔用其意而改成“秋色”,使人联想到秋色的金黄,便与上片色彩协调,同时也使下一句“问春何在”有了着落。结尾空余一池无情的碧水,更觉惆怅。这首词在轻寒的早春淡淡地点染嫩柳梨花的色泽,韵致十分雅淡。又如《鹧鸪天》:

巷陌风光纵赏时,笼纱未出马先嘶。白头居士无呵殿,只有乘肩

---

① 粘鸡:《荆楚岁时记》云人日“帖画鸡,或斫镂五采及土鸡于户上”。

② 金盘簇燕:立春日剪彩为燕,戴在钗头上。

小女随。　　花满市，月侵衣，少年情事老来悲。沙河塘上春寒浅，看了游人缓缓归。

这首词题为“正月十一日观灯”。与一般写灯节的词不同，没有任何关于灯月交辉的常见铺叙，而是从“白头居士”的冷眼中看富贵人家出门纱笼喝道的排场，以自己只有小女相随做伴的冷清作为反衬，调侃中透出深深的衰暮之悲。但是这个饱经了少年情事的老人，又参透了这热闹繁华背后的凄凉，因此他看遍游人后缓步归来的形象，便多少包含了一点人生哲理的启示。姜词感怀之作的内在筋力由此可见一斑。此外，陆辅之《词旨》所举姜词中名句如“虚阁笼云，小帘通月”（《法曲献仙音》），“枕簟邀凉，琴书换日”“墙头换酒，谁问讯城南诗客，岑寂。高树晚蝉，说西风消息”（《惜红衣》）等，都以韵致高雅见胜，为宋词带来了清劲秀逸的新格调。

与周邦彦一样，姜夔精通音律，长于审音创调。他大量创制新谱，改正旧调。每创一词调都标明它的音律，注出谱字。《扬州慢》《暗香》《疏影》《秋宵吟》等十七首自度曲都旁注音谱，宋词的音调和唱法因此得以传世，这是他最独特的贡献。他也善于融化前人典故，特别是前人雅词秀句入词，但善于创造优美新颖的意境，并无逞才使气的弊病。这些成就使他自然接续了周邦彦的创作路数，在南宋形成远祖清真、近师白石的格律词派。

二　姜派词人

姜夔词派是与辛派词并行出现的。关于姜派的形成，前人论述甚详。清人朱彝尊《黑蝶斋诗馀序》说：“词莫善于姜夔，宗之者，张辑、卢祖皋、史达祖、吴文英、蒋捷、王沂孙、张炎、周密、陈允平、张翥、杨基，皆具夔之一体。”以上姜派词人中，除史达祖以外，都是南宋末乃至入元的词人。

史达祖，生卒年不详，字邦卿，号梅溪，汴（今河南开封）人。曾为韩侂胄做过堂吏，草拟文书，颇受信任。韩败后，史达祖也获罪被废，穷困至死。他与姜夔并称姜、史，但也有说他与高观国齐名的。存《梅溪词》百余首,工于咏物,以描写见长。风格神似清真词,只是浑厚不及,清更过之。姜夔为之作序,称其词“奇秀清逸,有李长吉之韵,盖能融情景于一家,会句意于两得”(陆辅之《词旨》),尤其欣赏他的《绮罗香·咏春雨》和《双双燕·咏燕》中的若干佳句。《绮罗香·咏春雨》:

> 做冷欺花,将烟困柳,千里偷催春暮。尽日冥迷,愁里欲飞还住。惊粉重蝶宿西园,喜泥润燕归南浦。最妨它,佳约风流,钿车不到杜陵路。　　沉沉江上望极,还被春潮晚急,难寻官渡。隐约遥峰,和泪谢娘眉妩。临断岸新绿生时,是落红带愁流处。记当日,门掩梨花,剪灯深夜语。

全篇从未雨之时写到雨后情景。上片把春雨当成一个欺负花柳、偷催春暮的无赖,实从花柳畏冷笼雾的情状写出雨来之前雾霾沉阴的天色和烟水迷离的景象,然后化用李商隐“稍稍落蝶粉,班班融燕泥”(《细雨成咏献尚书河东公》),从蝶惊燕喜的不同情态写细雨的滋润。人却恨它妨碍了风流约会,可见雨越下越大,连车都不能出行了。下片拓为远景:江上阴云沉沉,野渡被春潮淹没,远方隐约的青峰如含泪美人的眉痕,是雨深时景象。“新绿生时”“是落红带愁流处”数句,看到了绿的新生与红的凋谢之间的辩证关系,在光阴流逝的无奈中写出新陈代谢的深意。句法一开一合,最为姜夔所赏。结尾“门掩梨花”和“剪灯夜语”,合用李重元“雨打梨花深闭门”(《忆王孙》)和李商隐“何当共剪西窗烛,却话巴山夜雨时”(《夜雨寄北》),虽较凿实,却又回到对从前雨景的回忆,有言不尽意之感。全词不用一个“雨”字,却句句切题,“有正面描写处,有侧面衬托处,有点缀风华处,有与怀人本意夹写处”(俞平伯《唐宋词选释》),极其工细地描画出江南烟雨的情状,故公认为梅溪名作。《双双燕·咏燕》:

> 过春社了,度帘幕中间,去年尘冷。差池欲住,试入旧巢相并。还相雕梁藻井,又软语商量不定。飘然快拂花梢,翠尾分开红影。　　芳径,芹泥雨润。爱贴地争飞,竞夸轻俊。红楼归晚,看足柳昏花暝。应自栖香正稳,便忘了天涯芳信。愁损翠黛双蛾,日日画阑独凭。

题目“咏燕”,与词牌意同。上片写燕子过了春社后回来寻找旧巢的情景,非常生动细致:先是进窝去并卧着试试,接着又打量雕梁和天花板上的藻井图案,迟疑不决,然后飘然出屋。“软语商量不定”写燕子喜欢华屋、择巢不定的情态,“快拂花梢,翠尾分开红影”写燕子尾部似剪,在花丛上飞速掠过的姿态,可谓尽态极妍,形神毕肖。下片写燕子衔着被细雨润湿的泥贴地低飞,十分轻快,但只顾贪看春景,回来睡得正香,便忘了为闺中人传递书信,又从闺人怨语中见出春燕的活泼可爱。“看足柳昏花暝”从燕子的贪玩顽皮着眼写日暮春景,亦备受赞赏。王士禛认为“咏物至此,人巧极天工错矣”(《花草蒙拾》)。大体说来,清真咏物以写实擅长,白石咏物在虚处取胜。史达祖能虚实兼用,合秦观之幽怨和清真之情切而化之。较之姜词,风流艳冶过之而意境气骨不如。用笔多涉尖巧,浑厚不足,因而成就尚不能与周、姜相提并论。

姜夔词派在宋元之际的主要继承人以张炎为代表。清代浙派词人以张炎上配姜夔,合称姜张,出现了“家白石而户玉田(按,张炎号)”(朱彝尊《静惕堂词序》)的盛况。其实,周密、王沂孙等也都是姜派的重要词人(见本讲第五节)。姜派词因张炎等人复振,并通过他们影响到元代的陆文圭、张翥等。与苏辛雄奇博大的词风相比,姜派词的短处是显而易见的。苏辛词才大情深、气势郁勃,白石词才小情浅,骨力较弱。但姜派词在提高词的艺术表现技巧以及纠正北宋柔媚词风方面作出的贡献仍是值得肯定的。

三　吴文英和梦窗词

吴文英是姜夔之后的南宋重要词人。有关他的生平事迹,可考之材料绝少,仅知其本姓翁,字君特,号梦窗,晚年又号觉斋,四明(今浙江宁波)人。一生未第,依人游幕数十年。主要创作年代在宋理宗淳祐时期,作词之地多在苏州、杭州及越州。有《梦窗词》甲乙丙丁四稿,计三百三十余首。他生活在南宋小朝廷灭亡之前的表面承平时期,在他的后半生,蒙古已经灭金,形势相当危急。但《梦窗词》中有关国事的作品并不多,基本上还是以登临游赏、恋情、咏物、酬赠为主。

梦窗词源流亦承自周邦彦，但与姜夔各辟蹊径。梦窗之友沈义父《乐府指迷》记载他关于作词的主张说："盖音律欲其协，不协则成长短之诗；下字欲其雅，不雅则近乎缠令之体；用字不可太露，露则直突而无深长之味；发意不可太高，高则狂怪而失柔婉之意。"首先主张协律。他除自度曲外，所用词调主要取自周邦彦和姜夔，正是本着这一原则。其次要求用字要雅，这与周、姜的雅正也一脉相承。再次强调立意不要太高，反对狂怪，显然针对辛派词而言。这些都合乎清真词的门径。但他又主张表达不可太直露，道出了他在艺术上务求深隐的主要特点。与周邦彦的明秀和姜夔的清空不同，吴文英词以"质实"为主要特点，用张炎的话来说，"质实则凝涩晦昧"（《词源》）。梦窗词以用字秾艳凝涩、结构曲折绵密、境界奇丽凄迷自成一宗，无论炼字、用典，还是构思取象，都深受李贺、李商隐和温庭筠的影响。如《八声甘州》：

> 渺空烟四远，是何年青天坠长星。幻苍崖云树，名娃金屋，残霸宫城。箭径酸风射眼，腻水染花腥。时靸双鸳响，廊叶秋声。　　宫里吴王沉醉，倩五湖倦客，独钓醒醒。问苍天无语，华发奈山青。水涵空，阑干高处，送乱鸦斜日落渔汀。连呼酒上琴台去，秋与云平。

此词写他与幕府诸公游苏州灵岩的观感。上片因灵岩之高而产生奇想，将苍山云树、吴国馆娃宫遗迹都看成天上长星坠地后幻化而成。箭径就是采香径，传说吴王在香山种香，使美人泛舟于溪水中采香，因采香径一水笔直如箭，所以名箭径。"箭径酸风射眼"用李贺《金铜仙人辞汉歌》中"东关酸风射眸子"语，将观看采香径而产生的盛衰之感化入现成典故，便在写景中自然融进了吊古伤今的酸涩之情。"腻水染花腥"从李贺"溪女洗花染白云"（《绿章封事》）及杜牧"渭流涨腻，弃脂水也"（《阿房宫赋》）化出，身临其境地想象当初吴宫中的脂膏腻粉，使花至今犹染腥味。吴宫中有响屧廊，传说吴王令西施等穿木屐在木板地上走，廊空而响，因而得名。最后将沙沙落叶声当作屧响空廊，不但扣住响屧廊得名之由，而且连听觉也进入了幻境。词人通过视觉、嗅觉、听觉造成的真景与幻觉相融合的境界，由一个"幻"字总领，形象地表达了古迹在游者心头所勾起的历史虚幻感。这种基本构思方式实取之于李贺和李商隐的诗歌，用之于词，又颇见新创。下片写登临远眺秋色，处处从人对景的无奈之情着眼：苍天和青山是冷漠的永恒，但白发之人目送斜阳寒鸦，其情何堪？最后在琴台最高处呼酒，古今人生之愁在无边秋色中暂且得以消解。“秋与云平”与开头“渺空烟四远”首尾呼应，境界高远寥廓，措语亦新。又如《高阳台》：

> 修竹凝妆，垂杨驻马，凭阑浅画成图。山色谁题，楼前有雁斜书。东风紧送斜阳下，弄旧寒，晚酒醒余。自销凝，能几花前，顿老相如。　　伤春不在高楼上，在灯前攲枕，雨外熏炉。怕舣游船，临流可奈清臞。飞红若到西湖底，搅翠澜，总是愁鱼。莫重来，吹尽香绵，泪满平芜。

词题为“丰乐楼分韵得如字”，写西湖丰乐楼上所见湖光山色。其中“东风紧送夕阳下”，写东风催着夕阳西驰的急不可待之感，“紧送”二字颇有新意。下片将高楼伤春之意翻转，意为有比高楼更伤情处，是在不眠的雨夜和临流的游船上。“可奈清臞”是把李清照“载不动许多愁”再绕个弯儿来说：游船难耐的不是瘦人的分量，而是愁的重量。“飞红若到西湖底，搅翠澜，总是愁鱼”，由张先“愁似鳏鱼知夜永”（《句》）化出愁鱼的想象，写出满湖愁惨容色。而湖底愁澜翻搅这类境界则颇得李贺、李商隐的思路。《浣溪沙》写怀人之情：

> 门隔花深梦旧游，夕阳无语燕归愁，玉纤香动小帘钩。　　落絮无声春堕泪，行云有影月含羞。东风临夜冷于秋。

将忆旧之情托之梦境，全用一个个各自独立的意象烘托似梦若幻的感觉：夕阳的默默无语，燕子的含愁归来，是就含愁之人自己的感觉而言；纤手搴帘，香气飘动，是初见伊人的神态，也就是词人所梦的旧游。柳絮飘游似春天坠泪，云影遮月如月亮含羞，均吸取李商隐“芭蕉不展丁香结，同向东风各自愁”（《代赠》其一）的象征手法，是写景，也是在景中化入所怀美人堕泪含羞的印象。末句写春夜冷于秋天，亦是情感移入的作用。像这类在情感中融入潜意识的奇句在梦窗词中还有很多，如《风入松》：

> 听风听雨过清明，愁草瘗花铭。楼前绿暗分携路，一丝柳一寸柔

> 情。料峭春寒中酒,交加晓梦啼莺。　　西园日日扫林亭,依旧赏新晴。黄蜂频扑秋千索,有当时纤手香凝。惆怅双鸳不到,幽阶一夜苔生。

开头连用两个“听”字强调在风雨中度过清明,语意疏快。然后借用庾信《瘗花铭》篇名,写落花之多,使人发愁如何写诗词哀悼。折柳送别本来在词里已是熟套,但这里从“绿暗”即柳色变深想到分手时情景,以一丝柳比一寸柔情,又有新意。下片写游赏昔日常来的西园林亭,由于天晴,时时有蜂蝶飞来,偶尔碰到秋千索,词人竟疑为黄蜂是被以前纤手的香气所吸引,写得十分痴情。结尾说人去之后,苍苔一夜之间便遮住了履迹,也是虚幻的夸张。像这样通过幻觉幻想把眼前景致和昔日情事融成一片的表现方法,实是利用了词的叙述顺序允许时空错乱的结构,又吸取李贺、李商隐注重表现心理感觉及好用象征手法的特点综合而成,是将中晚唐奇丽诗派的构思方式引入词中,又加以创造的结果。但他炼字过于求新求生,构思过于求深求细,又多用代词僻典及生造字如“骇毛”“帆鬣”“兰沘”“麝霭”等,就不免晦涩、险怪。所以《乐府指迷》说“梦窗深得清真之妙,其失在用事下语太晦处,人不可晓”。

吴文英善作长调。其长调大多内容空洞而堆砌华丽辞藻过多,如《莺啼序》:

> 残寒正欺病酒,掩沉香绣户。燕来晚,飞入西城,似说春事迟暮。画船载、清明过却,晴烟冉冉吴宫树。念羁情游荡,随风化为轻絮。　　十载西湖,傍柳系马,趁娇尘软雾。溯红渐招入仙溪,锦儿偷寄幽素①。倚银屏、春宽梦窄,断红湿、歌纨金缕。暝堤空,轻把斜阳,总还鸥鹭。　　幽兰渐老,杜若还生,水乡尚寄旅。别后访六桥无信,事往花委,瘗玉埋香,几番风雨?长波妒盼,遥山羞黛,渔灯分影春江宿,记当时,短楫桃根渡②。青楼仿佛,临分败壁题诗,泪墨

① 锦儿:据董弅《侍儿小名录拾遗》,是钱塘名妓杨爱爱的侍婢。这里借指作者在钱塘的艳遇。

② 桃根:东晋王献之为其爱妾桃叶作《桃叶歌》。传说桃根是桃叶之妹。这句写用小船送别爱人。

惨澹尘土。　　危亭望极，草色天涯，叹鬓侵半苎。暗点检，离痕欢唾，尚染鲛绡；亸凤迷归，破鸾慵舞①。殷勤待写，书中长恨，蓝霞辽海沉过雁，漫相思、弹入哀筝柱。伤心千里江南，怨曲重招，断魂在否？

这是词里最长的调子，写伤春悼亡之情。全词分四片，计二百四十字。第一段由春暮之景引起对已随风化为轻絮的往事的回忆；第二段追想当初十载西湖的欢情；第三段哀悼别后杳无音讯；第四段写无处倾诉的长恨。堆砌大量丽词绮语，如"沉香绣户""娇尘软雾""断红湿、歌纨金缕""蓝霞辽海沉过雁"等，又多用骈语铺陈，如"幽兰渐老，杜若还生""事往花委、瘗玉埋香""长波妒盼，遥山羞黛""亸凤迷归，破鸾慵舞"等，其中也有一些佳句，如"春宽梦窄""渔灯分影春江宿"等。虽写别情曲折有致，但反复渲染，便觉过于密实。张炎《词源》批评"吴梦窗词如七宝楼台，眩人眼目，碎拆下来，不成片段"，即指其好堆砌辞藻，而又措意过于凝涩晦昧之病，并认为此种"质实"之境不如姜词之"清空"。王国维也认为以梦窗词中"映梦窗凌乱碧"一语评其风格，最为允当。不过吴文英作为南宋词人中的大家，确有其特色。他的小令中也有一些疏快的佳作，如《唐多令》：

何处合成愁，离人心上秋。纵芭蕉不雨也飕飕。都道晚凉天气好，有明月，怕登楼。　　年事梦中休，花空烟水流。燕辞归，客尚淹留。垂柳不萦裙带住，谩长是，系行舟。

"愁"字拆开为"秋"和"心"字，开头两句虽然像文字游戏，但"秋"本来可作"愁"解（见俞平伯《唐宋词选释》），而且离人心头感秋，正是愁情。所以天气虽好，没有雨打芭蕉的凄凉，仍然怕在月下登楼。秋意在心头，而不在天气。这样说就翻出新意。下片直抒离怀，燕辞归既写秋景，也双关女子的辞别。所以结尾埋怨垂柳不系她的裙带让她留下，反而系住了自己的行舟，在此淹留，也善于在曲折中求新。又如《望江南》：

三月暮，花落更情浓。人去秋千闲挂月，马停杨柳倦嘶风，堤畔

---

① 破鸾：范泰《鸾鸟诗序》说罽宾王得一鸾鸟，因无侣，三年不鸣，悬镜照之，鸾睹形悲鸣而绝。

画船空。　　恹恹醉，长日小帘栊。宿燕夜归银烛外，流莺声在绿阴中，无处觅残红。

这首词与欧阳修的《采桑子》意思相同，都是写游人去后春空的惆怅。下片同是写燕归帘栊，欧词是直写，而此词表面也是写景，实际反用苏轼“只恐夜深花睡去，高烧银烛照红妆”（《海棠》）的意思，因为无处可觅残红，即使有银烛也难照红妆了。虽然句意较深，但字面却很流丽轻快。总之，吴文英虽然也像周邦彦和姜夔那样，善于融化前人诗句，但构思总能在前人的原意上翻进一层，在曲折中求新。深曲便不免于晦涩，但不如此也难以自成一体。他在艺术上的独创性丰富了宋词的表现艺术。不少词论家都对他评价很高，甚至称之为南宋第一大词家，这就不免过于夸大。梦窗词瑕瑜互见，其艺术特点的形成是南宋词日益典雅化的结果，只有联系宋词的发展趋势加以考察，才能得出较为公允的评价。

四　宋末词人和辛派后继

1276 年，南宋亡于元，宋元之际的词人经历了这番沧桑，无论原来宗尚何种词风，都唱出了一派亡国的哀音。这就使南宋季世衰敝的词风又有所振作，表现了宋代最后的一点爱国精神和民族正气。

这一时期的词人大都跨宋、元两代，其词作也可以此分为前后两期。就其宗风而言，主要分为辛派和姜派两种不同倾向。以文天祥、刘辰翁为代表的辛派，用粗豪的笔调，抒发激愤的心情，慷慨悲歌，主题鲜明。以张炎、王沂孙、周密为代表的姜派则以含蓄浑雅的风格、委婉曲折的笔致，抒写其低徊掩抑的故国之思和身世之感，含意隐晦，情调消极。

文天祥（1236—1282），字宋瑞，又字履善，号文山，吉水（今江西吉安）人。宋末抗元的民族英雄。元兵南下，他毁家起兵勤王，被俘后坚贞不屈，英勇就义。他晚年的作品不论文章诗词皆用血泪写成，词有《文山乐府》，今仅存七首，五首作于宋亡之后。他在被俘次年，被元兵解到北方，路过金陵时，曾作《念奴娇·驿中言别友人》：

水天空阔，恨东风不借，世间英物。蜀鸟吴花残照里，忍见荒城颓壁。铜雀春情①,金人秋泪②,此恨凭谁雪!堂堂剑气,斗牛空认奇杰。　那信江海余生,南行万里,属扁舟齐发。正为鸥盟留醉眼,细看涛生云灭。睨柱吞嬴③,回旗走懿④,千古冲冠发。伴人无寐,秦淮应是孤月。

词人深恨南宋抗元军队不得天助,痛责自己空负英雄奇杰之名,只能眼睁睁看着敌人大肆掳掠宋室妃嫔文物,江山化为荒城颓垣。叹息自己万里南行,留得余生,却不能和海鸥结盟,看云涛起伏。但尽管身陷绝境,与敌寇抗争到底的意志仍然不折不挠。蔺相如持璧睨柱,死诸葛走生仲达,临死一搏,犹能气吞强虏。文天祥正是以他的英勇行为实践了他在这首词中的誓言。明末抗清英雄陈子龙赞美此词说:“气冲牛斗,无一毫委靡之色。”渡过淮河时,文天祥又作《念奴娇》一首,痛惜抗元的失败,将希望寄予将来:“江流如此,方来还有英杰。”并表示对国家的丹心至死不渝:“镜里朱颜都变尽,只有丹心难灭。”即使死后,孤魂也要化成杜鹃重回江南:“去去龙沙,向江山回首,青山如发。故人应念,杜鹃枝上残月。”这些词正如作者本人的风骨气节一样,大义凛然,正气逼人,堪称辛弃疾、陆游等爱国词作的嗣响。

刘辰翁(1232—1297),字会孟,号须溪,庐陵(今江西吉安)人。曾参与文天祥幕府,宋亡后隐居不仕。有《须溪词》一百卷,大多亡佚,今存三百五十多首,相当一部分是感怀时事、悼念故国的作品。暮年有意以词存史,反映宋元之际的史迹。《柳梢春·春感》一词大抵能概括他后期的处境和心情:

铁马蒙毡,银花洒泪,春入愁城。笛里番腔,街头戏鼓,不是歌

① 铜雀春情:用杜牧《赤壁》诗“东风不与周郎便,铜雀春深锁二乔”,借喻宋亡后,妃嫔都归了元人。

② 金人秋泪:用李贺《金铜仙人辞汉歌》诗意,借汉武帝金铜仙人被魏明帝拆走时下泪事喻南宋文物被抢夺一空。

③ 睨柱吞嬴:用战国时赵国蔺相如使秦,完璧归赵的故事,赞美他持玉璧睨柱,欲以击柱,使秦王嬴政气馁的勇气。

④ 回旗走懿:诸葛亮死后,蜀军先不发丧,整军而出,司马懿追击,姜维返旗鸣鼓,司马懿不敢追,蜀军得以安然退兵。民间谚曰:“死诸葛走生仲达。”

> 声。　　那堪独坐青灯！想故国，高台月明。辇下风光，山中岁月，海上心情。

在元人统治下，元宵虽然依旧热闹，但已满目异族风俗。最后三句分指宋亡以后临安元宵风光、自己避乱山中、南宋小朝廷逃到厓山三种情况，同时又表达了今后唯有屏迹山林，心念故都的心情。在这种心境中，每逢元夕、端午、重阳等节令或春来暑往的天气变易，都能引起他深切的故国之思。又如《忆秦娥》：

> 烧灯节，朝京道上风和雪。风和雪，江山如旧，朝京人绝。　　百年短短兴亡别，与君犹对当时月。当时月，照人烛泪，照人梅发。

烧灯节就是元宵节。风雪交加，江山如故，但南宋既灭，临安道上朝京的行人自然也已断绝。唯有旧时月色，照人垂泪，映人白发，语意极为凄凉沉痛。再如《西江月》：

> 天上低昂似旧，人间儿女成狂。夜来处处试新妆，却是人间天上。　　不觉新凉似水，相思两鬓如霜。梦从海底跨枯桑，阅尽银河风浪。

题为"新秋写兴"，实咏七夕。上片只就七夕而言，将人间与天上对比，天上景象不变，人间仍依旧俗。但是下片说夜梦沧桑、阅尽银河风浪，正点出人间已经发生了沧海桑田的巨变。《宝鼎现》写"春月"：

> 红妆春骑，踏月影、竿旗穿市。望不尽楼台歌舞，习习香尘莲步底。箫声断，约彩鸾归去，未怕金吾呵醉[①]。甚辇路喧阗且止？听得念奴歌起[②]。　　父老犹记宣和事，抱铜仙、清泪如水。还转盼沙河多丽[③]。滉漾明光连邸第，帘影冻、散红光成绮。月浸葡萄十里：看

---

① 彩鸾：仙女，借指游女。金吾：执行禁夜的执金吾。唐代长安平时宵禁，元宵开禁，所以说不怕金吾呵醉。

② 念奴：唐天宝中著名歌女。每年长安有盛大节日时，群众喧闹不已，玄宗令高力士在楼上大呼让念奴唱歌，广场上立刻就能安静下来。

③ 沙河：即今杭州南五里的沙河塘。

往来神仙才子，肯把菱花扑碎？　　肠断竹马儿童，空见说、三千乐指[①]。等多时，春不归来，到春时欲睡。又说向灯前拥髻[②]，暗滴鲛珠坠。便当日亲见霓裳，天上人间梦里！

元夕之夜令他想到昔日汴京和临安灯节的香尘暗陌、华灯明昼，不胜伤情。词分三叠，第一叠以唐代长安比拟汴京，描写当初元宵节楼台歌舞、巷陌喧阗的热闹景象。第二叠写北宋虽亡，临安的沙河也还是灯月交辉、神仙来往的游乐世界。第三叠叹息如今的少年没有亲见当初故国的繁荣，而即使"当日亲见霓裳"，也是"天上人间梦里"了！前两叠同写元宵，而境界各异，第二叠全从水中倒影来写灯光月色，"肯把菱花扑碎"一句更点出这一切在回忆中都已是镜花水月，表现艺术高超。《沁园春》也是一首风格特殊的"送春"词：

春汝归欤？风雨蔽江，烟尘暗天。况雁门厄塞[③]，龙沙渺莽，东连吴会[④]，西至秦川。芳草迷津，飞花拥道，小为蓬壶借百年[⑤]。江南好，问夫君何事，不少留连。　　江南正是堪怜，但满眼杨花化白毡[⑥]。看兔葵燕麦，华清宫里，蜂黄蝶粉，凝碧池边[⑦]。我已无家，君归何里，中路徘徊七宝鞭[⑧]。风回处，寄一声珍重，两地潸然。

这首词设为对春的问话，全从春的归向着想，借春之无处可归抒发家国破亡的悲痛，构思新颖。上片先设想春去北方，那里烟尘蔽日，从雁门关到白龙堆沙漠，连带东边的吴会和西边的秦川，都没有春的去处。只有江南还可以暂时安顿百年，权当蓬莱方壶，世外仙境。下片写如今江南也无处可归了。"杨花化白毡"巧用杜甫"糁径杨花铺白毡"句意，杜诗原是形容，而此词则将白毡落实为蒙古人用的白毡。以长安洛阳的两处名胜华

---

① 三千乐指：三百人的大乐队。
② 拥髻：愁苦的样子。
③ 雁门：在山西北部，山名，也是关名。
④ 吴会：六朝时吴郡与会稽郡合称吴会。
⑤ 蓬壶：蓬莱、方壶，都是东海仙山。
⑥ 杨花化白毡：杜甫《绝句漫兴九首》其七云"糁径杨花铺白毡"。
⑦ 凝碧池：唐代洛阳名胜。曾被安禄山占用。
⑧ 七宝鞭：多种珍宝镶嵌的马鞭。

清宫和凝碧池喻宋朝宫苑已无春色,点出宋的彻底灭亡。最后与春风互道珍重,潸然泪下,悲凉至极。这些词反反复复,字字悲咽,直抒胸臆而能用心构思,因此感情奔放而不觉粗豪。他也有些词风格颇似苏、辛。如《兰陵王·丙子送春》中"送春去,春去人间无路。秋千外,芳草连天""春去,最谁苦?但箭雁沉边,梁燕无主,杜鹃声里长门暮"等,构思用语多有取自辛弃疾《摸鱼儿》处,但词境更加凄苦。又如《金缕曲·送五峰归九江》中"着破帽,萧萧余发,行过故人柴桑里,抚长松,老倒山间月""我醉看天天看我,听秋风,吹动檐间铁。长啸起,两山裂"这样的词句,不但文字风格遒劲如稼轩,风神潇洒颓放处还略似东坡。

宋亡前夕,已有一些有识之士对国运的衰落表示了深刻的反思。如文及翁的《贺新凉·游西湖有感》:

> 一勺西湖水,渡江来、百年歌舞,百年酣醉。回首洛阳花石尽,烟渺《黍离》之地,更不复新亭堕泪。簇乐红妆摇画舫,问中流击楫何人是?千古恨,几时洗?　　余生自负澄清志,更有谁、磻溪未遇①,傅岩未起②。国事如今谁倚仗,衣带一江而已!便都道,江神堪恃。借问孤山林处士,但掉头,笑指梅花蕊。天下事,可知矣!

作者在宋末曾官参知政事。他虽然怀着澄清天下的责任感,但面对着醉生梦死、毫无恢复之愿的南宋君臣,只能将希望寄托在那些隐居的贤人身上。然而一则如今已不可能有起于屠钓之事,二则这些隐士也不过像林和靖那样,根本不关心国事,唯一可倚仗的只有衣带一江。"天下事,可知矣"的沉重叹息,预言了南宋必亡的前景。

宋亡之后,百官宫人被俘北去,人民流离道路,哀悼家国的感人之作很多。其中一些妇女在生死之际写的词,直接反映了亲身经历的战乱,弥足珍贵。如宫廷昭仪王清惠的《满江红》,即题于北上途中的汴京夷山驿。另有徐君宝妻随夫被掳,为抗拒敌人侮辱,题《满庭芳》一阕于壁上,投水而死。词曰:

---

① 磻溪:周文王时姜太公垂钓的地方,在今陕西宝鸡东南。
② 傅岩:据说在今山西平陆。据传傅说版筑于此,被武丁选用。

汉上繁华，江南人物，尚遗宣政风流。绿窗朱户，十里烂银钩。一旦刀兵齐举，旌旗拥，百万貔貅。长驱入，歌楼舞榭，风卷落花愁。　　清平三百载，典章人物，扫地都休。幸此身未北，犹客南州。破鉴徐郎何在①？空惆怅，相见无由。从今后，断魂千里，夜夜岳阳楼。

作者将自己的死与宋朝三百年太平江山的覆灭联系起来，使夫妇死别的离恨融入了国家灭亡的大悲剧中，她所能庆幸的只是未死在北方，孤魂仍可在故乡徘徊。这样沉痛的绝笔词是一般的伤离恨别之词所无法相比的。

宋末遗民词里也有许多感人之作，如汪元量的《水云词》，和他的诗一样，记录了他随恭帝和太后北上途中的见闻，不但悲凉凄惨，而且具有诗史价值。又如与文天祥和刘辰翁都有交往的邓剡，在厓山兵败后投海未死，以节行自守，著有《中斋词》。刘辰翁之子刘将孙有《养吾斋集》、王奕有《玉斗山人集》。当然随着世移时迁，他们的词里再也不会有苏、辛的豪气，只是余波而已。

五　张炎和姜派后继

宋元之际继承姜词一派的，在张炎之前主要有周密，与刘辰翁同辈。

周密（1232—1308），字公谨，号草窗，济南人。流寓吴兴，当过义乌（今浙江义乌）县令。宋亡不仕。他熟谙词律，在宋末盛负词名。宋亡后终身守节遁迹，自号四水潜夫。著作很多，有《齐东野语》《武林旧事》等，又编选《绝妙好词》。今传词集《苹州渔笛谱》一百一十三首，大都是宋亡以前之作。入元后词多遗民之悲，但保存下来的不多。其词格律谨严、字句精美，善于咏物，但立意不高、取韵不远。因号“草窗”，世称其与吴文英为“二窗”。《一萼红·登蓬莱阁有感》一向被称为草窗词的压卷之作：

① 破鉴徐郎：徐德言娶陈后主妹乐昌公主，陈亡前夕，夫妻破镜各执其半。陈亡后，公主为杨素所得。后来徐德言设法通过半镜找到公主，杨素召德言还其妻，夫妻破镜重圆。

步深幽，正云黄天淡，雪意未全休。鉴曲寒沙，茂林烟草，俯仰千古悠悠。岁华晚，漂零渐远，谁念我同载五湖舟。磴古松斜，厓阴苔老，一片清愁。　　回首天涯归梦，几魂飞西浦，泪洒东州。故国山川，故园心眼，还似王粲登楼。最负他，秦鬟妆镜①，好江山，何事此时游！为唤狂吟老监，共赋销忧。

蓬莱阁在绍兴卧龙山下，词里所说的“西浦”“东州”都在这里。上片写登临阁上所见，景物描写中暗含此地的一些名胜。如鉴曲，指鉴湖一曲，即有名的鉴湖。“茂林”用王羲之《兰亭序》“此地有崇山峻岭，茂林修竹”，指兰亭。并用范蠡五湖泛舟故事，都是本地典故，但不露痕迹。下片回顾从前几度梦归会稽，反用王粲典故。王粲《登楼赋》是在他乡思念故园所作。现在自己回到故园，反而像王粲一样产生“信美而非吾土”的悲哀，说明虽然身在故园，故国山川却已归属他人。所以才说：“好江山，何事此时游!”点明反用典故的用意。全篇包含着由羁旅思乡之感而引起的国事之忧，将一片清愁写得十分苍凉黯淡。但他的伤悼故国之词情调过于哀怨感伤，如《献仙音·吊雪香亭梅》中“一片古今愁，但废绿，平烟空远。无语消魂，对斜阳，衰草泪满。又西泠残笛，低送数声春怨”，语调沉咽凄惋之极，却只有无可奈何的叹息。他在艺术表现上也有些独到的尝试，如《谒金门》：

天水碧，染就一江秋色。鳌戴雪山龙起蛰，快风吹海立。　　数点烟鬟青滴，一杼霞绡红湿，白鸟明边帆影直，隔江闻夜笛。

题为“吴山观涛”，却与一般观涛的诗词有所不同。首尾分别写潮来之前和潮去之后的江上秋景，境界清旷高远。中间却用两种风格不同的语言和比喻描写了潮来的情景：将涛头比作蛰伏的鳌龙头戴雪山，大海被风吹得直立起来，气势雄壮，却是豪放派的生新硬语；而写远处青山如几点青润的烟鬟，天边晚霞像一抹湿红的彩绡，绘景鲜丽，则是婉约派的软媚丽辞。但比喻都很形象，可以看出周密在表现艺术上求新的努力。

蒋捷，字胜欲，阳羡（今江苏宜兴）人。宋亡后隐居竹山，有《竹山

---

① 秦鬟妆镜：俞平伯先生认为秦鬟可能指绍兴秦望山，妆镜指鉴湖。

词》。他虽然被归入姜派,但后人对他的看法却差别较大。《四库全书总目提要》认为他“练字精深,调音谐畅”,而《白雨斋词话》则对他评价很低,这与他的词内容多样、风格也不专主一宗有关。他的一些抒发亡国之悲和兵后乱离之感的词作,较接近辛派,像《贺新郎》“甚矣吾狂矣”就颇似辛词开头,但多用俗语,被讥为“鄙俚”。而一些小词则清新流丽,如名作《一剪梅》:

一片春愁待酒浇,江上舟摇,楼上帘招,秋娘渡与泰娘桥。风又飘飘,雨又萧萧。　　何日归家洗客袍?银字笙调,心字香烧。流光容易把人抛,红了樱桃,绿了芭蕉。

题为“舟过吴江”。江上泛舟,酒旗招摇、风雨飘萧,是游子眼中之景;调弄银笙,炉内熏香、芭蕉樱桃,是思念闺中之景。这些都是婉约派刻意表现的常见内容。蒋捷用他特有的俚俗口气表现出来,用大白话构成富有诗意的对仗,而且上下片相对应:如“江上舟摇,楼上帘招”对“银字笙调,心字香烧”;“风又飘飘,雨又萧萧”对“红了樱桃,绿了芭蕉”。虽然没有一字刻画形容,只是直说,却别有风致,而且音词流畅,自成旋律。

王沂孙,字圣与,号碧山,又号中仙,会稽(今浙江绍兴)人。宋亡后,曾为元朝庆元路(今浙江宁波一带)的学正。有《碧山乐府》,又名《花外集》。他专以咏物词著称,词名在当时不如周密、张炎。其词重在寄托,琢语峭拔似白石。周济赞他“胸次恬淡”(《宋四家词选》)。《白雨斋词话》说他的词“品最高,味最厚,意境最深”。如他咏“新月”的名作《眉妩》:

渐新痕悬柳,澹彩穿花,依约破初暝。便有团圆意,深深拜,相逢谁在香径。画眉未稳,料素娥犹带离恨。最堪爱一曲银钩小,宝帘挂秋冷。　　千古盈亏休问,叹慢磨玉斧,难补金镜。太液池犹在,凄凉处,何人重赋清景?故山夜永,试待他窥户端正。看云外山河,还老尽桂花影①。

---

① 据俞平伯先生注,苏轼《和黄秀才鉴空阁诗》:“桂容如水鉴,写此山河影。”王十朋注引《酉阳杂俎》:“佛氏言,月中所有,乃大地山河影也。”

上片从新月又弯又细的形状落笔:柳梢头一弯新生的月痕,花丛间淡淡的月色,刚把初暗的天空划破一线。为了团圆的意愿,人们朝着新月深深下拜,想象着月亮上“鸾珮相逢桂香陌”(李贺《梦天》)的景象。新月太细,好像尚未画稳的眉毛,可能是嫦娥还带着离恨。最可爱的是秋天挂起珠帘,新月正像小小的银白帘钩。这一段显示出词人善于描状的工细笔致,但是如果没有下片的寄托,上片也只是徒然以形似取胜而已。下片全从新月不圆的形状立意,感叹月似金镜难补,希望重赋清光,都是扣住新月“犹带离恨”、月光较淡的特点,比喻山河破碎,难以复圆。最后试待它“窥户端正”,并在圆月之中见出大地山河的完整影子,也是借盼望月圆寄寓故国重光的梦想,在无穷哀感外还能表达出一片热肠。其余如《水龙吟·落叶》:“晓霜初着青林,望中故国凄凉早。萧萧渐积,纷纷犹坠,门荒径悄。”“乱影翻窗,碎声敲砌,愁人多少!”《齐天乐·蝉》:“病翼惊秋,枯形阅世,消得斜阳几度?余音更苦!甚独抱清商,顿成凄楚?谩想薰风,柳丝千万缕。”等等,不但咏物神似,且能融作者自己的影子于物象之中,在身世没落之感中交织着凄凉的故国之思。就咏物的造诣而言,确能自成一家。

张炎(1248—1320?),字叔夏,号玉田,出身于世代簪缨之家。其先祖为主战派名将张俊,曾祖和父亲均为著名词人。元兵南下,斩其祖父,籍没其家,所以张炎的家国兴亡之感比一般人更深切。他著有《词源》二卷,是一部研究词学的重要著作。其中关于音律的部分是了解宋代音乐结构、解读宋乐谱和词曲歌唱规则的宝贵资料。词集名《山中白云》,计三百首,宋亡之后的词居多。张炎论词主张协音合律,作词必须能歌,甚至不惜改变字义以适应音律;又要求雅正含蓄,主要在句法、字面、用典上下功夫,并提出以“清空”为词的最高境界。在创作方面,他将咏物词发展到极精巧深微的境地。所作《南浦》一词赋春水,写景如画,体物极其工细:

> 波暖绿粼粼,燕飞来,好是苏堤才晓。鱼没浪痕圆,流红去,翻笑东风难扫。荒桥断浦,柳阴撑出扁舟小。回首池塘青欲遍,绝似梦中芳草。　　和云流出空山,甚年年净洗,花香不了。新绿乍生时,孤

村路，犹忆那回曾到。余情渺渺，茂林觞咏如今悄。前度刘郎归去后，溪上碧桃多少！

这首词是将春水当作物来赋咏，所以处处写景都能取春水之神。上片从初春写到暮春，在水色变换中自然完成季节过渡：波暖水绿时，是春晓时节；而待到落红随浪流去，已是春将归去之时。“荒桥”两句，写春水上涨，柳荫变深，化用北宋徐俯的《春日游湖上》：“春雨断桥人不渡，小舟撑出柳荫来。”但更强调了断桥的“荒”意和扁舟的“小”字，比徐俯更善于烘托水面的宁静空阔和满湖阴阴的绿意。最后池塘满是芳草，春天已经老去。下片化用前人“溪女洗花染白云”（李贺《绿章封事》）、“流水绕孤村”（秦观《满庭芳》）等句以及曲水流觞、刘晨入桃溪的故事，就春水的踪迹来写：它和着花香从空山流出，绕过孤村，在兰亭供人流觞，留下两岸碧桃，引人进入游仙的遐想。由于善于变化活用前人诗境，情思宛转，因而被人称为“张春水”。其《解连环·赋孤雁》也很著名：

楚江空晚，怅离群万里，恍然惊散。自顾影欲下寒塘，正沙净草枯，水平天远。写不成书，只寄得相思一点。料因循误了，残毡拥雪，故人心眼。　　谁怜旅愁荏苒。谩长门夜悄，锦筝弹怨①。想伴侣犹宿芦花，也曾念春前，去程应转。暮雨相呼，怕蓦地玉关重见。未羞他双燕归来，画帘半卷。

孤雁是前人常咏的题材。这首词不仅融化了许多著名的同题诗句来描摹孤雁的姿态，且从孤雁的心理活动展示出孤雁北飞的一路景色，构思颇新。开头用杜牧“云外惊飞四散哀”（《早雁》）及崔涂“寒塘独下迟”（《孤雁》）等诗意，写大雁在由南向北飞的途中离群的孤凄，楚江寒塘的水国景色和沙净草枯的茫茫前程也都从孤雁眼里见出。“写不成书，只寄得相思一点”两句，将雁行排成人字和雁足捎书两层意思合起来说：孤雁不成行，在空中只见一点，所以写不成人字，双关写不成书信，只能寄去一点相思之意。下面又紧接苏武在北海牧羊因雁足捎书而得以归汉的故

① 锦筝：筝上的绘文似锦，故称。筝柱斜列，像雁行，又叫雁筝。这里既用雁筝之意，又取钱起《归雁》诗意。

事,非常巧妙自然。下片化用杜牧“长门灯暗数声来”(《早雁》)、钱起“二十五弦弹夜月,不胜清怨却飞来”(《归雁》),以及陆游“冷云深处宿菰芦”(《闻新雁有感》)、崔涂“暮雨相呼失”(《孤雁》)等诗句,写孤雁一路飞过长安,向着玉关,又思念着伴侣的心理,暗自希望在玉关突然相见,那时就不再孤单了。结尾以双燕反衬孤雁,这种章法词家视为咏物正格。以前咏孤雁多写离群南飞之雁,此词却从孤雁北归设想,其中的家国身世之感隐而不露,耐人寻味。因“写不成书”两句尤其新颖,张炎又被称为“张孤雁”。

他那些抒发亡国之痛的作品,往往在精丽蕴藉中有苍凉激楚之意,即景抒情,备写身世盛衰之感,并不仅以剪红刻翠为工。如《高阳台·西湖春感》:

> 接叶巢莺,平波卷絮,断桥斜日归船。能几番游,看花又是明年。东风且伴蔷薇住,到蔷薇春已堪怜。更凄然,万绿西泠,一抹荒烟。　　当年燕子知何处,但苔深韦曲[1],草暗斜川[2]。见说新愁,如今也到鸥边。无心再续笙歌梦,掩重门浅醉闲眠。莫开帘,怕见飞花,怕听啼鹃。

从字面上看,似乎还是感伤春归,但是蔷薇枝头堪怜的残春、西泠桥边的一抹荒烟,都笼罩着无言的悲凉。当年王谢堂上的燕子,见到的只是旧地的深苔荒草,而鸥鸟本来不知世事,如今也有了新愁。可见怕见飞花怕听杜鹃,就不是一般的伤春,而是与家国之春永别的哀愁了。悲慨虽深,而含蓄蕴藉,凄凉幽怨,沉厚之至。其余如《八声甘州·辛卯岁沈尧道同余北归》中“短梦依然江表,老泪洒西州[3]。一字无题处,落叶都愁”,《高阳台》“古木迷鸦”中“故园已是愁如许,抚残碑,却又伤今”等,都将故国不堪回首之感写得十分沉痛。张炎词以婉丽空灵为后世词话家所激赏,邓牧《张叔夏词集序》说:“美成、白石,逮今脍炙人口,知者谓:‘丽莫若周,

---

① 韦曲:在唐长安城南明德门外。此处用典,借指都城杭州附近胜地。

② 斜川:在今江西庐山。陶渊明曾有斜川之游。

③ 西州:古城名,在今江苏南京西。东晋谢安抱病还都时曾经过西州门。谢安死后,羊昙十分悲伤,从此不走西州路。一天大醉,不觉到州门,痛哭而去。

赋情或近俚；骚莫若姜，放意或近率。’今玉田张君，无二家所短，而兼所长。”意思是周邦彦词工丽，但有时写情近于俚俗，姜夔词骚雅，但有时失于草率，只有张炎兼有两家所长而没有两家的缺点。吴梅《词学通论》指出：“玉田词皆雅正，故集中无俚鄙语，且别具忠爱之致。玉田词皆空灵，故集中无拙滞语，且又多婉丽之态。……玉田用笔，各极其致，而琢句之工，尤能使意笔俱显。”认为其词空灵精警，功力更深。这些评语基本上得到学界的认同。张炎对元词和清词的发展颇有影响，清代浙派词人推崇姜、张而实际接近张炎的更多。但作为南宋词最后一位大家，宋词的繁荣也以他为标志而结束了。

宋词在花间、南唐之后形成自己的独特面目，随着所反映的社会生活面的扩大，词的形式技巧和各种风格流派也在不断发展，并且广泛吸取了诗、文等其他文学样式的表现艺术，在宋代这一短暂的历史时期中就完成了由繁荣走向衰落的整个过程。宋亡以后，词的工力殆尽，技巧已穷，形式上已很难再有进展。南宋后期豪放派和婉约派各自把本派的缺陷发展到极端，豪放派流于粗率，婉约派流于细碎，也是促使宋词衰落的原因。此外，北宋词的发展乃是由于词从官僚士大夫的家宴中解放出来，而南宋词的衰落则是由于清客词人又把它变成少数高人雅士的专利，艺术技巧虽有进步，而群众基础逐渐消失。这就决定了它必然要为另一种更有生命力而且具有广大群众基础的艺术形式——散曲所取代。

【知识点】

《白石道人歌曲》　《梦窗词》　《须溪词》　《草窗词》　《碧山乐府》

《竹山词》　《山中白云》　张炎《词源》

【思考题】

1. 姜夔咏物词有什么重要特色？与清真词有何区别？
2. 从哪些方面可以看出梦窗词受李贺、李商隐诗的影响？
3. 举史达祖和张炎的作品为例，说说姜派词人写景咏物的技巧。

课外阅读参考书目

《唐诗选》，中国社会科学院文学研究所编，人民文学出版社，1978 年。
《唐诗选》，马茂元选注，人民文学出版社，1960 年。
《唐人七绝诗浅释》，沈祖棻著，上海古籍出版社，1981 年。
《唐诗小史》，罗宗强著，陕西人民出版社，1987 年。
《唐诗三百首详析》，喻守真编注，中华书局，1957 年。
《唐诗三百首新译》，赵昌平译，建安出版社，2001 年。
《唐宋词选释》，俞平伯选释，人民文学出版社，1979 年。
《唐宋名家词选》，龙榆生编选，上海古籍出版社，1980 年。
《唐宋词欣赏》，夏承焘著，百花文艺出版社，1981 年。
《唐五代两宋词选释》，俞陛云撰，上海古籍出版社，1985 年。
《宋词选》，胡云翼选注，中华书局，1962 年。
《宋词赏析》，沈祖棻著，上海古籍出版社，1980 年。
《孟浩然诗选》，陈贻焮选注，人民文学出版社，1983 年。
《王维诗选》，陈贻焮选注，人民文学出版社，1959 年。
《李白诗选》，舒芜选注，人民文学出版社，1954 年。
《高适诗选》，刘开扬选注，四川人民出版社，1981 年。
《李杜诗选》，苏仲翔选注，春明出版社，1955 年。
《杜甫诗选》，冯至编选，浦江清、吴天五注释，作家出版社，1956 年。
《杜甫诗选注》，萧涤非选注，人民文学出版社，1979 年。
《元白诗选》，苏仲翔选注，春明出版社，1956 年。
《白居易诗选》，顾肇仓、周汝昌选注，作家出版社，1962 年。
《李贺诗集》，叶葱奇疏注，人民文学出版社，1959 年。

《杜牧诗选》,缪钺选注,人民文学出版社,1957 年。
《李商隐诗选》,安徽师范大学中文系古代文学教研组选注,人民文学出版社,1978 年。
《李商隐诗选注》,陈伯海选注,上海古籍出版社,1982 年。
《玉溪生诗醇》,王汝弼、聂石樵笺注,齐鲁书社,1987 年。
《敦煌曲子词集》,王重民辑,商务印书馆,1950 年。
《花间集评注》,李冰若评注,人民文学出版社,1993 年。
《韦庄词校注》,刘金城校注,夏承焘审订,中国社会科学出版社,1981 年。
《李璟李煜词》,詹安泰编注,人民文学出版社,1958 年。
《欧阳修词选译》,黄公渚译注,作家出版社,1958 年。
《二晏词选》,柏寒选注,齐鲁书社,1985 年。
《苏轼词选》,陈迩冬选注,人民文学出版社,1957 年。
《苏辛词》,叶绍钧选注,商务印书馆,1927 年。
《淮海居士长短句》,徐培钧校注,上海古籍出版社,1985 年。
《豫章黄先生词》,龙榆生校点,中华书局,1957 年。
《清真词释》,俞平伯著,开明书店,1948 年。
《李清照诗词选注》,刘忆萱选注,上海古籍出版社,1982 年。
《陆放翁诗词选》,疾风选注,浙江人民出版社,1958 年。
《稼轩词编年笺注》,邓广铭编笺,古典文学出版社,1957 年。
《姜夔诗词选注》,刘乃昌选注,上海古籍出版社,1983 年。
《梦窗词选笺释》,杨铁夫笺释,民生印书馆,1936 年。

第二版后记

《唐诗宋词十五讲》出版转眼已经十年了。这本书的雏形,原是我在20世纪80年代应香港学界老前辈罗忼烈教授之约,为澳门大学的校外学位课程撰写的一份关于唐诗宋词的讲义,仅七八万字。21世纪初,时任北大中文系主任的温儒敏教授组织一套大学通识课教材,题名为"十五讲"系列,向我约稿。我便请人将讲义录入电脑,然后在这一基础上增扩到二十五万字左右。为了赶工期,加上我打字不熟练,错字不少,后来虽然在纸本校样中改了一部分,还是留下不少遗憾。有昔日大学同窗成为热心的读者后,曾来信指出其中一些文本引文方面的错字,我自己在阅读中又陆续发现若干需要修改之处,慢慢地也积存了不少。尽管此书后来又变成了《名家通识讲座书系》之一种,但在多次重印时都未能修改错误,始终是一块心病。今年趁着北大出版社重版此书的机会,得以将发现的错字一一改掉,有如释重负之感。

这次修订,除了改正错字以外,在许多细部也做了一些增删和润饰。毕竟十年过去,在研究中对相关问题的认识又有所变化。但是考虑到本书的普及性质,没有动基本格局,主要是在作品的分析方面再加推敲,力求表述得更精准一些。此外由于个人写作习惯的原因,全书的文字表述不够深入浅出,对于更多的读者来说,内容或许还是偏深一些。但这些问题难以在短时期内解决,只能维持原状了。

感谢修订版责任编辑艾英女士,在修订稿交出以后,她在审阅中又发现了一些错字。但愿经过这些努力,修订版能够将错误减少到最低限度。

葛晓音

2012年11月22日

第三版后记

《唐诗宋词十五讲》出版近二十年来，已多次印刷，并修订过一次。由于新时期以来，唐宋文学研究在文献整理和校考方面取得了可观的成绩，尤其是唐代诗人的生平考辨、作品甄别，积累了不少成果。本书作为一部普及性教材，也应当反映当代学术的进展。

这次修订主要有三个方面，一是诗人和词人的生卒年及籍贯，存疑者不在少数，第三版尽可能吸取近二十年来的考证成果，如有多种说法，一般不再注明，个别情况列出不同意见。二是再次核对全部引文，尤其是历代诗词评论，并注明出处。唐诗宋词在流传中产生了各种版本，文本异文颇多。第三版核对引文尽可能采用别集校注本或可靠选本，其次参考总集的重出误收考辨成果，或在文字比勘中择善而从。各本异文不再注出。三是调整排版格式和标点符号。在修订的同时，也增删了少量内容，对上一版中的文字表达作了适当润饰。

感谢第三版责任编辑艾英女士、北京大学中文系在读博士卢多果同学、北京师范大学文学院在读硕士方梦洁同学，帮助我查找、核对了全部引文，并校改了书中一些错字。因这次修订时间仓促，难免还会再发现错漏，欢迎读者随时指正，以便日后继续完善。

葛晓音

2021 年 8 月 19 日